Diamantes de invierno

Crimen y Misterio

Silvia Ibáñez Cambra
Diamantes de invierno

Planeta

La lectura abre horizontes, iguala oportunidades y construye una sociedad mejor.
La propiedad intelectual es clave en la creación de contenidos culturales porque
sostiene el ecosistema de quienes escriben y de nuestras librerías.
Al comprar este libro estarás contribuyendo a mantener dicho ecosistema vivo y
en crecimiento.
En **Grupo Planeta** agradecemos que nos ayudes a apoyar así la autonomía creativa
de autoras y autores para que puedan seguir desempeñando su labor.
Dirígete a CEDRO (Centro Español de Derechos Reprográficos) si necesitas fotocopiar
o escanear algún fragmento de esta obra. Puedes contactar con CEDRO a través de la
web www.conlicencia.com o por teléfono en el 91 702 19 70 / 93 272 04 47.

© Silvia Ibáñez Cambra, 2023
© Editorial Planeta, S. A., 2023
  Avda. Diagonal, 662-664, 08034 Barcelona (España)
  www.planetadelibros.com

Diseño de la cubierta: Booket / Área Editorial Grupo Planeta
Imagen de la cubierta: Shutterstock
Primera edición en Colección Booket: noviembre de 2024

Depósito legal: B. 17.867-2024
ISBN: 978-84-08-29459-7
Impresión y encuadernación: Liberdúplex, S. L.
Printed in Spain - Impreso en España

Biografía

Silvia Ibáñez Cambra (1986, Zaragoza) es una escritora que domina la narrativa con una soltura digna de admiración. Es amante de Charles Dickens, Charlotte Brontë y Victor Hugo. Con algunas obras aún inéditas (joyas que darán mucho que hablar en el momento de su publicación), se inicia oficialmente en las letras con la novela *El cementerio de los reflejos*.
A esta primera gran obra le siguen *El cementerio de la miseria* y posteriormente *El hada de azúcar.* Ha publicado cinco novelas en el Grupo Planeta, *La historia soñada* (Click Ediciones, 2017), *El cementerio de los recuerdos rotos* (Click Ediciones, 2018), *Los recuerdos del olvido* (Click Ediciones, 2020), *El cuento del escritor* (Click Ediciones, 2021) y *Diamantes de invierno* (Booket, 2024).

Primera parte

1950

Primera Parte

(1859)

El resumen que nos envía el autor en francés empieza contando que los hechos escritos en este libro han ocurrido realmente. Parece ser que es un investigador, inspector, periodista o algo así, ya que, por lo que he leído en el resumen, aporta datos bastante concretos. Explica que lo ocurrido tuvo lugar en Zaragoza, y parece que abarca una década entera. Cuenta la historia de una familia destrozada. Un padre servicial y dedicado a su mujer e hija. Entre otras cosas, el resumen dice que la madre, que estaba para encerrarla desde que era niña, mató a una serie de animales que tenían en la casa y los descuartizó. El padre encontró a su mujer intentando hacer la comida con ellos y la encerró en una habitación. No llamó a la policía por miedo a que la internasen de por vida o la matasen, pero temía por su hija, así que decidió mandarla fuera del país. Como sabes, yo no tengo idea de castellano, así que me gustaría que leyeses el libro para ver si el resumen coincide con la historia, y si te parece buena, podrías traducirla para publicarla en formato libro, no por entregas en una revista.

Quiero que leas el manuscrito, que vayas a Zaragoza y compruebes si lo que pone en él es cierto.

El cementerio de la miseria es un lugar que todos llevamos en nuestro interior. Para algunas personas no tiene la menor importancia, porque, o bien son demasiado egoístas, o su vida está demasiado vacía para sentir nada. Ni bueno ni malo. Pero para aquellos que no están solos y no creen ser el centro del universo, es algo real como la vida, en el que, tarde o temprano, acabarán viviendo. Por suerte, para la mayoría de las personas es algo que llega con el final de sus días. Para mi desgracia, vivo en ese cementerio desde que tenía diecinueve años. O quién sabe, tal vez antes y no lo recuerde. El cementerio de la miseria se crea a semejanza de cada uno de nosotros, y eso mismo lo hace tan miserable. Se unen nuestros más despreciables deseos en un solo punto, y eso hace que sea insoportable vivir en él. Y una vez que entras no hay forma de escapar. O lo ignoras en la medida de lo posible, o no deseas seguir respirando. Ese cementerio es el que nos muestra nuestros miedos y nuestras penas. Los buenos momentos con un mal final que los hace tristes, como si fuese el fin del mundo, al menos en el sentido individual de la expresión. Tal vez por ello, al ser consciente de que nunca podría salir de ese lugar oscuro y frío y que me hacía sentir como un niño de pies descalzos y ropas rotas, esperando, con las piernas encogidas sobre una acera fría en invierno y con el rostro escondido, algo que nunca llegaba, decidí ponerme una pistola en la sien justo antes de que Sophy llamase a mi puerta y me salvase por primera vez.

1

Me encontraba sentado en la redacción, a la mesa que usaba para escribir mis novelas. Cualquier lugar era mejor que el piso en el que vivía. Tras escribir la palabra «FIN» bajo el último párrafo de la última página para la revista de ese mes, saqué la hoja del tambor de la máquina y la leí.

Yacía con un hilo de sangre que brotaba del fondo de su garganta y afloraba como muestra del fin de sus días sobre este mundo. Su prometido le sostenía la cabeza, intentando que respirase de nuevo en el altar. Los invitados observaban desde los bancos a rebosar en Nuestra Señora de París. Había muerto antes de poder cumplir el último de sus deseos: casarse. Mientras él le acariciaba el rostro y limpiaba con la manga de su traje la sangre que volvía a brotar, negaba con la cabeza y rociaba con sus lágrimas las mejillas de la joven yacente de diecisiete años.

—Esto sí es una ironía del destino.

Era el padre de la joven el que hablaba. El novio, enfurecido al oírlo, dejó a la joven con cuidado en el suelo, le dio el último beso y se lanzó al cuello del hombre.

—Enhorabuena, has conseguido lo que un día gritaste: verla muerta antes que casada con un escritor.

Los invitados retuvieron al novio y, tras un pequeño forcejeo, consiguieron apartarlo. El cuello del padre se había tornado rojo. Los amigos del novio lo apartaron del cuerpo inerte. Él gritaba el nombre de la que no había llegado a ser su esposa.

Una lágrima caía por mi rostro al recordar su tez cristalina y enferma. Dejé la página sobre la mesa y apagué la lamparilla. Al hacerlo, me di cuenta, una vez más, de que era el último en marcharme de la editorial. Estaba a oscuras.

—Deberían venderse miles..., tus relatos son fantásticos —me había dicho un conocido de la editorial cuando publicaron mi primera historia.

Ni siquiera tenía ganas de reír aquel chiste. Y lo peor de todo era que, desde que Evangeline murió en mis brazos, no había podido imaginar una sola historia. Todo giraba en torno a ella, escrito en diferentes formas. Me odié, mientras recorría la redacción a oscuras, por venderla de aquella manera, pero era cuanto podía hacer: no sabía escribir sobre otra cosa, no podía escribir sobre nadie más.

El viento soplaba con fuerza cuando salí a la calle, y la luna me acompañó por las solitarias calles, húmedas a causa de la lluvia caída durante toda la tarde. Las hojas de los árboles, sacudidos por el viento, me rociaban de agua.

La panadería en la que solía comprar el pan a diario, a pocas calles de la mía, tenía la persiana a medio bajar. Charlotte, la dueña del local, me saludó con la mano y me indicó que esperase. Salió de detrás del mostrador y me abrió la puerta.

—Vamos, pasa.

—Es tarde, Charlotte. Te lo agradezco, pero me marcho a casa. Estoy cansado y necesito dormir.

—Eso no te lo voy a discutir. Pero no creas que me

engañas. Kyliann me dice que va a verte y que no le abres la puerta.

—Será porque no estoy en casa prácticamente nunca. Suelo estar en la redacción de la revista.

—También ha ido a verte allí y no ha conseguido hablar contigo. Además, las pocas veces que ha conseguido entrar siempre te ha visto escribiendo, y cuando se ha acercado a ti, apenas le has hecho caso.

—Lo siento mucho si es eso lo que hago; no soy consciente de ello.

—Deberías airearte un poco, Christophe. Salir de la redacción, de tu casa, de tus recuerdos.

No pude evitar sonreír al oír sus palabras.

—A lo mejor no quiero olvidar los recuerdos.

—Eso no es sano, hijo.

—¿Y qué es sano? ¿Olvidarme de la mujer con la que iba a pasar el resto de mi vida? No puedo y no quiero olvidarme de Evangeline.

—Ha pasado casi un año.

—¿Eso quiere decir que ya he cruzado la línea de meta? —Me estaba enfadando—. Porque para mí apenas ha sido hace unas horas. Sé que tu intención y la de Kyliann son buenas, pero es lo que tengo, es lo que hay, y no quiero que cambie. Si no la tengo a ella, al menos tendré sus recuerdos, y no quiero que desaparezcan.

—Solo queremos ayudarte.

—De nuevo os doy las gracias —dije impacientándome—, pero no quiero vuestra ayuda. Solo quiero a mis libros. Mañana pasaré a por el pan.

Salí de allí. Saludé al portero de mi edificio y subí con pesadez la escalera. Entré en el acomodado piso que mi madre me había dado y amueblado al marcharme de casa. Todo en madera y con enormes alfombras. Habitaciones que no servían para nada, además de para almacenar polvo, y una estancia circular que había convertido en mi biblioteca, donde solía pasar la mayor parte del escaso tiempo que estaba en casa. Solía encontrarme el piso frío cuando regresaba, pues ya no me molestaba en encender la calefacción, pero aquella noche estaba caliente. Había alguien en casa. Encendí las luces del salón principal girando el interruptor al lado de la puerta. La puerta de hoja doble acristalada que daba al pasillo y al resto de la casa se abrió y vi la silueta de una mujer cubierta con un vestido oscuro y con pedrería.

—¿Madre?

—Ya era hora de que regresaras a casa. ¿Dónde estabas? —dijo mientras se acercaba y me sacudía la ropa para quitar unas motas de polvo.

Me escudriñó con sus ojos azules casi transparentes, semejantes a los de un fantasma.

—En la redacción. ¿Qué haces aquí?

Sonrió.

—Tengo que hablar contigo.

Se sentó en el sofá de tela italiana y me indicó que me sentase a su lado.

—¿Quieres tomar algo? —ofrecí dirigiéndome al mueble bar, repleto de veneno para la vista y la conciencia y de alivio para el alma.

—No, ya he tomado algo.

Me serví una copa de whisky caliente y me senté a su lado. Di un largo sorbo.

—Nunca he podido comprender esos aires líricos y melodramáticos tuyos. No entiendo la manía que tenéis los que os llamáis artistas de aparentar que lleváis el peso del mundo sobre los hombros.

—Yo no me llamo artista —añadí—. Y no finjo nada, nunca lo he hecho.

—De todos modos, no he venido aquí para hablar de eso. Haz con tu vida lo que quieras, aunque nunca entenderé por qué escogiste la escritura como modo de vida. La mayoría de vuestra especie de bohemios, pintores, escultores, actores, escritores... no sois más que charlatanes que intentan ganarse el pan sin arrimar el hombro. Aunque sabes que siempre te he dado mi apoyo, y si hubieras querido ganarte la vida como domador de leones en un circo, también lo hubiera hecho.

La observé extrañado.

—No creo que seas la más indicada, madre, para decir que alguien no se gana el pan arrimando el hombro. Tú lo único que has hecho es casarte con un sexagenario y esperar su muerte y los millones.

—No digas tonterías. A tu padre lo quise, al menos al principio, cuando apenas lo conocía, y si aún estuviera vivo seguiría casada con él, pero las deudas son las deudas.

—¿A qué has venido, madre? —insistí mientras bebía de nuevo y deseaba que su visita terminase.

—He venido porque tengo que proponerte algo que espero que aceptes.

—Tú dirás.

Se levantó y con los dedos entrelazados, me observó y buscó las palabras adecuadas. Antes de que comenzase a hablar, me serví otra copa y me senté de nuevo.

—No creo que vaya a asustarme de lo que tengas que pedirme, así que dilo y déjame solo, debo seguir con mi trabajo.

—He venido —comenzó— a pedirte un favor. Resulta que tu padrastro quiere hacer una fusión de negocios con un amigo suyo y sabe que tu situación actual es la soltería.

La observé sin decir palabra.

—Tiene una hija.

—Madre —dije dejando la copa sobre la mesa de marfil.

—Nunca te he pedido gran cosa —añadió.

—Esto es demasiado.

—¿Crees que estos lujos se pagan solos? ¿Crees que el alcohol que estás bebiendo mana de las fuentes?

—No vayas por ahí, madre. Este piso lo acomodaste con el dinero de mi padre, y lo mantengo yo.

—A duras penas. Ese trabajo de escritor que tienes no da para mucho.

—Es lo que he escogido.

—Necesito que te cases con ella.

—No.

—¡Ella no va a volver! —gritó.

Pude ver que se arrepentía de sus palabras nada más decirlas al ver la expresión de mi cara.

—No quería decir eso.

—No importa.

—Lo siento, Cristo, de verdad. No quería decirlo.

—No tiene importancia —corté—, en serio. De todas formas, es cierto: no va a regresar y yo no voy a querer a nadie más. Así que, si puedo haceros un favor, que así sea —dije con la esperanza de que se marchase y me dejase solo. Al fin y al cabo, era cierto: ella no iba a volver, y le haría un buen favor a mi madre, que siempre me había apoyado y estaba a mi lado.

—Tal vez no sea tan buena idea —dijo.

—No. Lo haré de todas formas. No tengo nada que perder.

—Por otro lado, no estarás solo cuando llegues a casa —dijo tras una leve pausa.

Asentí sin gana. Quería quedarme a solas. Cuanto antes.

—Aunque no creo que a ella le guste vivir aquí.

—¿Qué quieres decir, madre?

—Su padre ha visto una casa para los dos frente a Notre-Dame.

Sonreí ante lo irónico de la situación.

—¿Frente a Notre-Dame, eh? Qué bien.

—Yo no he elegido el lugar.

—Me acostumbraré. ¿Cuándo?

—En un mes.

Asentí.

—Cuenta con ello.

Me dio un beso en la mejilla y se marchó.

2

Thomas, editor jefe y buen amigo, no había llegado cuando me senté al escritorio y comencé a escribir. Un rato después oí su voz:

—Cristo, ¿puedes venir?

Al terminar el párrafo, saqué el folio, lo puse en un montón y me dirigí a su mesa. Tomé asiento. Me observó atónito.

—Dios Santo, pareces más muerto que ayer.

—¿Eh?

—Tienes los ojos rojos, hinchados, y apenas puedes abrirlos.

Me recliné en la silla.

—¿Qué quieres, Thomas?

Tomó aire fuertemente sin apartar los ojos de mí.

—Ha llegado a la editorial un manuscrito en español con un resumen completo en francés. Tú sabes español, ¿verdad?

Asentí. Mi madre me lo había enseñado desde pequeño.

—El resumen que nos envía el autor en francés empieza contando que los hechos escritos en este libro han ocurrido realmente. Parece ser que es un investigador, inspector, periodista o algo así, ya que, por lo que he leído en el resumen, aporta datos bastante concretos. Explica que lo ocurrido tuvo lugar en Zaragoza, y parece que abarca una década entera. Viene a contar la historia de una familia destrozada. Un padre servicial y dedicado a su mujer e hija. Entre otras cosas, el resumen dice que la madre, que estaba para encerrarla desde que era niña, mató a una serie de animales que tenían en la casa y los descuartizó. El padre encontró a su mujer intentando hacer la comida con ellos y la encerró en una habitación. No llamó a la policía por miedo a que la internasen de por vida o la matasen, pero temía por su hija, así que decidió mandarla fuera del país. Como sabes, yo no tengo idea de castellano, así que me gustaría que leyeses el libro para ver si el resumen coincide con la historia, y si te parece buena, podrías traducirla para publicarla en formato libro, no por entregas en una revista.

—No sé qué quieres que te diga. Si hago esto, no podré escribir lo mío.

—Bueno, tómate un descanso.

—¿Un descanso? —dije enfadado—. Más bien un castigo.

—Cristo, vas a hacer esto, ¿entiendes? No pasa nada por no publicar tu historia el mes que viene. Mal no te va a ir, y así practicas el idioma. Vamos, ¿cuánto puedes tardar en leerlo y traducirlo? No creo que te lleve más de un mes. Creo que puede costarte un par de semanas si le pones empeño.

—No sé si podré hacerlo tan rápido. Te recuerdo que en breve estaré casado y no tendré tanto tiempo para ocuparme de mis asuntos y de las labores en la editorial.

—No importa, tómate el tiempo que necesites.

Suspiré.

—¿Qué pasa, Thomas? ¿Es esto una forma de obligarme a dejar de escribir? ¿Ya no os gusta lo que hago? ¿Vais a echarme?

Negó con la cabeza más para sí mismo que como respuesta.

—Nadie va a echarte, Cristo, nadie quiere echarte, y yo no lo consentiría. Pero te pido que hagas esto. ¿Tanto te cuesta?

A pesar de saber cuál iba a ser mi respuesta a su proposición, tardé unos segundos en contestar.

—Como tú quieras.

Sonrió levemente.

—Te lo agradezco. Puedes irte ya si quieres y comenzar a leerlo.

—¿No puedo quedarme aquí?

—Creo que le tienes demasiado apego a esta editorial.

—Me da de comer. Creo que sí es para tenerle algo de apego.

—Lo que te da de comer es tu cabeza. Anda, márchate. Además, te conozco: leerías un par de páginas y seguirías a lo tuyo, y sé que en casa te cuesta mucho concentrarte para escribir.

Me levanté de la silla, cogí el manuscrito amarillento y lleno de tachaduras de su mesa y me marché enfadado, crispado.

Antes de ir a mi casa fui a la de mi madre. Llamé a la puerta y Sylvette, la doncella, me abrió con una sonrisa, como siempre hacía.

—Buenos días, señorito, pase.

—Hola, Sylvette. ¿Está mi madre en casa?

—Sí, en el salón.

—Gracias.

La puerta de doble hoja estaba abierta y la vi desde la entrada sentada en el sofá, leyendo el último ejemplar de la revista donde yo publicaba.

—Hijo, pasa. Dios mío, pero ¿qué te sucede? —preguntó al verme la cara de cerca.

—Nada importante, llevo unos días sin dormir bien.

—Parece que lleves años sin dormir.

Los dos guardamos silencio.

—Lo siento, no quería decir eso.

—No importa, tampoco es mentira. ¿Dónde está tu nuevo marido?

—En no sé qué pueblo de un amigo suyo, en la casa de campo. Se han ido a pasar unos días.

—¿Cómo te trata?

—Igual que yo a él, con indiferencia.

Me senté.

—¿Sabes qué día exacto es mi boda?

—Pensaba pasarme en un par de días por tu casa para darte los detalles. Ella se llama Ivette, tiene tu misma edad y tan pocas ganas de casarse como tú.

—No es que tenga pocas ganas de casarme, es que tanto me da hacerlo como no, y si te hago un favor, pues mejor.

—Al menos así tendrás compañía en casa —insistió mi madre.

—Eso es cierto —repuse, intentando mostrar ánimo.

—Es muy guapa, tiene el pelo rubio. Su padre es alemán y su madre, inglesa. Quieren que se case porque dicen que no hace más que perder el tiempo y el dinero de la familia. Quieren que se formalice. Según me han dicho, todos los hombres con los que ha estado han sido unos chandros, ya sabes, gente desarreglada, poco cuidadosa y holgazana, vagos y maleantes, y hartos de aguantarlos a ellos y del despilfarro de su hija, quieren que se entere de cómo debe ser y comportarse una señorita. Su padre es amigo del que tú llamas mi nuevo marido, y así, de paso, se cierra un buen negocio.

—Ya veo.

—Os casaréis el sábado dentro de tres semanas. Invita a tus amigos. No tienes que preocuparte por nada: su padre y tu padrastro lo pagan todo. En realidad, es un buen negocio. Ella se casa y se la quitan de encima, y tú tendrás parte de su dinero.

—Es todo tuyo, ya lo sabes. Yo no quiero nada que no salga de mis libros.

Me despedí de mi madre y con el manuscrito bajo el brazo me detuve a comer en un café en el que anunciaban comida casera. Después de una sopa y un trozo de carne asada me puse camino a casa de nuevo. Llegué al portal justo cuando comenzaba a llover.

—Buenas tardes, César —saludé al portero.

—Buenas tardes, señor Maestre. ¿Cómo se encuentra hoy? —inquirió cortésmente, poniéndose en pie, como hacía siempre, bien uniformado.

Era un hombre de unos sesenta años, con la vida marcada en las arrugas de la cara. Tenía entendido que era de un pueblo de Granada y que había huido al finalizar la guerra para que no lo detuviesen por anarquista o republicano. Nunca se lo pregunté directamente.

—Como siempre, más o menos.

—Me alegro de que le vaya bien, señor.

—Lo mismo digo.

Se estaba caliente en casa, cosa que agradecí. Me quité el abrigo y lo colgué en la percha de madera, a juego con las paredes. Aparte de la calefacción central, decidí encender la chimenea. Cuando prendió con fuerza, levanté la persiana para ver el cielo gris oscuro y la lluvia. Corrí hacia atrás la mesita baja que quedaba frente a la chimenea, me senté en la alfombra y apoyé la espalda en la mesa. Cogí el manuscrito. Tal como había dicho Thomas, comenzaba relatando la vida de una madre perturbada desde su más tierna infancia, en la que ya con apenas tres años le había sacado los ojos a una pequeña tortuga que tenía por mascota y que le había traído su padre de África. Hizo cosas similares a otros animales, y cuando le prohibieron tener mascotas, le sacaba los ojos y las tripas de trapo a las muñecas. Tras varios periodos de agresividad inexplicable, le diagnosticaron una especie de locura crónica sin cura posible. Después hubo una época de paz desde los diez a los diecisiete años, momento en que contrajo matrimonio con el heredero de una gran fortuna.

Dejé la lectura y me dediqué a traducir lo leído. El relato, o bien era un borrador con los datos para posteriormente escribir una novela, o era la primera vez que el autor escribía algo, pues en las escasas páginas leídas encontré faltas gramaticales y ortográficas, así como párrafos en los que se usaba tanto la primera como la tercera persona, y momentos en los que era imposible saber qué personaje estaba hablando. Tan pronto describía un comedor con lámparas de araña como una iluminación a base de velas. Pero mi trabajo no era mejorarlo, adornarlo o conseguir que tuviera más sentido del que mostraba, sino traducirlo, y a eso me limité.

La historia acababa con la mujer encerrada en un manicomio en la misma ciudad, y el padre mandando a su hija a un internado de Francia, concretamente a París, situado no demasiado lejos de la editorial. Pensé que si podía corroborar esa parte del internado, podría comprobar la veracidad de la historia. Así que tomé el manuscrito y busqué el nombre. Tras unas cuantas páginas verifiqué que era el que recordaba. La hija se llamaba Ana María Gallego. Lo anoté en un pedazo de papel y lo dejé sobre la mesa. Iría a la mañana siguiente.

Abel, mi gato, que me había reclamado su ración de leche nada más entrar en casa, una vez terminó de comer, con el estómago hinchado, se acurrucó a mis pies y se quedó dormido poco después, como era habitual. Yo seguí escribiendo y traduciendo hasta terminar el pequeño manuscrito. Cuando pasé la última página, me percaté de que estaba pegada a otra. En un primer momento, no le di importancia. Luego pensé que si alguien se había tomado la molestia de pegarla e incluirla en el manuscrito, podía tener información relevante. Intenté despegarla con los dedos, pero me resultó imposible. Arranqué las dos páginas y llené el lavabo de agua. Las introduje durante una media hora. Cuando regresé, con mucho cuidado, las separé, las llevé frente al fuego y dejé que se secaran.

En la página que habían intentado ocultar aparecían dos listados. Una lista recogía los nombres de los personajes y, al lado de cada uno, una flecha llevaba a otro de la lista paralela. Seguramente se trataba de la asociación de nombres ficticios y reales. Encontré el nombre de Ana en cuarto lugar. La flecha señalaba que la niña Ana María Gallego era, en realidad, Abril Dicastillo. Por otro lado, el nombre del personaje principal, el padre, remitía al de Donato Dicastillo. Los anoté en el mismo papel y lo dejé sobre la mesa. A pie de página había un nombre entre interrogantes: Pilar Abad. Primero me resultó curioso que estuviera así; después, pensando que sería algún nombre imaginado que no había llegado a usarse en el manuscrito, no le di mayor importancia. Estaba cansado. Cogí a Abel, lo dejé sobre mi cama y me eché a dormir.

Cuando me desperté, Abel había convertido mis zapatillas en una especie de fuerte y estaba enroscado en medio de las dos. Me puse en pie y dejé caer una camiseta sucia sobre él, que ni siquiera se inmutó para esquivarla o escabullirse. Preparé café en la cocina y salí a comprar algo de pan en la tienda de Kyliann. Cuando entré, lo encontré hablando con su madre. Le enseñaba uno de los dibujos que él mismo hacía.

—¡Cristo! —gritó su madre—. Me ha dicho ahora mismo Kyliann que te casas. No sabes cómo me alegro.

Tras comprar el pan y esquivar preguntas que no podía o no quería responder, tales como por qué me lo había callado, quién era ella o qué tal era su familia, me marché a toda prisa. Corté unos pedazos de pan y los mezclé con leche para Abel, que se los comió con ansia. Cogí el trozo de papel con los nombres anotados y salí de nuevo a la calle. Fui hasta la parada de metro más cercana y tomé la dirección sur, que me dejaba a pocas calles del lugar indicado en el manuscrito. Salí del subterráneo y agradecí el aire fresco y las gotas que comenzaban a caer. El edificio se podía ver desde allí. Su construcción antigua, llena de gárgolas y ángeles con cara de pecadores y pidiendo perdón al cielo, daba miedo con solo verla. Recordaba más a una catedral que a un internado. Subí la enorme escalera y abrí la puerta de madera oscura y pesada. Los suelos de mármol color beige no pegaban con la fachada. Del lateral izquierdo apareció una maestra con un rebaño de niñas uniformadas y con la cabeza mirando al suelo. Me ignoró. Una vez hubieron pasado, un hombre trajeado me vio cuando salió de un despacho y se disponía a subir la escalera.

—¿Puedo ayudarle en algo?

—Eso espero —respondí.

Dejé que fuera él quien se acercase a mí.

—Acompáñeme a mi despacho.

La oficina parecía el salón de una habitación de hotel de cinco estrellas. Una enorme chimenea situada en la pared derecha ardía con fuerza. Tras pasar por el lateral de una mesa de madera oscura y carísima, nos sentamos frente al fuego en dos enormes butacas. Se encendió una pipa que olía a incienso de misa.

—¿En qué puedo ayudarle? Aunque he de decir que el internado es muy selecto, no aceptamos a cualquier alumno. Los tenemos de todas las partes del mundo. Sus padres pagan una auténtica fortuna para que enseñemos a sus hijos e hijas cómo debe comportarse alguien que puede permitirse esta institución.

—No he venido con la intención de encerrar a alguien aquí.

Sonrió.

—Aquí no encerramos a nadie, señor...

—Maestre.

—Señor Maestre.

—Llámelo como quiera. Cuando iba a la escuela, siempre me sentí encerrado, y no era un internado: regresaba a casa todos los días —intenté arreglarlo.

—En ese caso, ¿puede decirme en qué está interesado para venir aquí? Las razones se me escapan si no es para enderezar a algún jovencito o jovencita.

—He venido a recabar cierta información. De una alumna que, o bien está interna a fecha de hoy, o lo estuvo en alguna ocasión.

—¿Quién quiere saber esa información?

—Yo.

No rio esta vez.

—Estoy investigando sobre un manuscrito que ha llegado a mis manos. El autor dice que es real la historia que se cuenta en ella, y al final explica que enviaron a este internado a una chica llamada Abril Dicastillo, aunque también puede que sea Ana María Gallego, no estoy muy seguro del nombre.

—¿Y cómo es eso? ¿Cómo es posible que no esté seguro de a quién busca?

—Pienso que se trata de la misma persona, pero no estoy seguro de con cuál de estos nombres la matricularían.

—No sé si debo darle esa información.

—Bueno, desde luego, si me ayudara en la investigación, su nombre saldría mencionado en la bibliografía del libro una vez publicado. Siempre que quiera que su nombre aparezca, por supuesto.

Me condujo por una escalera de caracol que daba al sótano. Hacía frío allí y lamenté haber dejado el abrigo en el despacho. Llegamos a un largo pasillo que parecía no tener fin. Entramos en la primera de las salas y me pidió que le recordase el apellido.

—Dicastillo.

—Dicastillo, Dicastillo, Dicastillo —repitió para sí y se dirigió a uno de los grandes archivadores—. No hay nada con ese apellido. ¿Y el otro era...?

—Gallego, Ana María.

—Deme un segundo.

Me aproximé a él mientras abría otro archivador.

—Tampoco hay nada. ¿Lo ve?

—Sí, lo veo. Siento haberle hecho perder el tiempo.

—No se disculpe.

Me acompañó a recoger mi abrigo. Cuando me marché, me dijo su nombre.

—Gustave Emprí. Para la bibliografía... —explicó.

—Claro. Gracias por recordármelo y evitarme un segundo viaje.

—No hay de qué.

El cielo se había despejado, y el sol, tímido, brillaba en lo alto. Agradecí el poco calor que daba. Tomé el metro en sentido contrario, llegué a casa, cogí el manuscrito original y la traducción, dejé a Abel trepando por las cortinas y me encaminé a la editorial.

Encontré a Thomas como siempre, en su escritorio, repasando un escrito.

—Hola, Cristo. ¿Podrías echarle un vistazo a este relato? No me decido entre publicarlo o no. No está mal, pero tampoco es nada del otro mundo.

—Si no te convence, no lo publiques. Dile al autor que le meta algo más de misterio y que te lo vuelva a traer —dije. Me senté frente a él.

—Buena idea, sí señor. Veo que traes la traducción. Sí que te has dado prisa. Te dije que te tomases tu tiempo y lo has hecho en ¿un día? ¿Dos?

—No tenía mucho que hacer, así que...

—¿Cuál es tu impresión?

—Pues, a ver... En primer lugar, está escrita que da pena. Me he limitado a traducirlo tal y como está, que es lo que me pediste, pero no es publicable: necesita muchos retoques para que no parezca que el narrador tiene un trastorno mental que le impide distinguir el ahora del ayer y del mañana. Aparte de eso, he comprobado que la historia, de real, puede que tenga bien poco. He ido al internado que sale en el libro, al que mandan a una chica. No aparecen en ningún archivo los nombres que les di.

—Vaya.

—De todas formas, la traducción ya está hecha, así que puedes leerla, a ver si de alguna manera se puede salvar.

—De acuerdo, lo leeré y enviaré una carta al escritor explicándole la situación.

—Por cierto, ¿quién lo ha escrito?

—Un tal Dicastillo. Donato, creo. ¿Qué ocurre? —preguntó al ver mi rostro.

—Nada —dije. No tenía ganas de dar explicaciones que no llevarían a nada.

Me dijo que me marchase a casa a descansar y a organizar los preparativos para la boda.

—¿Estoy invitado? —preguntó.

—Ni tú, ni tu mujer ni tu hija necesitáis que os invite para asistir.

—Ya verás qué disgusto se lleva Sophy cuando sepa que te casas.

—Ya se le pasará.

Cuando ya me marchaba, le pregunté si podía quedarme el original para echarle otro vistazo. Me lo tendió y me dijo que hiciese con él lo que me pareciese conveniente.

Llegué a casa, encendí el fuego de la chimenea y comencé a repasar las páginas. En la primera lectura que hice, tal vez al intentar darle sentido a la historia que se contaba, me habían pasado desapercibidas unas letras que se repetían medio ocultas cada ciertas páginas: «A. T.».

Comprobé que, en la parte inferior, cada cinco o seis páginas, se repetían. Cerré el libro, cogí las dos hojas que había despegado el día anterior y repasé el nombre de los personajes, buscando un nombre con una A y una T que tal vez no recordaba. Leí uno por uno todos los nombres reales y ficticios. No encontré ninguno cuyas iniciales coincidieran con esas letras. Cuando lo iba a dejar por imposible, Abel saltó sobre mis brazos y me arañó. Cayeron las dos hojas al suelo. Lo aparté de un empujón y se resguardó en un rincón. Los arañazos que me había hecho en ambos brazos escocían. Fui al baño y me desinfecté con alcohol. Regresé y me agaché para recoger las hojas. Fue entonces, con las llamas del fuego iluminando las hojas, cuando vi unas finas manchas en la parte inferior de una de ellas, una línea que alguien había borrado a conciencia. Cogí un carboncillo y lo pasé suavemente por encima. Apareció una frase: «Este borrador pertenece al periodista Ángel Tomás, ciudadano de Zaragoza».

Ese libro no pertenecía a Donato Dicastillo, como yo creía, sino a un periodista zaragozano. Dejé las hojas junto al resto del manuscrito. Alguien llamó a la puerta. Abrí y vi a mi madre sonriente.

—Madre. Pasa. —Me alegré de verla.

Iba acompañada de Gedeón Momatre, sastre de la familia desde que yo tenía uso de razón. Entramos en el salón.

—Viene a tomarte medidas para el traje de novio.

—Ya tengo uno, no hace falta.

—Había pensado que no querrías llevar ese; al fin y al cabo, fue el de tu boda con Evangeline.

—Casi boda... Pensándolo bien, tienes razón.

31

Estuvo un buen rato tomándome medidas y anotándolas en un pedazo de papel.

—La tela ya la he escogido. Supongo que te dará igual.

—Absolutamente —respondí sereno.

—Bueno, no te preocupes, pronto pasará todo.

Asentí.

—¿Qué es eso? —dijo señalando el manuscrito.

—Un libro insalvable. Transcurre en Zaragoza.

—Fíjate, qué pequeño es el mundo.

3

Mi madre había nacido en Zaragoza, y al comenzar la guerra, como tantos otros, había escapado al país vecino, concretamente a París. Había llegado junto a su madre y sin nada más. Con el poco dinero que tenían alquilaron una habitación de mala muerte en una pensión, en una de las peores calles de París, donde la gente convivía con las ratas. La que fue mi abuela encontró trabajo sirviendo en una de las casas de los adinerados. Así evitó que mi madre tuviera que trabajar desde temprana edad y pudiera ir a la escuela durante un tiempo. Allí destacó en las letras. El maestro acudió una tarde a hablar con mi abuela. Le dijo que podía estudiar algo más que lo básico y que así podría tener un trabajo como maestra. Como para eso ya no llegaba el dinero, el maestro se ofreció a darle clases en su propia casa. Por las tardes iba a casa del maestro, que resultó ser profesor a tiempo parcial en la Universidad de París, lo que le permitía mantener la casa de tres plantas con dos sirvientes y una casa de veraneo en el norte de Francia. El maestro tenía un hijo dos años mayor que mi madre; ambos compartieron las lecciones. Gracias a la insistencia de Laurent (así se llamaba el profesor), mi madre acabó los estudios primarios, y su hijo, Víctor, estudió medicina en la universidad. Unos años después se casó con mi madre.

A la temprana muerte de Laurent, Víctor, hijo único y médico reconocido en todo el país, heredó la casa de su padre, a la que se mudó con mi madre cuando su progenitor llevaba apenas una semana enterrado. Abandonaron y posteriormente vendieron el piso en el que habían vivido hasta entonces.

Vivíamos con comodidades, pero sin el lujo excesivo de las grandes familias a las que mi padre atendía como médico. A menudo yo dudaba de que mi madre se hubiese casado con él porque lo quisiera realmente.

—El amor solo es bonito en los seriales de la radio, hijo mío —solía decirme—, pero es mucho más fácil apreciar a alguien, sin llegar a quererlo, con el estómago lleno.

A pesar de la insistencia de mi padre en que me interesara por las ciencias, siempre preferí las letras, como mi madre. Pero mi interés en las letras iba más allá que el suyo. Mi mayor afición de niño consistía en ir a la biblioteca y dedicarme a leer y leer. Cuando acababa un libro y comenzaba a echar de menos a sus personajes, había otro sobre la estantería que estaba esperando a que yo lo encontrase y leyese para traerlo a la vida de nuevo. Y así fui creciendo.

Solíamos ir los tres a las celebraciones que hacía el clan de médicos de París al menos dos veces al año, aunque cualquier excusa era lo bastante buena para convocar una reunión en una casa y desperdiciar comida en los platos cuando ya no entraba más en el estómago.

Yo solía llevarme algún libro para leer después de las comidas. Me escabullía mientras hablaban de sangrías y afecciones oculares, me encerraba en algún salón vacío y me dedicaba a leer. Eso duró hasta que mi padre decidió que debía comenzar a tener algún interés por el género femenino.

—Tienes dieciséis años. No es normal que solo pienses en leer un libro tras otro. Si al menos fueran de la evolución de las especies, lo entendería, pero no haces más que perder el tiempo leyendo extrañas historias de vampiros y demonios que te llenan la cabeza de tonterías. Así estás, entrado en la edad adulta y sin ningún interés en nada que no esté escrito. En otros tiempos, esos libros los habrían quemado, y a ti también por leerlos o simplemente tenerlos.

—No le hables así. No sé qué tiene de malo que le guste leer. Tiempo tendrá de conocer mujeres —decía mi madre.

A la siguiente celebración no pude llevar ningún libro. La velada más aburrida de mi vida transcurrió lenta y pesada mientras era incapaz de centrarme en una sola de las conversaciones que discurrían alrededor de las velas y la vajilla de porcelana. Frente a mí había una chica que parecía ser algo menor que yo. Mientras la observaba con la cabeza medio agachada, ella me sonreía y jugaba con su pelo.

Cuando llegó la hora de que los hombres pasasen a un salón a fumar puros y que las mujeres se encerraran en otro para hablar de sus maridos, intenté escabullirme al segundo salón de la casa. Con suerte, encontraría en una estantería algún libro. En lugar de eso, aquella chica me dijo que podíamos salir a la terraza a tomar el aire. Fui con ella sin ganas. Mientras hablaba de una de sus amigas, de sus notas en la escuela y de su signo zodiacal, yo me había escabullido junto a Gulliver en uno de sus viajes. Fue en ese momento, con el parloteo y la risa taladrante de aquella chica, de la que no recuerdo su nombre, cuando me di cuenta del poder de los libros, de que el poder de las historias atrapadas en unas páginas radicaba en la imaginación, y que yo mismo podía escribirlas como se me antojaran. En ese instante fui consciente de que quería dedicarme a escribir.

El lunes siguiente, después de la escuela, me encerré en mi habitación. Tras hacer los insoportables deberes, comencé un relato. Plasmando algo en un pedazo de papel podría tener cuanto quisiera. Descubrí que podía encontrar todo el amor en los libros que yo mismo iba a escribir. Nunca olvidaré el día en que mi padre descubrió una de mis historias sobre el escritorio. «*El demonio la sedujo hasta el punto de hechizarla y convertirla en su esclava.*»

Con esa página en la mano, me dijo que no se me ocurriera volver a escribir. Que la permisividad de mi madre en la lectura me había podrido el cerebro y que era estúpido por mi parte pensar que podría vivir de mis escritos.

—Si es que alguien te los llegara a publicar alguna vez —añadió.

A los diecisiete años, sin ningún afán por estudiar medicina, matemáticas o alguna ciencia, tal como había previsto mi padre desde mi nacimiento, llegó a mis oídos el nombre de una editorial relativamente nueva y dirigida por un zaragozano: Éditions Pupets.

Tras informarme como pude de la editorial sin dirigirme a ella directamente, me enteré de que el director había escrito dos novelas: una que había sido todo un éxito, y otra que había caído en la maldición del olvido, la peor en la que puede sumirse un libro y su escritor. Después había abierto una escuela de escritores en la que se habían matriculado una docena de personas en un primer momento. Más tarde tuvo que arrendar las dos primeras plantas del edificio, además del local de la planta de la calle, debido a la demanda de matriculaciones.

El director del centro revisaba los manuscritos de los alumnos. De vez en cuando encontraba un cuento o una novela con suficiente fuerza y originalidad y la enviaba a alguna editorial con buenas recomendaciones de su puño y letra para intentar que lo publicaran. Tiempo después, se hizo con las otras tres plantas del edificio y lo convirtió en una editorial multidisciplinar. En la primera planta se encontraban las aulas para el alumnado y los editores de diferentes temas: novela negra, romántica, dramática, ciencia ficción, cuento infantil y cuento para adultos. Allí leían los manuscritos y los aceptaban o rechazaban. Cuando uno de ellos pasaba la criba inicial, lo enviaban al piso superior, donde los dibujantes los leían de nuevo y hacían una cubierta adecuada.

En la última planta se realizaban las revistas de lectura. La idea había surgido tras comprobar que ciertos escritores guardan un estilo propio y absolutamente personal, dedicados a escribir en el mismo género y con los mismos personajes, por lo que se habían decidido a publicar revistas como si fueran un serial de radio. Había tres tiradas: una semanal, una mensual y otra semestral. En cada una de estas revistas participaban varios escritores.

Cuando me enteré de su existencia, me dirigí a una de las librerías en las que se vendían y compré un ejemplar de cada serie. La semanal tenía varios autores, cada uno con su historia. Las había de todos los géneros: terror, amor, romance, fantasía... Relatos cortos que acababan en apenas cinco o seis páginas. La revista mensual era más grande y con menos autores, pero con historias más compactas. Al acabar cada relato, se anunciaba su continuación en la siguiente entrega. Por último, la semestral contenía novelas cortas completas. Dos exactamente. Debía de ser la élite de las tres revistas. Yo estaba convencido de que la que mejor se adaptaba a las historias que yo podía contar al mundo era la entrega mensual, y estaba más que decidido a conseguir un hueco para, a ser posible, la próxima entrega, que era en veinte días.

Una mañana lluviosa, cogí del cajón de mi mesa la historia más reciente que había escrito. La protagonista era una joven de quince años que había encontrado en la biblioteca de su casa un viejo libro encuadernado en piel, concretamente, el diario de una antepasada suya, una vampiresa. En ese diario había una serie de notas sueltas. Se decía que, una vez muerta, podría resucitar si, transcurridos doscientos años desde su muerte, una mujer menor de veinte años, pura y de su misma familia, se hacía un corte en la mano y vertía su sangre sobre la tierra que cubría su tumba.

Salí a la calle con un paraguas que mi madre me había regalado hacía algunos años y me encaminé a la editorial dispuesto a comerme el mundo y dar a mi padre donde más le dolía: en la indiferencia por la ciencia y la predilección por las letras. Plantado frente a la puerta de la entrada, respiré hondo y entré. Había un largo pasillo con mesas típicas de redacción a cada lado, y después de ellas, continuando el corredor, aulas y despachos. Cuando estaba pensando si dirigirme a uno de los despachos o a alguno de los ocupantes de las mesas, que tenían la mirada hundida entre páginas y páginas con tachones, intentando salvar lo insalvable, una voz de mujer habló a mi espalda.

—¿Qué desea, joven?

Me volví y vi que al lado derecho de la puerta había un mostrador de información. Una mujer de unos treinta años me sonreía. Me acerqué despacio.

—He traído un manuscrito, y creo que puede encajar en la revista de tirada mensual.

—¿Cuántas páginas tiene el relato?

—Pues cincuenta, más o menos.

—¿Temática?

—Terror, misterio, drama...

—Ya veo —dijo sin que me gustase mucho su tono.

—¿Qué quiere decir?

—Nada. Rellena esto.

Me tendió un papel y lo leí por encima.

—No te preocupes, ahí no tienes más que poner tu

nombre, el título de la obra y las páginas. Así se queda registrado que en el día de hoy viniste con tu manuscrito a la editorial. Es un papel para que quede constancia de que el relato es tuyo. No está registrado, ¿verdad?

Negué con la cabeza.

—Pues con esto consta como si lo hubieras registrado, aunque no estaría de más que lo hicieras en el Registro de la Propiedad Intelectual directamente, ya que nosotros no nos quedamos una copia de los manuscritos en ningún momento, y ellos sí.

—Gracias —dije mientras rellenaba los huecos, apoyado en el mostrador.

—¿Ya te marchas? —dijo.

Me quedé observándola. ¿Me estaba echando de la editorial?

—¿Perdón?

—No, tranquilo, no te lo digo a ti.

—Sí, ya me marcho —anunció una voz femenina a mi espalda. Me volví instintivamente.

Esa fue la primera vez que contemplé el rostro de Evangeline. Una melena negra, a juego con sus ojos, le llegaba hasta media espalda. En cuanto la vi me dieron ganas de lanzarme a su cuello. Recuerdo que pensé que a eso debía referirse mi padre cuando hablaba de sentir atracción por una mujer. Ella ni siquiera me miró.

—Ya he hecho la solicitud para aumentar el número de ejemplares que deben llegar a la librería de mi padre.

—Muy bien.

—Me alegro de verte..., hacía tiempo desde la última vez. Hasta pronto.

—Adiós —dije sin quitarle los ojos de encima.

Me observó durante unos segundos y se despidió de mí también.

—¿Ya lo has rellenado?

—Sí, ya está.

—Ya puedes ir con el manuscrito a la última planta. Pregunta por Thomas Fiers. Es el redactor jefe de las revistas.

—Gracias.

Tomé la escalera y subí atravesando las plantas. En la segunda había alguien pegando gritos en la que supuse debía ser una de las clases para los nuevos talentos.

«Talentos —pensé—. Si tuvieran talento no tendrían que aprender a escribir.» Llegué a la última planta. Era un lugar enorme y sin despachos. Había mesas de redacción por doquier, y levantando la cabeza veías a todo el mundo. Aparte de una puerta tras la que se escondían los lavabos, no había más. Cada mesa tenía su propia máquina de escribir, paquetes de cuartillas, lamparillas, archivadores y un cubilete lleno de estilográficas de diferentes colores de tinta. Al fondo de la estancia oí gritos, por lo que pude deducir, de un escritor y un corrector o editor.

—No sé cómo a veces puedes escribir historias tan perfectas y otras, bazofia pura y dura.

—Si vuelves a decir que lo que escribo es bazofia, me marcharé de esta editorial de mierda.

—Como tú quieras, pero esto no entra en la publicación.

Acto seguido, el escritor humillado se marchó con su texto bajo el brazo y pasó a mi lado con una mirada furiosa. A continuación, me acerqué a una de las mesas.

—Disculpe, estoy buscando a Thomas Fiers.

—Está al fondo —dijo sin levantar la mirada.

—Gracias.

Había varias mesas ocupadas al fondo, así que me acerqué y le pregunté al primero que vi.

—Estoy buscando a Thomas Fiers.

—Tres mesas más allá —cortó.

—¿He oído mi nombre? —dijo el que debía de ser Thomas.

—¿Señor Fiers? —pregunté con voz algo temblorosa.

—Vamos, acércate, que no me como a nadie.

Thomas Fiers era un hombre de mediana edad, de rostro amable y barba finamente cortada que le enmarcaba la mandíbula. Llevaba sobre la nariz unas gafas pasadas de moda que le iban que ni pintadas con la ropa que llevaba, también pasada de moda.

Tomé asiento y me pidió que esperase unos segundos mientras terminaba de leer algo a lo que prestaba absoluta atención. Cuando acabó, se levantó y se dirigió a una mesa presidida por un hombre con barba larga y malcarado.

—Esto, para la siguiente publicación.

El hombre resopló.

—Seguro que no es más que porquería.

—Basta —dijo cortante—. Si escribieras algo bueno, te lo publicaríamos, pero no podemos incluir tus relatos, lo sabes.

—No lo entiendo.

—Pues no lo entiendas.

Regresó veloz a la mesa, se sentó y, ofreciendo una sonrisa amable, me tendió su mano para estrecharla.

—Soy Thomas Fiers, pero creo que eso ya lo sabes —se presentó.

—Sí, lo sé. Me llamo Christophe Maestre.

—¿Puedo llamarte Cristo?

Encogí los hombros y asentí.

—Claro, todo el mundo lo hace.

—Cristo, ¿qué te trae a Éditions Pupets?

—Bueno —dudé, tembloroso por los nervios—, he pensado que podrían echarle un vistazo a algo que he escrito.

—¿Lo has traído contigo?

Asentí y le tendí las hojas.

—¿Te ha dado Marie una hoja para rellenar abajo?

—Sí.

41

—Déjamelo y le echaré un vistazo, como tú dices. Puedes pasarte por la tarde. ¿Te parece bien?

Respiré hondo, lleno de satisfacción. Al menos ya tenía el primer paso dado, lo iban a leer.

—Perfecto. Me parece perfecto. Gracias.

—No me las des, espera a que lo aceptemos para agradecérmelo. Esto no quiere decir que lo vaya a aceptar.

—Gracias igualmente.

Salí de allí antes de que pudiera replicarme de nuevo por mi agradecimiento. Volví a la planta baja con una sonrisa que solo pueden mostrar los ignorantes y me dirigí a la puerta. Antes de salir, reparé en la mujer del puesto de información y me acerqué.

—Perdone —dije.

Alzó la vista.

—¿Has encontrado a Thomas? —preguntó quitándose las gafas que usaba para leer.

—Sí, gracias. Verá —comencé—, me preguntaba si podría decirme dónde puedo encontrar a la muchacha que ha saludado antes, cuando estaba rellenando el papel.

Me miró extrañada.

—¿Para qué la quieres? —preguntó con el ceño fruncido.

Me di cuenta de que estaba haciendo el ridículo. Le pedí perdón por hacerle perder el tiempo y me marché.

4

Mi madre se había marchado tras una de sus visitas y yo me disponía a salir a por otra botella de whisky cuando alguien llamó a la puerta. Interrumpiendo la embriaguez que quería convertirse en mi mejor compañía, como cada noche, cuando la soledad de mi casa se me caía encima, abrí la puerta para encontrarme a Lorik, uno de mis mejores amigos y uno de los que más me había ayudado desde la muerte de Evangeline. Aunque él no tenía la culpa de que su ayuda o la de cualquier otra persona me resultase vacía e inútil. La única que me servía para olvidar era la de las bebidas alcohólicas. Nos sentamos en el sofá y le pregunté si quería beber algo.

—Creo que te has bebido ya lo tuyo y lo mío.

—Será que no tengo nada mejor que hacer.

—Adam, Kyliann y yo vamos a ir a cenar al restaurante de siempre, ¿vienes? —dijo ignorando mi comentario.

—No tengo hambre.

—No se trata de que tengas hambre, se trata de que te dé el aire: necesitas despejarte. Estás siempre aquí metido, emborrachándote, o encerrado en la redacción de la editorial. Si no te despegas de todo esto, no volverás a sentirte bien nunca.

—A lo mejor no quiero desprenderme de esto, o de ella, más bien.

—Vamos, Cristo, lleva muerta más de un año.

Sentí una puñalada, como siempre que alguien hablaba de su muerte.

—Márchate.

—Siento recordártelo, pero no es bueno para ti.

—Quiero estar solo, Lorik. Por favor, márchate, ya saldré la próxima vez.

—Siempre dices eso.

—Y tú siempre vienes a ofrecerme algo que sabes que voy a rechazar.

—Regresaré la semana que viene.

—Como quieras.

Cerró la puerta. Después de dar cinco minutos de tiempo para que se marchase, salí a la calle dispuesto a beberme todas las reservas de licores de cuantos cafés pudiera. Esa era la única forma de que Evangeline saliera de mi cabeza, aunque fuera por el estado de inconsciencia que conseguía. La lluvia había cesado, pero todo estaba mojado y el viento no ayudaba a entrar en calor. Llegué al café más próximo y del que más veces me habían sacado a rastras para dejarme durmiendo en el portal de casa. Me quité el abrigo negro y me senté a la barra.

—Cristo —saludó el camarero.

—Lo de siempre.

—No sé si debería ponértelo —dijo mientras secaba dos pequeños vasos y me observaba de reojo.

—Si no me lo sirves tú, le dejaré el beneficio a otro.

Tras pensárselo cosa de un minuto, accedió a servirme a regañadientes una copa de la bebida dorada.

—A tu salud —dije.

Después de tres copas más y de comenzar a no ser consciente de mi cuerpo, me dijo que, me pusiera como me pusiera, no me servía ni una sola copa más. Salí del café y me dirigí al siguiente, tres calles más abajo. Cuando me echaron de ese, llegué a una fuente y metí la cabeza en el agua helada. Las lágrimas caían de mis ojos y pronuncié el nombre de Evangeline. No tengo un recuerdo especialmente nítido, pero la fuente quedaba frente al restaurante en el que mis tres amigos habían ido a cenar. Debieron verme cayéndome de bruces al suelo, con la cara congelada. Los vi salir del restaurante y llegar hasta mí. Intenté zafarme de sus brazos, pero me resultó inútil. Recuerdo vagamente que me sujetaron los tres, me llevaron con los pies a rastras de vuelta a mi casa y me tumbaron en la cama.

—Esto acabará con él —dijo uno de ellos—, acabará con él.

Después, tan solo oscuridad.

Segunda parte

1950-1918

1

Nunca hubiera podido imaginar que mi boda con Ivette podía acabar tan mal y que desencadenaría una visita forzosa al país vecino, España, tras una especie de complot entre mis allegados, aunque fuera, como les gustaba decir, en mi beneficio.

Subí los escalones y me acomodé en uno de los asientos. El vagón y el tren entero iban prácticamente vacíos. La maquinaria arrancó y me despedí de Thomas desde mi asiento con la mano. El tren salió de la estación y no tardó mucho tiempo en comenzar a atravesar campos y montañas. Todavía no me había marchado y ya quería volver. El traqueteo del tren me meció hasta llegar a una especie de ensoñación y comencé a recordar las primeras historias que había escrito. Después, me quedé dormido. El viaje hasta España no se me hizo especialmente largo. Entre el vagón café y el asiento, me dediqué a escribir con la máquina sobre mis piernas sin que resultase especialmente difícil por el movimiento del tren. Todo estaba nevado en Canfranc. Bajé del tren y pregunté en el puesto de ventanillas de la estación por una pensión u hostal.

—Hay uno a un kilómetro, más o menos. Pero el camino es difícil, está lleno de piedras, y con el hielo y la nieve es arriesgado. Sería mejor que pasara la noche aquí. El tren a Zaragoza sale a las seis en punto de la mañana, siempre que no se retrase.

—Creo que voy a hacerle caso.

Me acomodé en uno de los bancos y continué escribiendo. Así pasé la noche, y para cuando el sueño quiso vencerme, llegó el tren con media hora de antelación.

—A esto lo llamo yo milagro milagroso. En mi vida había visto llegar un tren con media hora de antelación. Debe de dar usted buena suerte —dijo el hombre.

—Sí, no se imagina hasta qué punto —exclamé.

Me despedí de él y subí. No mucho rato después abandonamos la nieve para ver placas de hielo enormes en los charcos y acequias estancadas.

—¡Próxima parada: ciudad de Zaragoza!

Al oír la llamada, apreté la cabeza a la ventana para poder ver el exterior mientras el tren reducía la velocidad lentamente. Había tenido durante todo el viaje el vagón para mí solo, por suerte. Cuando comenzamos a entrar en la ciudad, me preparé con las maletas. Los peldaños tenían una capa de hielo y bajé con cuidado. Me ceñí el abrigo al cuerpo todo lo que pude. El viento soplaba con fuerza y cortaba la cara. El vaho salía de mi boca como si estuviese fumando un puro. Me pareció una ciudad abandonada y triste. Los edificios sudaban humedad en sus fachadas, y las ventanas parecían llorar. Vi la cara de algunos niños asomarse a las ventanas cuando todos bajamos del tren. El suelo estaba embarrado, no sabía si por el frío que hacía o por alguna tromba de agua que podía haber caído hacía algunas horas. Saqué del bolsillo la dirección del Gran Hotel donde me hospedaría y busqué un taxi. Agradecí el escaso calor que había dentro y le tendí el papel con la dirección.

Tras pagar una suma desorbitada por el trayecto, salí sin dar las gracias. La calle donde se encontraba el hotel era elegante y bonita, con restaurantes en los que se prometía comida casera y natural, y tiendas de bolsos y guantes. Estaba adornada con árboles perennes y setos. Entré en la recepción. Hacía calor.

—Buenos días —ofreció un uniformado.

—Buenos días. Tengo una habitación reservada a nombre de Christophe Maestre.

—Ah, el escritor. Sí, tenemos una reserva para tiempo indeterminado. ¿Sabe ya el señor cuál va a ser la duración de su estancia?

—No, pero dudo que se alargue más de dos semanas.

—Muy bien.

Tardó unos minutos en rellenar una serie de papeles y me los tendió para que los firmase.

—Aquí tiene su llave, y ahora mismo le acompaño a la habitación —dijo mientras daba la vuelta para salir del mostrador.

—No hace falta, gracias.

Resultó que Thomas me había reservado una *suite* compuesta por un salón con chimenea, sillones, una mesa baja, un gran escritorio pegado a la ventana, una librería llena de biblias en varios idiomas, una enorme lámpara de techo y alfombras que cubrían casi todo el suelo de madera. El dormitorio tenía una puerta de hoja doble y con cristales de colores que me recordaron a Notre-Dame. La cama era enorme, y había una mesita de noche a cada lado, a juego con dos sillas.

Lo primero que hice fue llenar la bañera con agua caliente para conseguir entrar en calor y desentumecer los dedos de los pies. En el baño, en una estantería blanca, había tres juegos de toallas blancas perfectamente dobladas con las iniciales del hotel bordadas en hilo dorado. Después de más de una hora en remojo, salí, me enrosqué una toalla y me dispuse a deshacer la maleta. Dejé ordenadas en fila, sobre la cama, las fotos de Evangeline que había traído conmigo, repartí la ropa entre el armario y los cajones, dejé la máquina sobre el escritorio del salón y tomé la hoja con el listado de nombres. Hice una copia a máquina y la guardé en el bolsillo del abrigo para llevarla siempre conmigo. En ese instante llamaron a la puerta. Abrí de mala gana. Lo que me apetecía en ese momento era soledad.

—Le traigo la carta con el menú del desayuno —anunció un joven.

—Gracias.

Me dispuse a cerrar la puerta.

—¿Desea que se lo subamos a la *suite*?

—Bien.

—¿Qué desea desayunar el caballero?

Eché un vistazo rápido y pedí lo primero que leí sin prestar demasiada atención.

—En unos minutos se lo subiré.

Al parecer, había pedido el desayuno completo, porque me habría servido también de comida. Me tomé el café, el zumo y devoré los huevos con tostadas. Contemplando las fotos que había dejado apoyadas sobre la Biblia de la mesilla, me quedé dormido.

Me desperté a las siete de la tarde. Me vestí y bajé al restaurante del hotel. Tras comer el menú especial, pregunté al recepcionista por los periódicos de la zona.

—Hay unos cuantos, pero el más importante es el *Heraldo de Aragón*. Tiene la sede subiendo por esta calle hacia el paseo de la Independencia, aunque no recuerdo exactamente el número.

—Gracias.

—No sé si estará abierto a estas horas.

—Gracias de nuevo.

Salí. En apenas un par de minutos llegué a la puerta

del periódico. Estaba abierto. Abrí la pesada puerta de madera y me quedé frente al mostrador que encontré. Después de estar un rato sin que apareciese nadie, llamé.

—¿Hay alguien?

Un minuto después, un hombre que me recordó a Thomas por el pelo y la expresión de la mirada detrás de sus gafas me preguntó qué quería.

—Estoy buscando a un periodista, aunque no estoy seguro de que trabaje aquí.

—¿Cuál es su nombre?

—Christophe Maestre.

—No, nunca hemos tenido a un periodista francés en plantilla, lo siento.

—Perdone, me he confundido, creí que preguntaba mi nombre. Se llama Ángel Tomás.

Nada más nombrarlo, comprobé que lo conocía.

—Ese pedazo de inútil no era un periodista. Era una rata.

—¿Era?

—Sí, era. Ocupaba un despacho en la última planta del edificio. Siempre andaba metido en trapicheos extraños. Intentaba convertirse en un periodista reconocido, ¿sabe? Nunca lo consiguió. Siempre andaba intentando desentrañar algún escándalo de las familias de los ricos y pudientes. Nunca lo consiguió. Hace ya varios años nos extrañamos de no verlo por la redacción, pues constantemente bajaba la escalera, salía a la calle y regresaba. Enviamos a un chico de doce años que trabajaba de correveidile a su casa, pero nadie le abrió la puerta, así que subimos a su despacho. Hacía años que nadie, aparte de él, entraba allí. Lo encontramos tirado en el suelo. Alguien había entrado en su despacho y le había pegado una paliza. No podía andar, y lo habían dejado tonto de un mal golpe en la cabeza. Solo podía repetir una y otra vez que se llamaba Ángel Tomás. Había estado varios días ahí tirado. Sin poder, o sin saber pedir ayuda y sin poder moverse. Llamamos a un médico y a la Guardia Civil. Lo llevaron a su casa y pusieron a una mujer a su cargo para que lo limpiase y le diese de comer. No tardó mucho tiempo en morir. Después de la paliza comenzó a sufrir infartos cerebrales.

Suspiré. Mi primera fuente de información no existía.

—¿Siguen arriba sus cosas? Quiero decir: ¿las han limpiado?

Lanzó un bufido.

—Qué va. Nadie se atrevió a tirar el montón de porquería que dejó allí arriba.

—¿Podría subir a echar un vistazo? —pregunté.

—¿Por qué tiene tanto interés? —dijo frunciendo el ceño.

Volví a suspirar.

—Mi interés se debe a un manuscrito que llegó a una redacción de París firmado con su nombre.

—Ah —dudó—. Bueno, puede subir. Pero tenga cuidado con los escalones: hay maderos sueltos.

—Gracias por la advertencia.

Tomé una escalera que permanecía oculta tras un muro blanco. No había nadie además de él en la redacción. Tuve que subir varios pisos, temiendo que los maderos agrietados y carcomidos cedieran bajo mis pies y quedase atrapado. Llegué a una especie de pasillo estrecho con varias puertas cerradas a cal y canto. La única que no estaba cerrada con llave era la que indicaba un nombre en la puerta: ÁNGEL TOMÁS.

Giré el pomo de metal ennegrecido y helado. Tuve que empujarla con fuerza para que cediera. Aquella habitación era un vertedero de papeles y colillas. Sin ventana alguna, el aire no se había regenerado en años, de ahí el hedor a putrefacción por el humo no ventilado que había oscurecido las paredes y por los folios acumulando polvo.

Giré el interruptor. Para mi sorpresa, la bombilla que pendía desnuda del techo se encendió después de parpadear unos instantes. Papeles colgados de la pared prácticamente cubrían el lateral izquierdo. La mesa, atiborrada de montañas de folios llenos de apuntes y de papeles. En el centro, una máquina de escribir convertida en el nido de arañas. Di la vuelta a la mesa y me senté en la silla, que desprendió polvo con el simple roce de mi ropa. Ojeé las hojas amarillentas que había sobre la mesa. No encontré más que relatos que hablaban de apariciones marianas. Abrí el cajón de la mesa y rebusqué. Saqué algunos folios y los leí. Entre ellos, había nombres anotados: Adriana Cristo, Enrique Cristo, Sotomayor, Sancristóbal, Carolina, y en otro de los folios, una serie de nombres que sí conocía: Donato Dicastillo, Isabel Andrés. Estos dos estaban juntos en una llave con una dirección anotada: «Paseo de Sagasta n.º 34».

Me quedé ese pedazo de papel y comprobé los del cajón uno por uno, por si encontraba alguna anotación más. Nada. Cerré el cajón y me disponía a salir cuando me di cuenta de que había una montaña de papeles de color amarillento en una esquina de la habitación. Me acerqué. Fui pasando las hojas y encontré una serie de notas y apuntes referentes a los Dicastillo. Los doblé y me los guardé con cuidado en el bolsillo. Cerré la puerta y bajé la escalera tan rápido como pude.

—¿Ha encontrado algo interesante ahí arriba?

—No, tenía razón, eso es un vertedero. Gracias por su ayuda.

—No hay de qué —dijo regresando a la lectura de su periódico.

Me dirigí a la puerta dispuesto a marcharme, pero una última pregunta me hizo detenerme antes de salir a la calle.

—Una cosa más. ¿Podría darme la dirección de la casa de Tomás?

Cogió un papel y anotó algo en él.

—Tenga, pero no encontrará nada allí.

—Gracias.

Guardé la dirección también en el bolsillo y regresé al hotel. Era tarde y hacía demasiado frío. Cené algo en el restaurante y subí de nuevo a mi habitación. Echado sobre la cama, repasé las hojas que había encontrado en el despacho de Ángel Tomás. Eran una serie de apuntes y anotaciones mal escritas que contaban lo mismo que había en el manuscrito que tenía en mi poder y que habían mandado a la editorial. Entonces caí en la cuenta de que lo más plausible era que Dicastillo hubiera contratado los servicios de Ángel Tomás para que escribiese la historia de lo ocurrido en su casa a su familia, y el manuscrito hubiese sido enviado por Dicastillo, ya que Tomás estaba muerto. ¿Por qué? ¿Para qué sacar a la luz la vida de una esposa loca que se dedicaba a descuartizar animales? ¿Para limpiar su propio nombre? No tenía mucho sentido. Leí de nuevo la dirección de la casa de los Dicastillo y la memoricé. Al día siguiente haría una visita.

Puse el despertador que había llevado conmigo a las siete de la mañana y sonó puntualmente. Me di una ducha, me vestí con ropa limpia y bajé a desayunar unas tostadas con mermelada francesa. Antes de marcharme, le pedí a uno de los camareros que me indicara el camino hasta el paseo de Sagasta.

—Está cerca. Espere, le traeré un plano.

Me llevó un gran mapa de la ciudad con el recorrido desde la puerta del hotel hasta mi destino. Le di las gracias, una propina, y me marché. Como había dicho el chico, que apenas tendría catorce años, quedaba bastante cerca. Antes de llegar a la calle, pasé frente al Banco de España y me detuve para abrir una cuenta y dejar arreglado lo que Thomas me había pedido. No era muy difícil darse cuenta de que el paseo de Sagasta era una de las mejores zonas de la ciudad. Los bloques de pisos tenían portero, y todos los edificios eran señoriales. Los pisos se amontonaban en el lado izquierdo, y las casas señoriales en el derecho. Busqué el número 34. La casa quedaba alejada del resto por el enorme jardín que la rodeaba. Era inmensa. Tres plantas, con unas diez habitaciones en cada una de ellas, según pude calcular. Abrí la verja negra y oxidada que la custodiaba y seguí el sendero de piedras retorcidas que daban a la puerta principal.

El sol quedaba oculto tras el edificio y le daba un aire siniestro. Parecía una sombra de la mansión que alguna vez había sido. Dos farolillos apagados bailaban en el porche al son del viento. La puerta acristalada necesitaba una mano de pintura que nadie quería darle. Los cristales de las ventanas, que podía ver a los lados de la puerta y a lo largo de las paredes, estaban sucios. Parecía que nadie vivía allí. Llamé y esperé. Cinco minutos más tarde volví a llamar con más fuerza y sin ninguna esperanza. Di unos pasos atrás para intentar ver algo a través de las ventanas del piso superior. Nada. Todo a oscuras. Me di media vuelta dispuesto a irme, y cuando había descendido tres escalones oí el chirriar de la puerta a mi espalda. Me volví. Una mujer permanecía medio oculta en las sombras de la casa. No podía verle el rostro, que se había quedado en la penumbra.

—¿Qué desea?

Tardé unos segundos en responder; intentaba hacerme una composición de su rostro. Llevaba un vestido azul raído y viejo cubierto por un delantal blanco. Sucio.

—Estoy buscando a Donato Dicastillo. Tengo entendido que esta es su dirección.

No me moví de los escalones.

—Ahora mismo no está en casa.

—¿Podría decirle que he venido?

—Eso depende. ¿Quién es usted y qué quiere?

—Me llamo Christophe Maestre. Vengo de parte de

una editorial francesa a la que llegó hace algún tiempo un manuscrito escrito por él. Me hospedaré en el Gran Hotel hasta que hable con algunas personas.

Hubo un largo silencio y finalmente asintió.

—Le diré que ha venido.

—¿Cuándo puedo volver?

—Por la tarde, pero no sé si querrá verle.

—No importa, dígaselo. Regresaré sobre las seis. ¿Le va bien a esa hora?

Cerró sin responder.

Un viento helado comenzó a soplar con más fuerza. Me apreté todo lo que pude el abrigo al cuerpo y me fui de allí deprisa. La casa me daba miedo. Y la doncella, también.

Comí en el restaurante. Miré a mi alrededor, vi mesas repletas de comensales, manteniendo animadas conversaciones, y me di cuenta de que mi estancia en Zaragoza iba a ser muy aburrida. No tenía nada más que hacer, además de dedicarme a contactar con las personas relacionadas con el libro, y me daba que la mitad iban a estar muertas, como Ángel Tomás, o desaparecidas. Se me ocurrió que podía escribir mi historia y la de Evangeline. No tenía nada mejor que hacer. Disfruté de un cocido madrileño que calentaba hasta las uñas y subí a la habitación. Alguien, el recepcionista o alguna doncella, había colado una carta bajo mi puerta. El remitente era Thomas. Cerré la puerta y me senté sobre la cama. Abrí el sobre.

Querido Cristo:

Te escribo dos días antes de que salgas hacia España. Apenas hace unos minutos que te has marchado enfadado de la redacción. Siento haberte puesto en el compromiso de tener que marchar por un tiempo a Zaragoza. Sabes que no es más que una excusa el hecho de que te dediques a investigar sobre esa absurda historia que, como tú dijiste, no tiene ni pies ni cabeza, y seguramente el autor tenía algún tipo de deficiencia alimentaria. Simplemente, queríamos que cambiaras de aires. En el fondo, sabes que te sentará bien. Aprovecha el tiempo que estés allí, y recuerda que todos los gastos corren a cuenta de la editorial, que tantos ejemplares vendidos te debe.

THOMAS

Dejé caer la carta al suelo, me tumbé en la cama, cubriéndome con la manta que habían puesto a los pies, e intenté dormir.

2

Me desperté tarde, de golpe y sudando. Parecía que había tenido una pesadilla de la que no me acordaba. Me di una ducha y salí de nuevo al frío de la calle en dirección a la casa de Dicastillo. Esta vez, me dio la impresión de que la casa era más tétrica que en la visita anterior. Parecía igual de abandonada, salvo por una tenue luz que se veía tras una ventana en la planta de arriba. Llamé. La doncella abrió en apenas un par de minutos.

—Buenas tardes. He venido esta mañana...

—El señor Dicastillo le está esperando en la planta superior —cortó—. Pase. Le guiaré.

Aquella mujer parecía sacada de una novela de terror. Tenía la cara surcada de cortes. Resultaba difícil mirarle directamente a los ojos y evitar las cicatrices. El vestíbulo central de la casa era enorme. Estaba todo demasiado oscuro para poder ver ciertos detalles, pero intuía las sombras de cuadros señoriales colgados en la pared del fondo. Una enorme alfombra cubría gran parte del suelo. Al fondo y a mano derecha, prácticamente al lado de una gran puerta que debía de dar al salón, una ancha escalera conducía al piso superior.

—Sígame —ordenó.

Me coloqué detrás de ella y esperé a que encendiese un quinqué. Apagó la cerilla abanicándola al aire y comenzó a subir. La escalera también estaba alfombrada con la elegancia de alguien que puede pagar y mantener una mansión semejante. Mirando hacia arriba, la escalera parecía no tener fin. Una enorme lámpara de araña colgaba del techo y oscilaba suavemente como si unas manos la empujasen con cuidado. No me gustaba esa casa, tenía algo extraño. A medida que subíamos por la escalera, mi mano limpiaba el polvo de la barandilla de madera. Las fotografías y los retratos de la familia Dicastillo me observaban tras el cristal. Imperantes, vigilantes, atentos a cualquiera que posara sus ojos sobre ellos.

Llegamos a la planta de arriba. Un pasillo completamente negro se mostró ante nosotros. Hacia mitad del mismo, una fina línea de luz quería hacerse ver. Lentamente se hizo más nítida. Caminamos por el pasillo. La doncella me advirtió de que tuviese cuidado con la alfombra. Al paso de la luz del quinqué se podía ver la silueta de pequeños muebles y estanterías a un lado del pasillo, y más cuadros. Paró frente a la puerta y llamó con los nudillos.

—¿Señor Dicastillo? El hombre de la editorial está aquí.

—Que pase —gruñó una voz ronca desde el interior.

La doncella procedió a abrir una puerta que chirrió y me indicó que pasara. Cerró tras de mí. La habitación no era especialmente grande. Paredes, suelo y techo de madera. Una enorme estantería repleta de libros cubría la pared que quedaba a mi izquierda. Plantas muertas en jarrones viejos y sucios. Cortinas descorridas para dejar pasar la escasa luz del sol que podía entrar de la calle. Un fuego ardía con fuerza en la chimenea. Sobre la repisa descansaban unas fotografías enmarcadas. En la pared derecha, una cabeza de ciervo colgaba a media altura.

Una alfombra, a juego con el resto de la casa, cubría el centro de la habitación. Sobre ella, una mesa de cristal con tres sillones alrededor. En el sillón central había un hombre fumando pipa y bebiendo algo que me hubiese encantado probar en ese momento para intentar calmar los nervios. Me dio la sensación de que llevaba semanas con la misma ropa. Estaba gordo, con una espesa barba castaña y cejas excesivamente pobladas. Intentaba cubrirse el cuerpo con una manta oscura, y tenía migas de pan en la chaqueta del traje que vestía. Parecía enfermo.

—Siéntese.

Obedecí, y pasé a ocupar el sillón más cercano a la puerta, por si acaso.

—Se preguntará por qué no hay luz en la casa. Durante la guerra, un día se apagó y no me molesté en arreglarla. Pero no ha venido para eso. Es de Éditions Pupets, ¿cierto?

—Así es.

—Me decidí por enviarle el manuscrito a esa editorial porque tengo entendido que el dueño es paisano mío. ¿Me equivoco?

—No, señor. No se equivoca. El director y dueño es español. De Zaragoza.

Parecía que le costaba trabajo respirar. Un silbido acompañaba a cuanto decía desde el fondo de su garganta. Tosió con esfuerzo.

—¿Podría explicarme el motivo de su visita?

Tomé aire profundamente, aunque me resultó difícil, porque el aire estaba muy cargado del propio olor corporal de Donato Dicastillo. Debió de darse cuenta de lo que estaba pensando.

—Disculpe mi aspecto. No se crea que desconozco el estado de mi apariencia, pero llega un momento en la vida en el que todo le da igual a un hombre.

—El motivo por el que me envía la editorial es porque

usted, en su manuscrito, dijo que era real lo que contaba. ¿Es eso cierto? ¿Lo que en él se relata es verdad? —Asintió con dudas—. Verá, tras leer el manuscrito, me dirigí al internado que usted nombra. Se supone que envió a su hija allí, pero ese dato resultó ser falso y, por ello, Pupets duda de la veracidad del manuscrito.

Me dio la sensación de que intentaba sonreír.

—Los nombres que aparecen en el manuscrito son ficticios, por eso no encontró a mi hija matriculada en el internado.

—¿No se llama su hija Abril Dicastillo?

Su rostro se tornó serio. Aspiró una bocanada de humo de la pipa.

—¿Cómo sabe usted eso?

Lo observé, perplejo.

—En el manuscrito encontré una hoja pegada a la última del relato. Al despegarlas, había allí una lista con los nombres reales y los correspondientes ficticios. Así supe su nombre, señor Dicastillo. También descubrí una frase borrada, pero que pude finalmente leer, en la que se especificaba que el manuscrito pertenecía a un periodista llamado Ángel Tomás. ¿Lo conocía usted?

—Sí. Tuve la desgracia de conocerlo —dijo con pesadez—. Era una sanguijuela. Iba a lo que le interesaba. Quería hacerse famoso, quería ser un periodista conocido, y qué mejor forma que desentrañando una historia de familias acaudaladas. Pero no tuvo suerte. Nunca la tuvo. Comenzó a meter las narices en mi casa, haciendo preguntas insistentemente. Yo le daba largas, pero seguía metiéndose en mi vida, diciendo que no tenía nada que perder, que un periodista sin reconocimiento no era sino un árbol más en el bosque. Decía de sí mismo que podía ser un gran periodista si tenía una buena noticia que contar. Nunca lo consiguió.

Guardamos silencio.

—¿Y qué me dice de su hija? Abril, la supuesta Ana María del manuscrito. Ella no estuvo nunca interna en la institución que usted, o Tomás, tanto me da, nombraba en el manuscrito.

—Mi hija, señor Maestre, está muerta desde hace más de quince años. Así que pedí a Ángel Tomás que escribiera algo alternativo. Algo que hiciera pensar que seguía viva, aunque solo fuera en un manuscrito, que debo asumir que nunca verá la luz.

—¿Quién es Pilar Abad?

Vi que se estremecía al oír ese nombre.

—¿También lo ha encontrado en el manuscrito?

—Así es.

—Siento tener que decirle que nunca había oído ese nombre. Supongo que el manuscrito no va a publicarse —insistió.

—Eso, señor Dicastillo, no depende de mí. He venido a comprobar si lo que se cuenta en el manuscrito, aparte de lo relacionado con el internado, es cierto. Aunque ya veo que, si su hija Abril está muerta desde hace quince años, no lo es. Y también me gustaría saber por qué encargó al periodista que lo escribiese.

Hubo un largo silencio. Después sonrió.

—¿Qué quiere que le cuente primero?

3

Me casé con la madre de mi hija, Isabel Andrés, en 1918. Ella tenía dieciséis años, y yo, diez más. Mi padre quería haberme casado hacía al menos siete u ocho años, pero yo las había rechazado a todas, a sabiendas de que no eran más que arpías sedientas de dinero. A mí eso nunca me ha gustado. Fue en 1917 cuando conocí a Isabel. Sus padres y los míos eran amigos desde siempre. Al principio vivían en la ciudad. Yo los conocía de las reuniones a las que solíamos asistir los empresarios, pero un día, sin más ni más, se marcharon. Yo le preguntaba a mi padre por su amigo, el señor Andrés, y él siempre me respondía que se habían mudado al campo por su hija, que estaba enferma y necesitaba tranquilidad.

Pasó tiempo hasta que volví a tener noticias de los Andrés. Parecía que todos se habían olvidado de ellos. Un día, en octubre de 1918, mi padre dijo que se marchaba al campo, a casa de su viejo amigo, para saludarlo y ver cómo se encontraba. Mi madre insistió en acompañarlo para saludar a su mujer, así que acabamos yendo los tres. Se habían marchado a un pueblo de los Pirineos, en las montañas. Entonces no comprendí por qué se habían llevado a su hija a un clima montañoso y con nieve si lo que necesitaba era sol y calor. Cuando le pregunté por ello a mi padre, me dijo que lo comprendería cuando llegásemos. Que verdaderamente se habían marchado al campo por motivos de salud, pero no por la de su hija, sino por la de cuantos rodeaban a la familia. No comprendí tampoco la explicación que me dio. Desde la estación de tren, mi padre alquiló un coche con chófer para que nos llevase hasta la aldea en la que estaba la casa de los Andrés. Tras una hora de viaje llegamos allí. El chófer nos indicó el sendero a seguir montaña arriba, hasta la casa.

—¿No puede llevarnos usted?

—Lo siento, señor, pero ese sendero es demasiado pequeño para un coche. Apenas podrán caminar ustedes en fila india, y tengan cuidado con el hielo y la nieve.

Salimos del coche y sentimos un frío horrible. Me ajusté la bufanda al cuello y dejamos la aldea atrás para seguir un camino que debían de tomar únicamente las cabras. Tardamos dos horas de caminata hasta que el humo de una cabaña, en medio de un valle nevado y helado, nos anunció que habíamos llegado. Aceleramos el paso mientras mi madre refunfuñaba y se preguntaba en voz alta si no existía un lugar más alejado y desamparado en el mundo al que haberse ido a vivir. La nieve nos llegaba hasta la rodilla. Mi padre llamó a la puerta. Su viejo amigo pronto nos abrió. Estaba sudado y parecía asustado.

—Gracias a Dios que habéis llegado. ¿Habéis visto a Isabel por ahí fuera? Ha desaparecido. Se marchó ayer por la tarde y no ha regresado todavía. Salí a buscarla, pero no he dado con ella. No sé qué hacer ni dónde más buscar —dijo llorando.

—No, lo siento —contestó mi padre apenado—. Vamos a buscarla ahora mismo. Anda, entra —indicó a mi madre—. Nosotros tres iremos a por ella.

—Gracias, muchas gracias —dijo aliviado y más tranquilo—. Ya no sé qué hacer con ella, es un peligro.

Salimos del porche, y cuando nos dirigíamos a la parte trasera de la casa para introducirnos en el bosque de pinos que quedaba a unos quinientos metros, Isabel apareció. Con un abrigo y una bufanda alrededor del cuello y la boca llena de sangre. De su mano derecha pendía una ardilla destrozada.

—Isabel —gritó su padre lanzándose a ella—. ¿Qué has hecho? ¿Vuelves a lo de siempre?

Le ordenó tirar el animal muerto y le dijo que entrara en casa. Cuando cerró la puerta, nos contó el verdadero motivo por el que la habían llevado allí.

—Es agresiva desde que nació. Desde bebé nos atacaba a mi mujer y a mí, mordiendo, sobre todo. Cuando creció, se dedicó a descuartizar a sus muñecas, y luego a los animales de mi esposa. En una ocasión mordió a una de las doncellas e intentó agredirla con un cuchillo. Tenía un hermano, médico, que falleció hace seis meses. Solo me atreví a consultarle a él qué debía hacer, pues me negaba a internarla en una institución mental. Me recomendó que la aislara por un tiempo para ver si mejoraba. Por eso vinimos aquí. Cuando llevábamos tres meses viviendo en esta cabaña, parecía calmada, casi una niña normal. Ha durado varios años, y ahora que pensábamos regresar, vuelve a hacerlo. Es la tercera vez en dos meses que se escapa de casa y regresa manchada de sangre, pero nunca había tardado tanto, por eso temí lo peor..., pero ha regresado y está bien, por decirlo de alguna manera. Ya no sé qué puedo hacer, amigo mío. Estoy desesperado. Mi mujer lo está pasando verdaderamente mal. Tiene el ánimo por los suelos, y la niña vuelve a atacarnos. Es horrible, pero no quiero encerrarla en un lugar en el que sé que no va a poder mejorar nunca mientras experimentan con ella, con su mente...

—Vamos, no te preocupes. Te ayudaré en lo que sea necesario. Lo sabes.

Comenzó a llorar, hecho un manojo de miedo y llanto.

—No sabes cómo te lo agradezco, pero dudo que se pueda hacer nada por ella. Es un animal salvaje, por eso aquí, en medio del bosque, está más tranquila.

Mientras transcurría la conversación y los copos de nieve comenzaban a caer cada vez con más fuerza, pude ver, a través de la rendija de una ventana, cómo la madre de Isabel le lavaba la cara y la desnudaba para ponerle ropa limpia. Nos quedamos esperando en el porche hasta que acabó de limpiarla y vestirla. Luego, nos indicó que podíamos pasar. La madre de Isabel la acompañó al piso superior de la cabaña y la dejó durmiendo en su cuarto.

—La despertaré para cenar —dijo al bajar.

Ella y mi madre entraron en la cocina. Los dos hombres se quedaron adormecidos frente al fuego, controlando que no se apagase, en silencio. Las mujeres mantuvieron una conversación en la que mi madre le relataba las novedades de la ciudad. Aproveché para subir la escalera intentando que las maderas no crujieran. Hacía frío arriba. Seguí el pasillo hasta el fondo, donde encontré una puerta con un cerrojo echado por fuera. Lo quité y entré. Isabel no estaba dormida en absoluto. Estaba sentada en el suelo. Se tiraba del pelo y gruñía en voz baja. Al oír la puerta se volvió. Tenía una extraña sonrisa en la cara.

—Hola —saludó con una voz resfriada.

Entré y cerré la puerta. Le devolví el saludo y se puso en pie. El camisón que llevaba para dormir era viejo y de telas raídas: se transparentaba la silueta de su cuerpo. Me asusté cuando se abalanzó sobre mí. Temí que pretendiera hacerme lo mismo que a la ardilla y di un paso atrás. En lugar de eso, comenzó a besarme y a lamerme. Se quitó el camisón y me arrastró a la cama. No pude eludir mis instintos de hombre, y no paré.

Fue un momento de pecado del que siempre me arrepentiría. La lujuria nos venció a los dos en aquella cabaña.

Ella se quedó dormida. Yo me vestí y bajé al salón. Nadie se había percatado de nada. Me senté en una silla, tras mi padre y su amigo, que continuaban dormitando, y esperé. Una hora más tarde, mi madre anunció que la cena estaba lista y que ayudase a poner la mesa. Ella y María, la madre de Isabel, subirían a despertarla y vestirla para la cena. Puse la mesa y coloqué tres sillas más. Isabel descendió en primer lugar. Sonriente, feliz. Se sentó en su silla y me indicó que me sentase a su lado. Compartimos una cena tranquila, con una conversación normal. Normal para una persona que no hubiese necesitado ser aislada en medio de la nieve.

Sus padres la observaban estupefactos. No daban crédito a que se comportase, de nuevo, como una persona normal. Hablaba con claridad y segura de sí misma. Dijo a sus padres que estaba deseando regresar a la ciudad para ver a sus amigas de la escuela.

Aquella noche, mientras todos dormían, fue a mi cuarto desnuda. Y así, noche tras noche, hasta que llegaron unos días cálidos en marzo y la nieve comenzó a derretirse tempranamente. Ella y yo pasábamos largos ratos juntos en la cabaña, y cuando la nieve comenzó a derretirse, salíamos a pasear por la pradera y ella recogía manojos de flores. Parecía feliz, una persona distinta a la que sus padres estaban acostumbrados. Me di cuenta de que lo único que necesitaba para ser una persona normal eran el calor y el cariño humanos que seguramente sus padres le habían negado desde la cuna.

Así que, cuando mi padre decidió que era hora de regresar a Zaragoza, le dije que quería llevarla conmigo. Por supuesto, todos se negaron en un primer momento, pero les expliqué que estaba más que claro que si estaba conmigo se sentía feliz, y que cuando se sentía feliz, era la persona que debía ser. Tardé unos cuantos días en convencerles, pero al ver que sin ella no me marcharía de allí, regresamos todos. Ellos, temerosos; yo, tranquilo.

El viaje transcurrió sin ningún incidente. Isabel se sentó conmigo en el coche y se agarraba fuerte a mi brazo mientras me contaba lo contenta que estaba por regresar a su casa y a la ciudad.

—Estoy cansada del campo. Me aburría de estar tanto tiempo allí. No hay mucho que hacer.

Se instalaron en su casa. Yo le prometí ir todos los días a visitarla, pero tuve que hacerlo esa misma noche. María fue a mi casa asustada y en zapatillas, gritando que fuera a ayudarlos. Su padre se había quedado con Isabel para intentar calmarla. Por el camino me contó que le había dado otro brote de locura y que se había dedicado a clavar un cuchillo en todos los muebles y a raspar las paredes con él mientras tarareaba *Para Elisa*. Cuando llegué a la casa, su padre la había encerrado en un cuarto oscuro que tenían en el sótano. Ella gritaba desesperadamente que la dejasen salir mientras golpeaba la puerta como un animal salvaje. Les pedí que se apartaran y abrí. Lo primero que hizo fue echarse hacia atrás, pero, al verme, se lanzó a mis brazos y comenzó a llorar amargamente.

—¿Por qué te has ido? ¿Por qué me has dejado sola?

—Chisss. —Intenté calmarla acariciándole la cabeza—. No te he dejado sola, nunca te dejaré sola.

Bajo la mirada de sus padres se fue calmando y se quedó dormida en mis brazos. La subí hasta su dormitorio y me quedé a su lado. Me quise asegurar de que no se iba a despertar en un rato. Al ver que tenía una respiración profunda, bajé al encuentro de sus padres.

—No te imaginas cómo te agradezco que hayas venido, Donato. No sabíamos qué hacer.

—No tenéis que agradecerme nada. Además, creo que tengo la solución para todo esto.

Me observaron en silencio.

—¿En qué has pensado? No queremos encerrarla.

Negué.

—Nada más lejos de eso. Creo que conmigo, como habéis podido comprobar, se siente tranquila, a salvo. Por ello he pensado que lo mejor será que me case con ella.

A ambos se les descompuso el rostro.

—Eso es una locura, no le desearía ni a mi peor enemigo un matrimonio con mi hija. Ya la has visto.

—Sí —respondí—. La he visto cuando está conmigo y cuando no lo está. Y vosotros también. Además, he empezado a quererla.

—Eso no es amor, es pena. Nadie puede querer a un ser así.

—No está bien que hables así de ella. Es tu hija. Y no siento pena, sino ternura. Me he ido enamorando poco a poco. La quiero, y si le da algún brote como el que acaba de tener ahora mismo estando conmigo, no me importa. Será mi responsabilidad, y quiero esa responsabilidad. Ahora se lo pregunto, señor: ¿puedo pedirle la mano de su hija?

Por supuesto me dijo que no, y añadió que no iba a cambiar de idea, que era prácticamente una abominación dejar que alguien se casase con su hija. Intenté contarle a mi padre lo que pretendía, y también se negó. Decidí no verla, a menos que me permitieran casarme con ella. De esa manera, antes o después, tendrían que permitírmelo.

Tardé seis meses en conseguir mi propósito. Finalmente, me casé con Isabel una mañana de agosto en el Pilar. Me casó uno de mis mejores amigos, Isaías Griján. Lo había conocido en el colegio. Él, yo, y otro amigo, Félix Carballal, médico de profesión, nos habíamos hecho inseparables desde que acudimos juntos a la primera clase del primer día del primer año de escolarización. Cuando les conté lo que pretendía, Isaías me dio su bendición. Félix me dijo que estaba loco, que no sabía en lo que me estaba metiendo. Intenté calmarlo, explicándole de nuevo que cuando estaba conmigo nunca hacía ninguna de esas locuras, como arrancarse el pelo, romper a patadas un sofá o destrozar la vajilla de la casa. No cesó de repetirme lo mismo hasta el día de la boda, cuando comprobó que lo que le decía era cierto.

Nunca olvidaré el rostro de mi mujer cuando nos casamos. Estaba más feliz y más sonriente que nunca. El banquete se celebró en el restaurante de un conocido hotel con más de doscientos invitados. Fue espectacular. No nos marchamos de luna de miel, pues temía que el viaje pudiera perturbarla, a pesar de parecer tan normal, tan sana y tan perfecta. Al menos por un tiempo. Tenía miedo de que quedase embarazada, así que todas las noches la obligaba a beberse una tila en la que introducía unas gotas que Félix me proporcionaba para que no pudiese quedar encinta. Algo salió mal. Tal vez su cuerpo llegó a hacerse inmune a la medicación, pues al año quedó embarazada. Ella estaba exultante al enterarse de la noticia que mi propio amigo Félix nos confirmó, pero yo entré en pánico. Mi mujer parecía sana cuando estaba conmigo, pero no sabía hasta qué punto la nonata podía heredar la enfermedad de su madre. Todo se tornó negro cuando Félix me dijo que tenía un cuarenta por ciento de probabilidades. Un cuarenta por ciento de posibilidades de nacer enferma. Le pedí a Félix que se marchase e intenté hablar con Isabel de la situación. Como era de esperar, no quería entender nada y me dijo que si la obligaba a abortar se colgaría. Por supuesto, me lo creí. Llegados a esa situación, tenía dos opciones: no dejar que naciera, medicándola en secreto para que creyese que había perdido al bebé de forma natural, o bien rezar para que no naciera heredando la enfermedad de su madre.

Los nueve meses de embarazo de Isabel fueron los nueve peores meses de mi vida. Al menos, hasta entonces. La niña parecía sana cuando nació. No tenía deformidades físicas ni denotaba ningún rastro de locura en sus gestos. Se comportaba como un bebé cualquiera, pero de eso no podríamos estar seguros hasta que comenzara a relacionarse con la gente, con sus padres.

El miedo de pensar que podía estar mal no fue lo peor. Lo peor fue la locura en que se sumió su madre nada más dar a luz, celosa de la atención que necesitaba la recién nacida. No quería cogerla, no quería darle de comer, no quería bañarla o pasar unos minutos con ella. No quería saber nada de su hija, la hija por la que peleó conmigo para tenerla. Pero ahora éramos tres, y lo más importante era ella, Abril.

Abril captaba la mayor parte de mi tiempo y del de las madres de teta que la criaron. Félix le hacía, siempre con buenos resultados, constantes reconocimientos médicos, a los que la sometía para comprobar su salud mental. Su madre se volvió cada vez más cerrada y loca. Cuando oía el nombre de Abril, comenzaba a gritar y a golpearse la cabeza hasta que yo conseguía calmarla.

Recuerdo una ocasión en que se encerró durante dos días en el dormitorio sin dejar que nadie entrase. Cuando cayó rendida después de estar gritando durante cuarenta y ocho horas seguidas, dando golpes a las paredes, pude abrir. Estaba desnuda, tirada en el suelo, con el pelo pegado a la frente por el sudor. Lo había destrozado todo. Había quitado las cortinas y, junto con las alfombras, las había hecho arder en la chimenea. El juego de cama lo había ensuciado con los polvos de maquillaje que yo le regalaba; estaba inservible. Había desgarrado sus vestidos, y con mis trajes había hecho lo mismo. Los muebles estaban llenos de señales de las tijeras que había encontrado en el cuarto de costura y que había cogido antes de encerrarse en el dormitorio.

Estaba medio inconsciente cuando la saqué de allí, cubierta por una manta que había en lo alto del armario y que no había visto. Ordené a una de las doncellas que preparase el baño y la llevé en brazos. Al sentir el agua caliente, abrió los ojos levemente.

—Te quiero —dijo—, y a mi niña también. No sé qué le pasa a mi cabeza, pero os quiero a los dos.

Ese fue el último instante en el que estuvo cuerda. De ahí en adelante, todo fueron visitas de Félix para evitar meterla en una institución mental. La tenía drogada prácticamente las veinticuatro horas del día. En ocasiones, dejaba de administrarle medicamentos para ver si se encontraba mejor al despertar, pero nunca ocurrió. Se despertaba agresiva, feroz, como si fuese un animal salvaje. Yo no dejaba de preguntarme qué podía haber desencadenado ese brote de locura tras el nacimiento de su hija.

Apenas conseguíamos que comiera, y cuando lo hacía, vomitaba gran parte de lo que tomaba. Se quedó en los huesos: un cadáver humano. Pensábamos que moriría, pero su cuerpo se resistía a hacerlo. Al final, yo mismo acabé creyendo que lo mejor sería que la muerte viniese a por ella. Así podría descansar. Todos podríamos descansar.

En uno de los instantes que tuvo de semiinconsciencia, no me percaté de que había dejado la puerta del dormitorio abierta a la llegada de Félix, y la pequeña Abril, con su muñeca entre los brazos, se había asomado allí. Su madre, al verla, comenzó a gritar y a decir que era el demonio, que había parido al demonio. Grité a una doncella que se llevase a Abril a la habitación e intentara darle alguna explicación de lo ocurrido para que dejase de llorar aterrada. Félix y yo intentamos reducir a Isabel sobre la cama. Tuvimos que atarla para poder ponerle una inyección que la dejara dormida. Félix no calculó bien la cantidad de líquido necesario y solo se dio cuenta de su error cuando el pulso y la respiración de Isabel descendió hasta ser apenas perceptible. Creyendo que tenía la muerte cerca, hice llamar a Isaías. Apenas media hora después se personó en casa.

Mientras le daba la extremaunción, le sostenía la mano. No sé qué pudo pasar dentro de ella, pero sus ojos se abrieron de golpe y observaron a Isaías de una forma terrorífica. Todos nos echamos hacia atrás de golpe. Mi amigo se santiguó y nos dijo que nos marchásemos fuera de la habitación. Que debía exorcizarla, que su locura estaba provocada por un demonio. No podía ser de otra forma.

—Eso es una absoluta tontería —dijo Félix.

—¿Y cómo explicar que sea capaz de abrir los ojos y mirar de esa forma cuando tú mismo la has drogado hasta el punto de creer que estaba a punto de morir?

—Tal vez me equivocara, tal vez su cuerpo se haya vuelto inmune a la medicación.

—Salid del cuarto.

Durante una hora permanecimos tras la puerta escuchando oraciones y gritos. Poco después solo hubo silencio. Unos minutos más tarde, abrió la puerta. Isabel yacía en la cama. Con los ojos vidriosos, mirando al techo y ensangrentada.

—¿Qué ha pasado? —pregunté.

—El demonio ha abandonado su cuerpo, pero me temo que le ha dejado secuelas. La sangre es la señal de la lucha interna que ha librado con mi ayuda para espantar a su demonio.

—¡Deja de decir tonterías! ¿Qué le has hecho? —gritó Félix.

—Lo que has oído, amigo mío. La he ayudado a encontrar una paz relativa.

Entramos. Isabel estaba desnuda, cubierta por apenas una sábana y con sangre y heridas a lo largo de todo su cuerpo. Félix me dijo que lo dejase a solas para examinarla a fondo. No tardó mucho en hacerlo, y cuando lo hizo, bajó a mi encuentro. Yo estaba bebiendo en la cocina para intentar olvidar.

—¿Cómo está?

—Creo que sobrevivirá.

Se sirvió una copa y se sentó a mi lado.

—Si de verdad quieres ayudarla, podrías internarla donde yo trabajo. Me encargaría de que recibiera los mejores cuidados.

Negué con la cabeza.

—Eso nunca. Es lo último que podría hacerle.

—Como quieras.

Tras aquella noche hubo un periodo de paz. Tal vez Isabel creyese que estaba poseída, y al realizarle el exorcismo, dejase de creer en ello y conseguir estar más tranquila, aunque se había convertido en un fantasma, al menos eso parecía. Félix seguía administrándole calmantes, aunque más suaves. Podía levantarse y cepillarse el pelo, lavarse la cara o incluso hacer la cama. En ocasiones se sentaba en un sofá y se quedaba horas mirando a través de la ventana para ver a la gente pasar a lo lejos, tras la verja del jardín. Nada más.

Cuando Abril cumplió tres años, pensé que sería conveniente que alguien cuidase de ella, alguien especializado en el cuidado de niños, no una doncella. Pregunté a los conocidos de mi padre si sabían de una persona de confianza para desempeñar ese trabajo. Entre nombres y recomendaciones, alguien nombró a Fátima, la mujer de mi hermano. Un hermano con el que no guardábamos ya relación ni mis padres ni yo. Se había alejado de nosotros para crear su propio negocio. Más próspero, como decía. Tonterías. Casi se muere de hambre el desgraciado. Me contaron que, a la muerte de mi hermano, a Fátima no le habían quedado más que deudas que había saldado con la venta de su casa, y apenas conservaba una ridícula cantidad para poder subsistir con su hija. Por pena, a pesar de que no tenía ningún aprecio ni a mi difunto hermano ni a ella, le dije que, si hacía bien su trabajo, podía vivir en nuestra casa con su hija. Tenía treinta años y una niña de la misma edad que Abril. Por lo tanto, sabría cuáles eran sus necesidades.

—Gracias, señor —dijo.

Los días pasaban. Abril se acostumbraba a la mujer que cuidaba de ella, y se hizo amiga de su hija. Fátima no tardó en preguntar a las otras doncellas por la madre de la niña. Ellas evadían sus preguntas y contestaban que desconocían el asunto.

Una tarde en la que las niñas estaban dormidas, la invité a tomar un café conmigo y le conté lo que sucedía. Me pidió permiso para ocuparse de ella cuando yo no pudiera hacerlo y Abril no requiriese su atención. En un primer momento no me gustó demasiado la idea, pero después me pareció que no me iría mal que alguien me echase una mano con Isabel y poder descansar algo.

Fátima le tarareaba canciones y le cambiaba las sábanas a diario. La lavaba en su cama, la secaba, vestía y peinaba. En alguna ocasión, incluso le cortó el pelo, y le hacía recogidos para que se viese guapa. La trataba con un cariño infinito. Me alegré de que fuese esa mujer y no otra la que cuidase de mi niña.

Pasaron dos años más. Abril tenía cinco años cuando comenzó a leer los cuentos que hasta entonces leía en voz alta Fátima para las dos pequeñas. Era maravilloso ver crecer a mi hija y ser consciente de que estaba sana y que no había heredado la enfermedad de su madre. Mi mayor temor se disipó cuando la vi comer el pastel de su cumpleaños y preguntó si podía pedir un deseo.

—Claro que sí. Puedes pedir cuanto quieras.

—Que mi madre se ponga buena.

Fue en ese instante, al oír su deseo, cuando me di cuenta de que verdaderamente la enfermedad de su madre no había llegado a ella. En compañía de Isaías, en la basílica, di gracias a Dios mirando a los ojos a la Virgen del Pilar.

Nunca hubiera podido imaginar lo que iba a encontrarme al llegar a casa. Me resultó raro ver a lo lejos que varias habitaciones estaban iluminadas. Aceleré el paso, temiendo que Isabel hubiese fallecido en mi ausencia. Cuando entré en la casa y subí al dormitorio me encontré con algo terrorífico. Félix estaba lavando el cuerpecito desangrado de mi niña. Fátima había olvidado cerrar la puerta del dormitorio de Isabel, y esta había aprovechado el despiste para coger a Abril de su cama, llevarla a su dormitorio y abrirla en canal. Había sacado sus vísceras y las había extendido por toda la habitación. Fátima había avisado a Félix en primer lugar, a la espera de que yo llegase a casa para ver qué hacer. Había drogado a Isabel, que yacía tumbada en el suelo sin moverse ni pestañear.

—Esto es demasiado para ocultarlo, Donato. Llamaré a la Guardia Civil.

—No puedes hacerlo.

—Debo hacerlo, no voy a ignorar esto. Si me hubieras dejado internarla cuando te dije, Abril seguiría viva —gritó.

Yo había resbalado hasta el suelo sin fuerzas, y al contemplar de nuevo el cuerpo de mi pequeña, comencé a gritar como si estuviese poseído...

La Guardia Civil vino a casa tras el aviso de Félix y este les contó que mi mujer llevaba bastante tiempo recibiendo tratamiento médico por una enfermedad mental que padecía y que no tenía cura. Que nunca había agredido a nadie, ni se había comportado de la manera en la que lo había estado haciendo durante la última semana. Nadie hubiera podido prevenir esa tragedia.

Mintió para protegerme. Para que no me encarcelaran por no haber evitado la muerte de Abril. Enterré a mi hija al día siguiente por la mañana. Nunca olvidaré su féretro, tan pequeño. Por supuesto, despedí a Fátima, pues si no hubiese dejado la puerta abierta, Abril seguiría viva.

Isabel pasó el resto de la noche en las dependencias de la Guardia Civil. Fui incapaz de ir a verla. No quería hacerlo.

Los días pasaban, esperando una sentencia de muerte segura. Isaías intentaba calmarme, diciéndome que debía tomarme la muerte de Abril como una bendición de Dios, que la había llamado antes de hora para sus fines por ver puro el interior de su alma, pero esas palabras de poco me servían.

Me enteré, después del entierro de Abril, de que la noticia se había publicado en todos los periódicos. Primero, de Zaragoza, y luego, de España entera. Los ciudadanos se arremolinaban a las puertas del cuartel en el que estaba encerrada y tiraban piedras al edificio, pidiendo justicia para Abril. Incluso hubo un grupo de hombres que intentó entrar a lincharla. Los detuvieron a tiempo. Félix, tan servicial como siempre, movió todos los hilos que pudo hasta conseguir declararla demente y, en lugar de que la condenaran a muerte, la internaran en el manicomio en el que él trabajaba. Finalmente, lo consiguió y la muchedumbre acabó olvidándolo.

4

—No he ido a verla ni una sola vez desde que la encerraron.

—¿Continúa viva? —pregunté.

—Así es —respondió con un suspiro—. Félix la trató mientras estuvo trabajando. Hace un mes se retiró. Me contaba, en las escasas ocasiones en que lo vi después de aquello, que estaba igual que siempre y que debía drogarla para que no le dieran los brotes de locura, y que, por su seguridad, llevaba una camisa de fuerza y estaba aislada junto a los internos más peligrosos.

—Dice que su mujer se llama Isabel Andrés, ¿verdad?

—Sí.

—¿Podría repetirme los nombres de sus amigos?

—¿Para qué quiere saberlos?

—Para confirmar con ellos los datos que me acaba de relatar.

Lo vi dudar unos instantes.

—Por supuesto. Félix Carballal e Isaías Griján.

—¿Podría indicarme la dirección exacta de la casa en la que conoció a Isabel?

—¿Para qué quiere saber eso?

—Como ya le he dicho, para verificar los datos que me acaba de contar.

—¿No se fía de mí, escritor?

—No piense eso. Simplemente es para tener todos los cabos atados —dije con ganas de marcharme de allí.

—Lamento mucho decirle que no conozco la dirección exacta del lugar. Puedo contarle que su padre se llamaba Ignatious Andrés. Tal vez con ese nombre encuentre algo.

—Gracias.

Me levanté para tenderle la mano y marcharme.

—Solo una cosa más. ¿Por qué escribió una historia que no es real? —pregunté.

—Para no seguir echando más leña al fuego. Y de paso, me quitaba la losa que llevo cargando a mis espaldas desde que ocurrió.

—Pero si quería que todo se olvidara, ¿por qué escribirla?

—No lo sé realmente. Para limpiar el nombre de mi mujer. Después me di cuenta de que había sido una tontería, pero ya estaba escrita, así que la envié a su editorial.

Una tos seca se apoderó de su garganta de forma estrepitosa. La doncella acudió tan rápido que parecía haber estado escuchando tras la puerta.

—No debe fumar, está enfermo del corazón, no le hace ningún bien —le recriminó sin ganas.

Mientras le advertía sobre las pipas que acostumbraba a fumar, introdujo en su boca un líquido de una pequeña cápsula de cristal. Aproveché para marcharme.

Salí a la calle agradeciendo la poca luz de sol que había y el aire frío. El ambiente de la habitación estaba más cargado de lo que había creído en un principio. Bajé por el paseo de Sagasta hasta cruzar con el paseo de la Independencia y me dirigí al hotel. Saludé sin ganas al recepcionista y subí a mi habitación. Antes de dedicarme a escribir la historia que acababa de contarme, bajé con el plano en la mano y le pedí que me indicara el lugar en el que se encontraba el Registro de la Propiedad Inmobiliaria. Muy amablemente, procedió a marcar el camino desde el hotel hasta el edificio. Tampoco quedaba lejos de allí. Subí de nuevo y me encerré en la habitación. Escribí en mi máquina la historia sobre Isabel que me había contado el señor Dicastillo para evitar olvidarme de algún detalle que posteriormente pudiera resultar importante.

5

Adam, Kyliann, Lorik y yo teníamos la misma edad. Lorik y yo nos habíamos conocido antes que Adam y Kyliann. Reunidos en el colegio tras una tapia que daba a los lavabos, fuera del alcance de la vista de los profesores, veíamos unas revistas con mujeres en cueros que Lorik robaba a su tío.

—En realidad, le hago un favor. Si mi tía las ve, lo mata —se excusaba siempre.

—Sí, pero de un pedo, que con lo gorda que está puede matar a un caballo —decía Kyliann.

—Pues tú no hables mucho, que tu madre se debe zampar los mazapanes de diez en diez.

Dentro del círculo de amigos que habíamos creado, Lorik y yo éramos los que mejor nos entendíamos. Siempre andábamos juntos, metiéndonos en líos, como aquella vez en la que nos colamos en el cementerio jugando al escondite por la noche y el enterrador nos encontró y dio la voz de alarma a la comisaría más cercana. Para vergüenza de mi padre, tuvo que salir de la cama a las doce de la noche e ir a buscarme. De vuelta a casa, tuve que aguantar la reprimenda esperada.

—Has salido a tu madre. Yo nunca hubiera sido capaz

de hacer algo semejante en mis años mozos. Es vergonzo-so. Y podemos dar gracias por que no lo hayan denuncia-do pensando que solo era una chiquillada.

Después de aquello tuve prohibido hablar con Lorik de nuevo, pues ya era la segunda vez que mi padre trataba de impedirlo, la primera al enterarse de que había vivido en un orfanato. Mi madre me encubría y acabó conven-ciendo a mi padre de que no pasaba nada porque volviera a ser amigo de Lorik, siempre y cuando yo prometiera y jurara no hacer otra vez algo semejante.

Años después, Lorik me dijo que había conocido a una chica con unos atributos enormes y que no le hacía ascos a nadie. Nos dirigimos a su casa a sabiendas de que sus padres no estaban. Tras las presentaciones, nos senta-mos en un sofá. Mientras Lorik y ella comenzaban a ma-nosearse, la mano de ella subió por mi pierna hasta llegar a las vergüenzas. Salí pitando para no volver.

—No sabes lo que te has perdido —dijo cuando volví a verlo.

—Ya lo descubriré algún día.

—Cobarde.

Y así pasaron los años, entre reproches de mi padre y bibliotecas.

6

Abrí los ojos cuando un rayo de sol que atravesaba la ventana me dio de lleno y me cegó. Con el martilleo de la resaca asomándose lentamente, en espera de ser cada minuto más fuerte, me incorporé en la cama despacio. Sin molestarme en ponerme los pantalones, salí al pasillo e ignoré la sombra de Lorik en el salón, que intentaba sintonizar una emisora de radio. Me dirigí al baño lo más rápido que mis piernas me permitieron para vomitar directamente. Oí los pasos de mi amigo, que se quedó en silencio en el marco de la puerta.

—Esto va a acabar contigo.

Me giré momentáneamente para verlo, volví a meter la cabeza en el váter y seguí vomitando.

—No puedes seguir así, esto se está convirtiendo en una locura.

—¿Me dejas vaciar el estómago en silencio, por favor?

Salió sin responder, dando un portazo. Cuando la náusea cedió, metí la cabeza bajo el grifo y me despejé para salir a escuchar las reprimendas de Lorik. Me cubrí con la manta que siempre tenía en el sofá y me dejé caer de golpe. Él me observaba desde una silla.

—Ten —dijo tendiéndome un café—. Te sentará bien y te calmará el estómago.

Intenté sonreír.

—Gracias.

Después de un par de tragos me sentí mejor.

—¿Te apetece que vayamos hoy a comer tú y yo, como hacíamos antes, a algún sitio?

Negué.

—No creo que pueda comer nada en todo el día.

—¿Quieres que me quede contigo hoy?

—No hace falta, Lorik. De verdad. Estaré bien. Luego me marcharé a la editorial.

Asintió.

—Te echo de menos, Cristo. Echo de menos pasar el rato contigo, salir a comer o ir al teatro. Antes nos gustaba hacer esas cosas —dijo tristemente.

—Lo sé. Cuando tenga tiempo, te avisaré y nos iremos a ver alguna película.

Sonrió.

—Será mejor que me marche si no quieres que me quede contigo. Ya nos veremos. Por cierto, la semana que viene, quieras o no, saldrás con nosotros.

Se dirigió a la puerta y se marchó. Respiré hondo. Sentí que no tenía ganas de nada, aparte de morirme allí mismo, en el sofá. Miré por la ventana. Lo que había fuera ya no me interesaba. Nada era importante. Saqué un revólver que mi padre me regaló de niño y me lo metí en la boca, dispuesto a acabar con todo; solo tenía que apretar el gatillo. El silencio aumentaba por momentos. Sentí el cañón en la boca y respiré profundamente, notando un alivio y una paz que ya no podía recordar. Era como si todos los problemas hubiesen desaparecido y estuviese a un segundo de ver a Evangeline de nuevo.

Maldita mi suerte. Llamaron a la puerta para perturbar la paz de la que estaba disfrutando al tener las respuestas a todo en una bala a punto de estallar dentro de mi cabeza. Guardé silencio, esperando que se marchase quien fuera que estuviera detrás de la puerta. Cuando ya contaba con que no hubiera nadie, llamaron de nuevo. Respiré profundamente, guardé el revólver en el cajón y abrí. Sophy.

—¡Buenos días! —dijo enérgica.

—Buenos días, Sophy —respondí sin ganas—. Pasa.

—He traído una cesta con las magdalenas que hace mi madre. Me ha dicho que te las trajera.

—Dale las gracias de mi parte.

—¿Qué estabas haciendo? —preguntó echando un vistazo a la sala.

—Nada interesante —respondí.

Me dirigí a la cocina y preparé el café comprado en la panadería de la madre de Kyliann. Serví una taza para mí y otra para Sophy. Abrí la ventana del salón para dejar entrar aire fresco. El dolor de cabeza aumentaba lentamente. Me senté a la mesa.

—Gracias por el café. Tengo que marcharme ya.

—Como quieras, y acuérdate de darle las gracias a tu madre.

—Lo haré, no te preocupes. Me alegro de verte.

Aprovechó para acercarse a mí y darme un beso por sorpresa en la mejilla. Desde la muerte de Evangeline, era la única persona, además de mi madre, que hacía eso.

Cuando se marchó, saqué las escasas fotografías que tenía con Evangeline. En una aparecíamos los dos frente a la puerta de la librería de su padre. Tras el escaparate, escondido entre dos tomos de la Revolución francesa, aparecía él mirándonos con desaprobación. Como siempre hizo. Guardé las fotografías en el cajón, bebí el café que quedaba de un trago, me puse el abrigo y salí camino a la editorial.

Las nubes comenzaban a arremolinarse tras una madrugada tranquila, al contrario que la mía, y las primeras gotas escasas comenzaban a caer sobre la acera. No sé por qué lo hice, pero antes de ir a la editorial, me desvié y me dirigí a la librería de Nicomède Roman, el padre de Evangeline. Estaba situada a tres calles de Éditions Pupets. La fachada era de listones de madera, y el escaparate, de pequeños cuadros de cristales separados igualmente por madera. En él se anunciaban las novedades literarias del mes y las revistas de la editorial. En la revista mensual podía leerse mi nombre entre los diez escritores que participaban.

Abrí la puerta, y la campanilla con la que chocó sonó anunciando mi presencia. Siempre me gustó esa librería. Las paredes estaban repletas de estanterías y libros con tapas desgastadas por años y años a la espera de encontrar comprador. En la parte central del local había una enorme mesa con un cartel que anunciaba que ahí se encontraban los libros más leídos por los clientes habituales y los recomendados por el librero. El mostrador quedaba en la parte derecha de la tienda. Había una caja registradora y una torre de libros con la cubierta borrada: eran más un adorno que otra cosa. Al lado del mostrador, rodeada de estanterías, la puerta de madera que daba al almacén permanecía siempre abierta. Nicomède hizo acto de presencia con la más empalagosa y fingida de sus sonrisas. Al ver que era yo, se le borró de golpe.

—¿Cristo? —dijo.

Intenté abrir la boca para decirle algo; fui incapaz. Dirigí la mirada al mostrador y allí creí ver a Evangeline, como siempre, con uno de sus vestidos y el pelo recogido en una trenza negra, observándome. El estómago me dio un vuelco y salí a la calle sin molestarme en despedirme. Oí que Nicomède me llamaba desde la puerta de la librería. Me alejé sin darme la vuelta.

Llegué a la editorial. Esquivando las miradas de soslayo que anunciaban en silencio la pena que les daba mi persona, hundida desde la muerte de mi prometida, subí al último piso. La mayoría de las mesas estaban ocupadas por los editores, maquetistas y dibujantes. En realidad, yo era el único de los escritores que tenía una mesa propia y que prefería escribir allí, especialmente desde la muerte de Evangeline. En casa me asfixiaba. Sentado a la mesa, miré a través de los cristales de las ventanas el cielo y recordé la tarde de mi llegada a la editorial.

7

Regresé a las cinco de la tarde a la editorial. Subí la escalera velozmente sin detenerme a saludar a nadie y llegué al último piso. Solamente había dos personas en sus mesas, y ninguna era Thomas. Uno de ellos alzó la vista, me preguntó qué quería y le indiqué que esperaba una respuesta de Thomas. Me dijo que podía aguardar allí a que regresara. Di vueltas por la planta y me asomé a la ventana para ver cómo comenzaba a llover en esa tarde gris. Me gustaba la lluvia sobre París. La ciudad parecía más grande cuando llovía. Desde aquella ventana podía ver la Torre Eiffel y, más a lo lejos, el Sena, adonde tantas veces había ido con Lorik.

Pensé cómo podía ser la portada de la revista que anunciara mi relato. Me senté frente a la mesa de Thomas y seguí esperando. Los otros dos hombres discutían por el orden que debían tener los relatos de la revista semanal. Unos cinco minutos más tarde apareció Thomas con un termo en la mano y mi relato mojado en la otra.

—Ah, hola. Debí haberte dicho a qué hora podrías venir por la tarde —dijo al verme.

—No importa —respondí.

Las piernas comenzaban a temblarme. Él dio la vuelta para tomar asiento.

—Bueno —añadió dejando el termo a un lado y el manuscrito en el centro de la mesa frente a él—, ya lo he leído.

Silencio.

—¿Y qué le parece? —pregunté.

Las manos me sudaban.

Sonrió.

—No he podido dejarlo hasta que lo he acabado.

Al oír sus palabras, sentí una patada en el estómago.

—Entonces, ¿le ha gustado?

—Me ha encantado. Hacía tiempo que no leía algo que enganchara tanto. Y no se trata solo de que enganche la historia en sí. Los personajes, los escenarios y las situaciones también te envuelven mientras estás leyendo, casi parece que son tu familia. Quiero que se incluya en la entrega del próximo mes, y que estés en plantilla. Si te interesa, claro.

Respiré hondo.

—Si no me interesara, no habría venido.

—Eso es relativo. Hay muchos autores que escriben una historia y luego se quedan secos, no escriben más, o, si lo hacen, tardan meses o incluso años en volver. No es tan fácil como te imaginas colaborar en una revista de tirada mensual. Lo solemos hacer así: comenzamos un relato en un número de la revista, lo dejamos a medias y lo acabamos en la segunda o en la tercera entrega. Cuando se termina, empezamos con otro. ¿Crees que podrás hacerlo?

Me encogí de hombros.

—Eso espero —dije sin mucha convicción, dudando de mí.

—Podemos firmar un contrato para esta historia y repartirla en unas tres entregas —dijo pensativo—.

Mientras, ponte a escribir algo más, y si es bueno, lo publicaremos en el próximo número, y cuando pase un tiempo y te veas capaz de seguir haciéndolo, firmaremos un contrato estable, no por novelas, sino por años. ¿Qué te parece la idea?

Apenas pude responder con un asentimiento. Era fantástico.

—Ya solo nos queda hablar de tus honorarios, que aumentarán en relación con las ventas de la revista. Tendrás un mínimo, y luego un porcentaje sobre las ventas.

Cuando acabó de explicarme una serie de detalles que no entendí, me tendió la mano y me dijo que me marchase a casa a escribir la siguiente historia.

Eufórico, salí de allí. Compré un nuevo carrete de tinta para la máquina de escribir que mi padre escondía bajo la cama. A él tampoco le hacía gracia que estuviera la mayor parte del día encerrado en una biblioteca de París leyendo historias absurdas, según su opinión. Si además se enteraba de que me gustaba escribir, sería como crucificarlo.

—Ciencia, libros de ciencia deberías leer, y no estas tonterías y memeces.

Lo que menos podía gustarle era saber que su hijo tenía aspiraciones de literato, sin la más mínima relación con la ciencia. Preferí decírselo solo a mi madre. Entré en casa. Mi padre seguía en el hospital. A esas horas debía de estar en plena acción, hurgando en el estómago de una mujer que se había tragado un anillo hacía cinco días y no había salido. Encontré a mi madre en la cocina, hablando con la cocinera, Sylvette, una mujer que la doblaba en estatura y tamaño, y con una mano excelente para los asados. Se habían hecho amigas desde el día en que mi madre se mudó a la casa de su marido; a su pesar, pues decía que no había que entablar amistad con la servidumbre, porque se pegaban las malas costumbres.

—¡Madre! —llamé cerrando de un portazo.

—¿Qué pasa? ¿Por qué metes esos gritos?

Le pedí que subiera a mi cuarto. Cerré la puerta cuando entró y le di el contrato. Se sentó sobre la cama y lo leyó.

—¿Qué es esto?

—Un contrato con Éditions Pupets. Van a publicar un relato mío en la próxima entrega de la revista.

Dudó un instante, lanzando miradas al contrato y a mí.

—¿Lo dices en serio? —preguntó sonriendo.

—Ya lo creo que lo digo en serio.

—Dios mío, hijo, esto es extraordinario.

—Lo sé, todavía no me lo creo.

—Escucha: no se lo digas a tu padre, ya sabes lo que opina de todo esto.

—De eso quería hablarte. De momento no le contaré nada, pero si llegan a hacerme un contrato por años, se lo diré.

Suspiró y asintió.

—Me parece bien.

—Y dejaré de estudiar.

Frunció las cejas.

—No estoy tan segura de que eso sea buena idea.

—Si me hacen un contrato más largo, madre, dejaré la escuela. Sabes que nunca me ha gustado y que no quiero seguir estudiando una vez que alcance el graduado, o sea, este mismo año.

Negó con la cabeza.

—Creo que es una locura.

—Madre, esto es lo que quiero, y ya ves que van a pagarme por ello. No voy a ser un muerto de hambre de esos a los que no les publican nada y siguen sin hacer otra cosa que escribir.

Respiró profundamente.

—Bueno, ya veremos qué pasa. De momento, no digas nada.

Una vez solo, guardé el contrato en el fondo del cajón como oro en paño y saqué la máquina de escribir de su escondite. La puse sobre la mesa, le cambié la cinta desgastada de tinta y comencé.

La nueva historia tardó tres días en estar perfectamente acabada. Me dirigí de nuevo a la editorial con ella bajo el brazo. Busqué a Thomas y lo encontré en su mesa. Le dije que tenía una nueva historia y vi sorpresa en su mirada.

—Vaya, no quería meterte prisa cuando dije que fueras a casa a escribir.

—No, no lo he hecho con prisa, es que las palabras salían solas.

Sonrió.

—Déjame echarle un vistazo. Mejor voy a leerla ahora mismo; puedes esperar aquí.

Mientras esperaba, cogí una revista de tirada mensual y comencé a leer una de las historias. Apenas me di cuenta de las dos horas que me quedé leyendo. Thomas me despertó de la ensoñación en la que me sumía cada vez que comenzaba a leer y me dijo que esa historia también la publicarían una vez que la primera se acabase en la tercera entrega. Firmé el contrato para este nuevo relato y me marché a casa a seguir escribiendo.

En un mes había escrito tres historias más. Firmé un contrato con la editorial para los siguientes diez años. De ahí en adelante, se iría renovando por lustros o décadas. Llegué a casa dispuesto a comerme el mundo. Mi padre estaba fuera. Le conté a mi madre la noticia y que dejaba de estudiar para dedicarme en exclusiva a escribir, y que iba a escupirle aquellas mismas palabras a mi padre en cuanto atravesara la puerta.

—No lo hagas, no es buena idea.

Haciendo caso omiso a sus palabras, me senté en una silla frente a la puerta de entrada y esperé con los brazos cruzados, mirándola como si fuera a escaparse. Al fin vi su silueta a través de los grandes ventanales que daban a la calle y me preparé. En cuanto abrió la puerta, me puse en pie. Se quedó observándome.

—¿Qué pasa, Christophe?

—No voy a seguir estudiando.

Cerró la puerta y me miró sereno mientras colgaba su abrigo negro en la percha y se quitaba los guantes.

—No digas tonterías.

—Para ti, tal vez sea una tontería; no para mí. Dejo la escuela, dejo los estudios y me centro en la escritura.

—¿Qué demonios estás diciendo? —replicó levantando el tono de voz.

—Que tengo firmado un contrato editorial por diez años con Pupets, para su revista mensual.

—¿Qué? —gritó.

En ese momento mi madre hizo acto de presencia.

—Vamos, no te enfades tanto. Nunca se le ha dado bien la escuela, y nunca hubiera podido estudiar medicina. A él lo que le va son las letras, no la sangre.

—¿Qué es esto? ¿Un complot entre los dos?

—No es ningún complot. Acabo de enterarme, igual que tú.

Los dejé discutiendo. Yo me regodeaba por dentro. Al fin podía llamarme escritor. Saqué la máquina de escribir, la coloqué en el centro de la mesa, sin la más mínima intención de volver a esconderla, y comencé a teclear una nueva historia. Esta vez trataba de un hijo que mataba a su padre mientras dormía por no haber consentido que se casara con la mujer que quería. Mientras aporreaba las teclas, oí el pequeño puño de mi madre llamando a la puerta de mi cuarto.

—Pasa, madre.

Entró. Sonreía, pero tenía la mirada hundida. Se aproximó a mí.

—Sabes que yo te apoyo, ¿verdad? —Asentí—. Y

también sabes que tu padre nunca será capaz de hacerlo. —Asentí de nuevo—. Me ha pedido que te diga que tienes dos opciones.

Respiré profundamente, intuyendo cuáles eran esas dos opciones. Se sentó en mi cama.

—O sigues estudiando y dejas a un lado la escritura, o te marchas de casa.

Aunque sabía que mi padre no entendería nunca mi adoración por las letras, aquello no pude imaginarlo.

—No puedo dejar de escribir, madre. Sabes que no puedo, y que me da náuseas la sangre. Como para estudiar algo porque él se empeñe...

—Lo sé. Pero eso quiere decir que debes marcharte de casa.

—¿Y adónde voy a ir? —pregunté asustado.

—Tranquilo. Una cosa es que él no te quiera en su casa, y otra que yo deje que mi hijo duerma en la calle porque no obedece las órdenes de su padre.

—No te entiendo.

—Antes de casarme con tu padre, vivía con mi madre en un pisito no muy grande, en una calle que queda bastante lejos de aquí. Cuando la abuela murió, el piso pasó a mis manos. Ahora mismo no está en condiciones de entrar a vivir, pero de aquí a una semana lo estará. Y en ese piso tu padre ni entra ni sale. Es mío, y punto. ¿Entiendes ahora lo que quiero decir?

Me sonrió, me dio un beso en la mejilla y se dirigió a la puerta.

—Gracias, madre.

—No me des las gracias por eso. Eres mi hijo, tengo que apoyarte en lo que hagas, y si lo que escoges es la escritura, me parece perfecto. Es tu vida y tu decisión. Mientras acomodo el piso, no te dejes ver mucho por la casa, y listo.

Tres días después, alguien llamó a la puerta. Era un

enviado de la editorial con una nota para mí. La cogí y se marchó.

La nota estaba dentro de un sobre en el que se podía leer «Éditions Pupets». Comenzó a temblarme el pulso, pensando en un segundo mil cosas diferentes que podían estar escritas en esa carta. La abrí.

Christophe:
Tengo a bien requerir su presencia en la editorial tan pronto le sea posible. He de hablarle de un asunto importante.

THOMAS FIERS

Al leer la nota sentí un escalofrío. No pude evitar pensar que por algún motivo habían decidido rescindir mi contrato con la editorial. Sentí un ligero mareo. Subí a mi dormitorio para ponerme la ropa más formal que pude encontrar y salí camino a la editorial con el corazón y el estómago en un puño. Releí la nota y pensé que la suerte de hacía tres días se había desvanecido. Comencé a creer que tal vez mi padre tuviera algo que ver en el asunto.

Me planté frente a la puerta de la editorial sin estar muy seguro de entrar en ese momento o esperar un rato. Finalmente, pensé que si iban a despedirme antes de empezar a trabajar con ellos seriamente, cuanto antes se pasase el mal trago, mejor. Entré. Había mucho silencio en el lugar: apenas había personal trabajando. Me encaminé a la escalera y con unos pesados pasos llegué al piso de arriba. Tardé unas tres veces más de lo normal. En esa planta, tan solo estaba el perfil de Thomas iluminado por la lamparilla de su escritorio, que intentaba vencer la oscuridad que entraba por las ventanas de la calle debido a la tormenta que estaba a punto de comenzar. Caminé en silencio hacia él. Se asustó cuando lo llamé por su nombre. Pegó un bote en la silla.

—¡Dios, qué susto! Deberías hacer más ruido cuando andes si no quieres ir por ahí matando a la gente de un infarto.

—Lo siento, Thomas. ¿Quería verme?

—Sí, así es.

Tomé asiento y respiré tan hondo como fui capaz.

—¿Te encuentras bien, hijo?

Asentí e intenté mostrar una sonrisa.

—¿Quieres un vaso de agua?

—No, no hace falta, me encuentro bien.

—Pues el color de tu piel tiene una forma un tanto extraña de demostrarlo. En fin, que no quiero entretenerte. Te he hecho llamar porque ha habido una gran acogida de tu relato, el de la vampiresa resucitada por una descendiente. Quería darte la enhorabuena, y, de paso, me gustaría presentarte a uno de nuestros mayores clientes en París. Es una librería que no queda especialmente lejos de aquí.

Sentía que no podía respirar.

—Pero creo que lo que necesitas ahora mismo es meterte en la cama; ya iremos mañana a ver al dueño si te encuentras mejor.

Comencé a reírme de mí mismo. Un par de lágrimas, a costa del miedo que había pasado, saltaron de mis ojos.

—También tienes una extraña forma de alegrarte, Cristo —dijo suspirando.

Intenté calmarme.

—Ahora mismo no estoy demostrándole alegría precisamente, sino el miedo escapándose de mi cuerpo.

Se quitó las gafas.

—No te entiendo.

Suspiré con la risa más calmada.

—Al leer su nota he pensado que el motivo de pedirme una visita urgente a la editorial era que se habían pensado mejor lo de mi contrato y que lo querían rescindir.

—No, no, no, por Dios, Cristo, no, nada más lejos de la realidad. ¿Por qué has pensado eso?

Negué con la cabeza.

—En realidad no lo sé, supongo que por el miedo a que no salga bien.

—Créeme que cuando firmamos con un escritor es porque sabemos ver lo que valen sus relatos y su potencial.

8

A la mañana siguiente me desperté temprano, bajé a desayunar y me puse rumbo al Registro de la Propiedad Inmobiliaria, pero resultó que los horarios de las oficinas francesas no coincidían con los de España. Esperé en un bar que quedaba frente a la puerta del edificio. Al entrar, me di cuenta de que no había probado una bebida alcohólica desde mi llegada. En una pizarra vieja y sucia se anunciaba un rioja. Le pedí que me pusiera una copa y esperé a que me la sirviesen. Tomé el periódico y me dediqué a pasar las páginas en busca de alguna noticia interesante, sin dar con ninguna.

Alguien abrió la puerta del edificio desde dentro. Se había levantado un fuerte viento que estaba barriendo las nubes rápidamente. Atravesé el portón de madera y me dirigí al mostrador, donde encontré a un hombre canoso y con algunas arrugas de más.

—Buenos días —saludé.

—Buenos días. ¿En qué puedo ayudarle?

—Me gustaría saber cuáles son las propiedades de una persona: Ignatious Andrés.

—Intuyo que usted no es Ignatious Andrés.

—No, no lo soy.

—¿Es su abogado?

—No.

—Entonces no puedo darle acceso a sus datos.

—Verá —comencé—: compró un boleto de lotería en mi administración, lo conozco desde hace años, y siempre usa un número fijo. Le ha tocado. He ido a su casa para decirle que ha sido premiado el número que lleva comprando más de diez años, pero no lo encuentro. Por eso, antes de que se le pase la fecha de recogida del premio, quiero saber si tiene algún otro domicilio para ir a avisarle.

Una carcajada resonó en la sala.

—Usted se piensa que soy tonto. Eso no hay quien se lo crea. Pero me ha alegrado usted el día y nadie tiene por qué enterarse de que alguien sin autorización ha visto esos papeles. Además, ¿qué más da? Deme el nombre. Buscaré por ahí dentro a ver lo que encuentro.

Lo anotó en un papel. Regresó veinte minutos más tarde, diciendo que del nombre que le había dado tan solo constaba como propiedad en Zaragoza una casa que había sido derruida hacía más de diez años y convertida en bloque de viviendas por el Generalísimo.

—Gracias —dije.

Me di media vuelta para marcharme, pero cuando llegué a la puerta me quedé pensativo y regresé al mostrador.

—¿Podría comprobar las propiedades de Donato Dicastillo, por favor?

Resopló.

—Sí, voy, pero no me pida un favor más, ni medio.

Pasados cinco minutos, volvió cargado con una caja de cartón.

—Estos son todos los archivos relacionados con ese Dicastillo. Puede echarles una ojeada ahí, en el banco del fondo —me indicó.

—Gracias.

Me senté y comencé a leer los papeles. En ellos se recogían todas las propiedades de su padre y sus posteriores ventas. Relacionadas con el nombre de Donato aparecían dos casas. La que había visitado el día anterior y otra situada al norte de una pequeña aldea de los Pirineos, esta última a su nombre, y la anterior a nombre de su mujer, aunque se le mencionaba también a él. Se llamaba Aldea de los Cuatro Valles. No podía ser otra que la cabaña de la que me había hablado. La cabaña en la que había conocido a Isabel en el invierno de 1918, la que era del padre de Isabel y que, según los papeles, había pertenecido a su padre desde 1899. Él la mandó construir. Ya viudo, había pasado a manos de su hijo Donato.

Pensé que la cabaña se la había prestado el padre de Donato al de Isabel. Aunque hubiese omitido ese detalle en su historia, no dejaba de resultar extraño. Anoté la dirección exacta y revisé de nuevo todos los folios. Le devolví la caja al hombre y le di las gracias de nuevo.

Tardé más de media hora en encontrar un taxi. Le pedí que me llevase a la estación de tren y que me esperase allí. Cuando me disponía a bajar del vehículo, el conductor me dijo que le pagara lo que le debía, no fuera cosa de que no saliera de la estación. Le pagué y entré. La estación era más bien pequeña. Parecía un viejo edificio de dos plantas que ya habían pintado y aprovecharon para poner allí la estación. Me dirigí a una de las dos ventanillas abiertas e indiqué dónde quería ir.

—Nunca he oído hablar de esa aldea. ¿Está seguro de que se llama así?

—Completamente.

—Lo único que puede hacer es comprar un billete para Huesca y, una vez allí, ver si tienen viajes para esa aldea.

—Pues deme un billete para Huesca.

—Para dentro de cuatro días.

—Bien.

Para dentro de cuatro días... No tenía nada que hacer hasta entonces. Al salir de allí, entré en una librería y me compré un plano detallado de Aragón. Ya en mi habitación, lo extendí sobre la mesa y busqué el nombre de la aldea. Tardé una hora en encontrarlo. Estaba muy cerca de la frontera con Francia. Lo señalé en el mapa. Fui al banco a sacar dinero para el viaje e hice la maleta. Tenía cuatro días para no hacer nada.

Los dos primeros los pasé en la biblioteca de Zaragoza, leyendo libros que no se encontraban en Francia. Cuando regresé al hotel ese segundo día, al hacerse de noche, me topé con una sorpresa en el vestíbulo. Estaba sonriente, y con uno de esos vestidos ahuecados. Nada más verme se levantó y me dio un beso en la mejilla. Sophy. Al parecer, se había instalado en una habitación contigua a la mía. Me dijo que la enviaba su padre para asegurarse de que estaba bien y no me faltaba de nada, y que iba a quedarse conmigo, a mi servicio, mientras permaneciera en Zaragoza.

—No necesito nada, Sophy, estoy bien. Puedes volver a casa y ahorrarle a tu padre el dinero.

Comencé a subir la escalera. Ella fue tras de mí sin perder tiempo.

—No, si lo paga la editorial... No sabía que el negocio diera tanto de sí. Además, así puedes llevarme a ver cosas de la ciudad. Eres de aquí, ¿no?

Suspiré.

—No. Mi madre es de aquí. No tengo ni idea de qué se puede visitar en esta ciudad donde el viento helado no para de soplar y soplar. En cuanto haga un par de averiguaciones más, me marcho a París como alma que lleva el diablo.

—¿Qué averiguaciones estás haciendo, Cristo? —dijo colándose tras de mí en el dormitorio.

—Unas relacionadas con un manuscrito que llegó a la editorial. Se supone que lo que se cuenta tuvo lugar aquí.

—¡Hala! Qué habitación. Jo, qué barbaridad, y a mí me han dado una de las normales.

—¿La quieres? Te la cambio.

—No, no, es igual. Podemos usar los dos la tuya.

Me volví y la miré.

—Ni hablar.

—¿Por qué no? —dijo tumbándose sobre la cama y comenzando a ojear cuanto había escrito.

—Porque no, y punto. Venga, vete a tu cuarto.

—Vale, vale. Hay que ver qué agrio puedes ser a veces —dijo levantándose.

—¿Has avisado a tu padre de que has llegado?

—No, ya lo haré.

—Escríbele una carta y díselo.

—Sí, sí, tranquilo. Ahora mismo lo hago y voy a Correos.

Se marchó. Sin fiarme un pelo de que se molestase en avisar a su padre, le escribí yo. Le indiqué que había llegado y que regresaríamos pronto, y de paso le pedí que le dijese a mi madre que estaba bien. Fui hasta Correos, metí la carta en la boca de una de las cabezas de los leones que tenían por buzón y regresé. Me encerré en mi cuarto y continué la historia entre Evangeline y yo.

Sophy llamó con una lista de cosas que visitar en Zaragoza.

—Me las ha apuntado el señor de recepción, muy majo el hombre, y además me las ha señalado en un mapa. Qué bien, ¿verdad?

—Sí, estupendo. Puedes entretenerte haciendo visitas mientras yo pregunto y compruebo datos. ¿Qué pasa? ¿Por qué me miras así?

—¿No vas a acompañarme?

—Lo siento, Sophy, pero tengo trabajo que hacer.

—Como quieras —dijo con un hilo de voz.

Se dio media vuelta y abrió la puerta para marcharse.

—Espera —dije sin ganas—. A ver, ¿adónde quieres ir?

Se acercó a mí y me tendió la lista.

—¿A todos?

Asintió. Me tomé unos segundos para leer la lista completa.

—Vale, mañana iremos a ver algún sitio, pero pasado me voy a una aldea de los Pirineos. Bueno, en realidad, a Huesca, y a ver allí qué es lo que me dicen.

—Voy contigo.

—Ni de broma. ¡Vamos, solo faltaría tener que hacer de canguro!

Frunció el ceño, pero decidió ignorar mi último comentario.

—¿Por qué?

—Porque no. Quédate aquí y ve a visitar los sitios que hay en la lista que no podamos ver mañana.

—Vale, lo que digas.

Me quedé a solas en la habitación, preparándome para el día siguiente, sin saber qué me podía encontrar. Evangeline siempre había sido tranquila. No le gustaba salir de casa más que para lo justo y necesario. Pero Sophy me daba miedo. Nunca paraba en casa, siempre estaba con las amigas o gastando el dinero de su padre en ropa que luego no se ponía, según me contaba Thomas.

Tras un rato escribiendo, miré el reloj y comprobé que era la hora de cenar. Llamé a la habitación de Sophy y bajamos juntos. Pedí un cocido y el pescado del día. Sophy pidió lo más caro de la carta: una tabla de ibéricos y langosta.

—Seguro que tu comida también la paga la editorial, ¿no?

—Sí, sí, no te preocupes; tampoco voy a comer así

todos los días. Creo que las croquetas también están buenas, ¿verdad?

—No lo sé, mañana las probaré.

—Perfecto.

Nos trajeron los platos y comenzamos a comer. Pude ver que me observaba de refilón y que intentó decirme algo en tres ocasiones.

—¿Qué pasa? —dije soltando los cubiertos.

—¿Qué pasa de qué?

—Que qué quieres decirme.

—¿Yo? Nada.

Seguimos comiendo.

—En realidad, lo que tengo es una pregunta.

Dejé los cubiertos de nuevo y la miré.

—A ver, pregunta.

—No sé si te va a molestar.

Suspiré otra vez.

—La única manera que tienes de saber si me molesta o no es haciéndomela, así que, por favor...

—Bueno, pero yo te he advertido.

Silencio.

—¿Y?

—¿Todavía estás enamorado de Evangeline?

En ese momento fui yo el que guardó silencio durante un largo minuto.

—Sí. Aún la quiero.

—¿Y cómo es posible que la sigas queriendo después de un año de su muerte? No contestes si no quieres.

—¿Has estado enamorada alguna vez?

Me lanzó una mirada de soslayo mientras mordía un pedazo de queso.

—Estoy enamorada.

—Pues por eso. Por eso no he podido olvidarla. Porque ella era todo en mi vida. Antes de conocerla, estaba dormido, no sabía lo que significaba la vida ni querer a nadie. La conocí y me di cuenta de que no quería volver a vivir sin ese sentimiento. Y ahora ni puedo ni quiero olvidarme de ella.

—Sí, eso es lo que yo siento.

Antes de que siguiera hablando y me metiera en un lío, y para evitar que se me tirase encima, le dije que no tenía hambre y que me iba a dormir.

—El hambre te la he quitado yo, ¿verdad?

Me acerqué a ella.

—No, Sophy. Te agradezco que estés aquí —dije para que no se enfadase.

Ya en mi cuarto, me tapé hasta la cabeza y apreté los párpados para evitar volver a llorar. Me quedé profundamente dormido. Hasta ese momento, no me había dado cuenta de lo cansado que estaba.

9

Cogí el relato que había terminado hacía unas horas, lo repasé de nuevo y lo dejé sobre la mesa de Thomas. Volví a mi escritorio, coloqué una hoja en el tambor de la máquina y comencé otro, en la misma línea de todos los que había estado escribiendo durante el último año. Unas tres horas más tarde, me levanté para ir a la mesa sobre la que había una cafetera y preparé un litro del líquido oscuro, gracias al cual me mantenía consciente una gran parte del día. Estaba echando la tercera cucharada de azúcar en el café cuando sentí que alguien se quedaba tras de mí. Al volverme, descubrí que era Thomas.

—Hola, Thomas.

—Cristo —saludó.

—¿Café?

—No, gracias. Acabo de tomarme uno en casa.

—Sophy ha venido esta mañana a casa a traerme las magdalenas de tu mujer. Dale las gracias.

—Se las daré. Verás, he visto que has acabado otro relato.

—Así es, está sobre tu mesa.

—Lo sé, lo sé. —Comencé a caminar hacia mi escritorio. Él me siguió—. Es igual que los otros, ¿verdad?

Me senté a la mesa. Él cogió una silla del escritorio vecino y se sentó frente a mí.

—Sí.

—Cristo, a la editorial no le importará que te tomes un periodo de descanso.

Eché a un lado la máquina para poder verle claramente la cara.

—No necesito vacaciones.

—Pues yo y todo el mundo creemos que sí. Vete a algún sitio o quédate en casa durmiendo: lo necesitas. Necesitas despejar la cabeza, dejar que las cosas pasen. Sabes de lo que hablo.

Thomas se había portado verdaderamente bien conmigo desde el día en que lo conocí, y había sido una de las personas que más interés había mostrado en ayudarme tras la muerte de Evangeline, a pesar de que yo no me dejase ayudar.

—Mañana vendrás a cenar a mi casa, con mi mujer, con mi hija y conmigo.

—No hace falta, Thomas...

—Sí hace falta, ya lo creo que hace falta. Mañana vendrás, ¿me has oído?

—No creo que vaya.

—Como quieras. Si no vienes a cenar, no continuarás trabajando en la editorial.

Dejé la cucharilla apoyada en el plato y lo observé fríamente.

—Pues hazlo. No iré a cenar a tu casa.

—Date por despedido.

Dicho esto, se puso en pie y cogió su abrigo.

—Espera —grité—. No está bien que me prepares esta encerrona.

—No está bien que no le hagas caso a nadie. Mañana a las ocho en mi casa, y no se te ocurra ir a la redacción. Tómate el día libre, sal a dar un paseo, haz una visita a

Lorik y al resto de tus amigos; sé que hace mucho tiempo que no los ves.

—A sus órdenes.

Cerró la puerta de golpe y me dejó con el café humeante, pensando en la cena a la que debía asistir al día siguiente.

Aquella noche evité beber en la medida de lo posible. Un rato después me encontraba metido en la cama y durmiendo. Al día siguiente me desperté temprano. Ya que no podía ir a la editorial, escribiría en casa, como hacía antes, cuando empecé años atrás en el mundo de los libros. Preparé café y me senté frente a la máquina. No fui capaz de escribir nada. Me decidí a salir a la calle.

El primer impulso que tuve fue entrar en un bar. Haciendo caso a las palabras de Thomas, preferí resistirme y dar un paseo. Decidí que me comportaría como un turista e iría a visitar algún monumento. Atravesando calles por las que hacía siglos que no pasaba, entre grandes caserones arbolados y edificios modernos que no iban con la ciudad, llegué al Arco del Triunfo, donde varios turistas estaban comiendo bocadillos mientras comentaban los detalles con la boca llena. Paseando llegué hasta el Sena. Caminé por el sendero que habían hecho en una de las orillas, sin poder evitar acordarme de las tardes que había pasado allí con Lorik cuando apenas éramos unos críos y no sabíamos nada de la vida. Seguí caminando y di un rodeo por las grandes avenidas en las que vivían las herederas de fortunas, que paseaban a sus perros adornados con lacitos y dejaban sus excrementos en la calle para que los recogiese alguien. Aburrido de dar vueltas por calles y plazas, decidí regresar a casa y dejar de perder el tiempo. Sin saber qué hacer, encendí la radio para y descubrir que estaba estropeada. Como no tenía nada mejor que hacer, salí a comprar una.

Sabía de una tienda en una calle cercana y me dirigí

allí. La habían transformado en un estanco. Caminé sin rumbo definido. Mis pies se empeñaron en dirigirme a la calle de la librería de Nicomède. Pasé la librería, sin molestarme en entrar, y continué calle abajo. Colgado de la pared, encontré un cartel que anunciaba la inauguración de una tienda de aparatos de radio. Me fui para allá. Los había de todos los tamaños y colores. Compré el más barato y pequeño que encontré. Pude ver que Nicomède estaba asomado a la puerta de la librería. Pasé frente a él y lo saludé de mala gana con la cabeza.

—Cristo, por favor, entra a charlar conmigo un rato.

—No tengo nada que decirle.

—Yo también la echo de menos: era mi hija.

—Lo sé —dije dejando la radio en el suelo—, sé perfectamente que era su hija. No se cansó de repetirlo mientras estuve con ella, como si fuera de su posesión. Le decía que como era su hija no podía estar conmigo.

—Eso es agua pasada. De todas formas, os di permiso para casaros, ¿no es así?

Me abalancé sobre él y le lancé un puñetazo sin pensármelo dos veces.

—Sí, le dio permiso para que se casase conmigo cuando sabía que iba a morir pronto.

Se levantó del suelo lentamente, sin ninguna intención de devolverme el golpe.

—Por favor, pasa, hablaremos tranquilamente. La verdad es que ahora comprendo que no debí portarme así con ninguno de los dos.

—Ah, y quiere que entre en su librería para que le dé mi bendición y perdón. Púdrase con su librería, a la que aprecia más que a su familia.

Cogí la radio y me marché a paso rápido. Una vez en casa, metí en un armario el viejo aparato y me dediqué a instalar el nuevo. Lo conecté a la luz e intenté sintonizar una emisora. Lo dejé sin molestarme en buscar otra. Tomé un libro de la estantería y comencé a leer sin llegar a concentrarme realmente. Pensé en el momento en que conocí a Evangeline, acompañado por Thomas, el día de la visita a la librería.

10

Salimos de la editorial. Thomas hablaba. Pasado el miedo de pensar que me iban a echar, yo escuchaba sereno cuanto decía. Me contaba los detalles referidos a la primera parte de la historia ya publicada, y me decía, entre otras cosas, que había tenido una gran aceptación y que las ventas de la revista habían aumentado en toda la ciudad. Apenas tardamos en llegar a la librería. Entró Thomas en primer lugar, y yo tras él. Lo primero en lo que se centraron mis ojos nada más atravesar la puerta fue la cara de la chica que había visto salir de la editorial.

—Hola, Thomas —saludó, dándole un beso en la cara.

—¿Cómo estás, preciosa?

—Bueno, como siempre —dijo. Después me miró.

—Este es Christophe Maestre, el nuevo talento de la editorial —me presentó Thomas.

Me sonrió. Yo fui incapaz de devolverle la sonrisa.

—Encantada —dijo.

Solo pude asentir.

Thomas, consciente de la vergüenza que estaba pasando en presencia de la chica, se apresuró a decir que normalmente era más hablador, pero que no me desenvolvía demasiado bien en público.

—No pasa nada —dijo dirigiéndose a mí—. Yo estoy acostumbrada por el trabajo en la librería, pero antes me pasaba lo mismo.

Un hombre alto y con una inmensa barriga entró. Una barba negra que comenzaba a canear recortaba su mandíbula.

—Thomas, me alegro de verte. Anda, pasa, y compartiremos un café.

—En realidad he venido a presentarte al escritor que ha aumentado las ventas de la revista.

—Bueno, preséntamelo luego. Tengo cosas que contarte, pasa.

Lo empujó al interior del cuarto que había tras una puerta situada al lado del mostrador y nos quedamos solos. Tenía más miedo en presencia de aquella chica que de ser despedido de la editorial.

—Me llamo Evangeline.

—Yo me llamo Christophe, aunque todos me suelen llamar Cristo, para abreviar.

—Sí, lo sé, Thomas lo ha dicho. He leído tu historia, y debo decirte que tengo ganas de que salga la próxima entrega para ver qué sucede.

—¿De verdad te gusta? —pregunté intentando entablar una conversación.

—Claro, es fantástica. Ven, estaremos mejor sentados.

Pasada la mesa central de la librería, en la que se exponían las novedades y libros recomendados, había dos butacones. Ella tomó asiento en uno, y yo en el otro. Ella se mostraba relajada, yo estaba tenso. La observé de reojo cuando no me miraba y guardé su perfil en mi memoria para siempre. El pelo suelto le caía por los hombros y respiraba tranquilamente. No me di cuenta de que me había pillado observándola hasta pasado un buen rato.

—Lo siento —me disculpé.

—No pasa nada.

De nuevo hubo un largo silencio.

—¿Cuántos años tienes? —pregunté.

—Dieciséis. ¿Por qué?

Encogí los hombros.

—Por decir algo... Yo también tengo esa edad.

—Escribes muy bien para ser tan joven. Normalmente, los que quieren ser escritores no escriben así hasta que cumplen los cuarenta.

—Ah, pues debo de ser un as.

—Sí, será eso.

—No quería decirlo así —dije avergonzado por mi aparente prepotencia—. No ha sonado en plan broma, que era lo que pretendía.

Rio.

—Lo sé. No te preocupes por eso.

Lentamente nos embarcamos en una conversación en la que compartimos autores preferidos, novelas horribles que jamás debieron ver la luz, escritores malditos y muertos de hambre en vida para, una vez muertos, amasar una gran fortuna que disfrutaban sus familiares sin ningún talento ni ocupación referente a la escritura.

Hablamos de nuestros platos favoritos. Me contó que tenía dos hermanas a las que no soportaba, y dos amigas con las que se veía de vez en cuando. Me di cuenta de que me gustaría invitarla algún día al cine, a merendar o, si le apetecía, a dar un paseo por el parque. A la vez que pensaba cómo preguntárselo, me fijé en la forma que tenía su cintura bajo el vestido, y después, en su busto. Una carcajada proveniente del almacén me sacó de mi ensoñación. Fijé la mirada en una de las revistas de la editorial. Evangeline me vio observar la revista y se levantó a por ella. Buscó una página y me la tendió. Era la portadilla, dentro de la propia revista, que anunciaba mi relato.

—¿Me lo firmas?

Sonreí.

—Si quieres, claro, aunque tengo que admitir que me da vergüenza que me lo pidas.

—Tonterías. Te sorprenderías de ver a los paletos a los que organizamos firmas de libros: no viene nadie, y van por ahí como si se comieran el mundo. Tú sí puedes comerte el mundo.

Sentí cómo la sangre subía a mi cara con rapidez.

—Creo que es algo exagerado lo que dices.

—Llevo toda la vida en esta librería, y si algo he aprendido es a distinguir un gran texto de otro mediocre. A veces, una buena historia pasa desapercibida, y otras, un texto falso y vacío enamora a la gente, cosa que no puedo entender, pero creo que tú te harás con un nombre en este mundo.

Me quedé sin palabras y compartimos una mirada ruborizada. Nos habíamos hecho amigos, pero yo quería algo más.

—Oye, me preguntaba si te apetecería en alguna ocasión...

No pude acabar, como era de esperar. En una novela lo hubiese relatado igual, con una invitación fallida. Thomas y Nicomède salieron riendo de algún chiste que seguramente no hubiera podido comprender nunca. Nos pusimos en pie.

—Así que tú eres el prodigio del que me ha estado hablando el bueno de Thomas.

—En realidad, no creo que sea un prodigio en absoluto.

—No le hagas caso, es que es muy educado el chico —intervino Thomas.

—Ah, eso está bien. Sigue así, y que no se te suban los humos.

Negué con la cabeza.

—Tengo que agradecerte el aumento de ventas de la revista este mes. Llevaba ya algún tiempo atascada y flojeando, pero ha sido incluir tu relato y, poco a poco, dispararse las ventas, ya lo creo.

—Me alegro de que le sirva de ayuda.

—No os molestamos más. Nos marchamos. Yo, a la redacción, y el escritor al tajo.

—Encantado de haberos conocido —dije mirando a padre e hija.

—Igualmente —respondieron al mismo tiempo.

Salimos a la calle. Me volví un segundo para mirarla una vez más, y comprobé que ella también lo hacía. Yo tenía una sonrisa de idiota. Thomas me dijo que Nicomède se había alegrado de conocerme y que él también creía que tenía un gran futuro en la literatura. Yo estaba embobado pensando en Evangeline. No podía imaginar que nunca más podría sacarla de mi mente.

Llegamos a la editorial y Thomas me dijo que me marchase a casa a escribir. Me despedí de él. Caí en la cuenta de que no podía hacerlo en casa, pues era preferible, como había dicho mi madre, que no me dejase ver, y menos que se oyera el sonido de la máquina de escribir, así que me dirigí a la biblioteca para acabar de leer *Madame Bovary*.

La biblioteca de París a la que iba era uno de los lugares que más me gustaban de la ciudad. Me sentía como en casa. Era un sitio mágico que te envolvía antes incluso de atravesar las puertas y te preparaba para lo que te esperaba dentro: un pasillo de mármol, mesas de madera, techos abovedados y rosetones a través de las cuales se filtraba la luz del sol. Solía pasar el tiempo en una de las salas principales, sentado en una de las sillas de madera. Si hubiera podido comprarla, la habría convertido en mi hogar. Cuando no tenía en mente leer un libro concreto, me dedicaba a pasear por las salas y los diferentes pisos. En más de una ocasión, el guardia de seguridad me había echado de allí. Era como entrar a formar parte de un cuento de hadas. La biblioteca era mi castillo.

Anduve a lo largo del pasillo adornado con unas inmensas lámparas colgantes y entré en la sala en la que había estado leyendo el libro días atrás. Rescaté a la señora Bovary de lo alto de la estantería en la que la había escondido y con ella entre las manos me senté a la mesa. Un pensamiento más fuerte me impedía concentrarme en la lectura. La silueta de Evangeline bajo su vestido me atrapaba. Poco más tarde, salí de allí para hacer una visita a Lorik.

11

A las siete y media de la tarde salí de casa sin mucha decisión. Sin haberme molestado en escoger una ropa adecuada, tomé un taxi hasta casa de Thomas. Atravesamos las principales calles arboladas, con apenas viandantes, y nos alejamos del ruidoso centro de la ciudad hasta llegar a la zona residencial en la que vivía junto a su mujer, Hélène, y su hija, Sophy, de dieciséis años y con una sed de hombres que me ponía los pelos de punta. Nunca olvidaré cuando la invitaron a una fiesta de disfraces celebrada en su colegio y se disfrazó de prostituta asesinada por Jack el Destripador, con los pechos medio al aire y pintura roja esparcida en los puntos claves del género femenino. Su padre acudió asustado a la redacción y me contó que había criado a una libertina y que si conseguía evitar que se metiera a trabajar en el Moulin Rouge podía darse con un canto en los dientes.

—Seguro que estás exagerando —decía yo.

—No, te lo aseguro. Si no se mete a puta, puedo darme por satisfecho.

Sophy era una chica verdaderamente atractiva. Tenía los rasgos muy finos, como si se los hubieran pintado a pincel, y los ojos de un azul profundo que se encargaba de destacar con una suave línea negra. El pelo castaño, muy oscuro y ligeramente ondulado, le llegaba unos cuantos centímetros por debajo los hombros, que solía llevar descubiertos frecuentemente, como si quisiera castigar a su padre. Solía ponerse vestidos de cintura ajustada para marcar la silueta, y en verano enseñaba las piernas, torneadas por sus clases de *ballet,* hasta las rodillas. Era guapa, y lo sabía.

Subí los cuatro escalones que me separaban de la pequeña verja negra colocada entre los muros de un par de metros de alto que bordeaban el jardín y entré. Caminé hasta la puerta principal y llamé. Oí gritos saliendo de la garganta de Sophy. Recé para que no se me lanzase al cuello como había ocurrido en una ocasión en la que me metió en un buen lío con ayuda de la intervención de Cassandra, amiga, por decir algo, de Evangeline. Se abrió la puerta. El olor a perfume me hizo sentir un picor en la garganta y ganas de toser. En un primer momento, la luz del interior me cegó. Tras una primera sonrisa de Sophy, la ilusión que mostraba su rostro se deshizo con la velocidad de un suspiro.

—Sophy —saludé.

Me dio un beso en la mejilla.

—Pasa.

Entré y cerró la puerta. Podía oír el parloteo de Thomas y Hélène en el fondo del comedor principal.

—Pareces un fantasma.

—Gracias, es lo más bonito que me han dicho en meses.

La casa de Thomas era como su familia, al menos lo que se veía desde fuera. Elegante y bien adornada, gracias a la mano de su mujer. Las paredes estaban enteladas con tonos cálidos, y las alfombras a juego. Las lámparas de cristal parecían llorar desde el techo, de las paredes o de las mesitas situadas al lado de los sillones. El salón estaba bordeado por una inmensa estantería llena de la colección personal de Thomas y Hélène y de los libros que había publicado a lo largo de los años de vida de la editorial. En la planta superior no había estado nunca, pero podía intuirse igual de elegante que la planta a pie de calle.

Aceleré el paso y llegué al salón, en el que me esperaban. Hélène tenía elegancia natural. Siempre vestía con un estilo propio y perfectamente adecuado para cada ocasión. Sophy era su viva imagen. A Hélène le habían salido algunas canas, pero todavía se veía su color natural, rubio oscuro. Sus ojos eran tan azules como los de Sophy, y tenía una bonita silueta. Me constaba que se había casado con Thomas, lo que provocó que su padre la desheredara, para alegría de sus dos hermanas y sus dos hermanos, pues decía que las letras eran para los estúpidos y los desviados. Tras los saludos cordiales, nos sentamos a la mesa. Una doncella procedió a servirnos el primer plato.

—Crema de melocotón —anunció Hélène.

—Tiene muy buena pinta, la verdad —dije.

Aunque a melocotón sabía poco: era salada.

—Y cuéntanos, Christophe, ¿cómo está tu madre?

—Está bien. Con un nuevo marido, pero todo sigue igual que antes.

—Me alegro por ella.

—Yo también me alegraría por ella si fuera capaz de parir a un hijo tan guapo —soltó Sophy.

Podía entender que a ella le hiciese gracia, pero a mí me resultaba muy incómodo, y para Thomas lo era todavía más.

—Sophy —dijo Thomas.

—¿Qué pasa? Es cierto.

—Thomas me cuenta que tienes un ejército de admiradores, Cristo. Tendrás que estar muy orgulloso de ello —añadió Hélène.

—Siempre es bueno tener lectores fijos, sí —respondí.

Tras una conversación con constantes interrupciones por parte de la libertina, con frases tales como: «Deberías salir a que te diera el sol: si cogieras un poco de color, no podrías quitarte a las chicas de encima» o «¿Cómo es que no tienes novia? Si ya hace un año de aquella desgracia. Yo misma estaría dispuesta a salir contigo una noche para animarte».

Después de cuatro o cinco intervenciones más en la misma línea, Thomas la mandó a su dormitorio. Ella protestó diciendo que tenía un padre estúpido y más cerrado que una piedra.

—No sé qué voy a hacer con ella —dijo Thomas.

—Ya se le pasará —añadió Hélène—. Hasta entonces nos toca esperar.

—Son las hormonas. Yo a su edad estaba igual.

—Sí, creo que fue a su edad cuando entraste en la editorial, y poco después conociste a Evangeline, ¿verdad?

—No saques ese tema, mujer —dijo Thomas.

—No, no me importa, de verdad. Sí, fue todo a su edad.

—¿Cuántos tienes ahora?, ¿diecinueve?

—Veinte.

—Eres muy joven, Cristo. Se te pasará.

La observé en silencio.

—Eso espero, porque, si no, mi vida va a ser más triste que la del protagonista de una tragedia de Shakespeare.

Tras una partida de cartas y un puro, Thomas me pidió que fuésemos andando parte del camino a mi casa. Las estrellas salpicaban el cielo, ajenas a todos los ojos que las miraban.

—¿Qué te ha parecido esta salida del agujero de tu casa?

Encogí los hombros.

—Ha estado bien —comenté. Sentí que me asfixiaba al pensar en la soledad que me esperaba en casa.

—Podíamos repetirlo la semana que viene, si te parece.

—En realidad, no creo que vaya a tener mucho tiempo para eso. Voy a casarme —anuncié.

Tras unos segundos de estupefacción, me abrazó un instante y me dio la enhorabuena.

—Qué callado te lo tenías.

—Es para hacerle un favor a mi madre. No la quiero.

—Bueno, pero una mujer es una mujer. ¿Dónde vais a vivir?

—Pues tendrá que ser en su casa, porque no pienso compartir la mía con una mujer a la que no quiero.

Asintió. Me dio otro abrazo y una palmada en el hombro.

—Bueno, nos veremos en la editorial.

—Claro. Hasta mañana, Thomas.

Cogí un taxi y le indiqué al conductor la dirección de mi casa, pero cuando pasamos frente a un café, le dije que parase, le pagué y entré a bebérmelo todo. Dos horas después debí de ponerme a cantar el himno francés en sánscrito, porque de una patada me sacaron del local. Seguí cantando en la calle, y acabé arrestado por escándalo en la gendarmería. Me llevaron a rastras, en un estado de semiinconsciencia, y me metieron en un calabozo que olía a muerte y orines. Cuando me desperté, me di cuenta de que había pasado la noche sobre un charco en el suelo. La cabeza, como venía siendo habitual en los últimos meses, me martilleaba. Eso, unido al estómago que me ardía y al olor, me hizo vomitar en el instante en que me incorporé. Despacio, me levanté apoyándome en la pared, y, como pude, me acerqué a los barrotes helados.

—¡Oiga! —llamé.

Silencio.

—¿Hay alguien ahí? —repetí.

Oí unos pasos. Una náusea trepaba de nuevo del estómago a la garganta. Un uniformado apareció ante mí, me miró con cara de asco, escogió una llave del manojo que sujetaba y abrió.

—A casita, y que no le vuelvan a traer aquí, ¿estamos?

—Sí, señor —dije sumiso.

Me acompañó hasta el final del pasillo y subió los escalones tras de mí. Una vez que salí a la calle y respiré aire limpio, me dijo algo que no entendí y que me diera una ducha en cuanto llegara a casa.

—El olor no es culpa mía —dije.

Al ver su mirada, me marché pitando. Me quité el abrigo y comprobé que estaba mojado y apestaba. Antes de ir a casa, entré en la panadería de la madre de Kyliann y compré un paquete de magdalenas y pan.

—Pero ¿de dónde sales?

—Mejor que no lo sepas.

Salí de allí y me dirigí a casa esquivando a los caminantes, que me miraban con asco. Subí la escalera y entré cerrando de un portazo. Llevé lo que había comprado a la cocina. Me metí en el baño y dejé que el agua corriera para llenar la bañera. Me quité la ropa y la llevé directamente al cubo de la basura. Estaba inservible y apestaba a mi propio vómito y a celda. Me metí en la bañera con un kilo de jabón y estuve un rato dejando que las burbujas hicieran su trabajo. Cuando el agua se tornó entre amarilla y marrón, salí. Vacié la bañera y la lavé con lejía. Entré en mi dormitorio, me puse una muda limpia y me fui a la editorial.

12

Los nudillos en la puerta me despertaron. Miré el reloj. Eran las diez de la mañana. Ni siquiera recordaba la última vez que me había levantado tan tarde. Me dolía la cabeza y quería seguir durmiendo. Fuera, el día estaba gris. De nuevo llamaron a la puerta.

—A ver si le ha pasado algo —oí decir.

—No se preocupe usted, señorita, estará durmiendo —dijo una voz masculina.

La hora de dormir se había acabado. Me puse en pie y abrí la puerta en el mismo momento que alguien la intentaba abrir por fuera.

—¡Estás bien! —exclamó Sophy.

—Estaría mejor después de dormir un rato más.

—Discúlpeme, señor, no quería molestarle, pero la señorita estaba preocupada.

—No, no le digo a usted. Le agradezco su paciencia con la señorita —dije.

—Los dejo solos.

—¿Cuándo pensabas levantarte?

—En un par de años.

—Venga, venga, vístete, que tenemos cosas que hacer.

Cerró la puerta y me dijo que me esperaba en su habitación. No tenía la menor gana de salir de la cama, y menos del edificio, pero no me quedaba más remedio. Me duché sin darme especial prisa y me vestí. Cuando salí de mi habitación, con un abrigo sobre dos jerséis, la encontré paseando de lado a lado del pasillo.

—¿Qué has hecho para tardar tanto?

—¿Nos vamos ya?

Hacía un frío horrible esa mañana.

—¿No prefieres que vayamos cuando regrese de los Pirineos? Hace mucho frío para andar por la calle.

—No seas gallina, que solo es frío. Venga, andando.

Nos encaminamos calle arriba. Ella parloteaba; yo no le prestaba ninguna atención. Al pasar frente a una cafetería, me di cuenta de que no había desayunado. La obligué a entrar y me tomé un café. Sophy no quiso nada. Al acabar, salimos de allí sin que me diera tregua.

Resultó que Sophy tenía una brújula escondida de alguna forma en su cuerpo que le indicaba exactamente qué calles debía tomar para dar con las tiendas. Entró en todas y cada una de las que encontramos. Se compró vestidos, abrigos, medias, guantes, zapatos, y una bufanda para mí. Mientras yo cargaba con la mayor parte de las bolsas, Sophy entró en una tienda en la que vendían joyas. Era pequeña y alargada. Hacía calor dentro, cosa que agradecí. Tenía muebles repletos de joyas en estanterías de cristal. A un lado había dos sillas. Aproveché para sentarme y descansar el tiempo que Sophy decidiera estar allí.

—Qué preciosidades hay aquí.

—¿Qué clase de joyas quiere ver, señorita?

La dependienta comenzó a enseñarle cajas y cajas llenas de anillos y pulseras. Mientras escogía, vi un periódico que reposaba sobre la mesa. Lo abrí sin mucha intención de leer nada concreto, hasta que llegué a las esquelas. Al final de la página, en un pequeño recuadro, un nombre llamó mi atención.

Recordé que estaba enfermo del corazón. Cerré el periódico. Sophy me dijo que ya había acabado, que se lo estaban envolviendo para regalo. La dependienta salió de la trastienda y me tendió la bolsita con el anillo.

—Está muy bien el hecho de que deje a su novia escoger el anillo. Nunca se sabe si se acertará con una joya.

—No es mi novia.

—Usted perdone.

Sophy cogió la bolsita de un tirón y me miró enfadada.

—Tampoco hace falta que lo digas así.

—¿Así cómo? ¿Cómo lo voy a decir si no?

Salimos a la calle y le pregunté si iba a seguir arruinando a su padre o si pretendía ver alguno de los lugares que me había mostrado en la lista.

—Vamos camino del Pilar. En cuanto bajemos esta calle, llegamos.

—Ah, qué bien. Una iglesia.

—No es una iglesia, es una basílica; es diferente.

Recordé que Donato dijo que su amigo, Isaías Griján, lo había casado con Isabel en ese lugar. Así que, mientras Sophy se dedicaba a pasear por la basílica, yo podía intentar hablar con él.

—Fíjate qué zapatos: serían perfectos para el vestido escarlata.

—Ya te has comprado zapatos.

—Sí, pero no a juego con ese vestido.

—¿Sabes? Estoy empezando a sentir pena por tu padre.

—¿Por mi padre? Qué tontería. Pena te tendría que dar yo, que no me deja hacer nada. Anda, vamos, que ya no me gustan tanto.

No me lo estaba pasando tan mal. La enorme basílica del Pilar emergió ante nosotros como una figura inerte y triste. Se me antojó muerta. Estaba ubicada en el centro de una plaza. A su alrededor, los creyentes salían y entraban sin parar por sus portones de madera y hierro. Las palomas se guarecían, apoyándose sobre las estatuas que la adornaban, y nos vigilaban con recelo desde lo alto.

—¿Y tanta fama para esto? Donde esté Notre-Dame...

—Notre-Dame es una catedral, no una basílica —apunté.

—¿Y qué?

Suspiré.

—Nada. Anda, venga, que hace frío.

Hacía más frío dentro que fuera. Había fieles rezando de rodillas en la capilla central y en otras más pequeñas. Dejé que Sophy deambulara. Yo intenté encontrar a un cura. Tres vueltas más tarde encontré a un anciano que apenas podía caminar.

—Disculpe, ¿podría decirme si Isaías Griján sigue trabajando aquí?

—Sí, sigue trabajando aquí.

—¿Podría indicarme dónde encontrarlo? Por favor.

—Ahora mismo está de entierro. Un amigo suyo ha fallecido recientemente. No sé si regresará a su misa de la tarde. Si no lo hace, podrá encontrarlo mañana, aquí mismo, dando misa o en su despacho, tras esa puerta de allá, dando catequesis a una panda de diablos, o bien en su residencia, el edificio que queda aquí al lado.

—Ha sido muy amable.

—No se preocupe, joven.

Encontré a Sophy hablando con un chico. Le dije que era hora de irnos. Para mi sorpresa, no replicó, pero antes de llegar al hotel, me obligó a hacer una parada más. Vio un pequeño escaparate lleno de velas y objetos de buena suerte. Entró. Olía a mil hierbas diferentes. Una bola de cristal presidía el mostrador, cubierto por una especie de tela rojiza adornada con hilos dorados en el que se dibujaban un gato y una media luna. De pronto, una mujer apareció tras un toldo de tiras negras. Era guapa, y llevaba los ojos pintados de un negro intenso.

—Hola. ¿En qué puedo ayudaros? —saludó.

—¿Es usted adivina? —preguntó Sophy.

—Así es, niña. ¿Qué quieres saber? ¿Con quién vas a casarte, por ejemplo?

—Eso no estaría mal —respondió, y me lanzó una mirada que hablaba por sí misma.

—Vamos atrás. Es el lugar en que mis poderes se concentran —apuntó alzando las cejas y bajando la voz.

Puse los ojos en blanco. Cuando volví a mirar, habían desaparecido.

Sophy apareció de nuevo sacudiéndose un polvo rojo que había esparcido sobre su mano.

—Esto no son más que tonterías. Vámonos.

—¿Qué? ¿No te gustan las noticias que te ha dado?

—Vámonos —ordenó.

—Creo que usted sí debería entrar. —La bruja me miró mientras sujetaba las tiras negras—. Usted tiene algo cargando sobre sus hombros, tal vez pueda ayudarle.

Dudé.

—¿Por qué no? Ahora salgo —dije a Sophy. Al fin y al cabo, ella ya se había divertido, ahora me tocaba a mí.

Me senté en una incómoda silla de hierro, y la mujer me pidió que extendiese la mano. Lanzó unos polvos rojos iguales que los que intentaba quitarse Sophy.

—¿Para qué es eso?

—Para que no queden líneas escondidas. Esas son las que más saben. ¿Se está tomando esto como un juego? No debería.

—Eso se lo ha dicho mi mano.

—No, su cara. Su mano me dice otras cosas.

—Cuéntemelas —pedí.

—Está metiendo las narices en un tema que es mejor dejar correr. Ese es mi consejo. Déjelo correr. No vaya a esa aldea.

—¿Se lo ha dicho ella?

—Me lo ha desvelado su mano, se lo crea o no.

—¿Y qué más le dice?

Cerró los ojos y pasó sus dedos sobre los míos.

—Evangeline. Evangeline. Evangeline. Su mente no deja de repetirlo. Está muerta, ¿verdad?

—Esto no tiene gracia. Sophy no debería contar esas cosas a desconocidos.

—Le repito que ella no ha abierto la boca aquí dentro. Debe dejarlo correr, todo. Lo que sea en lo que esté metido, y a Evangeline.

—Ya basta —dije apartando la mano.

—Eso es lo que usted querría, que todo se acabara aquí. Su vida correrá peligro si sigue adelante con sus planes. Y la de Sophy también. No debe fiarse de lo que le cuenten; solo una virgen le dirá la verdad.

—¿Cuál? ¿La del Pilar? —dije burlándome.

—Tal vez, eso ya no lo sé. Tal vez encuentre las respuestas que busca en la basílica del Pilar. Pero yo solo puedo dar consejos sobre lo que veo, no puedo asegurarle nada de lo que le he dicho.

—Eso me imaginaba.

—No crea que me ofende. Cuando la gente descubre o escucha algo que no puede o no quiere entender, se enfada.

—No estoy enfadado.

—No, ya veo. Ah, y otra cosa: no trate con tanta frialdad a Sophy. Le deberá mucho en poco tiempo, ella le devolverá a la vida.

—Ya estoy vivo.

—No, no lo está —dijo mirándome con tristeza.

Me levanté, cogí a Sophy del brazo y tiré de ella para salir de allí.

—¿Qué pasa? —preguntó Sophy corriendo tras de mí por las calles heladas.

—¿Por qué le has contado esas cosas? No le interesan a nadie.

—Yo no le he contado nada.

—No mientas.

—¡No miento! —gritó soltándose y mirándome fríamente.

Nunca había creído en brujas ni en nada parecido. Y por ello tenía que haber sido Sophy la que le había contado lo que sabía. Sí, no cabía otra explicación.

Dejamos las bolsas en su habitación y comimos. Le dije que iba a echarme una siesta, como se hacía en España, y que no me molestase por nada del mundo. Si el hotel comenzaba a arder, que me dejase morir durmiendo calentito entre las mantas y las llamas.

—Vaya humor más raro tienes a veces.

—Por cierto, se me pasó preguntártelo la primera vez que te vi hablar en castellano: ¿cuándo lo has aprendido?

—También hablo inglés, ruso y alemán. No es ninguna cosa nueva.

Dicho esto, cerró la puerta, burlona. Fui a mi cuarto y me metí directamente en la cama, tapándome con todas las mantas que encontré en el armario. Como no pude dormir, a pesar del sueño que tenía, pedí un juego de cartas en recepción, llamé a Sophy y compartimos la tarde y la noche echando partidas.

—Acuérdate de que mañana me marcho a Huesca y que no sé si regresaré el mismo día, si me dicen que la aldea está aislada; o en un día o dos, si puedo llegar.

—Vale.

13

Me desperté con tiempo de sobra para desayunar y revisé la maleta con las cosas que había puesto en ella, por si debía quedarme en la aldea alguna noche. Antes de marcharme, llamé a la habitación de Sophy. La jornada de compras y gastos del día anterior debía haberle pasado factura con unas horas de diferencia: no estaba despierta. En recepción dije que no sabía cuándo regresaría y que siguieran manteniendo la habitación reservada. Avisaron a un taxi, que me llevó a la estación. Cuando entré en el andén, no podía creerme lo que estaba viendo. Sophy estaba sentada en uno de los bancos de madera con uno de sus nuevos abrigos y una pequeña bolsa. Me acerqué a ella.

—¿Qué haces aquí?

—Te acompaño.

—De eso, nada.

—Tengo el billete; lo compré el otro día, cuando me dijiste que no te molestase más.

—Vuelve al hotel.

—No.

—Márchate ahora.

—No.

—¿Por qué no?

—No. Quiero decir: porque no. Y punto.

—Vale, lo confirmo, siento lástima por tu padre.

Puso los ojos en blanco.

—Otra vez con lo mismo. Eres un pesado.

—La pesada eres tú. Nunca haces caso.

—Estoy cansada de que siempre me digan lo que tengo que hacer.

—Haz lo que te dé la real gana; total, lo vas a hacer con mi permiso o sin él, así que tanto da que discutamos.

—Ya empiezas a entenderme.

—No te hagas la graciosa, Sophy. No me gusta que me tomen el pelo.

Su sonrisa se borró de un plumazo.

—No pretendía tomarte el pelo.

—Lo sé —tardé en responder.

Me senté a su lado. En un par de horas, tras parar en cuantos pueblos se cruzaron con el tren, llegamos a Huesca. Me aproximé a una de las ventanillas e indiqué en el mapa adónde me dirigía.

—En una hora sale el tren que recorre las aldeas. Está programado así con los trenes que llegan aquí, a Huesca.

—Deme dos billetes.

—¿Uno es para la señorita?

Asentí.

—Madre mía, vaya bombón de chica. Y jovencita, tal como me gustan.

—¡Eh!

—Perdón, solo le alababa el gusto.

—No lo haga, y métase la lengua por donde le quepa.

Sophy no se enteró de nada: miraba las fotografías viejas de trenes que colgaban de las paredes de la estación.

La aldea se encontraba a tres horas de viaje. Sophy se quedó dormitando en el vagón. La cubrí con mi abrigo y contemplé el paisaje nevado. La desperté cuando uno de los trabajadores anunció el nombre de la próxima aldea, la nuestra. Fuimos los únicos en bajar. Sophy estaba todavía medio dormida, con los ojos enrojecidos.

—¿Dónde estamos? Aquí no hay nada.

—La aldea se ve allí abajo.

Resopló.

—Qué horror.

—No haber venido...

Comenzamos a descender. Dejamos un camino de nieve a nuestra espalda, y poco después nos encontramos en el centro de la aldea. El humo salía de las diez o doce casas que había. Todas estaban a oscuras, menos una: la taberna. Nos dirigimos a ella y observamos desde la cristalera amarillenta.

—No quiero entrar, están todos borrachos.

—Vale, espera aquí.

—Me voy a helar de frío.

—Pues entra.

No esperé su respuesta. Abrí la puerta y vino detrás. Todos se quedaron en silencio.

—Buenos días. Estoy buscando una cabaña que pertenece a esta aldea, pero que está alejada. Era de un tal Dicastillo.

Silencio y miradas escudriñadoras de los aldeanos llenaron la estancia durante unos interminables segundos.

—¿Qué quiere usted de la casa de Dicastillo? —preguntó una voz femenina a mi izquierda.

Me volví y vi a una mujer ya algo mayor. Alta y fuerte. Iba como el resto de las mujeres del lugar, con un vestido hecho a base de varias capas y un gran delantal.

—El señor Dicastillo ha fallecido y vengo a comprobar qué pertenencias tiene allí.

—Yo cuido de la cabaña. En un rato iré a ella en mi carro. Puede acompañarme si quiere.

—Se lo agradezco.

—Ya le avisaré cuando me marche.

Sophy estaba pegada a mí como si tuviera miedo de que se la fueran a comer. Nos dirigimos al fondo. Poco a poco, las conversaciones volvieron a su curso. Pedimos el plato del día y comimos. Sophy volvió a quedarse medio dormida con el calor de la estufa que tenía a su espalda y se apoyó en mi brazo a modo de almohadón.

Pasado un rato, la mujer me gritó desde la otra punta que se marchaba ya. Desperté a Sophy y la seguimos. Caminando a través de la nieve y sin poder esquivar los copos que caían con más fuerza por momentos, nos condujo a una especie de establo. Nos indicó que subiésemos en un carro y ató a un burro que descansaba sobre un montón de paja limpia. Partimos. A estas alturas, los zapatos nuevos de Sophy estaban destrozados.

—Eso te pasa por querer estrenarlos tan pronto y por despilfarrar el dinero de tu padre en tonterías.

—Te contestaré cuando tenga fuerzas —dijo—. No vamos a llegar: el pobre animal se va a morir a medio camino.

—No creas, Sophy, seguro que ha hecho este recorrido muchas veces, los burros son muy fuertes.

—¿Lo dices por ti?

Debió de transcurrir una hora, a paso de hormiga. Vislumbré a lo lejos, en un valle con un bosque de pinos a unos quinientos metros, una cabaña con la chimenea humeante. Tal y como me la había descrito Donato. En unos quince minutos llegamos. La mujer dejó el carro a un lado de la casa, bajamos y nos dijo que entráramos mientras metía al burro en el establo trasero. Entramos deprisa y vimos a una mujer anciana frente al fuego, balanceándose en una mecedora. Llevaba el pelo cubierto con un pañuelo negro, y los pocos mechones que se entreveían eran grises. Tenía los ojos pequeños y la piel arrugada por el duro clima de la montaña tras toda una vida allí. Sus pies hinchados y deformes descansaban sobre un reposapiés de madera con un cojín deshilachado. Una manta raída le cubría los hombros. Se frotaba las manos, aunque en la cabaña no hacía frío. En una rápida ojeada vimos que no faltaba de nada: teteras, cafetera, un gran armario pegado a la pared, alfombras de pieles de animales, libros, una gran mesa en la cocina. Una escalera llevaba al piso de arriba.

—¿Eres tú, hija?

—Su hija está fuera, dejando al burro en el establo.

—A Juan; el burrito se llama Juan. Vamos, acercaos al fuego.

Se lo agradecimos a la vez. Sophy corrió a arrimar una silla lo más posible al fuego.

—Eres muy guapa, niña. ¿Cómo te llamas?

—Sophy, y él es Cristo.

—¿Cristo? No me diga que Dios lo ha enviado a la Tierra otra vez y lo ha hecho caer en esta aldea.

—Es el diminutivo de Christophe.

La hija de la anciana regresó.

—Juana, prepara café, anda.

—Ahora mismo iba a hacerlo.

—Gracias, hija. Y ¿qué les trae a este valle?

—El señor Dicastillo ha muerto. Han venido para contar qué bienes hay en la casa —interrumpió Juana.

—Vaya, no lo hubiese imaginado.

—Permítame decirle que eso no es del todo cierto.

Juana y su madre me observaron; pedían una explicación.

—Sí, es cierto que ha fallecido, pero he venido aquí a corroborar cierta información respecto a una mujer llamada Isabel. Tengo entendido que pasó aquí varios años debido a una enfermedad mental, pero el señor Dicastillo no dijo nada de que hubiese alguien trabajando aquí en esa época.

La anciana me observó extrañada.

—¿Cuándo se supone que Isabel estuvo aquí?

—Tengo entendido que el último año fue en 1918, y que pasó casi toda su infancia y juventud aquí. Se marchó con dieciséis años.

Negó con la cabeza, tajante.

—Eso no es cierto. Llevo aquí trabajando desde 1900 y le prometo, por la vida de mi hija, que aquí nunca ha vivido ninguna mujer llamada Isabel.

—En ese caso —dije dudando e intrigado—, le agradecería que me contase la historia de este lugar.

Sonrió pícara, impaciente por contar cuanto sabía.

—Juana, hija, anda, haz otra cafetera. Vamos a estar largo rato hablando. Y vosotros dos, poneos cómodos.

14

Recuerdo perfectamente el día en que un hombre trajeado y de ciudad vino a la aldea con su arquitecto personal. Se había casado recientemente, y a su mujer, según se rumoreaba, le encantaban la nieve, los bosques, los lagos y la naturaleza en general. Por ello había decidido construirle una cabaña aquí, en una aldea remota, alejada de todo atisbo de eso a lo que llaman civilización. Llegó a la taberna —he de decir que era bastante educado— y pagó un buen pellizco a mi difunto marido para que le enseñase algún valle cercano. Mi marido, intuyendo sus intenciones, lo llevó a un terreno que tenía él pasada la pequeña aldea, este mismo terreno. Al señor Dicastillo padre le encantó. Le parecía el lugar perfecto para construir su cabaña. Así que nos ofreció una buena cantidad de dinero, más de lo que valía el terreno. Él se marchó, y el arquitecto se quedó unos días para tomar medidas.

Alrededor de un mes después de marcharse el arquitecto, una tropa de personas se instaló en el pueblo. Como aquí nunca ha habido hostales ni pensiones, se alojaron en nuestras casas, pagándonos un arriendo. Eran los constructores que venían a levantar la casa para el señor Dicastillo. Cada día, todos los aldeanos, con gran expectación, al acabar nuestros trabajos —que consistían básicamente en que el que tenía vacas preparase carne, el que tuviera cabras, leche y queso, el que tenía una rueca hilara la lana de sus ovejas para hacer los jerséis y abrigos y después intercambiarlos—, nos dirigíamos a ver cómo lentamente levantaban una casa de madera con los troncos de pino que serraban del mismo bosque. Los traían, uno por uno, tirando de unas cuerdas con la ayuda de los caballos.

Aquí el dinero nunca ha tenido valor, pero con lo que nos pagaban por el arriendo viajábamos de vez en cuando a algún pueblo cercano y comprábamos productos que no podíamos fabricar aquí. Uno de los vecinos incluso vendió unos tarros de miel que tenía en la tienda y trajo bolsas de cacao para todos. Delicioso. En tres meses, la construcción de la cabaña había llegado a su fin y se marcharon.

El señor Dicastillo regresó al pueblo. Colgó un cartel en la taberna. Buscaba a alguien que mantuviese la casa caliente y adecentada durante el invierno, y que en verano la limpiase a diario.

Mi marido se opuso a que me presentase al trabajo, pues decía que no nos hacía falta nada, que teníamos asegurada la leña en el invierno y que comida no nos faltaba. No obstante, me personé en su casa al día siguiente para decirle que estaba interesada en el puesto que ofrecía. Era muy simple: debía mantener la cabaña caliente en invierno, por si les apetecía aparecer por allí, para no encontrarse todo helado, y limpiar la casa. Me contrató.

Los meses pasaban y el señor Dicastillo me enviaba puntualmente cada dos semanas una carta con mi sueldo. Mi marido y mi hija eran los que bajaban al pueblo más cercano de vez en cuando, y con el dinero traían cosas. Libros y poco más.

Seis meses después, el señor y la señora Dicastillo aparecieron. La expectación, una vez más, era general. Fueron un par de meses del invierno más frío que recuerdo en la aldea. Mientras permanecieron aquí, les cocinaba y preparaba baños de agua caliente. Un día, la señora anunció a su marido que estaba embarazada y se marcharon de nuevo a la ciudad. No regresaron hasta que su hijo tuvo cinco o seis años. Era verano. Al contrario que sus padres, resultó ser maleducado, rebelde y mentiroso. De vez en cuando, tras su llegada, en la casa del tío Jerónimo comenzaron a aparecer gallinas muertas. Hoy, una; la semana siguiente, otra; después, dos a la vez, tres... Todas, estranguladas. Y era curioso que siempre que eso ocurría, el señorito Donato aparecía con las manos levemente ensangrentadas, con las mismas marcas que tenía el tío Jerónimo cuando perseguía a alguna gallina para hacer caldo o un trueque y el animal intentaba defenderse para no acabar en la cazuela.

La noticia corrió por el pueblo. Jerónimo habló con el señor Dicastillo. Por supuesto, no le creyó. Eso hizo que Donato tuviera manga ancha para hacer lo que le placiera.

Una mañana, todos los aldeanos se internaron en el bosque a buscar los tocinos que se habían escapado por la noche de la pocilga, cerrada a cal y canto, con cerrojo, del anciano Augusto. Todos los cerdos estaban muertos por el frío. Tiempo después, las vacas se medio helaron en el establo, al pasar toda la noche con la puerta abierta cuando debíamos estar a unos quince grados bajo cero. Por suerte, casi todas se recuperaron. Después, alguien lanzó piedras contra los cristales de una de las casas. No era difícil adivinar quién lo hacía, siempre de noche.

Cuando nos cansamos de aguantar el comportamiento de ese niñato, trazamos un plan. Uno de los niños de la aldea, cuando lo vio jugando con la nieve fuera de su casa, le dijo que tenía algo que mostrarle y lo atrajo a la suya con la excusa de enseñarle un perro que había adquirido su padre hacía unos días. Allí le esperaban todos los aldeanos menos yo, que estaba contando a los señores cómo era la vida diaria en la aldea para mantenerlos entretenidos en su casa. En un establo, lo sujetaron con unas correas y lo mantuvieron de pie, con los brazos estirados, mientras gritaba y pataleaba. Lo dejaron en paños menores y le arrojaron agua helada.

—Así aprenderás, malnacido hijo de perra.

Luego le untaron la tripa y las piernas con miel, le lanzaron grano, que se le quedó pegado, y soltaron a las gallinas. No tardaron mucho en dejarle el cuerpo lleno de heridas. Y, de nuevo, agua helada. Le embadurnaron el cuerpo con un ungüento pegajoso, mezclado con los desperdicios desmenuzados que los tocinos acostumbraban a comer, y lo llevaron frente a la pocilga de la casa, con cinco cerdos de más de cuatrocientos kilos. Al olor, se acercaron, intentando alcanzarlo con el hocico. Lo rozaban, pero no le mordían. Gritaba desesperado, aterrorizado, que lo dejaran marchar.

Estuvo así más de una hora, según me contaron, chillando como una bestia. Le dijeron que si volvía a hacer de las suyas, lo despedazarían vivo y lo echarían entre las peladuras de patatas y zanahorias que comían los tocinos. Cuando quedó rendido, lo limpiaron, lo vistieron y le advirtieron que si le contaba a sus padres algo de lo que había ocurrido también lo matarían. No dijo nada, y todo quedó tranquilo. Con la primavera, marcharon de nuevo a la ciudad y no regresaron. Las cosas volvieron a ser como siempre y nos quedamos más tranquilos. Yo seguí cuidando la casa.

Tuvieron que pasar muchos años hasta que alguien regresó. Fue en 1925. Donato Dicastillo había crecido y era un hombre. No se detuvo en la aldea. Vino acompañado de una mujer y de una niña. Cuando se presentó en la casa, no lo reconocí. Me explicó que la cabaña había sido de su padre, que había fallecido, y que ahora le pertenecía a él. Creí que se trataba de su mujer y de su hija, pero estaba equivocada. Me dijo que era la mujer de un hermano suyo. Su marido había muerto y estaba arruinada. Por ello, la dejaba vivir en esa casa entre las montañas. Él se marchó. Temía que la niña fuese igual de maleducada que Donato de niño. No fue así. Era dulce y buena, igual que su madre, Fátima Abad. La niña se llamaba Pilar Abad. Cuando el marido murió, la madre hizo que cambiasen el apellido de la niña por el suyo. Pilar se integró lentamente con los niños del pueblo, especialmente con uno llamado Josua. El maestro daba clases en su casa para que pudieran aprender a leer y esas cosas. En los descansos salían a jugar con la nieve. Todos se llevaban bien, más o menos. Parecía una más. Parecía que hubiera nacido en esta aldea.

Por otro lado, Fátima resultó una mujer educada, pero sin muchas ganas de conversación. Se marchó a la ciudad durante unos días, poco después de haber llegado aquí. Yo venía igualmente a la casa a realizar mis tareas; las hacíamos juntas. Le decía que me dejase, que era mi trabajo, pero ella insistía.

Los años pasaban tranquilos. Fátima era buena mujer, pero muy callada y encerrada en sí misma. No hablaba de su pasado nunca, y cuando yo me interesaba por ella, por su vida antes de venir a la aldea, cambiaba de tema o me decía que tenía que marcharse a otra parte de la casa a hacer alguna faena, así que después de un tiempo dejé de preguntarle. Fátima me dijo una mañana que debía ir a la ciudad unos días y que hiciera el favor de cuidar de Pilar en su ausencia. Por supuesto, lo hice con mucho agrado. Cinco o seis días después regresó. No dijo nada de dónde había estado ni a quién había visitado, pero parecía contenta. Cuando le pregunté si le habían dado buenas noticias, me respondió serena:

—Solo queda esperar, mientras la vida sigue su curso natural.

No sabía qué quería decir con eso. Donato Dicastillo apareció en uno de los cumpleaños de su sobrina. Le trajo un vestido precioso que nunca se puso y un pastel de chocolate. Con Fátima apenas habló. Luego volvió a marcharse. Sin más...

El tiempo pasaba y los niños crecían, hasta que llegó un momento en el que ya no eran tan niños. Pilar había entablado una fuerte amistad con el hijo de Gerardo, el dueño de las vacas. Se llamaba Josua Lagos. Muy buen chico y servicial. Estaban juntos desde que los dos cumplieron quince años. Pero lo ocultaban a su madre, ya que, la intención de Fátima, tarde o temprano, era marcharse de esta aldea y llevarse a su hija con ella.

Pilar siempre me dijo que le daban igual las intenciones de su madre, que ella se quedaría aquí con Josua, le gustase o no. Comenzaron a verse a escondidas, en el bosque, en la taberna, cuando su madre se quedaba en la casa, en los establos de la casa de Josua. A medida que las semanas pasaban, Pilar se entristecía, pensando que su madre la odiaba y que por eso no la dejaba ser feliz con Josua.

—No digas eso, mi vida —le decía yo, sentada a su lado, mientras lloraba en la cama.

Cada vez pasaban más tiempo juntos. Gerardo llegó a enfadarse con Josua, pues había comenzado a abandonar sus tareas para estar con ella. Un día no cepillaba a las vacas, otro no les echaba de comer... En resumidas cuentas, estaban enamorados. Ella misma me contó que se veían a escondidas en una cabaña muy pequeña que hay en el bosque, porque allí no los encontraría nadie.

Sus citas furtivas se hicieron más escasas: debían disimular ante sus padres, que no querían que estuviesen juntos. Gerardo decía que ella no le hacía ningún bien, que se había vuelto tonto desde que estaba Pilar, y Fátima continuaba con su idea de marcharse de allí. Así que, en vez de verse todos los días, se escribían.

Yo era el medio que usaban para sus cartas. Bajaba a la aldea y Josua me esperaba sentado en el tronco de un árbol caído. Me daba sus cartas y me preguntaba por Pilar. Yo le decía que estaba bien, pero en realidad la oía llorar en su cuarto. Y cuando ella me preguntaba por él, le decía lo mismo, aunque cada día estaba más apagado. Le daba las cartas de Josua, ella las leía en su cuarto y escribía una para él, y yo se la entregaba al día siguiente.

Pasaron los meses. El otoño dio paso al invierno. Hubo días en que era imposible llegar a la aldea. Fátima no sabía hasta qué punto Pilar quería a Josua. Ella ahogaba sus lágrimas al no tener noticias suyas. Yo intentaba calmarla diciendo que pronto dejaría de nevar. Los dos se asfixiaban.

No sé cómo lo consiguió, pero una mañana Josua apareció en la casa. Llamó a la puerta y entregó un trozo de carne que según dijo traía de parte de su padre. Fátima le dijo que no tenía que haber subido, que hacía muy mal tiempo y que se quedase en casa hasta que el tiempo mejorase. Le preparó mantas y le dejó dormir en el sofá. Cuando Fátima dormía, fue a la habitación de Pilar. No hacía falta ser muy listo para saber lo que pasó en la habitación. Al día siguiente, Pilar me contó algo más. Había dejado de nevar y, por primera vez en un mes, el sol podía verse entre nubes rotas. Fátima bajó al pueblo con Josua y me quedé a solas con ella.

—Nunca hubiera podido imaginar que podía quererse tanto a una persona —me dijo—. Nos vamos a marchar de aquí.

—¿Qué dices, mi niña? Matarás a tu madre si te marchas.

—¿Y qué tengo que hacer? ¿Dejar que haga con mi vida lo que ella crea conveniente? No, me niego. Ella puede decidir lo que quiera, pero yo no quiero hacer lo que a ella le parezca. Quiero a Josua, y me iré con él.

Podía entenderla. Si yo hubiese sentido por alguien lo que ella sentía, hubiese hecho lo mismo. Dudaba de que verdaderamente fuesen a marcharse, por lo que no le conté nada a Fátima. Mientras, se escribirían, y cuando llegase el momento, Josua le daría las instrucciones a seguir.

El invierno pasó y la primavera llegó. Una mañana llegó una carta para Fátima desde Zaragoza. La leyó y comenzó a sonreír, sin decir palabra sobre lo que había en ella. Unos dos días después, Donato apareció de nuevo. Parecía que estaba enfermo: respiraba con dificultad y le costaba trabajo caminar. Cuando Fátima le preguntó a qué se debía su visita, le dijo que simplemente quería verlas.

Fátima insistió en que durmiese en su habitación, pero él insistió en quedarse abajo, en el sofá. A la mañana siguiente, Donato estaba esperando sentado en el sofá con unas hojas en la mano. Había encontrado las cartas de Josua. Dijo que había oído ruido de ratones y que cuando intentaba dar con ellos, atizador de fuego en mano para matarlos, había golpeado sin querer una tabla suelta al pie de la pared, había caído al suelo y encontrado las cartas. Ni siquiera yo sabía que las escondía allí.

Fátima gritó a Pilar y le dijo que era una desagradecida y una mentirosa. Donato la tranquilizó diciendo que él tenía la solución al problema. Me ordenó bajar al pueblo y pedirle a Josua que fuera a la casa. Obedecí y fui hasta allí. Llamé a la puerta de casa de Josua con sobrealiento, me hizo pasar y me dio agua. Cuando le conté lo que ocurría, salió corriendo. Yo lo seguí después de recuperarme. Estaría a más o menos un kilómetro de la casa cuando el eco de las montañas me devolvió el sonido de un disparo. Entonces, intuyendo lo que había ocurrido, regresé a la aldea, busqué a Gerardo y le dije que debía acompañarme a la cabaña.

Subidos en su remolque, nos dirigimos a la casa.

Cuando llegamos, nos encontramos a Josua muerto en el suelo. Pilar lloraba a su lado. Fátima estaba discutiendo con Donato. Gerardo, al ver a su hijo muerto, cogió la escopeta y comenzó a darle golpes en la cabeza a Dicastillo. Este cayó al suelo. No se movía. Gerardo cogió a su hijo y lo cargó en el remolque, tapándolo con una manta. Nadie sabe qué hizo con su cuerpo. No lo enterró en el cementerio. Dicen que se lo llevó a lo alto de la montaña y que cavó allí su tumba.

Donato no estaba muerto, solo había quedado inconsciente. Se lavó las heridas y se marchó por un camino secundario, evitando la aldea. No regresó jamás. Pilar se transformó en un fantasma. Pensé que se le acabaría pasando, pero no fue así.

Fátima y Pilar se marcharon de aquí hace dos días. No sé a dónde se fueron.

15

—Por eso mismo, Cristo, me ha sorprendido su visita. Es curioso que, después de tantos años aquí encerradas las dos, Fátima decidiera marcharse poco antes de que usted viniera con la noticia de que Donato ha muerto. Y preguntándome por una tal Isabel que se supone que vivió aquí.

Estaba desconcertado. Pilar Abad, Fátima Abad. La doncella que se dejó la puerta abierta y a quien Donato culpaba de la muerte de Abril, ¿estaba viviendo en la cabaña con su hija? ¿La persona a la que había despedido por el fatal descuido? ¿Una cabaña que él había negado que fuera suya? Lo que más me desconcertaba era Pilar, la hija de Fátima, el nombre anotado entre interrogantes en el manuscrito de Tomás, que Donato ni siquiera había nombrado en su historia y que decía no haber oído en su vida. Y los dos relatos. De una parte y de otra, que no coincidían en nada.

—¿Está segura de que se llamaban Pilar y Fátima?

—Por supuesto que estoy segura. ¿Cómo no estarlo después de cuidar a Pilar durante veinticinco años y haber convivido con Fátima otros tantos?

—Pobre Josua —corrió a decir Sophy—. Qué historia tan triste y tan bonita.

—Eso es lo malo de las historias de amor, que son bonitas, pequeña, pero también son las más tristes —dijo la anciana.

—¿Podría decirme cuál es la casa de Gerardo? Me gustaría hablar con él.

—Puedo decírselo, pero no creo que quiera hablar. Y menos de lo de su hijo o cualquier cosa que tenga que ver con esta casa. Odiaba a Pilar. La culpa de su muerte.

—Se está haciendo tarde —intervino Juana.

—Nos marchamos ya —dije.

La anciana rio.

—No podéis iros con este tiempo. Está ya oscuro, os perderíais. Haced noche aquí.

—¿Todavía conserva las cartas de Josua?

—Por supuesto que sí.

Me indicó dónde estaban guardadas. Las dos mujeres fueron al piso de arriba y nos dieron las buenas noches. Sophy ocupó la mecedora de la anciana y se tapó con la manta.

—¿No te parece una historia increíble?

Más que increíble, encontraba imposible encajar las dos historias que me habían contado. O me creía una o me creía la otra. Hablaría con Gerardo al día siguiente, si el tiempo lo permitía. Estaba cansado y no tenía ganas de pensar, al menos hasta que oyera la versión de Gerardo. Ofrecí a Sophy el sofá, pero prefirió quedarse en la mecedora. Mientras intentaba conciliar el sueño, no pude evitar comparar esa historia con la mía con Evangeline. Eran similares. Recordé que, apenas hacía unos minutos, la anciana me había dicho dónde encontrar las cartas que Josua le escribió a Pilar. Las cogí, me tapé con la manta y, a la luz del fuego, las leí.

Josua describía de forma especial lo que sentía por Pilar y lo que la echaba de menos. Lo que más llamó mi atención fue su plan para fugarse. Pensaban irse de aquel lugar en un par de semanas cuando Donato lo mató. Pude imaginarme el dolor de Pilar al ver a la persona con la que iba a marcharse dentro de unos días desangrado en el suelo, con una herida de bala en mitad del estómago. Y podía entender perfectamente cómo se sentía y que no hubiese sido capaz de superar ese golpe. El plan de Josua consistía en que Pilar le dijera a Fátima que salía al bosque en busca de moras y que regresaría en un par de horas. Se encontrarían en la cabaña en la que solían verse a escondidas y caminarían diez kilómetros hasta atravesar la frontera. Allí comenzarían una vida juntos, fuera de una aldea con más animales que personas viviendo en ella. Todo hubiera sido perfecto, de no ser por Donato.

Con las cartas en la mano, empecé a ser consciente de que la historia que Dicastillo me había relatado no era más que una burda mentira, pero todavía me quedaba mucho por averiguar.

16

Una vez que conseguí conciliar el sueño, dormí bien. Me desperté pasadas las nueve de la mañana. Sophy estaba ayudando a Juana en la cocina. Estaban preparando el desayuno. Me levanté, plegué la manta y les di los buenos días. Le pregunté por su madre y me dijo que seguía durmiendo. Acto seguido, me pidió que ordeñase una vaca lechera que tenía en el establo junto al burro.

—No he ordeñado nunca a un animal.

—¿Le has estrujado las tetas alguna vez a una mujer?

—¿Eh?

Sophy rio sin mirarme.

—¿Lo has hecho o no?

—Supongo.

—¿Supones? ¿No sabes si...?

—Sí, lo he hecho, sí. Y ahora es cuando me vas a decir que es igual, ¿verdad? Ya salgo.

—Tienes el cubo ahí, en la puerta —dijo señalándolo.

—Por si no lo sabes, tienes que sentarte al lado, no detrás: se tira cada pedo que puedes morir.

Sophy, con las manos en el fregadero, volvió a reír. Salí tomando nota de la última advertencia.

No resultó tan difícil hacerlo. El cielo estaba despejado, y el sol brillaba en lo alto. Sophy vino y me observó.

—No se te da mal.

—Eso mismo pienso yo. Creo que podremos irnos hoy. —Sophy me lanzó una mirada triste de repente—. ¿Qué pasa?

—¿No te gusta este sitio? Podría quedarme aquí siempre.

—No has debido de darte cuenta de que no hay tiendas de ropa, y menos aún zapaterías.

—Crees que solo pienso en eso, ¿verdad? ¿Crees que no tengo otra cosa en la cabeza que no sea comprar cosas frívolas e inútiles? Crees que soy una idiota, estúpida y egocéntrica.

Dejé de ordeñar.

—No, no lo creo. Y cálmate. No creo que solo pienses en cosas frívolas, pero deberías quitarte alguna idea de la cabeza.

Su gesto dio un giro solemne de la tristeza a la soberbia.

—¿Y qué es lo que, según tú, tengo que quitarme de la cabeza?

Tardé en responder unos segundos.

—Tú no eres Evangeline. Y nunca lo vas a ser.

Seguí ordeñando y se marchó enfadada, como era previsible. Poco después entré en la cabaña con el cubo lleno de leche. Juana me indicó que la pusiera a hervir mientras ayudaba a su madre a bajar. Sophy no estaba.

Alguien bajó lentamente la escalera. Cuando la anciana se sentó en el sofá y se cubrió con la manta, pregunté a Juana dónde estaba Sophy.

—Ha dicho que iba a verte al establo. Creo que está loquita por ti.

—Sí, eso me temo —respondí sin mucho ánimo.

—¿Por qué lo dices así? Es guapa, y buena chica.

—Sí, con cierta tendencia a sacarme de mis casillas. —Negué con la cabeza—. Voy a buscarla detrás, seguro que está ahí.

Cuando salí de la casa, las nubes comenzaban a aparecer tras la montaña más lejana, de la que ya no se veía el pico. El viento llegaba helado y con fuerza.

—¿Sophy? —llamé.

Di la vuelta y vi que no estaba en la parte trasera. Entré en el establo y la llamé de nuevo. Únicamente la vaca respondió con un mugido. Salí de nuevo.

—¡Sophy! —grité.

No la veía por ningún lado. Entré en la casa, subí la escalera y la volví a llamar. Nada. Bajé de nuevo.

—¿Qué pasa? —preguntó Juana.

—No sé dónde se ha metido.

—Bueno, no te preocupes, no tardará en volver.

—Yo no estoy tan seguro.

Tal vez me había pasado con ella en el establo. Salimos y la llamamos, sin obtener respuesta.

—¿Hay algún barranco por aquí?

—No, no hay peligro por eso.

—¡Sophy! —grité.

—La caseta del bosque.

La anciana estaba en el marco de la puerta.

—¿Madre?

—La caseta del bosque, la de la historia de anoche, la caseta de Josua y Pilar. Habrá ido a buscarla, seguro.

—Se habrá perdido. El bosque es un lugar peligroso. Vamos a buscarla —dijo Juana.

—No lo creo —añadió su madre—. Esa niña es muy lista, no le habrá costado trabajo encontrar el sendero.

—Vamos —dije—, deprisa.

Juana se abrigó y salimos a buscarla. El bosque se cerró sobre nuestras cabezas, lleno de ruidos de los animales al pisar las ramas.

—¿Dónde está el sendero?

—Un poco más adentro.

—No creo que lo haya encontrado.

—Yo tampoco.

Las nubes taparon el sol en apenas unos minutos, poco después de encontrar el sendero.

—¿Solo hay que seguirlo?

—Sí.

—Regresa a la cabaña.

—No, puedes perderte. Cuando nieva no se ve el camino, es como tener una cortina delante de los ojos.

—Esto es cosa mía. Vuelve a casa. ¡Vamos!

Se marchó y yo tomé el sendero lo más rápido que me fue posible. Los copos de nieve no tardaron en aparecer. Comprendí lo que quería decir con la cortina de nieve. Era prácticamente imposible ver nada. Caí dos veces al suelo y anduve como me fue posible, sin estar seguro de si iba por el camino correcto. Me pareció ver una luz y volví a caer. No fui consciente de que Sophy venía hacia mí hasta que la tuve encima. Me puse en pie y fuimos hasta la cabaña. Lo primero que sentí fue el calor. Había encendido el fuego.

—¡Estás loca! —grité.

—Sí, y soy frívola. ¿Qué más?

—Eres una estúpida y una egocéntrica, como tú misma has dicho. Y has conseguido que me muera de miedo. ¿Qué haces aquí?

—Quería ver la cabaña de la historia. Es bonita. Aunque para mi frivolidad le falta una araña de oro en el techo bien grande y un par de pinturas de Degas.

—Preciosa. Ahora no podemos irnos de aquí hasta que pase la tormenta de nieve. Y vete tú a saber cuándo será eso. ¿De dónde has sacado los troncos? ¿Cómo has hecho el fuego? —pregunté asomado a la ventana.

—Había cerillas, ramas pequeñas y cañas para encender, y troncos. Aún quedan bajo el hogar.

La cabaña era pequeña. Tenía una mesa, dos sillas, una cama con mantas viejas y llenas de polvo, y la chimenea.

—¿No te resulta acogedora?

—Sí, como un iglú.

Guardé silencio mientras observaba la tormenta de nieve a través de las ventanas de cristal que habían sobrevivido al paso de los años y al extremo invierno de las montañas.

—Cuando lleguemos a Zaragoza, te marcharás con tu padre, que para eso lo es.

—No. Me advirtió de que dirías eso y que me quedara contigo por mucho que me repitieses lo mismo.

—¿Ese contrato incluye escapaditas sin previo aviso?

—Sí, por supuesto que sí.

Cansado de pelear con Sophy, y consciente de que no conseguiría sacar nada en limpio, cogí la manta de la cama y me la eché por encima. Me quedé en silencio. Sophy se apoyó contra la ventana.

—Anda, ven aquí.

Se acurrucó a mi lado, sonriente. Pasamos el día entero hablando sobre la historia de Josua y Pilar. Le conté la historia de Donato.

—Eso no puede ser.

—Ya, o es una versión o es la otra; las dos a la vez es imposible.

—Te queda gente a la que preguntar, ¿no?

—Sí, pero no sé hasta qué punto me servirá de algo o si lo que me cuenten será cierto.

Observé su perfil, cortado por la luz de las llamas. Permanecimos sentados frente al fuego. Se quedó dormida sobre la cama, tapada con la manta. Yo estuve despierto toda la noche para mantener vivo el fuego y no acabar helados de frío. Recordando a Evangeline.

17

Cuando llegué a casa de la biblioteca, subí a mi cuarto. Ignoré la discusión de mis padres. Apenas faltaban días para que me marchase de casa de mi padre y me dediqué a recoger la ropa y los objetos que consideraba importantes a mis dieciséis años. Cuando hube llenado dos maletones con mis pertenencias, mi padre irrumpió en mi cuarto, seguido de mi madre.

—¿Qué es todo esto? —preguntó mirando las maletas.

—Ya lo sabe, padre.

—Dios, hijo, tienes que entrar en razón, es una locura lo que estás haciendo.

—Locura es lo suyo, padre. No puede imponerme sus gustos, señor. Cada uno nace con un cerebro distinto, y yo no he heredado el suyo, por suerte.

—¿Por suerte? Si hubieras heredado mi capacidad para la medicina, otro gallo cantaría.

—¡Exacto! —grité— ¡Pero no es así! No me gusta la medicina, no me gusta la ciencia, me gustan las historias de ficción y de ciencia ficción, me gusta leer, me gusta inventar, me gusta imaginar, no las heridas supurantes y los niños muertos por un catarro. Podría decir lo mismo, decir que es usted un cerrado, que cree siempre tener razón porque conoce los síntomas de una enfermedad, pero eso no le convierte en un dios, por mucho que le guste pensar que sí. ¿Cura enfermedades? Estupendo, pues cúrelas y quédese con el mérito. A mí déjeme en paz. Déjeme en mi mundo, con mis historias, mis personajes y mis ciudades imaginarias que no sirven para nada, y olvídese de que tiene un hijo.

—No sabes lo que dices. Estoy convencido de que tienes un brote psicótico. Puedo ayudarte, hijo.

Reí.

—¿Brote psicótico? —Me encaré con él, rabioso por su desprecio a lo que yo adoraba—. Usted tiene un brote psicótico: no es normal despreciar todo lo que uno no entiende. Que no se entienda algo no quiere decir que esté mal.

—Voy a llamar a un amigo que puede tratarte. Estás rabioso.

Me abalancé sobre él y lo aprisioné contra la pared sujetándolo por el cuello.

—Déjeme en paz, se lo advierto, estoy harto de usted, de sus palabras y de sus imposiciones.

Mi madre, asustada, me pidió que parase con la mirada. Lo solté, cogí las maletas y, sin detenerme a mirar a mis padres, bajé la escalera y salí a la calle. Cuando había avanzado unos pasos, mi madre me alcanzó y me tiró del brazo para que parara.

—¿No me has oído llamarte?

—¡No! —grité—. No —repetí calmado.

—¿Adónde vas?

—No lo sé, al piso que me dijiste, pero acabo de darme cuenta de que no sé dónde está.

—Es en la otra dirección.

No quedaba especialmente lejos, como me había dicho. Bajando la calle y atravesando cinco bocacalles más, llegamos. Aunque hubiese estado en la otra punta del mundo, me habría parecido que estaba demasiado cerca de mi padre. El edificio era antiguo y estaba restaurado, con la fachada pintada de blanco y gárgolas en lo alto con la boca abierta, pintadas de azul y con cuernos amarillos. Subimos a la octava planta y tomamos el pasillo de la izquierda. Había una puerta al fondo. La abrió. Un desorden que hubiese puesto los pelos de punta a cualquiera nos recibió.

—Son los muebles que he comprado. Los viejos eran inservibles y feos. Además, le he puesto madera nueva al suelo y las lámparas también son nuevas. La habitación principal ya está lista, solo queda el salón principal, un segundo salón que imagino que usarás de biblioteca, y poco más.

—Es perfecto. Gracias, madre.

—Por Dios, no me las des, soy tu madre.

—Sí, bueno, y el otro es mi padre y tanto le da.

—No le hagas caso. Ahora puedes mantenerte tú solo, no tienes que aguantarlo ni obedecerlo.

—¿Y tú? ¿Por qué le aguantas?

—Bueno —dijo adentrándose en el piso—, no es así exactamente: nos aguantamos mutuamente. Él quería una esposa al llegar a casa, y un hijo. Le di las dos cosas, y ahora vivimos bajo el mismo techo, en mutua compañía. Aunque no nos diferenciamos del resto de los amigos de tu padre: todo matrimonio es una farsa, Cristo.

—Yo no creo eso —dije frunciendo el ceño—. No puede ser que todo el mundo que esté casado no se aguante.

—Eso lo dices porque tienes dieciséis años. El matrimonio es el más peligroso de los contratos, hijo mío.

Dejé las maletas en mi dormitorio, que, como había dicho mi madre, estaba perfectamente amueblado y limpio, con una cama enorme. Nos dedicamos a colocar en su sitio los muebles que habían traído los de la mudanza.

Un par de horas después, estaba todo ordenado. Comimos algo en la recién instalada cocina, se marchó y me quedé solo en mi nueva casa.

Saqué la máquina de escribir, la coloqué sobre la mesa de roble de la biblioteca e intenté teclear algo. Al no conseguir poner dos palabras seguidas con algo de sentido, decidí meterme en la cama y dejarlo para el día siguiente. La primera noche en mi nueva casa fue de insomnio y vueltas. A las cinco de la mañana me desperté, preparé café y me senté en el sofá. En medio del silencio, vi la luna por la ventana. Luego me quedé unas horas dormido en el sofá.

Desayuné el café frío y un trozo de pan que encontré. Me puse ropa limpia y me fui a la biblioteca. Aturdido, sin comprender por qué era incapaz de escribir nada, pensé en las consecuencias que tendría, en relación con mi contrato editorial, el no entregar a tiempo una historia, y en la posibilidad de que llegara el día en que no supiera sobre qué o cómo escribir. Asaltado por estas preguntas, me puse camino a la editorial.

Subí la escalera y fui directamente al último piso. Thomas estaba discutiendo con un dibujante. Esperé a que terminasen. Me surgieron nuevas ideas.

Al fondo de la redacción había una mesa con una máquina de escribir. Todas las veces que había ido allí, a la hora que fuera, la mesa estaba vacía, y no daba la impresión de estar muy limpia. Parecía abandonada. Pensé que Thomas no se enfadaría si la tomaba prestada mientras discutía. Soplé el polvo, y lo que no tomó el vuelo lo limpié con la manga del jersey. Abrí el cajón y encontré un puñado de folios. Metí uno en el tambor. Tecleé la letra E y comprobé que el carrete estaba seco. Estiré la cinta. Tras varios intentos, la tinta comenzó a fijarse en el papel. Me puse a escribir. Cuando me quise dar cuenta, había pasado más de una hora. Thomas estaba sentado en su escritorio, revisando una serie de páginas. Saqué la hoja del tambor, la puse en el montón y fui a su mesa.

—Ah, Cristo. Te he visto antes, pero estabas tan ensimismado escribiendo que no he querido molestarte.

—Espero que no le importe que haya usado esa máquina...

—No, no —cortó—, en absoluto. Ya era hora de que alguien le sacase algo de partido. Pero no creo que hayas venido por eso. Dime en qué puedo ayudarte.

Tomé aire y me senté frente a él.

—En casa he estado pensando qué pasaría conmigo si un día me levanto y no encuentro las palabras o no se me ocurre nada que escribir.

—Bueno, visto lo visto, no creo que tengas ese problema.

—Ya, pero suponiendo que un día me pase —insistí.

—El contrato se rescindiría, sin mayores consecuencias. —Asentí—. Por cierto, antes ha pasado por aquí Evangeline, la hija del librero que te presenté el otro día, no sé si la recuerdas.

Ya lo creo que la recordaba.

—Creo que sí —dije—. ¿Qué quería?

—Ha preguntado por ti.

—¿Por mí? ¿Por qué?

Sentí que el corazón se me aceleraba y las manos me temblaban.

—No tengo la más mínima idea. Podía haberla enviado a tu casa, pero no sé dónde vives.

—En la calle Noria, 63, octavo izquierda.

Rio mientras me observaba bajo las gafas por la prisa que me había dado en darle la dirección exacta.

—Bien, si vuelve a pasar, se lo diré. Aunque también puedes pasarte por la librería. Tal vez sea importante lo que quiere decirte.

—Puede que lo haga —dije aparentando indiferencia.

—Como veas.

—Ahora, si no le importa, me gustaría seguir escribiendo un rato más. En casa me ha sido imposible, y ya que da la impresión de que estoy en racha esta mañana...

—Me parece estupendo. Puedes venir cuando quieras a escribir aquí. Por mí no hay problema, y si alguien se queja, ya lo haré callar yo.

Me senté de nuevo y escribí cinco páginas más. Las guardé en el cajón y salí en dirección a la librería. Por la calle, más que caminar, corría, aunque yo tenía la sensación de volar. Llegué allí en un santiamén. Antes de entrar, miré el interior a través del escaparate mientras fingía observar las novedades anunciadas. Evangeline estaba con otra chica, limpiando los libros de las estanterías altas, subidas a una escalera. Nicomède estaba tras el mostrador, contando la recaudación. Con un fajo de billetes y una especie de cubo pequeño lleno de monedas desapareció en dirección al almacén. Tomé aire profundamente y entré. Las dos chicas se volvieron al oír el tintineo de la campana al chocar con la puerta.

La otra chica descendió, se limpió las manos con un paño blanco y me preguntó en qué podía atenderme. Evangeline observaba desde lo alto.

—Quería hablar con ella —dije señalándola.

La chica se volvió y me miró con enfado.

—¿Por qué? ¿Es que yo no sé atenderte?

Evangeline comenzó a bajar.

—No es eso, es que hace unos días me dedicó mucho tiempo, enseñándome libros y asesorándome, así que me gustaría que fuese ella la que me vendiese el libro.

Me observó con una ceja levantada.

—Como quieras —concedió.

Subió a la escalera y continuó con su trabajo.

—No le hagas caso. Es mi hermana; se molesta por todo —apuntó Evangeline.

—¡Eh, que estoy aquí! —chilló desde las alturas.

—Sí, sí, ya —replicó Evangeline, que se dirigió al mostrador, sacó un enorme catálogo de libros editados en el último año y me dijo que disimulara—. ¿A qué has venido? —preguntó.

—Eso quería saber yo. Thomas me ha dicho que has ido a verme a la editorial.

Frunció el ceño.

—Eso no es cierto, he estado aquí toda la mañana.

Me quedé pensativo. No sabía qué decir.

—No puede ser, Thomas me ha dicho que has ido allí.

—Pues no es cierto. Alessia, ¿he estado toda la mañana en la librería?

—¿Qué pregunta es esa? Claro que sí, ya lo sabes —respondió su hermana, que casi rozaba el techo con la cabeza—. A veces parece que estás ida.

—¿Lo ves?

Thomas le había preparado una encerrona.

—¿A qué has venido?

—Como te he dicho —dije avergonzado—, venía a ver qué querías.

—Pues no quiero nada.

—Vale —dije haciéndome el remolón—, pues me marcho.

—Ya nos veremos por ahí.

—Eso, ya nos veremos.

Salí de la tienda. Unos metros más tarde, paré en seco y pensé que podía aprovechar la oportunidad que Thomas me había dado en lugar de quedar como un paleto. Regresé a la librería. Ambas chicas estaban en sus respectivos lugares, limpiando los lomos de los libros.

—¿Qué? ¿Ya te has decidido por el libro que quieres o no? —preguntó Alessia.

—¿Puedes bajar, Evangeline? —dije ignorándola.

Bajó.

—¿Qué quieres?

—Bueno —dudé—... Quería saber si te gusta ir al parque —dije tartamudeando.

—¿A qué?

—No sé. A pasear, o algo así...

—Sí —respondió de golpe.

—¿Te gustaría ir conmigo?

Esperé por respuesta un no tan grande como Notre-Dame, con miedo, pensando que estaba haciendo el ridículo.

—No —dijo tras unos segundos.

—Vale, me marcho ya.

Me tiró del brazo.

—Espera. No me hace especial ilusión ir a pasear al parque, pero si quieres podemos quedar una tarde e ir a comer algo en un café que lleva un zaragozano aquí al lado. Eres de Zaragoza, ¿no? Lo dijo Thomas.

—Sí, soy de allí. Bueno, en realidad, de allí es mi madre. Yo nací aquí.

—¿Te apetece? —preguntó ignorando mi comentario.

—Claro.

—Vale.

—¿Cuándo?

18

Cuatro días después de la muerte de Evangeline, Lorik acudió a buscarme a casa con una hora de antelación. Eligió mi ropa, alegando que no podía ir hecho un mendigo al restaurante. Me vestí y salimos. Cuando llegamos, Adam y Kyliann ya estaban sentados a la mesa, guardando otras dos sillas para nosotros.

—Ya era hora de verte el pelo —corrió a decir Kyliann—. Mi madre me dijo que tenías un aspecto horrible. Yo no te veo tan mal, dentro de lo que cabe, vamos.

—Me alegro de veros —dije ignorando su comentario.

Uno de los camareros nos tomó nota y regresó con el vino que Lorik había pedido. Tras servirlo en las copas, me bebí la mía de un trago y me puse otra bajo la mirada atenta y desaprobadora de mis amigos. No abrieron la boca.

—Mi madre está pensando en abrir una segunda panadería más céntrica, pero mi padre dice que es una locura, que con lo que tenemos es suficiente.

—Debería hacerlo —animó Adam—: la panadería está adquiriendo cierta fama, y si abrís otra, podría ser una mina de dinero.

Mientras dejamos que Adam y Kyliann se embarcasen

en una frívola conversación, pasando del dinero a las mujeres, Lorik intentaba hablar conmigo sobre mis relatos o cualquier cosa que no tuviese que ver con mujeres o dinero. Yo quería marcharme a casa. Él se dio cuenta de que no le estaba prestando atención.

—¿Cristo?

—Te estoy escuchando, de verdad. Me he quedado atontado con las cortinas: esos dibujos no tienen ni pies ni cabeza.

—¿Quieres hablar de ella? —Guardé silencio—. No la nombras, no hablas de ella, pero no tienes otra cosa en la cabeza. Tal vez si hablaras del tema, te sentirías mejor.

Adam y Kyliann dejaron su conversación y escucharon. Me tomé mi tiempo para responder.

—¿Quieres que hable de ella? Vale, lo haré. Evangeline era la mujer con la que me iba a casar, con la que iba a pasar el resto de mi vida y con la que apenas he podido compartir tres años. Está muerta y enterrada, su padre nunca aceptó nuestra relación, sus amigas nos hicieron casi imposible poder estar juntos, su hermana hizo lo mismo. Ahora ella está muerta, yo estoy vivo y, la verdad, no hay nada ni nadie que pueda sustituirla, así que mi vida está vacía y siempre lo va a estar, lo diga en voz alta o no. Si lo que os preocupa es que esté solo en mi casa, sin una mujer, como las que vosotros, Adam y Kyliann, estáis describiendo, capaces de cualquier cosa con tal de estar con un hombre que las mantenga, sin tener que dar un palo al agua, podéis estar tranquilos: dentro de tres sábados me caso. Estáis todos invitados. ¿Ya estáis contentos? Bien, disfrutadlo.

Me marché. Había probado únicamente el primer plato, y bebido tres copas de vino.

Estaba enfadado. Cerré la puerta de casa con un portazo que hizo temblar las lámparas y me tumbé en el sofá a oscuras.

Oí un ruido. No sabía de dónde venía. Me incorporé y escuché. Procedía del pasillo. Volví a oírlo y me di cuenta de qué era. Entré en mi dormitorio y vi al gato persa blanco arañando el cristal desde fuera de la ventana. Se había escapado hacía al menos un mes. Siempre lo hacía y regresaba, pero nunca había estado fuera tanto tiempo. Cómo conseguía llegar a la repisa de una ventana situada en un octavo siempre fue un misterio. Abrí la ventana y lo cogí con cuidado. Tenía el pelo sucio y estaba más delgado. Rescaté del fondo del armario de la cocina su plato de comida y agua y le eché unos trozos de pollo del día anterior. Se lo comió ansioso. Tuve que rellenarle el plato de agua dos veces. Lo dejé en la cocina comiendo y fui al salón. Encendí la radio y pronto la apagué. Cerré los ojos y recordé a Evangeline.

19

Tras quedar con Evangeline en la puerta del restaurante, me dirigí a la editorial tan rápido como pude para pedirle explicaciones a Thomas. Subí la escalera y me planté ante su mesa.

—Me ha mentido.

Me observó de la misma forma que hacía un rato, tras las gafas y con indiferencia.

—¿En qué crees que he mentido?

—No se haga el tonto: con lo de la visita de Evangeline.

—¿Qué visita de Evangeline?

—Cuál va a ser —grité nervioso—. La que me ha dicho que me había hecho, aquí, en la editorial, un rato antes de llegar yo.

Se quitó las gafas y me observó extrañado.

—Yo no he dicho tal cosa. Evangeline no ha pasado por aquí. ¿Por qué iba a contarte eso?

No podía creerme lo que estaba diciendo.

—No me tome el pelo. No me gusta.

—No te tomo el pelo, hijo mío. Yo no he dicho tal cosa —sentenció con una media sonrisa.

Me dirigí a paso veloz hacia la puerta, enfadado.

—Oye —llamó.

Me detuve sin ganas y le pregunté qué quería.

—¿Ha ido bien?

Respiré profundamente.

—Sí, ha ido bien.

Sonrió y me marché. Al fin y al cabo, su ayuda me había ido bien. Me fui a casa y estuve toda la mañana pensando en qué ropa le gustaría más a Evangeline. Finalmente, me puse la que creía que más me favorecía y esperé dando vueltas por la casa a que se hiciera la hora. Las horas más largas de mi vida llegaron a su fin y me puse en dirección al restaurante del dueño que había crecido en la misma ciudad que mi madre. Cuando llegué, vi por el cristal que Evangeline estaba sentada a la barra hablando con un hombre de aspecto serio, pelo negro y bien afeitado que debía de tener unos cincuenta años. Entré. Ellos dos y el resto de los clientes se volvieron para ver quién llegaba. Evangeline sonrió y me indicó que me sentase a su lado. El lugar era acogedor, con muchas fotografías antiguas colgadas de la pared. Olía a limpio y a comida casera recién hecha. Las sillas y las mesas eran de madera, lo que daba un toque cálido al lugar.

—Este es el escritor del que te he hablado —indicó al camarero.

—Encantado —añadió tendiéndome una mano, que acepté—, yo soy Ramón.

—Yo, Christophe. Igualmente.

—Vamos a la mesa —dijo Evangeline.

Me llevó a una de las mesas del fondo alejadas de la puerta y de las ventanas. Nos sentamos.

—¿No quieres que te vean conmigo?

—No se trata de eso, aquí estamos mejor, y no hay corriente.

—Ya.

Me observó con sus grandes ojos.

—Aunque no te lo creas, tanto me da que pienses una cosa como la otra.

Cogió la carta y ocultó su cara tras ella.

—Te creo —dije.

Ella sonrió.

Pedimos. Mientras esperábamos a que nos sirvieran la comida, sin saber de qué hablar ninguno de los dos, nos dedicamos a observar al resto de los clientes. Yo me fijé más en la decoración del local. Las fotos colgadas por todas partes eran de Zaragoza, tal y como se indicaba bajo cada imagen. Había una sobre nuestras cabezas. Se veía una especie de estructura de piedra medio derruida. Bajo ella se leía:

Puerta del Carmen, paseo María Agustín.
Zaragoza, 1929

Más alejada de esta fotografía, había otra con un edificio nuevo, de varias plantas y con columnas. Al pie se decía que era el colegio Joaquín Costa, inaugurado en 1929, y que la fotografía databa de dos años después. El centro de la pared que daba a la calle lo presidía una enorme fotografía de la basílica del Pilar, realizada en 1936.

Ramón nos sirvió los platos. Mientras comíamos, Evangeline comenzó a relatarme las historias sobre Zaragoza que le había ido contando Ramón a lo largo de los años. Me gustó especialmente la relacionada con un hombre llamado Bruno Sampedro, hombre de gran fortuna en dinero y soledad en casa. En los últimos años, antes de la guerra, pues, a raíz de esta, Ramón no había tenido más noticias de Bruno, se había confinado entre la biblioteca de la ciudad y su casa, con la compañía de los cuadros de un familiar muerto hacía muchos años y de una cocinera llamada Claudia. La historia de su familia comenzaba en la fría capital de Rusia. Dos de sus antepasados habían subido de incógnito en un tren con destino a Barcelona. Al morir uno de los dos, el otro no bajó del vagón en el que se escondían hasta que un hombre anunció que todo el mundo debía bajar, pues habían llegado a la última parada: Zaragoza.

También me contó la historia de un tal Emilio. Era un camarero que regentaba un café en la ciudad con su mismo nombre. Lo llevaban entre el propio Emilio y Susana, su mujer, medio sorda desde hacía muchos años. El café se había hecho famoso en Zaragoza gracias a un caldo que preparaba Susana y que curaba cualquier afección. Según decían, también purgaba las malas ideas del alma y del corazón.

Al terminar, me di cuenta de que había sido Evangeline la que había llevado la conversación durante toda la comida. A mí, escritor de pacotilla, no se me había ocurrido nada importante o interesante. Le dije que en nuestra próxima salida escogería yo el lugar. Evangeline aceptó de buena gana. Le pedí que me anotara, en un pequeño cuaderno que llevaba siempre conmigo, la dirección de su casa para poder ir a buscarla cuando hubiese pensado el lugar, pero me dijo que mejor me pasara por la librería, ya que su padre se hallaba en pleno proceso de seleccionar a un marido para su hija, a ser posible, hijo de librero también, para unir las dos tiendas, y si no me veía por su casa, mejor. Debió de ser bastante clara la expresión de mi cara al oír sus palabras, pues comenzó a reír y me dijo que ella no iba a casarse con quien su padre le ordenara, sino con quien ella escogiera.

—Mi padre es severo, pero no tanto como para obligarme a casarme con quien él me diga, aunque le gusta pensar que sí.

Al oír sus últimas palabras, preferí creer que estaba hablando de mí.

—Vale, entonces, cuando se me ocurra algo interesante que hacer o algún lugar divertido que visitar, me pasaré por la librería, y te aseguro que esta vez me llevaré un libro.

Salimos y nos despedimos en la puerta, bajo la mirada de Ramón y del resto de los clientes. Cuando me incliné para darle un beso en la mejilla, ya se había ido calle abajo, en dirección a la librería. Me quedé observando su silueta y sus pasos ágiles; me recordaron a un felino.

—Es un cielo de chica, ¿verdad?

Me asusté. Ramón estaba tras de mí, observándola también.

—Me ha asustado.

—Qué poco necesitáis los jóvenes para llevaros un susto.

—Sí, es un cielo de chica.

—Tú también pareces buen chico. No sé qué intenciones tendrás con ella, pero, como le hagas daño, te aseguro que no te quedarás tan tranquilo.

Me resultó irritante su forma de hablar. Lo miré fijamente.

—Oiga, no sé quién es usted, ni me importa. Mis intenciones con Evangeline son quererla, si es que ella me deja, y bajo ningún concepto querría hacerle daño, así que puede guardarse las amenazas donde le quepan o añadirlas en alguno de sus platos para que le den sabor.

—Oye, oye, cálmate, que solo quería advertirte.

—Pues no me advierta, no tiene por qué hacerlo.

—Veo que tienes genio cuando tienes que sacarlo, igual que ella. Creo que hacéis buena pareja, y también creo que a ella le gustas. Cuídala, anda, y márchate, que esa panda de viejos alcahuetes nos está observando como si hiciéramos una función de teatro.

Me di la vuelta y vi lo que Ramón me estaba diciendo: los clientes observaban la escena a través del cristal, y no se molestaron en disimular cuando me quedé mirándolos.

—¡¿Qué?! —grité.

Siguieron comiendo.

—Anda, márchate ya, y relájate, que no te he dicho

nada que un padre no le diría a un posible novio de su hija.

—Usted no es su padre.

Encogió los hombros.

—Como si lo fuera.

Entró en el restaurante, y yo me marché.

Llegué a la plaza de San Nicolás. Podía tomar tres direcciones distintas: una, a la editorial; dos, a mi piso; o tres, a la casa de mi madre y mi padre, aunque, a decir verdad, cada vez me costaba más llamarlo así. Pensé que no sería mala idea contarle a mi madre que había salido, más o menos, con una chica, y que era guapísima. Me encaminé a verla. Me quedaban unos cuantos metros para llegar a la casa y vi que algo no iba bien. La puerta estaba abierta, y dos policías salían de casa seguidos de un médico, amigo de mi padre. Dejé que se marchasen. Llamé a la puerta insistentemente hasta que Sylvette me abrió. Al verme, comenzó a llorar mientras se limpiaba las lágrimas con un pañuelo.

—Ay, señorito, qué desgracia. ¡Qué desgracia más grande, Dios mío!

—¿Qué ocurre? —pregunté asustado.

No obtuve respuesta. Se echó a un lado, se metió en la cocina y cerró la puerta. Me dirigí al salón, del que venían voces. Mi madre estaba sentada en una silla, conversando con el padre Cyprien, amigo de mi padre «de toda la vida», como decía siempre él.

—Madre, ¿qué pasa?

—Cristo, hijo mío. Anda, ven, siéntate con tu madre. Te necesita —corrió a decir el sacerdote.

Obedecí y me senté a su lado. Al contrario que Sylvette, mi madre tenía tristeza en la cara, pero no derramaba lágrimas. Me cogió las manos y fijó sus ojos en mí.

—Tu padre ha muerto, Cristo.

Me quedé helado, sin saber qué decir.

—Creo que es hora de que me marche. Os dejo solos —intervino Cyprien.

—Le ha dado un infarto hace un rato —dijo mi madre.

—Lo siento mucho, madre.

Negó con la cabeza.

—No lo sientas tanto, hijo mío, los dos sabemos que no era tan bueno como la gente se cree, al menos con nosotros dos.

—¿Dónde está?

—Arriba. En el dormitorio.

Dejé a mi madre en el salón, con la indiferencia que siente una mujer que no ama realmente a su marido, y subí la escalera. La puerta del dormitorio estaba cerrada. Abrí, entré y cerré a mi espalda. Las persianas estaban bajadas y no se veía nada dentro del cuarto. Me dirigí al ventanal más grande y subí la persiana. La escasa luz del sol dio de lleno en la mitad del cuerpo superior de mi padre. Tenía los ojos cerrados y las manos sobre el pecho. Parecía dormir. Alcancé una silla situada al lado del perchero que usaba solo para los cinturones y me senté a su lado. Intenté hablar con él.

—Bueno, padre, creo que ya ha llegado su hora. Ahora podrá ser feliz, si es verdad eso que dicen de que cuando uno muere puede verlo todo. Podrá ver todas las cosas que hago y desaprueba, y podrá ver cuánta razón tenía al decirme que no servía para nada. Pero ¿sabe qué es lo bueno? Que aunque lo vea, al estar muerto, no puede decirme que deje de hacerlo ni criticarlo. Ya no puede decirme nada, por mucho que le fastidie saber que su hijo no va a estudiar nunca en su vida medicina, y que, además, va a dedicarse a fantasear, cosa propia de enfermos mentales, según usted, claro. Llegados a este punto, ¿sabe lo que le digo, padre? Buen viaje adondequiera que se haya ido.

Bajé la persiana de golpe y salí de la habitación.

Lo enterramos en el cementerio del Père-Lachaise, en un lugar que él mismo había escogido en vida para ser enterrado. También dio claras explicaciones a mi madre de cómo debía ser el busto que adornara su tumba.

—Maldito egocéntrico de tres al cuarto —dijo ella cuando bajaban su ataúd al agujero.

Después de que todos los presentes nos diesen la mano y el pésame, nos quedamos solos en el cementerio y paseamos por allí. Mi madre me condujo ante la tumba de un compositor al que mi padre adoraba, Luigi Cherubini.

—Cuando era más joven, venía aquí a menudo. No sé por qué. Quiero decir, me parece perfecto que le gustase su música, pero venir a hablar con un muerto al que no conoció en vida no tiene mucho sentido.

Aquella noche me quedé con mi madre. Dejamos que Sylvette se tomase una semana de descanso para que asimilara el golpe de la muerte de mi padre, al que apreciaba mucho, cosa que ni mi madre ni yo pudimos entender. Cenamos algo que dejó preparado antes de tomarse sus días de descanso y nos fuimos a dormir.

Di varias vueltas en mi antigua cama y decidí bajar a dormir al sofá del salón. Al llegar a la escalera, vi que había luz bajo la puerta del dormitorio de mi madre. Llamé y entré. Estaba recostada, leyendo una novela de cuyo título soy incapaz de acordarme. La cerró y me dijo que me acercase. Me tumbé a su lado boca abajo, ocupando el lado de la cama de mi padre.

—No puedo dormir.

—No me extraña. Yo tampoco.

—Aunque creo que no es por el mismo motivo.

—Vale, ¿por qué no puedes dormir tú?

—Por la novela: estoy enganchada, es fantástica. Y ahora tú.

—He conocido a una chica.

—¡Vaya! —exclamó—. ¿Y cómo es?

—Es muy guapa. Se llama Evangeline. Su padre tiene una librería. Allí también venden la revista con la historia que publicaron.

—Mírate, ya con novia, cómo pasa el tiempo.

—No es mi novia —dije avergonzado—. Solo he comido con ella esta tarde.

—La volverás a ver, ¿no? —Asentí—. Pues eso, tienes novia.

Después de darme una serie de consejos sobre cómo debía tratarla y qué tenía que evitar hacer o decir, nos quedamos dormidos.

20

Entre copa y copa, los días hasta mi boda transcurrían. En los momentos en los que estaba borracho y medianamente consciente de la situación, sentía asco de mí mismo por casarme con una mujer que se llamaba Ivette y a la que no conocía ni quería conocer. Iba a compartir con ella la casa, la comida y la cama, aunque esto lo evitaría en la medida de lo posible. Cuando me daba cuenta de estos detalles en los que no había pensado, me encogía en un rincón, daba igual estar en una plaza, en la calle o en mi piso; me encogía, comenzaba a llorar y el estómago me devoraba de dentro afuera. Luego me dormía, y siempre me despertaba en casa, sin saber cómo había llegado. Unas veces estaba en el suelo, otras en el sofá, y las menos, en la cama, con Abel encima de mi estómago.

El día de mi boda lo tomé con indiferencia y brandy. Adam, Kyliann y Lorik me acompañaron en el coche que mi madre había alquilado para ese día. Nos metimos todos en el vehículo. Adam y Kyliann compartieron sus ideas estúpidas y egocéntricas, como siempre hacían. Lorik y yo guardamos silencio.

Apenas tardamos unos minutos en llegar. Los invitados esperaban fuera de la iglesia. Yo debía entrar solo y dejar que mis amigos se mezclasen con el resto. Vi a mi madre en lo alto de la escalera, esperándome para entrar conmigo. Una vez salimos del coche, me sentí mareado y con ganas de marcharme corriendo de allí. Los invitados sonreían; se les veía felices. Yo, en cambio, parecía acudir a un entierro.

—Lorik, por favor, entra conmigo —pedí.

—Claro, Cristo. Vamos.

Atravesamos la muchedumbre parlante mientras intentaba no mirar directamente a nadie. De pronto, todos se volvieron a la llegada del coche que traía a mi prometida. Entramos mi madre, Lorik y yo en la iglesia, donde me esperaban los padres de Ivette. Nos presentamos y me dio las gracias por casarme con su hija. No respondí. Los invitados entraron. Una vez acomodados, entró la novia, sola. Mientras yo esperaba en el altar, creí ver a Evangeline durante un segundo recorriendo el pasillo hacia mí y pronuncié su nombre en voz baja.

Ivette se retiró el velo una vez llegó hasta mí. Al ver su rostro, comprendí que tenía tantas ganas de casarse como yo. El cura comenzó su sermón. Yo intentaba no echarme a llorar. Mientras hablaba y los invitados guardaban silencio, observé a Ivette de perfil. No se parecía en nada a Evangeline. En nada.

Sentí que era la traición más grande que podía hacerle. Y me pregunté, una vez más, por qué tuvo que morir. Nos queríamos, y deseábamos casarnos. Dios había sido lo bastante irónico para dejarla llegar hasta el altar y hacerla caer al suelo antes de que pudiera dar el «sí, quiero», lo que hacía pensar que era cosa del demonio. Intenté imaginar el rostro de Evangeline en Ivette y engañarme de alguna manera, pensando que era una segunda oportunidad que Evangeline me daba y que en realidad me estaba casando con ella. Ante el absurdo de mis pensamientos, sentí que me ahogaba. No eran más que patrañas. Evangeline estaba muerta, y nunca podría estar con ella. Tan solo en mis recuerdos, y cada vez eran más pesados y borrosos.

Ahí decidí escribir todo lo que había vivido con ella para no olvidarla nunca. El «sí, quiero» de Ivette resonó poderoso en la sala y me apartó bruscamente de mis pensamientos. El cura me dirigió la mirada y me soltó el sermón al que Ivette había respondido hacía unos instantes. Mi voz, que se negaba a aparecer, y mucho menos a sonar tan decidida como la de Ivette, dejó oír al padre un leve «sí» y nos declaró marido y mujer. Nos miramos y nos dimos un resbaladizo beso. Mi madre y el padre de la novia nos empujaron hacia la salida entre el revuelo de una gente que no había visto nunca ni deseaba volver a ver, mucho menos conocer. Nos metieron en el coche en el que ella había llegado a la iglesia, que se dirigió al restaurante donde se celebraría el banquete.

—Te llamas Christophe, ¿verdad?

Asentí. La miré de soslayo, sin ganas, y calibré la posibilidad de huir si me tiraba del coche en marcha.

—No creas que eres el único que se casa por obligación.

—En realidad, no me han obligado: le hago un favor a mi madre.

—Me cae bien. Tu madre, digo. Además, tú no parece que vayas a ser un mal marido.

Suspiré.

—Escúchame. Yo no te quiero ni te voy a querer nunca. Estoy enamorado de otra mujer, así que no hace falta que mantengamos una conversación, ni ahora ni nunca. Aparentaremos que vivimos juntos, como se ha acordado, y guardaremos las apariencias, pero fuera de eso no hay nada. ¿De acuerdo?

—No podría estar más de acuerdo. Y, ya que sacas el

tema, no te importará que mi novio pase la noche conmigo, ¿no?

—En absoluto —respondí aliviado.

—Hay muchas habitaciones en casa. Puedes escoger la que quieras.

—No pienso dormir en tu casa. Tengo la mía. He decidido que alguna vez iré a comer contigo, y en las reuniones familiares tendremos que hacer acto de presencia, claro. No habrá más.

—Me parece perfecto. Hemos llegado.

El banquete tuvo lugar, como no podía ser de otra forma, en el comedor más caro del hotel más caro de la zona más cara de todo París. Nos sentaron a la mesa. Gracias a Dios, mi madre se sentó a mi lado.

—Es guapa, ¿verdad? —me dijo al oído.

—Sí, es guapa.

La comida transcurrió con tranquilidad. Los invitados comentaron anécdotas que no me importaban y felicitaron a la novia. Cuando llegó el reparto de los puros a los hombres y las orquídeas a las mujeres, cogí una botella de champán y, con el puro encendido, salí al jardín privado del restaurante y me senté en una de las sillas acolchadas. Lorik apareció minutos después.

—¿Piensas beberte esa botella tú solo? —preguntó sentándose a mi lado.

—La mitad es para ti. Tranquilo.

Se la pasé y observamos el cielo.

—¿Cómo te encuentras?

—Pues hecho una mierda, ¿qué quieres que te diga? Como si estuviera engañando a Evangeline. Pero seguro que después de beberme media botella me siento mejor.

—Piensa en el lado bueno.

—No me digas que lo has encontrado, porque por muchas vueltas que le he dado, no lo veo.

Thomas se unió a nosotros.

—No te he visto en todo el día, Thomas. Me alegro de que estés aquí.

—Será porque no hemos ido a la ceremonia y hemos llegado aquí cuando servían el segundo plato. Hemos tardado todo el día en convencer a Sophy de que debía venir con nosotros.

—Haberla dejado en casa: no se habría perdido nada.

Lorik vio que Adam estaba intentando subir a una mesa en la que Kyliann ya estaba de pie, bailando.

—Voy a ver si consigo bajarlos y que no beban más.

Nos quedamos a solas. Thomas me pidió que hablase con Sophy para intentar calmarla. Le dije que fuera a buscarla. La joven Sophy tenía cara de haber estado llorando gran parte del día y no se atrevía a mirarme directamente a la cara. Le indiqué que se sentase y obedeció mirando a la otra punta del jardín.

—¿Por qué estás tan enfadada?

—¿Por qué has tenido que casarte con ella si no la quieres? —preguntó con un hilo de voz y a punto de llorar.

—Porque en esta vida hay que hacer cosas que no nos gustan. Y la mayor parte del tiempo no podemos tener lo que queremos.

Me miró con ojos tristes y los brazos cruzados.

—Lo dices por ella, ¿verdad? Por Evangeline.

Un nudo se apoderó de mi garganta.

—¿Todavía la quieres?

—Siempre lo haré.

—No lo entiendo. Si la quieres a ella, ¿por qué te casas con otra?

—Ella no está, Sophy. Y nunca más va a estar. No se ha marchado de viaje. Está muerta, y de ahí nunca se regresa.

Nos quedamos en silencio. Hubiera preferido estar con Evangeline, pero agradecí su compañía en ese momento: al menos ella me quería de algún modo, no como mi nueva mujer. Compartí parte de la botella con ella, y cuando empecé a decir tonterías, la mandé con su padre y me quedé solo.

Miré el cielo sin poder evitar el ruido de la ceremonia que se vivía en el interior y la borrachera que se había apoderado de mi cuerpo y mis pensamientos. Me sentí más solo que nunca, así que decidí que quería verla. Salí del restaurante por la parte trasera y cogí un taxi hasta el cementerio del Père-Lachaise. Las nubes negras habían comenzado a llorar con fuerza cuando me adentré en el camposanto por una de sus calles. El cuerpo de Evangeline reposaba en uno de los sectores más alejados, por lo que tardé casi media hora en llegar. Alguien, seguramente su padre, le había llevado flores. Con el abrigo empapado, me senté sobre su tumba, y, mirando su nombre, hablé con ella mientras acariciaba la tierra húmeda cubierta de hierba.

—Me he casado hace un rato, pero puedes estar tranquila: no la quiero, solo te quiero a ti. —Me puse a llorar—. Te echo de menos, ¿sabes? A veces me enfado contigo pensando que tienes la culpa de estar ahí abajo en vez de conmigo. Si hubieras ido antes al médico, seguramente no estarías muerta. Te hubiera podido curar. Ahora solo me queda tu estúpido gato, que no me hace el menor caso.

Paré unos minutos para calmarme y coger aire profundamente. La lluvia me empapaba cada vez más.

—Luego se me pasa y sé que no tienes la culpa. Nadie quiere caer enfermo. Nadie tiene la culpa de morir. A veces pienso que es demasiado fuerte para mí soportar la soledad en que me ha sumido tu muerte. No sé hasta qué punto voy a aguantar. Mi padre siempre decía que eso de Dios, el cielo y los espíritus no son más que tonterías. Yo nunca he sido alguien de ciencia, al contrario. Tampoco he creído en esas cosas, pero ahora necesito pensar que existen, aunque me engañe, para poder creer que dentro de algún tiempo estaré contigo de nuevo.

Me quedé ahí plantado, como una figura más del cementerio parisino. No recuerdo cuánto tiempo estuve. Sí recuerdo que estuve hablando con ella todo el rato, mientras la lluvia me bañaba. Sentí que mis manos se helaban y mi cuerpo se entumecía, pero no me importaba, no tenía ninguna prisa...

21

A la mañana siguiente, sin haber pegado ojo, me sentía más cansado que nunca y tenía unas ganas increíbles de estar en el hotel en Zaragoza, darme un baño de agua caliente y tirarme un mes debajo de las sábanas sin ver a nadie. La tormenta había pasado, y la nieve llegaba hasta media puerta. Apagamos el fuego echando puñados de nieve y nos encaminamos a la otra cabaña. Un rato después, conseguimos salir del bosque. La cabaña tenía nieve hasta la altura de las ventanas, y por la puerta era imposible entrar o salir. Llamé por una ventana. Juana abrió una rendija.

—Nos vamos ya. Gracias por todo.

—Me alegro de ver que estáis bien. No hay de qué. Adiós, Sophy.

—Adiós a las dos —respondió, y nos fuimos en dirección al pueblo.

La aldea humeaba por los tejados. Las casas estaban medio enterradas en la nieve. Busqué la casa número tres empezando a contar desde la plaza central hacia la derecha, como me había indicado la anciana, y llamé por la ventana. Un hombre barbudo y de pelo espeso y canoso abrió y nos observó un instante eterno.

—¿Qué quieres? Tú eres el abogado ese de Donato, ¿verdad? ¿El de hace un par de días?

—No soy abogado, soy escritor.

Frunció el ceño.

—¿Qué estás buscando?

—¿Ahora mismo? A usted.

Todavía no sé cómo me dejó pasar. La casa era pequeña y fría. Las paredes estaban desprovistas de cualquier tipo de adorno. Daba la sensación de que estaba abandonada, salvo por un aroma a sopa que venía de la cocina, situada al fondo de la casa. Sophy se sentó en una silla en un rincón de la habitación, y yo en otra silla, frente al hombre.

—La madre de Juana me ha contado lo que le pasó a su hijo.

—Ese malnacido de Donato..., y encima lo di por muerto antes de tiempo. ¿Es cierto que ha muerto?

—Así es.

—Espero que arda en el infierno toda la eternidad.

Se agarraba a los brazos de la silla con fuerza mientras fumaba una pipa.

—No dudo de que sea así.

—¿Qué quieres de mí?

—Escuchar su parte de la historia.

—¿Qué sabes hasta ahora? —Procedí a relatárselo y me dijo que todo era cierto. Que se llevó a su hijo a lo alto de una montaña y que lo enterró allí—. Si esa niña no lo hubiera hechizado, estaría vivo. Ella tiene buena parte de culpa. No entiendo cómo pretendía fugarse con ella sin decirme nada.

—Entonces no hay nada que quiera añadir, ¿verdad?

—Una verdad como un templo. Y ahora déjame preguntarte sobre qué estás escribiendo.

—Bueno... Llegó un libro a mi editorial, que se suponía que era una historia real, y estoy comprobando algunos datos.

—¿Sobre qué? ¿Tienen relación con mi hijo? ¿Te concuerdan?

—En absoluto.

Lo acompañamos en la comida y nos dijo que el tren solía pasar a las cinco de la tarde, así que nos encaminamos nada más terminar de comer y nos sentamos a esperar en la estación.

—¡Qué ganas tengo de llegar al hotel!

—Mira, esa opinión también la comparto.

Con dos horas de retraso, cuando comenzó a nevar de nuevo, llegó el tren y nos subimos a él, pagando el billete en el acto. En Huesca esperamos un par de horas más y cogimos el tren de regreso a Zaragoza. A medida que nos alejábamos, la nieve desapareció lentamente. Me quedé dormido en el tren. Sophy me despertó ya en la estación.

—¿Ya hemos llegado? Qué bien —dije estirándome.

Un taxi nos llevó al hotel. El recepcionista nos dio la bienvenida de nuevo. Fuimos directamente al restaurante, a devorar la cena. Luego, cada uno se fue a su cuarto. Llené la bañera y me metí dentro para calentar los huesos, que no obedecían ya a mis músculos. Después, me metí en la cama. Qué bien se estaba allí.

Me desperté temprano y bajé a desayunar. Dejé una nota a Sophy por debajo de la puerta diciendo que salía a hacer un par de cosas y que seguramente llegaría para comer. Salí a la calle y recorrí el mismo paseo que hacía unos días mientras le aguantaba las bolsas a Sophy. Me estaba acostumbrando a su compañía. Al menos, no estaba solo en una ciudad que no conocía y que no quería molestarme en conocer. Bajé por el paseo de la Independencia y, cruzando la calle del Coso, descendí por la calle Alfonso. La plaza del Pilar tenía la fuente congelada, no manaba agua. Las palomas no se molestaron en alzar el vuelo a mi paso, y la tierra estaba apelmazada por el frío. Entré. Estaban dando misa. La basílica estaba a rebosar de creyentes. Me dirigí a la puerta donde me habían indicado que podría encontrar a Isaías. Llamé, y poco después una monja salió del interior cediéndome el paso.

—¿Es usted Isaías? —pregunté asomando la cabeza al despacho.

—Sí. Pase.

Tenía un aspecto más joven que Donato, pero las arrugas de su cuello decían lo contrario. Mostraba el ceño eternamente fruncido, como si su mente estuviese centrada en algo. El pelo espeso y corto se había tornado gris con el paso de los años. Sus manos reposaban sobre una gran mesa llena de imágenes de la Virgen María y Jesucristo, además de un puñado de papeles que aguardaban su firma. El lugar estaba revestido en madera labrada, ligeramente oscura, que parecía dorada con las luces tenues. No había una sola ventana.

—Tome asiento. ¿Es usted el mismo que preguntó por mí hace unos días?

—Imagino que sí.

—¿Qué desea?

—Verá... Estuve hablando con el señor Donato Dicastillo, amigo suyo, según me dijo, y su nombre salió en la conversación. Me gustaría darle el pésame por su muerte.

Negó con la cabeza.

—Hay cosas que el ser humano no debería ver.

—¿Qué quiere decir con eso?

—¿No sabe cómo murió?

—No, lo siento. La única información de la que dispongo es la que se anunció en su breve esquela.

Respiró hondo y se tomó su tiempo.

—Vio a un fantasma. Al menos, eso oyó su doncella que decía.

—¿Un fantasma lo mató?

—Podría decirse así. ¿Es usted creyente?

—La verdad, no mucho.

—Donato siempre fue una persona de fe y de Dios. Todas las noches de su vida leyó la Biblia, aunque fueran solo un par de páginas. Imagino que si lo visitó personalmente, vería que estaba enfermo del corazón.

—Sí, de hecho hubo un momento, cuando ya me disponía a marcharme, en que necesitó la ayuda de la sirvienta.

—Eran las dos de la mañana cuando ocurrió. Debió de oír un ruido que lo despertó. Salió al pasillo y vio algo que su corazón no pudo soportar. Comenzó a gritar: «¡Fantasma! ¡Fantasma! ¡Mi mujer ha venido a vengarse por encerrarla en una institución! ¡Socorro!». Al menos eso fue lo que contó la sirvienta que le oyó gritar. Cuando salió, estaba tumbado en el suelo, boca arriba, con la mano en el corazón.

»"Está ahí", dijo señalando al vacío. "Vestida con su traje de novia."

»"Ahí no hay nadie, señor, debe tranquilizarse", dijo la sirvienta corriendo a su lado para ayudarle.

»"Has pasado a su lado. Está ahí, ha venido a por mí."

»"Ahí no hay nadie, señor."

»En ese instante murió. Después de aquello, la sirvienta dio la voz de alarma y todos fuimos corriendo a la casa, nos relató lo que había pasado y al día siguiente lo enterramos.

—¿Su mujer ha muerto?

—Así es. La doncella fue la que le dio la noticia. Compré un periódico y comprobé la esquela. Supongo que la pondría el mismo sanatorio, por deferencia a la familia. Pobre mujer: toda la vida enferma y acabó muriendo encerrada en un sanatorio. Se lo dije a Félix. Como imagino sabrá, él la trató todos los años hasta retirarse hace cosa de mes y medio. Sintió mucho su pérdida, pero para cuando quisimos enterarnos de su muerte, ya estaba bajo tierra. Preguntó en el psiquiátrico si alguien sabía cuándo la enterraban. Lo único que le dijeron fue que no estaban autorizados a dar esa información, que todos los días morían pacientes y que después de su muerte nadie se acordaba de ellos.

Me dio un periódico con fecha del día anterior a la muerte de Donato y vi la esquela de Isabel Andrés.

—No sé si el fantasma de su mujer fue a visitarlo, tal vez tan solo fuese su imaginación delirante en sus últimos instantes de vida. Fui a verle el día que usted también lo visitó, pero más tarde. No me había dicho que finalmente había enviado el libro a una editorial. Le recomendé lo contrario. No creí que fuese buena idea. Especialmente por su mujer. Pobrecilla. El demonio estuvo dentro de ella muchos años.

—De eso quería hablar con usted. ¿Podría contarme su versión de la historia?

—¿Mi versión de la historia? ¿Cree que Donato le mintió?

—En absoluto —mentí—. Nada más lejos de mi pensamiento, pero tengo órdenes de mi jefe, el dueño de la editorial, de que no deje de preguntarle a nadie para contrastar las historias. No es nada personal, es mi obligación, mi trabajo.

—Entiendo. Supongo que si van a publicar un libro que se supone veraz, tienen que estar seguros del mismo.

—No sabe cómo agradezco su comprensión.

—Bien, comenzaré.

22

Conocí a Donato en el colegio de Nuestro Señor Jesucristo a la edad de cinco años. Nos tocó compartir pupitre. En un principio, intenté entablar conversación con él, pero nunca tenía a bien responderme a nada. Cuando salíamos al recreo, solía sentarse solo en un banco de madera viejo que había en una esquina. No quería jugar ni hablar con nadie. En una ocasión me pareció verlo llorando y me acerqué a él.

—Hola —saludé.

—Déjame en paz.

Me quedé ahí, sentado a su lado, sin hablar y sin siquiera mirarnos. Félix y yo habíamos sido amigos desde antes de empezar las clases. Su padre, médico, y el mío, boticario, se conocían desde hacía varios años. Nuestra amistad empezó una tarde en la que los dos se reunieron en la tienda de mi padre.

Lo vi a lo lejos. Estaba buscándome con la mirada y le hice señas para que se acercase.

—¿Qué haces aquí? ¿Por qué no estás en el sitio de siempre?

Le señalé con la cabeza a Donato, que permanecía con los brazos cruzados. Félix asintió y a continuación me sonrió.

—Tengo que enseñarte una cosa, Isaías. ¿Vendrás conmigo esta tarde al parque?

—¿Qué es?

—Ya lo verás. ¿Quieres venir, Donato?

Nos observó a los dos sin saber qué hacer.

—¿Qué es eso tan importante?

—Puedes verlo si quieres esta tarde. Si vienes, claro.

—No sé si iré.

—Tú te lo pierdes. Tú vienes, Isaías, ¿verdad?

—Sí, claro.

—De todas formas, por si cambias de opinión, puedes decirnos luego si quieres venir.

—No creo que vaya.

El director hizo sonar el silbato y todos corrimos a las aulas. Félix intentó convencerle de que fuese, pero no se dignó contestarle. El fin de las clases llegó y Donato salió rápidamente de clase sin decir nada. Félix y yo nos marchamos adonde se suponía que íbamos a ver algo interesante. Caminamos alejándonos del colegio en dirección al parque, por las calles frías y con el sol oculto entre nubes y tejados. Félix me dijo que Donato nos estaba siguiendo y que el plan había salido bien.

—¿Cómo lo sabes?

—Porque lo he visto antes reflejado en el cristal de un escaparate. Está a unos metros de nosotros.

—Ahhhh.

Continuamos caminando. Al torcer una esquina para entrar en el parque, esperamos y chocó con nosotros.

—Al final has venido.

No respondió.

—Anda, vamos —dije.

Atravesamos el parque entero y descendimos por una especie de colina sujetándonos a las ramas de los árboles.

—¿Se puede saber adónde vamos?

—Ya queda poco, está ahí abajo.

Después de descender y caminar unos cuantos metros, rodeamos un árbol donde había tres galgos colgados. A los pies del árbol, los gusanos se comían los ojos y la lengua de un pekinés.

—Esto es asqueroso, no interesante. Félix, vámonos de aquí —dije.

—No, esperad un poco —sentenció Donato.

Estuvo durante unos largos minutos observando a los animales muertos, incluso los tocó.

—Son fantásticos —dijo.

No respondimos. A mí me daban ganas de vomitar. Después de aquello, nos invitó a merendar a su casa. Aunque no tenía muchas ganas de ir, Félix me convenció de que lo único que había pasado en el parque era que se había quedado impresionado. Sus padres nos recibieron contentos al comprobar que su hijo, al fin, tenía algún amigo y le advirtieron que no volviera a escaparse, pues su aya había estado esperándolo en la puerta del colegio y se había asustado al no encontrarlo. Merendamos pastel de chocolate y leche caliente. Donato nos dijo que todos los días merendaba lo mismo. A mí, mi padre me obligaba a merendar fruta y unas infusiones depurativas para el organismo, así que me pareció que la casa de Donato era como vivir en el mismo cielo. Nos hicimos amigos los tres con el paso de los años.

Después de aquel encuentro con la muerte, Donato consiguió que su padre, a pesar de la desaprobación de su madre, convirtiera una sala del último piso de su palacete en una especie de laboratorio en el que se dedicaba a disecar animales. Con el tiempo tuvo una gran colección. Su padre incluso llegó a pedir cabezas de tigres, leones y ciervos. Hizo uno que realmente me impresionó. La cabeza de un león amenazante, enseñando sus dientes, y bajo la cabeza, colgadas de la pared, sus dos patas dispuestas a atrapar a un animal.

Félix ingresó en la facultad de medicina por los gustos de su padre, ignorando los propios, pues le gustaba la literatura, la composición de música y la pintura. En la escuela se dedicó a las tres cosas, pero una vez que llegó el turno de alcanzar los estudios superiores, su padre se lo prohibió, diciéndole que no podía seguir malgastando el tiempo en sandeces y tonterías que no servían más que para matar el tiempo cuando la carrera de medicina le estaba esperando desde que nació.

En lugar de enfrentarse a su padre, obedeció. Siempre hacía lo que otros le mandaban, nunca lo que él quería. Yo, por el contrario, sí desafié a mi padre desde niño. No me gustaba su forma de hacer las cosas. No me gustaba estar bebiendo siempre hierbas y que me curase las heridas con ungüentos que tardaban en curar más del doble de tiempo que con medicinas. No sé por qué me metí en el camino de Dios y la fe. Simplemente, ocurrió. Me gustaba ir a la iglesia y escuchar las lecturas del cura. Así que, cuando llegó la hora de pensar en mi futuro, en lugar de ir a la universidad a estudiar también medicina, le dije a mi padre que me iba a poner al servicio de Filippo, cura italiano afincado en Zaragoza desde hacía más de diez años. Como era de esperar, me dijo que si elegía el clero, me despidiera de tener un padre. Así lo hice. Al día siguiente me puse a las órdenes de Filippo, y poco después él mismo se encargó de darme un piso al lado del Pilar. Se portó extraordinariamente bien conmigo. La última noticia que tuve de mi padre después de años sin hablarnos era que había sido ingresado en el hospital. Cuando corrí a verlo, había fallecido. Lo enterré yo mismo.

Pasaron casi diez años de reuniones en los cafés de la ciudad de los tres amigos hasta que Donato nos dijo que se marchaba con su padre a una cabaña que tenía en un rincón de los Pirineos. Nos dijo que su padre era amigo de un hombre que tenía una hija que no estaba bien del todo. Cuando le preguntamos si sufría alguna minusvalía física, nos dijo que no, que el problema lo tenía en la cabeza, pero no sabía de qué se trataba exactamente.

Estuvimos muchos meses sin tener noticia alguna suya. Cuando regresó, nos anunció que se casaba con esa mujer enferma, alegando que cuando estaba con él no se comportaba de forma extraña, sino todo lo contrario. El padre de Isabel le había dicho que no lo hiciese, pero había comprobado con sus propios ojos que el comportamiento de su hija, estando al lado de Donato, era normal.

En un primer momento no iban a consentir la boda, pero Donato tenía claro que iba a casarse con ella, pues la quería. Después de estar un tiempo negándose a verla, para provocar que sus padres se desquiciaran, acabaron diciéndole que sí. Yo la conocí el día de la boda. Parecían felices juntos, y así fue durante algún tiempo. Solíamos visitarlos a menudo tanto Félix como yo. De hecho, él se había especializado en trastornos mentales, por lo que era de gran ayuda para Isabel. Félix les había dicho que era un error intentar tener un hijo: no se sabía hasta qué punto el bebé podría librarse de la enfermedad de su madre.

Isabel quedó embarazada un año después. Entonces se desató la locura de nuevo. Nada más dar a luz. Rechazó a la pequeña desde el primer instante. Y nadie, salvo un demonio, es capaz de rechazar a su propio hijo. Nunca se lo contamos a Félix, pero yo acostumbraba a realizarle exorcismos en su casa. Por supuesto, nadie, aparte de Donato y yo, lo sabía. Resultaba agotador. Nunca permití que Donato los presenciase. Cerraba la puerta desde el interior y la ataba a la cama para evitar sus fuertes embestidas. En una ocasión consiguió arrancar los cuatro pedazos de tela que la sujetaban a la cama y se me tiró encima. La fuerza que desató era sobrehumana. Estaba realmente asustado. Intentó asfixiarme con una almohada, pero el demonio debió de volver a esconderse bajo su alma y cayó rendida al suelo justo cuando yo estaba a punto de morir.

Le aparecían de repente marcas de golpes y arañazos por todo el cuerpo, como si una garra desde dentro la atravesara desde el cuello hasta las piernas. No sé cuántas veces repetí los exorcismos; nunca resultaron del todo. Tenía periodos en los que parecía estar bien, pero volvían los ataques. Acabó siendo insoportable.

La mujer feliz y aparentemente sana con que Donato se había casado ya no existía por culpa del mal que no quería escapar de su interior. Y había otro problema: su hija Abril. Félix la examinó cuando nació y dijo que parecía estar sana; solo se podría confirmar con el paso de los años.

Con el miedo de Donato a que su hija no estuviera sana y los arrebatos de locura de su mujer pasaron los meses. En una ocasión, en plena noche, Isabel se encaramó al tejado de la casa. Donato estaba dormido, por lo que no se dio cuenta hasta que Fátima dio la voz de alarma sobre las seis de la mañana. Había entrado en el dormitorio para ver cómo había pasado la noche y si seguía durmiendo, pero no estaba en su cama. Avisó al señor, y después de enviar a una de las sirvientas a quedarse con Abril para evitar que hiciera algún daño a la pequeña, la buscaron por todas las habitaciones. No dieron con ella. Salieron al jardín, incluso la buscaron en los árboles, por si se había subido a alguno.

Sin saber dónde más buscar, se dispusieron a marchar a las dependencias de la Guardia Civil para dar el aviso de lo ocurrido y buscarla por donde hiciese falta. Antes de sacar el coche de las cocheras, se oyó un grito demoníaco que parecía provenir del cielo. Alzaron la vista y oyeron un nuevo grito, a la vez que unas telas blancas ondeaban débilmente, lo que les hizo descubrir dónde estaba Isabel. Había descubierto la trampilla que daba al techo de la enorme casa y la había destrozado para poder subir, ya que la única llave la poseía Donato.

Subieron al tejado y la encontraron con el vestido medio destrozado y con el pelo pegado a la cara del sudor. Gritaba y se retorcía. No atendió a las palabras de Donato, pero sí a las de Fátima. Comenzó a decirle que fuese con ella, que tenía algo que contarle, y poco a poco la tranquilizó y la llevaron a su cuarto. Félix acudió y la sedó. Donato debió de decirle algo sobre mis sesiones y se enfadó. Dijo que eso no hacía sino perturbarla más, que no tenía ningún demonio dentro, que simplemente tenía algo mal en su cerebro, y que si estaba todo el día oyendo hablar del diablo, acabaría pensando que lo era.

Las medicinas y los tratamientos no consiguieron que mejorase, simplemente podían sedarla, y eso no era vida. Por ese motivo, Donato me permitió continuar con las sesiones, para ver si con el tiempo mejoraba. Nunca dio resultado. Me encerraba con ella durante días enteros y solo conseguía agotarla. Donato nunca había sido un hombre de ciencia, sino de fe.

En una ocasión, hizo que una pitonisa acudiese a la casa para intentar ver si en lugar de un demonio existía la posibilidad de que fuese un fantasma lo que hacía que su mujer no estuviese sana. Nunca pudo comprender por qué había pasado de estar enferma a estar bien cuando lo conoció a él, y que después, con el nacimiento de Abril, la situación se tornara a como estaba al principio. Ya no sabía qué pensar o cómo ayudarla. Se desvivía por ella, la adoraba, sentía devoción por su esposa. No se puede resumir con otras palabras lo que mi amigo sentía por Isabel, y no quiero pensar cuáles podían ser sus miedos más profundos y sus angustias más internas al ver que ya no mejoraba, sino que cada vez iba a peor. Fátima parecía que sentía un gran apego por ella, pues cuando dejaba de cuidar a la pequeña, acudía en su compañía. Cuando ella estaba presente, los arrebatos de Isabel se calmaban para transformarse en un ser sin vida con los ojos abiertos.

Donato me pidió que lo acompañase al paseo de la Independencia. Allí había una mujer que presumía de tener el talento oculto de ver a los fallecidos, hablar con ellos, dar sus mensajes a los familiares y ver el futuro. Yo tenía la esperanza de que fuesen reales las habladurías sobre sus poderes, pero no estaba convencido del todo. Entramos en la tienda. Cuando vio mi sotana, se le cambió el rostro y nos dijo que nos marcháramos, que no trataba con curas. Salí de allí y esperé fuera de la tienda, caminando en círculos y pidiéndole al Señor que hiciese que la pitonisa accediera a ir a casa de Donato. Salió con una sonrisa en los labios. Comprendí que había aceptado hacerlo, aunque le había especificado muy claramente que yo no podía estar presente en la casa. Le había pedido que preparase una sala lo más cercana posible a la habitación de la endemoniada, que le diese la vuelta a todos y cada uno de los cuadros que mostrasen el rostro de alguna persona y que sacase cuantas insignias religiosas adornasen la habitación.

Yo mismo le ayudé. Dimos la vuelta a los cuadros y sacamos los rosarios y crucifijos que yo había ido llevando a la casa en mis visitas. Preparamos una mesa en el centro y me dispuse a marcharme. Donato me tomó del brazo y me dijo que no me fuese, que me escondiese en alguna habitación, pero que no saliera de la casa. Accedí a hacerlo. La bruja llegó y dijo que sus poderes estaban en el punto álgido en el momento del crepúsculo. Se sentaron a la mesa Fátima, Donato y la bruja. Según les dijo, eran necesarias al menos tres personas para que saliese bien. Había llevado una bola de cristal y una serie de pequeñas estatuillas labradas en madera negra. Las extendió sobre la mesa y les pidió que se tomasen de las manos. Una hora después dijo que no había ninguna presencia maligna en la casa, que lo que le ocurría a su mujer no era más que algún trastorno mental y nada más. La casa estaba limpia, sentenció. Una vez que se marchó, Donato me avisó y me lo contó todo. Volvimos a poner los crucifijos en su sitio y dimos la vuelta a los cuadros. Algo que nunca pude entender fue que, a la mañana siguiente, los rostros de los cuadros habían desaparecido, como si nunca hubiesen estado allí.

Yo continué igualmente con las sesiones. Después de ellas, Fátima la lavaba, la secaba y le ponía ropa limpia. La acostaba y se quedaba dormida. Las sesiones tomaron un rumbo cada vez más tranquilo, pero Donato estaba más apagado.

La niña necesitaba una madre, que encontró en Fátima. Además de una hermana, la hija de Fátima, Pilar, se convirtió en la amiga de Abril. Siempre estaban jugando juntas.

Nunca hubiéramos podido predecir la desgracia que tuvo lugar en la casa, y nadie se pudo explicar cómo Fátima se dejó las dos puertas abiertas, la del dormitorio de Isabel y la de Abril. Incluso creí que lo hizo aposta, aunque no puedo imaginar que alguien, una madre, fuera capaz de hacer una locura así a sabiendas. Por un motivo o por otro, el resultado fue que Isabel destripó a su propia hija en el dormitorio y que nadie se enteró hasta pasadas varias horas.

Donato nos llamó a Félix y a mí. Yo recé por la pequeña al ver la atrocidad que su madre había hecho con ella. Entonces perdí mi fe en el ser humano. Félix avisó a las autoridades pertinentes y llegaron a la casa. Ninguno de los presentes había presenciado nunca semejante escena. Acabaron vomitando todos y cada uno de ellos por los rincones de la casa.

Se llevaron detenida a Isabel. Unos cuantos médicos, entre ellos Félix, recogieron los restos de la pequeña y la llevaron a la morgue del hospital. La enterraron al día siguiente. Donato, en su eterna bondad, envió a Fátima y a su hija a la cabaña que había heredado de su padre a la muerte de este, la cabaña en la que había conocido a Isabel hacía años. No contó a nadie que había sido ella la que había olvidado cerrar las puertas con llave. Fue Isabel la que acabó con la vida de la niña, pero si Fátima no hubiese tenido ese descuido, seguiría viva.

La gente clamaba justicia en las puertas del cuartel al que habían llevado a Isabel a la espera de qué hacer con ella. Fueron a casa de Donato como si se tratase de una peregrinación. Dejaban estampitas de la Virgen del Pilar con los nombres de Abril y Donato escritos en la parte de atrás. Yo mismo había visto cómo metían esas pequeñas estampas en el agua bendita y atendían a misa con ellas en la mano, intentando que se consagraran para que la Virgen diera fuerzas a Donato después de lo ocurrido.

Dejó su trabajo de lado y poco a poco la fortuna familiar fue desapareciendo. Venía mucho a misa, y a menudo, varias veces en un mismo día. En alguna ocasión, incluso se quedó dentro de la basílica toda la noche, sin dormir y rezando a los pies de la Virgen, pidiéndole que cuidase de su hija. Finalmente, acabó recluyéndose en su casa, con una sirvienta solterona y sin nada en los bolsillos como única compañía. No fue a ver una sola vez a su mujer al hospital.

Félix me lo decía constantemente, y también me decía que yo tenía parte de culpa con los intentos de exorcismo, que, según él, no habían hecho sino empeorar el estado de Isabel. Era médico, era su deber defender las teorías racionales y no las mágicas, supersticiosas o divinas.

A pesar de que Donato no salía de casa, Félix y yo sí intentábamos visitarlo, aunque muchas veces el viaje no nos servía para nada, pues estaba en cama y no quería ver a nadie. La última vez que puso los pies fuera de casa fue para ir al médico y descubrir que su corazón comenzaba a fallar. Fue entonces cuando decidió pedirle a alguien que escribiera la historia que había marcado el resto de sus días, aunque no se la contó al pie de la letra. Suavizó todo lo que le dijo: recordar lo ocurrido le hacía temblar, era demasiado incluso recordarlo. Por otro lado, no quería que nadie más odiase a su mujer por haber acabado con su hija.

Yo siempre le dije que no era buena idea hacerlo, pero fue la única forma que encontró de desahogarse. Cuando la tuvo escrita, dijo que tal vez podía enviarla a una editorial. Yo intenté disuadirlo, aunque no sirvió de nada. De Fátima y su hija no supe nada nunca más. No volví a verlas ni a preguntarle por ellas a Donato. De hecho, nadie había venido preguntando por lo ocurrido hasta que se le ocurrió enviar el manuscrito a una editorial.

23

Me encontraba ante dos historias absolutamente distintas. Una afirmaba que Donato no había estado de niño en la cabaña y que fue allí donde conoció a Isabel ya con veintiséis años. Y otra decía que Donato demostró malicia a los cinco años, que nunca vivió nadie en la cabaña llamada Isabel y que nada encajaba con la historia que tanto Donato como Isaías me confirmaban. Estaba perdido. No resultaba difícil imaginar que Félix iba a contar lo mismo.

—Vaya historia.

—Ya lo creo. Yo sigo pensando que tuvo que haber algo más que un trastorno mental. Que una madre mate a su hija es inaudito hasta para los más locos de los locos. Créame cuando le digo que hay algo más. Félix, por su deber de médico, nunca lo aceptó, siempre dijo que no había ningún demonio ni nada por el estilo, que era un trastorno mental y nada más. Si es que de un trastorno mental se puede decir que es eso simplemente y nada más.

Omitiendo el detalle de que Donato dijo que la cabaña en realidad era del padre de Isabel, le pregunté cómo era posible que hubiera acogido en su casa a Fátima, después de que la muerte de Abril se hubiera producido por su culpa, por olvidarse de cerrar las puertas.

—¿Acoger en su casa? Vamos, amigo, piénselo bien —dijo Isaías—. Una cabaña en medio de ningún sitio, sin vecinos, sin civilización... Eso fue un castigo, una forma de castigar a Fátima.

—¿Y por qué no culparla a ella de la muerte de Abril?

—En primer lugar, no fue ella directamente la culpable, y, en segundo lugar, por una promesa en el lecho de muerte a su hermano, hermanastro, en realidad, ya que era el hijo ilegítimo que tuvo antes del matrimonio con una señorita de dudosa reputación. Aun así, se hizo cargo de él. Al no quererlo, lo envió a un internado, lejos de España. Cuando regresó a Zaragoza, ya enfermo, le contó que llevaba años viviendo en España y que se había casado y tenido una hija, pero que no tenía nada para mantenerlas, que estaba arruinado, y en su lecho de muerte le hizo prometer que siempre las protegería a ambas. Donato, que, al fin y al cabo, siempre lo había considerado un hermano y siempre se había referido a él así, nunca como su hermanastro, le prometió que las cuidaría.

—¿Hermanastros de padre? ¿Y por qué Pilar no llevaba el apellido de su padre? —pregunté.

—En cuanto él murió, dejando a su hija y a su mujer en la miseria, Fátima decidió que Pilar llevase su apellido para olvidar a un hombre que le había prometido una buena vida y que, en cambio, la había llevado a la ruina, a la miseria y a trabajar de sirvienta. Conozco a unas cuantas mujeres que han hecho lo mismo al verse en situaciones similares por culpa de sus maridos borrachos, que se lo gastan todo en vino: en cuanto mueren, ellas tienen que venir a pedir pan a la iglesia y, heridas de rabia, quieren olvidarse de todo lo que les recuerda a sus holgazanes maridos.

Cambié de tema.

—Y dice usted que la pitonisa tenía su tienda de artilugios mágicos en el paseo de la Independencia.

—Así es.

—Creo que no tengo más preguntas, al menos por el momento. Si me surge alguna duda más adelante, ¿podré venir y preguntarle?

—Por supuesto. Es mi deber.

—Gracias.

—Vaya con Dios.

Salí de allí. Por un lado, tenía más motivos para creerme lo que los vecinos podían contarme, pues los intereses de Donato y del cura para mentir seguramente serían mucho más fuertes que los que podían tener los aldeanos de un pueblo entre las montañas, pero ambas historias estaban perfectamente hiladas; además, no podía creer que alguien pudiera inventarse una historia de exorcismos y enfermedades mentales sin que fueran tales. No sabía qué creer. ¿Por qué me había ocultado que la cabaña era suya?

Deshice mis pasos y subí por la calle Alfonso hasta llegar al paseo. Me dirigí al local donde la pitonisa me había leído la mano y yo quise convencerme de que lo que me había dicho era lo que Sophy le había contado. Entré. En el mismo momento salió del pequeño cuarto que ocultaba tras una cortina negra y me reconoció al instante.

—Vaya, usted otra vez. Se fue tan rápido que no esperaba verlo aquí de nuevo.

—He de decirle que no he venido a que me lea la mano, sino a preguntarle por una visita que, tengo entendido, hizo hace muchos años a una casa.

—Será mejor que pasemos adentro.

Me senté en el mismo sitio que en mi visita anterior. Ella cogió un juego de cartas.

—¿Qué quiere saber esta vez?

—Me gustaría saber si visitó en alguna ocasión la casa de un hombre llamado Donato Dicastillo. Vino acompañado del cura Isaías. Fue hace muchos años. No sé si podrá recordarlo.

—Por supuesto que me acuerdo. Soy bruja, lo recuerdo todo.

No sabía si se estaba burlando de mí.

—Y ¿qué puede contarme?

—Nada, no hay nada que contar, no vi nada en esa casa. Estábamos tres personas: el señor Dicastillo, una mujer llamada Fátima y yo. Estuvimos una hora, o puede que más, esperando. No ocurrió nada, no había una sola presencia en la casa, nada. No había nada, y mucho menos un demonio dentro de la señora Andrés. La única maldad que percibí en esa casa provenía del señor Dicastillo.

Me sorprendió aquella confesión.

—¿Perdón? ¿Qué quiere decir con eso?

—Exactamente lo que ha entendido y se niega a aceptar. El señor Donato Dicastillo parecía ser un buen hombre, pura bondad; nada más lejos de la realidad. No fue eso lo que vi en él. No como usted, que peca de inocente. Las cartas también lo confirman.

Sin darme cuenta me había echado las cartas.

—¿Y qué me dice de Isaías? El cura.

—No lo sé. Nunca he podido ver dentro de nadie como él: curas, monjas, clérigos... No sé por qué, pero mis dotes no me permiten verlos. No pueden decirme nada sobre ellos. De hecho, en su presencia mis poderes se limitan.

—El día que fue a la casa, Isaías estaba en ella. En una habitación aparte. Donato le pidió que no se marchase. ¿Cree que eso podría haber limitado sus percepciones? —dije sin creerme que hubiese formulado aquella pregunta en cuanto salió de mi boca.

—No, tienen que estar a mi lado para que mis visiones se debiliten. En esa casa no había nada maligno, aparte del propio Donato. Eso fue lo que vi. Y ahora dígame usted a mí quiénes son Pilar Abad y Fátima Abad. Las tiene en su mente. No deja de repetir sus nombres una y otra vez.

Procuré que no notase el miedo que me había asaltado.

—Gracias por su ayuda de nuevo.

Salí y dejé un billete sobre el mostrador. Ahora sabía que la sesión de espiritismo había sido completamente real. Era un punto a favor de la historia de Donato, pero la bruja me había dicho que él no era de fiar. Isaías, y seguramente Félix, tampoco.

Antes de llegar al hotel pasé frente a una floristería y pensé que a Sophy le gustaría que le regalase un ramo. Compré unos claveles y me dirigí al hotel. El recepcionista me saludó y me dijo que tenía una carta, correo urgente. La cogí y vi que el remitente era Thomas. Subí a mi habitación, la dejé sobre la mesita y llamé al dormitorio de Sophy.

—Para ti.

—¿De verdad? Gracias, me encantan. Yo también tengo algo para ti; bueno, para los dos.

Entré en su habitación. Era más pequeña que la mía. Tenía un pequeño baño sin bañera, una cama y un escritorio. No disponía de salón. Todas las cosas que se había comprado estaban extendidas sobre la cama. Dejó las flores en su mesita y cogió dos pequeños papeles acartonados.

—¿Qué es eso?

—Entradas para el *ballet*. Hay una representación a las cinco de la tarde. ¿Qué? ¿A que te apetece?

Miré las entradas.

—No sé yo qué te diga.

—Bueno, es igual. Las entradas ya están sacadas: hay que ir, quieras o no.

—Sophy, tienes que entender una cosa. Podemos ir hoy a ver el teatro.

—*Ballet*.

—*Ballet*, bien, pero estoy aquí trabajando, no de vacaciones. No puedes coger y sacar dos entradas de teatro, quiero decir *ballet*, sin consultarme. No sabes qué planes puedo tener para esta tarde. ¿Comprendes?

—Pues no es eso lo que dijo mi padre.

—¿Y qué dijo tu padre?

—Dijo que estabas aquí para descansar, que no era más que una excusa lo de que investigaras un libro que no tiene ninguna intención de publicar.

—Para mí, estoy aquí trabajando en descubrir qué tiene de cierto ese manuscrito, se publique o no. Así que, por favor, la próxima vez que me quieras sacar de paseo, avísame con tiempo.

—De acuerdo, Toby.

—Oye, sin pasarte.

—Es que me lo has puesto tan fácil... —terminó la conversación extendiendo los brazos.

Salimos hacia el Teatro Principal a las cuatro y media de la tarde, después de haber compartido la comida y una buena sobremesa. Para mi sorpresa, Sophy parecía madurar por minutos. Cada vez me recordaba más a Evangeline cuando la conocí.

El teatro, situado en la calle del Coso, era un edificio precioso, tanto por fuera como por dentro. Suelo y techo lleno de adornos y alfombras, con grandes lámparas de araña y acomodadores extraordinariamente amables. Había conseguido unos asientos centrados en la parte superior, desde donde había una perfecta perspectiva de todo el escenario. Las luces se atenuaron y la música comenzó a sonar. Miré al lateral derecho y me pareció ver al padre Isaías escondido tras unas grandes cortinas en un palco. La visión duró tan solo un instante, pero lo vi. Después desapareció. La función comenzó y disfrutamos de dos horas de un perfecto *ballet*. Sophy estaba emocionada cuando la obra acabó y dijo que quería repetir y ver otro más. En una semana representaban *El cascanueces*. Le dije que podíamos comprar otras dos entradas para entonces y se llevó una gran alegría.

—Ya sabía yo que no eras tan serio y frío como aparentas.

—¿Serio y frío?

—Sí.

Compramos las entradas por adelantado y regresamos al hotel. Una vez allí, me dijo que se iba a dar un baño en mi habitación, y que mientras, me quedase en la suya. Cogí la carta y la dejé sola. Quité lo que tenía sobre la cama y lo deposité en el suelo enmoquetado con cuidado. Me senté apoyando la espalda en el cabecero, me tapé con una manta y abrí la carta de Thomas.

Cristo:

No puedo decirte cómo te agradezco que me escribieses avisándome de que Sophy está contigo. Por lo que ponías en tu carta, no es difícil imaginar que te dijo que yo mismo la había enviado. No es así. Sí es cierto que ella me insistió en que la dejase ir contigo a Zaragoza, pero sabía que no sería más que un incordio y por eso me negué. Lo que nunca hubiese podido imaginar es que se marcharía por su cuenta. Una mañana no bajó a desayunar. Su madre fue a buscarla. No estaba en su cuarto. Pensamos que se habría marchado a algún sitio, como siempre hace cuando se enfada. Después de varias horas y de asegurarnos de que no estaba en casa de ninguna amiga, pensamos que o le había pasado algo malo o se había marchado de casa. Dimos parte a la policía y hemos estado buscándola en prostíbulos y pozos desde el día en que desapareció, hasta que me llegó tu carta. Doy gracias a Dios porque esté bien y me alegro de que esté contigo y no por ahí perdida. Espero la disculpes y te pido que la mandes de nuevo a París lo antes posible.

Con todo el cariño,

THOMAS

Me hervía la sangre. Sophy nos había tomado el pelo a todos como tontos. Salí de su cuarto y entré en el mío. Llamé a la puerta del baño.

—¿Qué quieres? Acabo de meterme en el agua.

—¡Sal!

—¿Qué? No voy a salir, espera un rato.

—¡O sales o te saco yo a rastras!

—¿Se puede saber qué pasa?

—¡Pasa que me ha escrito tu padre, embustera! —grité mientras golpeaba la puerta.

No dijo nada más. Salió con un albornoz atado a la cintura que le quedaba enorme y el pelo negro y largo empapado. Estaba preciosa.

—¿Qué ponía en la carta?

—¡Que toda la policía de París te está buscando en pozos de agua y prostíbulos! ¡¿Cómo se te ha ocurrido hacer algo así?! ¡Te marcharás ahora mismo!

—No.

—¡Sí, y no protestes! ¡Te has comportado como una auténtica niñata, y no tienes edad de andar comportándote así! ¿Te haces una idea del miedo que han tenido que pasar tus padres? ¡No, por supuesto que no!

Cuanto más hablaba, más me enfadaba.

—¡¿Y para qué tengo edad entonces?! ¿Eh? —preguntó enfadada, con lágrimas en los ojos—. ¿Para qué tengo edad? No puedo comportarme como una persona adulta, pero no puedo hacer nada que no hagan las niñas pequeñas. ¿De qué tengo edad entonces? ¡Vamos, respóndeme tú, que todo lo sabes! ¿De jugar con las muñecas? No, para eso soy mayor. ¿Para verme con chi-

206

cos? No, para eso soy pequeña. ¿Para leer novelas de adultos? No, también soy pequeña para eso. ¿Para leer *Caperucita Roja*? ¡No, soy demasiado mayor para eso! Pensaba que tú podrías entender lo que pienso, pero no, con veinte años eres demasiado mayor para comprender a una malcriada de dieciséis años, ¿verdad? Pues ¡púdrete! ¡Púdrete tú y pudríos todos! ¡Pudríos todos y dejadme en paz! Dejad de decirme lo que puedo y no puedo hacer, dejad de pensar por mí, dejad de pensar que soy una estúpida que solo sabe comprar zapatos, porque hay mucho más allá de mí que nadie quiere ver ni entender ni molestarse en verlo. Y no te preocupes, porque me marcho ya y te garantizo que nunca más vas a tener que soportar la estúpida compañía de la estúpida hija de tu gran amigo el editor. Mientras tanto, deja que tu vida se te escape pensando en una novia muerta con la que no vas a poder estar nunca más. Céntrate en la muerte y deja escapar todo lo bueno que tiene la vida y a todos los que no estamos muertos.

Estaba llorando a lágrima viva cuando acabó de gritarme. Nadie me había mostrado nunca las cosas tan claras. Fue a la puerta de salida. No sé qué me impulsó a hacer lo que hice, pero lo deseaba. Tal vez fueron sus palabras, que nada tenían que ver con una niñata estúpida de dieciséis años. La cogí del brazo y la arrastré hasta mí. Era incapaz de sostenerme la mirada. Le sequé las lágrimas con las manos y la miré a los ojos. Me incliné y la besé en los labios. Pude sentir cómo temblaba e intentaba separarse de mí, pero finalmente se abandonó y me abrazó. Sophy me había despertado con un puñado de palabras. Desabroché su albornoz despacio y lo dejé caer. Siguió llorando a la vez que descubría algunos de los placeres que esconde la carne.

Ya no era una niña, y no tenía un pelo de tonta. Tal vez su padre fuese demasiado rígido con ella, seguramen-

te por miedo a que le pasase algo, a verla sufrir. Esa so-
breprotección la estaba consumiendo por dentro.

No fui yo el que le descubrió nada importante a Sophy, sino al contrario. Me hizo ver que había vida más
allá de Evangeline y que, aunque había sido la mujer con
la que habría pasado el resto de mi vida si no hubiese
muerto, ya no estaba. Era cierto que había estado meses y
meses sumido en su recuerdo, incapaz de ver nada más.
Sophy, con un puñado de palabras, me había demostrado
que no era bueno. Como otros me habían dicho, sin que
yo los escuchase. Ella me había liberado en cierto modo
de Evangeline. Aunque nunca podría olvidarme de ella,
no quería decir que tuviera que enterrarme y encerrarme
en mi vida y en mis libros.

Ahora más que nunca quería desentrañar la historia
de Pilar, Josua, Isabel y Fátima, y así desprenderme también de la mía.

Me quedé dormido un rato entre las sábanas de seda
y los brazos de Sophy. Tuve un sueño tranquilo y relajado, como hacía tiempo no tenía. Me desperté cuando el
sol ya se había puesto. Sophy me rodeaba con sus brazos
y una respiración tranquila.

—¿Todavía quieres que me marche a París?

—No. Quiero que te quedes conmigo.

Sonrió.

En lugar de bajar a cenar, nos quedamos durmiendo
tranquilos. Me desperté a las cuatro de la mañana sin un
ápice de sueño. La tapé hasta los ojos, me cubrí con el
albornoz de Sophy que estaba en el suelo, cogí la máquina de escribir y me marché a su cuarto para no despertarla con el sonido de las teclas. Antes de irme, le dejé una
nota en la mesilla. Puse la máquina sobre el escritorio y
me puse a la tarea.

24

Lorik, Adam y Kyliann me encontraron de noche, mirando fijamente la tumba de Evangeline, cuando la lluvia había cesado y el viento soplaba con fuerza. Los pequeños charcos que se habían formado tenían una capa de hielo. Yo tiritaba sin darme cuenta.

—¡Está aquí! —gritó Lorik a los dos.

Oí sus pasos aproximarse. Lorik me cubrió con su abrigo.

—Estás empapado y congelado. Venga, vámonos.

Con su ayuda me puse en pie y salimos del cementerio. Se estaba caliente en el coche que su tío había regalado a Lorik.

—Tienes fiebre, estás enfermo.

—Me da igual. Llévame a casa.

—Vamos a casa de tu madre. Está muy asustada. Ha pensado que habías podido hacer una locura.

—¿Qué? ¿Suicidarme? Soy demasiado cobarde para eso —dije riendo amargamente.

—¡No me vengas con tonterías ni con cachondeos! Llevamos más de cuatro horas buscándote, y menos mal que te hemos encontrado. Hemos ido a tu casa, a la editorial, a la librería, a Notre-Dame. Dios, casi nos hemos vuelto locos. Menos mal que a Sophy se le ha ocurrido pensar que podías estar aquí.

—Sophy, buena chica. Espero que no desperdicie su vida con algún patán.

Estaba temblando y helado de frío. Me ayudaron a salir del coche y a entrar en casa. Mi madre se puso en pie al oír la puerta y acto seguido me dio un bofetón y me abrazó.

—No vuelvas a hacerlo —pidió sin despegarse de mí.

No respondí. Me acompañó a mi dormitorio y me dejó a solas. Me quité la ropa, me puse una muda limpia y me metí en la cama. Pasé la noche con fiebre alta y con una visita inesperada: Evangeline. Sabía que únicamente estaba en mi mente, pero permanecía tumbada a mi lado, acariciándome la cara y diciéndome que pronto me curaría y estaría bien. Me hubiera gustado tener fiebre el resto de mi vida con tal de verla.

La luz del sol debía de darme directamente en la cara porque, con los ojos cerrados, comencé a ver un color ámbar y me desperté. Al abrirlos, vi que el reloj de mi madre sobre la mesita señalaba las tres y cuarto de la tarde. Retiré las sábanas y mantas a un lado y me incorporé. Mi madre había dispuesto una muda limpia en la silla contigua a la cama, un jersey granate y un pantalón oscuro. Me vestí y entré en el baño para lavarme la cara. La sentía acartonada. Bajé la escalera alfombrada y entré en el salón donde supuse que estaba mi madre. Allí la encontré con su nuevo marido, al que yo todavía no conocía.

—Ven, hijo, siéntate —me invitó mi madre.

—Menudo espectáculo diste ayer. Eres un desagradecido. Ir a ver a tu novia muerta cuando te has casado con una de las señoritas más distinguidas de todo París —sentenció el nuevo marido.

—Gwendal, por favor —intervino mi madre.

Tomé asiento.

—No, por favor, no te cortes, desahógate.

—Y encima gracioso. Pero ¿tú qué te crees? —preguntó con desprecio.

—Gwendal, tienes que entenderle —intentó calmarlo mi madre.

—Vamos —gritó—, ¿qué es lo que te crees? Eres un inútil. Un escritor botarate que cree que puede vivir de las letras. Un estúpido de esos a los que les gusta autodenominarse «artista». Qué tontería más grande. Deberíais estar todos en la cárcel. Si por mí fuera, así sería, sin dudarlo.

Silencio.

—¿Has acabado?

—Sí, he acabado.

Negué con la cabeza.

—Madre, te los buscas a todos igual.

—No le hables así a la mujer que te trajo al mundo.

—Ahora me toca a mí. A tu pregunta sobre qué me creo, me creo que soy la persona que te ha salvado el culo de las deudas que has contraído tú solito. Creo que soy el hijo de la mujer que te ha hecho el favor de acogerte en su casa o, mejor dicho, en la casa de su primer marido, conque no creo que estés en disposición de criticar que fuese a ver a Evangeline. Creo que el único inútil que hay aquí eres tú, pues no solo has sido capaz de hundirte en la ruina, sino que casi arrastras a mi madre contigo. Yo era la única opción para sacarte a flote. Pero ten por seguro que no he hecho absolutamente nada, repito, nada, por ti. Lo que he hecho ha sido por mi madre, la mujer que me trajo al mundo. Y ahora me marcho.

—Espera un momento, Cristo.

—Madre —dije poniéndome en pie—, me marcho.

Antes de que pudiese dar el primer paso hacia la puerta, me llevó a rastras a la cocina y cerró la puerta. Me pidió que me sentase a la mesa y me calentó algo en el fuego.

—No tengo hambre, de verdad, madre, no hace falta.

—¡Sí hace falta! —gritó.

La observé en silencio mientras daba vueltas a algo en una sopera.

—Vale. Como quieras. Comeré.

Guardamos silencio hasta que me trajo el plato y un vaso de agua y se sentó frente a mí. Comencé a comer el guiso de verduras y patatas que humeaba.

—Tienes que entender que no puedes seguir así.

No respondí. Seguí comiendo sin mirarla a los ojos.

—He hablado con Thomas y Lorik. Están de acuerdo conmigo en todo. Vas a desperdiciar tu vida. Evangeline no está, y no tiene solución. Debes seguir con tu vida. Y si no lo haces por tu propia mano, lo haremos nosotros.

Dejé la cuchara de golpe.

—Vosotros. Tú, Lorik y Thomas, claro. ¿Y cómo? ¿Por qué no me dejáis tranquilo con este tema de una vez?

Suspiró. Creí que iba a ponerse a llorar. Nunca había visto a mi madre tan preocupada.

—Por favor, ve a hablar con Thomas. Hemos llegado los tres a la misma idea. Por favor, habla con él.

Ante la preocupación de mi madre, de Thomas y de Lorik, pensé que podía ir a ver a Thomas y enterarme de qué querían que hiciera.

—Está bien, iré a hablar con él.

—Prométeme que lo harás.

—Acabo de decírtelo.

—No. Prométeme que harás lo que te va a pedir.

—¿Qué? ¿Qué va a pedirme?

—Habla con él. Termina de comer y ve a la editorial.

El cielo se había tornado gris de nuevo cuando salí de la casa de mi madre y me encaminé a la editorial. Mientras atravesaba las calles pensé que en esos momentos debía estar de luna de miel, por lo que, seguramente, Ivette se había marchado con su novio. La envidié. Ella estaba casada conmigo, pero tenía a quien quería a su lado, y yo nunca podría.

Abrí la puerta de Éditions Pupets y pude intuir que todos conocían ya la historia del lunático que habían encontrado llorando sobre una tumba. Subí una vez más, ignorando sus miradas, al último piso. Thomas estaba hablando en la mesa de unos de los dibujantes con los que más disputas solía tener por los dibujos de las portadas. Me senté frente a su mesa y esperé.

—Cristo, ¿cómo te encuentras?

No lo había visto venir.

—Bien. No tengo fiebre y no estoy enfermo.

—Me alegro.

—Me ha dicho mi madre que querías hablar conmigo —dije bruscamente para acabar lo antes posible. Quería irme a casa.

Asintió y se sentó.

—Verás —comenzó—. Ayer, cuando tus amigos te dejaron en casa y te metiste en la cama, tu madre, Lorik y yo estuvimos hablando sobre ti.

—Puedes ahorrártelo. ¿Qué fue lo que hablasteis?

—Como gustes. Sabes que no puedes estar así, así que, bueno, yo ya lo había pensado, pero creo que esta es la ocasión perfecta para hacerlo. Me gustaría enviarte a Zaragoza. Todos los gastos los pagaría la editorial, por supuesto. Cuando terminé de leer el manuscrito que tradujiste, pensé lo mismo que tú, que tenía muchos fallos e imperfecciones que no son típicas de un escritor. Y después comencé a creer que tal vez lo que se contaba en el manuscrito no era más que una burda forma de suavizar lo que realmente pudo pasar. Por ello, me gustaría que fueses a Zaragoza a pasar un tiempo, no sé cuánto exactamente, para que investigues lo relacionado con ese manuscrito y averigües si lo que se cuenta en él pasó de esa forma o hay más.

—No puedo creerme lo que estoy oyendo.

—Podrías empezar por preguntar a periodistas. Eso siempre suele llevar a pistas buenas.

—Eso pasó hace mucho tiempo. Seguramente estarán todos muertos, y no pienso ir a Zaragoza, no pienso marcharme.

—Lo harás.

—¿Qué?

—¿No has hablado con tu madre? Se va a volver loca si no vuelves a ser tú. El de siempre, el chico alegre de siempre, su hijo.

—Esto es demasiado. No puedo abandonarlo todo y marcharme así, sin más.

—¿Abandonarlo todo? Nos abandonaste a todos el día que Evangeline murió. No puedes distanciarte más, así que te lo pido como un favor para tu madre. Márchate, despéjate la mente, las ideas, los sentimientos, deja que Evangeline se marche. No la retengas contigo más tiempo. Deja que la niebla se marche.

Reí.

—Esto es una locura.

—Exacto. Es una locura, y hay que ponerle fin. Piénsalo, Cristo. No pierdes nada.

—El tiempo, eso es lo que pierdo.

—Puedes seguir con tus historias. Escríbelas y mándamelas. Las publicaré y te enviaré una copia de la revista cada mes.

Negué con la cabeza.

—No sé qué hacer.

—Hazlo por tu madre, por Lorik, por mí, por ti y sobre todo por ella. Por Evangeline, sácala de tu mente y déjala libre.

Me quedé en silencio.

Suspiró y cogió unos folios que debía corregir.

—Tienes dos días. Si no lo haces, rescindiré tu contrato, y no lo digo por decir. Tú verás.

214

Al oír sus últimas palabras me levanté enfadado. No me había dejado más alternativa que marcharme. Pasé el día encerrado en mi piso, a modo de despedida, con las persianas a medio bajar y con Abel entre mis brazos. Parecía saber que iba a marcharme. Hice una maleta con ropa y otra con la máquina de escribir y folios. En último lugar, saqué las fotografías de Evangeline del cajón y las guardé entre la ropa para que no se arrugasen. Ella iría conmigo. En dos días me marchaba. En un periódico envolví los platos de Abel y me dirigí con él a la calle para dejarlo al cuidado de mi madre. Era de noche cuando salí y la lluvia de la tarde había dejado un ambiente tranquilo y húmedo. La gente estaba encerrada en casa y no había un alma en la calle. Se respiraba tranquilidad. Llamé a la puerta. Sylvette me abrió y me dijo que pasara al salón, donde se encontraban mi madre y Gwendal.

—¿Puedes decirle a mi madre que salga?

—Claro, señorito, ahora mismo.

—Gracias.

Mi madre salió justo en el momento en el que Abel comenzaba a ponerse nervioso y quería liberarse de mis brazos.

—Cristo. ¿Ocurre algo? ¿Y el gato?

—Necesito que te quedes con él. Me marcho a Zaragoza.

La sorpresa inundó su cara en un instante.

—¿De verdad te marchas? Creo que está bien que lo hagas.

—No es por gusto, no me queda otra opción. Si no lo hago, me echará de la editorial.

—¿Eso te ha dicho? —Asentí—. Bueno, no le hagas mucho caso, no creo que sea cierto.

Encogí los hombros.

—No lo sé. Pero, tal y como están las cosas, prefiero irme. No creo que sea mucho tiempo, tal vez una semana o dos.

—Me alegro de que lo hagas —dijo complacida.

—¿Te quedarás con Abel mientras estoy fuera? —suspiré.

—Claro, Cristo, por supuesto.

—Bien. Mañana le diré a Thomas que acepto su proposición, por no llamarlo obligación.

—No te pases con él, es muy bueno.

Esas palabras me recordaron a Evangeline. Fue exactamente lo que ella me dijo de Thomas cuando la conocí en la librería de su padre.

—Me marcho ya. Nos veremos cuando regrese.

—De acuerdo, pero escribe para saber que estás bien.

—Lo haré.

Una vez que dejé a Abel a buen recaudo, me dirigí a uno de los lugares más importantes en el último año de mi vida: el café que quedaba cerca de mi casa. Entré y me senté a la barra.

—Cristo —saludó el camarero.

—Vengo a despedirme de la ciudad por un tiempo. Saca la mejor botella de whisky que tengas.

—Ahora la traigo.

Mientras esperaba, me di cuenta de que una chica de más o menos mi edad me estaba observando desde el fondo del café. La ignoré. El camarero me sirvió de la botella. Me bebí la copa de un trago y pedí otra. Hice lo mismo y le dije que dejase la botella, que pagué en el momento. Sentí una mano en mi espalda. Me di la vuelta. Ahí estaba la chica de más o menos mi edad.

—Hola —saludó rozándome.

—Hola.

—¿Cómo te llamas?

Era bastante guapa, y tenía los atributos femeninos, como solían llamarlos Adam y Kyliann, bastante visibles y abultados.

—Cristo —dije sirviéndome otra copa y bebiéndola de un trago.

—¿Me das un poco?

Llené la copa y se la tendí.

—Claro.

Bebió un sorbo y me la devolvió.

—Demasiado fuerte para mí.

—¿Quieres tomar algo más suave?

Se acercó más a mí. Sentí sus pechos aplastarse contra mi brazo.

—Vamos, siéntate conmigo allí, en la mesa.

Después de beberme más de media botella yo solo, salimos a la calle. Apenas podía verle la cara y no estaba seguro de estar dirigiendo mis pasos a mi casa. Creo recordar que uno de los vecinos nos vio en el pasillo de uno de los pisos mientras aquella chica me desabrochaba los pantalones. No recuerdo en qué momento se transformó en Evangeline. Sentí su cuerpo bajo el mío y sus manos sobre mi espalda en la oscuridad de mi dormitorio. Lamí su vientre y acabé dormido abrazado a ella.

Seguía a mi lado cuando me desperté. Al ver que no era Evangeline, me sentí despreciable. Ella estaba recostada en su lado de la cama, tapada hasta la cintura. Me pregunté cómo había podido llevarla a casa y meterla en la cama que únicamente había compartido con Evangeline. La desperté.

—Levántate.

—¿A qué vienen estas prisas?

—Márchate.

Se incorporó.

—Pensaba que podríamos repetir por la mañana.

—¡Márchate! —grité.

En realidad me gritaba a mí mismo. Recogí la ropa del suelo y me encerré en el baño hasta que se marchó. Cogí las sábanas, las hice jirones y las metí en el cubo de basura. Metí el manuscrito y las dos hojas que había arrancado en la maleta y salí del piso. Antes de ir a la editorial, pasé por casa de Lorik para despedirme. Lo encontré en el instante que salía de su casa camino del negocio de su padre.

—Cristo, hola. ¿Y esas maletas?

—Ya lo sabes.

Asintió levemente.

—Te marchas a Zaragoza.

—Así lo habéis querido todos. No me ha quedado más remedio.

—No te lo tomes a mal, Cristo. Es por ti.

—Sí, claro, todo es por mí.

Suspiró enfadado.

—Deja de comportarte así. Deja de parecer un niñato. Deja de sentir pena por ti mismo.

—¿Eso es lo que crees? ¿Que siento pena por mí?

—Sí, es lo que creo.

—Puedes irte a la mierda.

Me marché. No tenía por qué aguantar sus palabras. Además, no eran ciertas. Si él no se había enamorado nunca, no era culpa mía. Con pasos ligeros me fui a la editorial. Como era ya habitual, todos me miraron sin decir palabra cuando me vieron entrar. Sabían que las maletas significaban que me marchaba. Subí y me dirigí a la mesa de Thomas. Las vio.

—Me marcho hoy. Ahora.

Se quitó las gafas.

—¿A qué vienen tantas prisas?

—A que cuanto antes me marche, antes podré volver.

—Te acompaño a la estación.

Tomamos un taxi en silencio desde la editorial a la estación. Cuando me dispuse a pagar, Thomas dijo que eso corría a cuenta de la editorial, así como el hotel y la manutención. Al llegar, debía abrir una cuenta y dar orden de que el propio banco avisara a la editorial para realizar las transferencias necesarias.

Entramos en la estación y fuimos directamente a las taquillas.

—Un billete para Zaragoza, España.

—Hay un tren con destino a Canfranc dentro de un par de horas. Allí deberá coger otro para llegar a la ciudad.

—¿Puede darme los billetes ahora?

—Sí, claro, pero deberá pasar una noche en Canfranc. No hay tren.

—Bien, deme los dos billetes.

Esperamos las dos horas compartiendo un último café en la estación.

—En tu lugar comenzaría por visitar a algún periodista, preguntaría a la gente. Tal vez en la biblioteca encuentres algún periódico viejo. Puedes ir al Registro de la Propiedad Inmobiliaria y preguntar por los nombres que aparecen en el manuscrito.

—No hace falta que te molestes. Ya sé que es una excusa para alejarme de todo.

—No es solo una excusa.

—Además, el manuscrito no es de quien se supone que es.

—Explícate —me pidió con mirada de curiosidad.

—Encontré algo en la última hoja. Una línea borrada que se veía al trasluz. Ponía que el manuscrito pertenecía a un periodista llamado Ángel Tomás. Creo que debería empezar por ahí.

—Vaya, se pone interesante el asunto. ¿Por qué querría nadie ocultar que lo escribió Ángel Tomás?

—Me da que eso es lo de menos. Que simplemente es para tener la autoría de la obra y quedarse con los beneficios, ya que se supone que lo ha escrito uno de los personajes. Creo que lo primero que haré será ir a ver a ese periodista.

—Prueba a encontrarlo en los periódicos que se publiquen en la zona. En sus sedes.

—Lo haré.

Había llegado la hora de subir al tren. Nos aproximamos a él y dejamos que la gente bajase.

—Voy a echarte de menos, Cristo.

—No creo que te dé tiempo: en una semana o dos estaré aquí.

—Bueno, bueno, no tengas prisa. Disfruta del viaje, visita monumentos y esas cosas que se hacen cuando uno se va fuera. No hace falta que te dediques únicamente a escribir e investigar. Y, sobre todo, escribe para decir que estás bien.

—Lo haré.

—¡Pasajeros, al tren!

—Vamos, sube ya.

—Hasta pronto —dije.

25

Antes de la muerte de Evangeline...

Estuve tres días enteros pensando en el beso de Evangeline, sintiéndome el ser más afortunado del mundo. Al cuarto día sin tener noticias suyas, me dirigí a la librería de su padre. La encontré tras el mostrador, anotando algo en un libro.

—Hola —saludó.

—Hola. ¿Tengo que pedirte que me enseñes un catálogo o podemos hablar?

—Podemos hablar, estoy sola en la tienda. Mi padre ha ido a una reunión del gremio de libreros y estará fuera un par de días. Mi hermana y yo nos hacemos cargo de la tienda. Pero, como siempre, yo me encargaré el noventa por ciento del tiempo.

—Bueno, así podré hacerte compañía; si quieres, claro.

Se inclinó sobre el mostrador dispuesta a decir algo. Desvió la mirada al escaparate y cambió la expresión de su rostro.

—No me lo puedo creer, ahora le da por cumplir con su parte.

Alessia estaba observándonos desde el escaparate. Entró.

—¿Qué? ¿Ya te has decidido por un libro?

—¿Por qué no te largas y me dejas tranquila en la librería? Siempre lo has hecho.

—Y seguiría haciéndolo, pero nuestra madre me ha ordenado que viniese a echarte una mano.

—No necesito tu ayuda. Anda, márchate al parque o a cotillear con esas amigas tuyas que no sirven para nada.

—Estúpida.

Se marchó.

—Y esa es mi hermana en todo su ser.

—Qué encanto.

—Deberías verla cuando se enfada con un novio o algo así que tiene. Los presentó mi padre, hijo de un librero también. Es lo mismo que pretende hacer conmigo.

Leyó mi rostro decepcionado.

—Pero yo no voy a seguirle el juego.

—Si quieres, puedo echarte una mano aquí.

—¿No tienes que escribir?

—Tengo suficientes historias acabadas para las publicaciones de un año entero. Si estoy dos días sin escribir, no pasará nada.

Me enseñó cómo estaban repartidos los libros, los géneros, las editoriales, los autores y las ediciones. Tras la primera hora de instrucciones sobre la organización de la librería, la gente comenzó a entrar. Mientras Evangeline ayudaba a alguno de los clientes, yo intentaba atender al resto. Evangeline decidió decirle a la gente que compraba la revista mensual que yo era uno de los autores. En un rato, después de que los clientes saliesen a avisar a sus conocidos, se formó una larga fila con la revista del mes anterior para que las firmase. La librería estaba llena cuando Alessia, acompañada de otras tres chicas, hizo acto de presencia.

—¿Qué es esto? Evangeline, estás loca, espera que se lo cuente a padre.

—Bien, díselo, y que vea también el libro de cuentas.

Alessia dio dos palmadas al aire. Las otras tres amigas se me quedaron mirando sin que yo pudiera intuir uno solo de sus pensamientos.

—Venga, todo el mundo fuera.

Evangeline pidió disculpas y sacó a su hermana a rastras a la calle. Las vi discutir. Poco después entraron tranquilas. Terminé de firmar, Evangeline cerró la tienda y colgó el cartel de cerrado.

—Estás loca —comenzó Alessia—, no se puede organizar una firma de libros así, sin más. Hay que poner un cartel en la puerta con anterioridad. Ya verás cuando se enteren los clientes habituales de que hubo una firma de libros y no se les avisó.

—Qué tontería —respondió Evangeline.

—Tonterías son lo que tienes tú en la cabeza, creyéndote que tienes algo que hacer con Christophe Maestre. Estúpida, que no eres más que una estúpida.

—Perdona —interrumpí—, es cierto. No tiene nada que hacer conmigo. Porque ya está hecho.

—¿Qué dices tú ahora? —gritó Alessia.

—Lo que oyes. Te guste o no.

—¿Y por qué te fijas en ella? Si no tiene ninguna clase, siempre con la misma ropa y sin hacer otra cosa que no sea leer y leer novelas de Charlotte Brontë —me dijo una de las tres Marías.

—¿Y tú eres...? —pregunté.

—Athéna.

—Vale, Athéna. ¿Te importaría contestarme a un par de preguntas?

—No, claro que no —respondió acercándose a mí y cogiéndome del brazo.

—¿Podrías decirme qué es para ti la clase?

Dudó y dirigió la mirada a sus amigas.

—Desde luego, lo que tiene ella, no.

—Magnífica respuesta. Ahora, la segunda. ¿Qué tiene de malo que alguien lea a la señorita Brontë?

Encogió los hombros y me soltó el brazo.

—Ya me parecía.

—Yo me llamo Julienne, y esta es Cassandra.

—¿Y estáis de acuerdo en que Evangeline no tiene clase? —Asintieron—. ¿Alessia?

—Por supuesto que lo creo.

—En ese caso, tengo que decir que no me gustan las chicas con clase.

Se descompusieron.

—¿Te encuentras bien? ¿Quieres un vaso de agua? —preguntó Athéna.

—No, el agua la necesitáis vosotras, pero encima de la cabeza, para que dejéis de decir tonterías. Las que no tenéis clase ni educación alguna sois vosotras cuatro. Así que dejadme en paz, y a Evangeline también.

Creo que les di hasta miedo.

—¿Nos vamos? —dijo suavemente Evangeline.

—Sí. Vamos a que nos dé el aire.

Las dejamos confabulando en la librería y nos dirigimos a mi casa.

—Ahora mi padre se enterará.

—¿Te he metido en un lío?

—No. No pasa nada. Se tenía que enterar de una manera u otra. Se enfadará, no puede evitarlo. No soy un perrito faldero como Alessia para obedecer sus órdenes.

Al subir a casa, Abel se lanzó a sus pies.

—Fíjate, se acuerda de mí.

—¿Tienes hambre?

—Un poco, la verdad.

Me metí en la cocina dispuesto a impresionarla con mis dotes culinarias. No llegué a muy buen puerto: metí un pollo en el horno, pero me pasé con las patatas y las verduras.

—¿Te echo una mano?

—No, no entres en la cocina. Va todo bien.

—Como quieras.

Puse la mesa y nos sentamos a degustar el pollo, medio quemado por un lado y crudo por el otro.

—Si coges un trozo de cada lado está en su punto —dijo.

El interior del pollo sí resultó comestible, y las verduras y las patatas también. Cuando acabamos, nos sentamos en el sofá con el fuego encendido y nos dedicamos a hablar de tonterías hasta que tuvo que volver a la librería. La acompañé, y yo me marché a escribir a la editorial. Después de redactar tres páginas sobre mujeres desnudas y hombres lascivos, me dirigí a Thomas y le pregunté cómo era estar con una mujer.

—Eso consúltaselo a tu padre, hijo.

—Mi padre está enterrado, y aunque no fuera así, no se lo preguntaría.

—Vaya. Entonces con la hermosura de Evangeline bien, ¿no?

—Sí, pero no quiero meter la pata.

—Bah, no te preocupes, eso nos da miedo a todos. Anda, trae dos cafés y te cuento.

Con los cafés servidos me dispuse a escuchar sus explicaciones.

—Estar con una mujer —comenzó— es lo mejor del mundo, del cielo y del infierno. Por mucho que los curas se empeñen en decir que es pecado, tú a esos ni caso.

—Entendido.

—No me interrumpas, que esto es ley sagrada. Para tener contenta a una mujer tienes que escuchar lo que te diga. Y, sobre todo, y lo más importante, a la hora del catre, deja que ella marque el ritmo.

No entendí gran cosa de lo que me decía.

—No te preocupes, es más sencillo de lo que crees, y luego, pues la práctica.

—Ah.

—Deja que sea ella la que decida cuándo es tiempo de cama, que los hombres siempre estamos dispuestos, pero ellas no. El secreto es ese.

—Gracias.

—No hay de qué.

Regresé a mi sitio y continué escribiendo.

26

Haciendo una mala interpretación del consejo que Thomas me había dado, esperé una semana sin tener noticias de Evangeline. Pensaba que ahora debía ser ella la que se acercase a mí, pero no fue así, de manera que una mañana en la que sentía patadas en el estómago, pensando que había hecho algo que la había ofendido y dispuesto a pedirle disculpas por lo que fuera que le hubiera hecho o dicho sin darme cuenta, me encaminé a la librería. Cuanto más me acercaba, más nervioso me ponía. Pasé frente a una floristería y pensé en comprarle un ramo de flores, pero deseché la idea, ya que seguramente su padre estaría ya en la librería.

Antes de entrar, miré a través del escaparate. Evangeline estaba de espaldas, agachada en el suelo, colocando unos libros, y su hermana estaba detrás el mostrador, leyendo el nuevo ejemplar de la revista mensual. Alzó los ojos y me vio. Dijo algo, por su expresión, gritando. Evangeline se puso en pie y me miró. Acto seguido, su padre apareció desde el almacén y al verme salió a la calle a la mayor velocidad que le fue posible. Suspiré. Abrió la puerta de golpe. Evangeline y Alessia salieron tras él.

Evangeline tenía la expresión triste, y en un lado de la cara presentaba un moratón.

—¡¿Qué le ha hecho?! —grité.

—Vete de aquí o llamaré a la policía —amenazó.

—Sí, llámela y que vean la cara que le ha puesto a su hija, pedazo de miserable.

Intenté dar un paso hacia ella, pero me detuvo.

—Es mi hija, puedo hacer con ella lo que me dé la gana.

—Ah, vaya, no sabía que existían aún los neandertales.

—Cristo, no te enfrentes a él —dijo Evangeline.

—¡Tú cállate! No sé cómo has tenido la poca vergüenza de andar prostituyéndote con este engendro.

No pude aguantarme. Los insultos a Evangeline, su cara amoratada y el desprecio de su padre hacia mí funcionaron como un resorte. Le propiné un puñetazo que ni siquiera yo vi venir. Lo tiré al suelo y cayó de bruces entre la acera y la calzada. Evangeline aprovechó el momento y se acercó a mí para decirme que me marchase, que ya iría a verme cuando pudiera. Alessia ayudó a su padre a levantarse. Estaba dispuesto a devolverme el golpe. Aparté a Evangeline de un empujón y me agaché para esquivar su puño. Estaba viviendo una de las situaciones más surrealistas de toda mi vida. Apoyé las manos sobre sus hombros y lo inmovilicé contra la pared. Se revolvía con saña y sudaba.

—Pare —le dije.

—No me digas lo que debo hacer —bramó.

—Estese quieto. Pare, o saldrá perdiendo.

La rabia inundó su rostro. Evangeline se dispuso a decir algo, pero su padre le ordenó que cerrase la boca.

—No hable así a Evangeline.

—¡Le hablaré como me dé la gana!

—Vamos adentro a tener una conversación.

—No pienso hablar contigo, lárgate de aquí. Si no vuelves, me olvidaré de todo y no te denunciaré.

—Perdone —dije enfadado—. No tiene motivos para hacerlo.

—¡Estás enfermo! Alessia me lo ha contado todo. Tengo motivos más que suficientes.

Alessia observaba desde la puerta. Evangeline le preguntó qué le había contado.

—Nada, la verdad.

—¿Qué es para ti la verdad, Alessia?

—Pues la verdad.

El padre de Evangeline miró a su hija mayor, que no le pudo sostener la mirada y dio un paso atrás.

—Vamos adentro. Vosotras dos, quedaos aquí fuera y que os vea yo.

Entramos su padre y yo.

—¿Qué le ha contado Alessia?

Tomó aire.

—Me ha dicho que lleváis un tiempo viéndoos.

—¿Y qué pasa por eso?

—No he terminado. También me ha dicho que aprovechaste un día en que ella estaba sola en la librería para venir aquí y toquetearla a pesar de que ella intentaba quitársete de encima.

—¿Qué? —grité—. ¿Qué es lo que le ha dicho?

—Pues lo que has oído, y por supuesto Evangeline lo niega. Por eso la abofeteé. Lo de la escalera fue un accidente.

—¿Escalera? ¿Qué escalera? ¿Qué dice?

—Yo no le marqué la cara: se cayó por la escalera cuando le di uno de los bofetones. No fue culpa mía, en absoluto.

Salí a la calle hecho una furia. Cogí a Alessia del brazo y la arrastré dentro de la librería.

—Suéltame, me estás haciendo daño.

—Pues te jodes.

—Eh, no le hables así —dijo su padre.

—Le hablaré como me dé la gana.

Evangeline entró.

—A ver, repite delante de mí lo que le has dicho a tu padre.

—No sirve de nada todo esto, Cristo —dijo Evangeline.

—Vamos, habla.

Se tomó su tiempo para responder y al final dijo que no lo recordaba con claridad.

—¿Cómo que no lo recuerdas con claridad? No hace más que seis días —replicó su padre.

—Tal vez lo exagerara un poco.

—¿Un poco? Es todo mentira. No le he puesto un dedo encima a su hija nunca. Pero usted sí, ¿verdad? De hecho, la tiró por la escalera.

—Yo no la tiré, fue un accidente.

—Llámelo como quiera. Es lo que es, por mucho que lo quiera disimular.

Fui directo a Evangeline.

—¿Por qué no me lo has contado?

—Déjala en paz, no te acerques a ella.

—Es usted el que no debería acercarse a ella.

Me encaré con él.

—Voy a ver a Evangeline siempre que me apetezca, y ella me verá a mí siempre que le apetezca también, y usted no se atreverá a ponerle la mano encima, porque le aseguro que lo denunciaré.

—¿Y qué crees que van a hacerme? Nada, esa es la respuesta. Es mi hija, y yo solo pienso en lo mejor para ella. Y tú no eres lo mejor precisamente.

—Vale. Ya que no me deja otra opción, si vuelve a tocarla o a prohibirme verla, montaré un escándalo tan grande que tendrá que cerrar la librería. Le garantizo que me aseguraré de que pierda a todos y cada uno de sus clientes y que nadie quiera vender aquí sus libros. ¿Lo ha entendido?

—No dices más que tonterías.

—¿Quiere que lo haga?

Hubo un largo silencio.

—No volveré a tocar a mi hija, pero no consentiré que te vea. No eres para ella.

—Sí lo soy. Y usted tendrá que aguantarse. Y mientras, preocúpese de mantener a Alessia ocupada, y enséñele a no mentir y a no meter las narices donde no la llaman.

Se quedó callado y miró a Evangeline con desaprobación. Finalmente asintió.

—Haced lo que os dé la real gana, pero a partir de ahora, Evangeline, trabajarás aquí a jornada completa y te fijaré un salario. Aunque te pongas enferma, tendrás que venir siempre que se te reclame. En la tienda ya no serás mi hija, sino una empleada. ¿Estamos?

—Estoy —dijo convencida.

—Nos vamos —contesté.

—De eso nada. Te vas tú, y que no vuelva a verte por aquí.

—Nos vamos los dos. Evangeline hoy se toma el día libre.

La cogí del brazo y salimos a la calle.

—Te agradezco lo que has hecho, pero no sé cuánto tiempo consentirá mi padre que nos veamos.

—No te preocupes por eso, no creo que haya problemas.

—No lo conoces.

—Más de lo que tú crees. Un hombre que pega a su hija de esta manera es un cobarde y se asusta por todo. No creo que se arriesgue a perder la tienda que le da de comer.

—¿Y qué harías para conseguir eso? Estabas muy convencido.

Reí.

—Evangeline, soy escritor, se me da bien inventar. No sé si realmente podría hacer algo, pero tu padre no va a arriesgarse a comprobarlo. Podemos estar tranquilos.

—Vale, me fiaré de ti.

—¿Qué pasó?

—Mi padre llegó tarde de esa reunión de libreros, por la noche. Alessia estaba esperando que regresara. Yo intuía que no iba a pasar nada bueno. Llegó y comenzó a decirle lo mismo que mi padre te ha contado. Vino a mi cuarto, me despertó, me lo preguntó, y por su puesto lo negué. Me dio una bofetada y volvió a preguntármelo. Pasó lo mismo y salí del cuarto. No sé por qué, creo que pensé ir a tu casa. Cuando puse un pie en la escalera, me sostuvo del brazo y me dijo que no iba a preguntármelo otra vez, que le respondiese, que era la última oportunidad. Le dije que no me habías hecho nada y que no iba a dejar de verte por mucho que él me lo dijera. Entonces me dio otro bofetón y me caí. Era como si me hubiesen pateado. Él no me hizo las marcas que tengo por todo el cuerpo. No tuvo la culpa.

—Sí que la tuvo. ¿A quién se le ocurre pegarle a nadie por eso? Y menos en lo alto de una escalera.

—Ya casi no me duele. De verdad.

Cuando pasamos junto a la floristería, le compré un ramo y fuimos a mi casa. Estuvimos un rato hablando de lo que habíamos hecho esa semana. Luego se acercó a mí y me besó en los labios. Se tumbó sobre mí en el sofá y me desabrochó la camisa. No tengo muy claro en qué orden sucedieron las cosas a partir de ese momento. No sé quién le quitó antes la ropa a quién. No sé quién tomó la iniciativa para ir al dormitorio mientras Abel nos espiaba bajo la cortina. Pero lo que nunca podré olvidar es el cuerpo de Evangeline tumbado sobre mi cama. El cielo nublado me permitió ver las marcas de la caída en su cuerpo blanquecino. Tenía moratones casi curados en los costados y a lo largo de las piernas, que acaricié con cuidado mientras se retorcía bajo las sábanas y repasaba su piel con mis labios.

Se quedó recostada sobre mí. El día se oscurecía. Evangeline era la persona con quien quería pasar el resto de mi existencia. Me levanté, la dejé dormida y entré en la cocina a hacer algo de cenar. Abel reclamó mi atención arañándome la pierna. Le di su comida. Preparé un caldo con algo de carne y fui a llamar a Evangeline. Se despertó poco a poco. Comimos hablando de Abel. Luego me dijo que esperaba que su padre no se enfadara demasiado por haber desaparecido todo el día.

—Quédate a dormir y ve mañana directamente a la librería. No tienes por qué darle explicaciones. ¿No ha dicho que ya no eres su hija?

—Sí, pero eso es cierto a medias, para la parte que a él le interese.

—Pues no se lo consientas.

—No es tan fácil. Y espera que le cuente a mi madre lo que ha pasado.

—Siento haberte causado problemas.

—No digas eso, no es lo que quiero dar a entender. El problema lo tienen mis padres, que son unos retrógrados.

—Ven aquí. Ven a vivir aquí.

—No puedo hacer eso.

—¿Por qué no?

—Porque nos conocemos desde hace muy poco tiempo.

—Vale, pero prométeme que si vuelve a pasarte algo, vendrás aquí y no volverás a tu casa.

Respondió que sí sin mucha seguridad. Finalmente, se quedó a dormir en casa. Al día siguiente, se marchó a la librería, y yo a la editorial.

—Si pasa algo, ve a la editorial.

—Lo haré. No te preocupes.

El padre de Evangeline comenzó a tratarla como a una empleada explotada. La obligaba a hacer horas de más sin control alguno y no se las pagaba. La relación en su casa se tornó más gélida por momentos, y su madre, directamente, no le dirigía la palabra. Lo último que le dijo fue:

—Una librera no se ve con un escritor, se ve con un librero. La mayoría son unos muertos de hambre, no como nosotros.

Eso ocurrió en la última cena en la que le permitieron sentarse a la mesa con ellos. No hubo más palabras por parte de su madre.

Evangeline tenía que llegar a la librería a las cinco de la mañana día sí, día no, para recibir los pedidos. Los incluía en el libro de los volúmenes recibidos, y debía buscarles un hueco en las estanterías repletas. Si no era eso, siempre salía alguna cosa por hacer o arreglar. Llegaba a su casa, comía algo en la cocina y se metía en la cama para dormir cuatro o cinco horas, hasta el día siguiente. Apenas nos veíamos. Yo iba a la librería cada día y le decía que no tenía por qué aguantar ese trato, que podía buscar trabajo en otro sitio.

—Si mi padre se enterase de que estoy buscando otro trabajo, y lo haría, me echaría directamente de casa.

—Ven conmigo, ven a mi casa.

—Es una locura.

—¿Por qué?

Nunca respondía. Los días pasaban, y cada vez nos veíamos menos. Cuando iba a la librería, su padre la mandaba al almacén para que ordenase esto o lo otro.

—Todo está hecho un desastre —me dijo él—, y como

Evangeline siempre ha sabido buscarle a cada cosa su sitio, mejor que lo haga ella.

—Sí, claro, siempre es mejor si lo hace ella —dije yo.

Me marché. Quedó claro que lo que pretendían era que todo volviese a ser como antes, pero yo no iba a ponérselo tan fácil. Seguiría yendo a la librería todos y cada uno de los días, y si eso no funcionaba, iría a su casa.

Así pasaron dos años. Evangeline repartía las noches entre mi casa y la de sus padres, que la recriminaban diciéndole que dormir con un hombre sin estar casada era cosa de furcias.

Hubo más de un altercado. En una ocasión, Alessia preparó una encerrona con Julienne. Gracias a Dios, Evangeline no se lo creyó. Recibí una nota escrita, eso creí, por Evangeline, pidiéndome que me reuniese con ella en la librería al mediodía, cuando estaba cerrada. Me dirigí a la una de la tarde y me sorprendió ver a Julienne abrirme la puerta.

—Pasa, hace frío.

—¿Está Evangeline?

—No, y no va a venir. Está en casa muy resfriada. La nota la he escrito yo. Quería decirte una cosa que creo te interesará.

—Adiós.

Me dirigí a la puerta y me sujetó del brazo.

—Espera.

—Suéltame.

—Ven conmigo ahí detrás, quiero que veas una cosa.

No sé por qué acabé yendo con ella a la trastienda. Cuando me di la vuelta para preguntarle qué hacíamos allí, dejó caer su vestido al suelo. Yo intenté salir de la trastienda. Me bloqueó el paso.

—Mi padre no tiene nada en contra de los escritores, ¿sabes? Y soy mejor que Evangeline. No sé qué ves en ella, no tiene ningún atractivo.

—Quítate de ahí —amenacé.

—No. Venga, vamos a pasar un buen rato.

La empujé a un lado. En ese instante, Alessia, Cassandra y Athéna estaban a punto de entrar en la librería.

—Joder. Vístete.

Mal cubierta con el vestido, se echó a llorar.

—¿Qué haces? ¿Qué coño estás haciendo? ¿Estás loca? ¿Sabes lo que va a parecer esto?

Claro que lo sabía, y las tres Marías recién llegadas también.

—¿Qué haces tú aquí? —preguntó Alessia.

—Lo sabes muy bien.

—No sé de qué hablas y no sé cómo has podido entrar aquí, así que lárgate. ¿Julienne? ¿Qué haces aquí?

Estaba llorando, con el vestido todavía sin poner.

—¿Qué has hecho con ella, cerdo? Voy a llamar a la policía ahora mismo.

No podía creerme lo que estaba pasando. Salí de allí a toda prisa y me marché a la editorial. Encontré a Thomas en su sitio de siempre.

—¿Qué te pasa? ¿Por qué tanta prisa?

—Me han metido en un lío.

—En los líos se mete uno solo.

—No, me han metido cuatro esperpentos. Necesito tu ayuda, o me arrestarán.

—¿Qué? —gritó.

Le conté lo ocurrido y comprendió la situación. Me pidió la nota que hallé sobre mi mesa y preguntamos a todos si habían visto a quien la dejó. La mujer del puesto de información recordó que a primera hora había ido una chica preguntando por mi mesa y le dijo que tenía que darme una nota de parte de Evangeline.

—Creo que era su hermana, aunque no estoy muy segura.

Subimos a la última planta.

—Te tiene cogido ahora mismo, como se suele decir, por las pelotas. Pero no te preocupes, porque vamos a mentir todo lo que haga falta. A primera hora estábamos los dos en la planta de arriba, porque ayer por la noche habíamos quedado para decidir sobre las portadas posibles de la revista del mes que viene. Ha venido Alessia con la nota de Evangeline y te la ha dado en mano, pero tú has visto que no era su letra y la has tirado a la basura. No has salido en ningún momento de la redacción, y mucho menos has aparecido por la librería. Eso lo sé porque me he tirado toda la mañana discutiendo contigo por las malditas portadas, sobre las que no nos poníamos de acuerdo. ¡¿Estamos?! —gritó a los otros dos dibujantes.

—Sí, sí, estamos —dijeron a la vez.

—No tardarán en venir. Todos a sus sitios.

Nos sentamos. Introduje una hoja en blanco en el tambor y comencé a escribir frases sin sentido. Unos veinte minutos más tarde se oyeron los pasos de varias personas subiendo la escalera. Entre ellas estaba Alessia.

—Es él —dijo señalándome.

Se dirigieron a mí tres uniformados.

—Yo, ¿qué?

Thomas se puso en pie.

—¿Qué pasa aquí?

Me levantaron cogiéndome de los brazos y se dispusieron a esposarme.

—Queda detenido por los hechos ocurridos esta mañana que usted, por llamarlo de alguna manera, ya conoce.

—¡Eh! ¿De qué lo acusan?

—De intento de violación.

—¿Qué? —grité.

—Y dice usted que ha ocurrido esta mañana, ¿no? —intervino Thomas.

—Exacto.

—Doy fe de que he estado con este señor toda la mañana aquí, en la redacción, desde las seis concretamente. Así que ya lo están soltando.

Los uniformados se miraron entre ellos.

—¡Eso es mentira! Yo he sido testigo de todo —gritó Alessia.

—Me temo que la señorita está confundida. Tengo entendido que le gustan las novelas policíacas y de muertos que claman justicia a sus asesinos. Tal vez lo ha soñado.

—Pues han debido soñarlo todas sus amigas.

—Pues será que lo han soñado. El señor Christophe Maestre ha estado en esta redacción desde las seis de la mañana y no se ha movido de su mesa para nada.

Yo estaba contra la mesa, con las muñecas retorcidas.

—Vamos todos a la comisaría, allí aclararemos esto.

Me llevaron detenido en la parte de atrás de uno de los dos coches que esperaban en la puerta. Thomas cogió un taxi. Al llegar, me sentaron esposado en una silla dentro de una habitación fría y sin ventanas. Dos policías aparecieron, junto con las tres «testigos» y la «agredida».

Contaron los hechos delante de mí. Por supuesto, yo los negué todos, jurando y perjurando que había estado con Thomas en la redacción. Me dejaron solo un rato y volvieron a entrar con Thomas, que contó exactamente lo que habíamos acordado. Una hora más tarde, uno de los policías entró, me quitó las esposas y me pidió disculpas. Cuando salí, Thomas me esperaba en el pasillo. Las cuatro chicas estaban esposadas en una habitación que tenía la puerta abierta. Todas a la vez intentaban explicar algo a un policía. Salimos de allí y cogimos un taxi para regresar a la redacción.

—Las van a encerrar una noche para que aprendan a no mentir.

—Pues que se jodan las cuatro.

—Al final ha salido bien.

—Te agradezco la ayuda, y que no hayas dudado de mí.

—No me agradezcas nada. Cualquiera que te conozca se echaría a reír con lo que han contado esas brujas. A la hoguera tenían que ir, por malas.

Thomas paró en la redacción. Yo le di la dirección de Evangeline al taxista para ir a verla. Llamé a la puerta y abrió su madre.

—¿Qué haces aquí?

No respondí. Subí la escalera y busqué la habitación de Evangeline. Estaba metida en la cama, tapada hasta las orejas.

—¿Cristo? ¿Qué haces aquí?

—He venido a verte. No te imaginas la que se ha montado.

Se lo conté despacio y me dijo que odiaba a su hermana.

—Es increíble que hayan sido capaces de eso.

—Ahora ya da igual. ¿Tú cómo te encuentras?

—Bien, no es nada, un resfriado.

—¿Evangeline?

—¿Qué?

—Ven a vivir a mi casa.

—No puedo hacer eso.

—Cásate conmigo.

Hubo un largo silencio mientras asimilaba mis palabras.

—¿Quieres que me case contigo?

—Sí.

—¿De verdad? —sonrió levemente.

—Claro que es de verdad. Así podrás mandar a la porra a tu padre. Piénsalo tranquilamente. Te lo preguntaré de aquí a un mes para ver si has cambiado de idea.

—Lo pensaré. No te preocupes.

Me quedé tumbado a su lado hasta que se durmió. Después me marché esquivando de nuevo a su madre.

Los días pasaban y no tenía noticias de Evangeline.

Iba a verla a la librería. Su padre siempre decía que estaba enferma, que el resfriado no se le curaba y que guardaría cama hasta que se pusiera bien. Fui a verla en dos ocasiones a su casa, pero la oí toser fuertemente desde la puerta de entrada y pensé que sería mejor dejarla descansar.

Una mañana, en la redacción, Alessia, para mi sorpresa, vino a verme.

—¿Qué haces aquí?

Encogió los hombros.

—Me envía mi hermana para darte una nota, o una carta, lo que sea.

Me la tendió. El sobre estaba cerrado. Alessia no la había abierto.

> Cristo:
>
> Nada me haría más feliz que casarme contigo. Siento no poder verte, pero el resfriado se ha convertido en neumonía y voy a estar varios días más en cama. En cuanto esté bien, iré a verte. Mientras tanto, ten paciencia.
>
> Te quiere,
>
> Evangeline

—¿Qué pone? —preguntó Alessia.

—Si no te lo ha dicho ella, yo no voy a hacerlo, así que largo de aquí.

Esperé a que se marchase. Una vez que lo hizo, me dirigí a Thomas y le di la buena noticia.

—¡Bravo, hijo mío! Me alegro muchísimo por ti. ¿Cuándo vas a empezar los preparativos?

—Sobre eso tengo que ir a hablar con mi madre.

Salí de la editorial a toda prisa y fui a casa de ella. Llamé a la puerta eufórico. Cuando Sylvette me abrió, fui corriendo al salón principal para darle la noticia.

—Eso es fantástico, hijo mío. ¿Me dejarás organizar tu boda?

—A eso he venido. No tengo la más mínima idea de cómo se hacen esas cosas.

—Dios mío, es fantástico. Y tu padre iba diciendo que nunca encontrarías a una mujer. Me gustaría que resucitara solo por eso, te lo aseguro, hijo mío.

Salí de allí y busqué una floristería. Encargué un ramo de rosas blancas y les di la dirección de Evangeline.

—Que se las entreguen en mano a ella —especifiqué.

Fui tan rápido como pude a casa de Lorik para contárselo. Me sentía pletórico, la persona más feliz del mundo. Lo que no sabía entonces era lo poco que me iba a durar esa sensación. Adam, Kyliann y Lorik organizaron una fiesta improvisada para esa misma noche. Nos reunimos en el bar de Ivonne hasta caer rendidos por el alcohol y el cansancio tras pasar toda la noche sin dormir. Llegué a casa y me quedé dormido en el sofá.

Al día siguiente, como era de esperar, un intenso dolor de cabeza no tardó en aflorar. Me di una ducha de agua fría, tomé un café y me fui a la editorial. Allí pasé toda la tarde escribiendo. Hice lo mismo el resto de esa semana y también la siguiente, sin tener noticia alguna de Evangeline. Casi tres semanas después, fui a la librería. Encontré a su padre detrás del mostrador, con la mirada apagada.

—¿Señor?

—Hola, Cristo.

—Imagino que Evangeline ya le habrá informado de la nueva situación.

—Sí, me ha informado.

—He pensado que antes de la celebración sería conveniente que usted y yo afináramos nuestra relación y dejáramos de estar siempre peleados y con mala cara. No creo que le guste a Evangeline, y no quiero que esté triste a sabiendas de que usted cree que no soy bueno para ella.

—Veo que todavía no te ha dicho nada.

Intenté encontrarle un sentido positivo a aquellas palabras, pero no lo conseguí.

—¿Qué quiere decir?

—Pensaba que le había dicho a su hermana que te lo hiciera saber.

—¿Qué? ¿Qué es lo que tengo que saber? Vamos, dígamelo.

—Evangeline no se casará contigo.

Me quedé petrificado.

—Se lo está inventando —dije dudando.

—Ojalá, Cristo. Ojalá me lo estuviese inventando. Daría mis ojos por inventármelo.

Sin responderle, salí de la librería y me fui a casa de Evangeline Cuando Alessia abrió la puerta, subí la escalera sin pedirle permiso. Entré en el dormitorio de Evangeline. Estaba sentada sobre la cama, en camisón, haciendo vahos con la ayuda de su madre, que la abrazaba y le sostenía una toalla sobre la cabeza mientras ella tosía.

—¿Qué haces aquí? —gritó su madre.

Evangeline me miró de reojo.

—Madre, sal, por favor. Tengo que hablar con él.

—No creo que sea buena idea, hija.

—Por favor, madre. —Suspiró.

—Como quieras, hija.

Nos quedamos a solas y me senté a su lado.

—¿Qué te pasa? ¿No deberías estar ya curada de la neumonía?

—Sí, Cristo, de eso estoy curada.

—Entonces, ¿qué te pasa?

Me cogió la mano y me abrazó.

—Que me muero.

—No digas tonterías —grité, intentando que así no fuese cierto.

—No son tonterías. La neumonía me ha carcomido los pulmones. Es cuestión de días.

—No, no es posible. Vamos ahora mismo al hospital.

—Ya he ido y estoy cansada de las pruebas y de las medicinas que no hacen nada, Cristo. Esto es lo que tiene que ser. Y por eso tengo que decirte que no me casaré contigo.

—No digas eso, te pondrás bien, ya lo verás, Evangeline. Todo va a salir bien, nos casaremos y nos iremos a algún sitio en que haga calor todo el año. Eso será bueno para tu salud, para tus pulmones...

Las lágrimas se escaparon de mis ojos al comprender que era una de las últimas ocasiones en la que iba a poder abrazarla.

—Te quiero, Evangeline, y me casaré contigo.

—No. No quiero convertirte en viudo a los diecinueve años.

—Quiero ser tu marido.

—Ya lo eres, desde que te conocí. Siempre lo has sido, y siempre lo vas a ser.

—Me casaré contigo, y me da igual lo terca que te pongas diciendo lo contrario. Me casaré contigo.

—Aun así, no tengo tanto tiempo.

—No te preocupes. Todo se hará deprisa y podremos casarnos. Te lo prometo.

—¿Estás seguro?

—Nunca había estado tan seguro de nada en mi vida.

Comenzó a toser sangre bruscamente. Su madre subió más agua caliente. La ayudé a hacer vahos para aliviar el dolor de garganta. Se acostó y me quedé a su lado.

—No tengas miedo, no pasa nada. Todos morimos antes o después, y todos acabamos bajo tierra.

—No debería ser así. No tan pronto. No sin haber vivido. Así nunca —dije encogido a su lado.

—Mi vida no ha estado tan mal. He vivido rodeada de

243

libros, y te he conocido a ti. No cambiaría mi vida de diecinueve años por una más larga sin ti.

Poco a poco se quedó dormida. Estuve toda la noche observando su piel, más pálida que nunca. Recuerdo que me encerré en el baño y comencé a llorar como un niño. Lo mejor que me había pasado nunca lo había perdido antes de conocerlo del todo. Sentí que me ahogaba. Me negaba a creer lo que estaba ocurriendo.

Aguardé hasta que despertó y la vi abrir los ojos y sonreír. Le cogí la mano y la besé.

—Voy a arreglarlo todo. No tardaré en regresar contigo.

—Llévame a tu casa —pidió.

—Claro. Vístete y coge tus cosas.

—No creo que me hagan falta.

—Cógelas —dije enfadado—. Perdona, no quería decirlo así.

—No pasa nada. Ahora las cojo.

Salí a la calle y paré a un taxi. Evangeline dijo a sus padres que se iba a mi casa en sus últimos días y subió al vehículo.

—Es curioso como dejan que hagas lo que quieres sin discusiones cuando vas a morir.

No respondí. No podía. La dejé en casa con Abel. Le dije que tenía que salir un rato y que regresaría pronto. Fui a casa de mi madre. La encontré en el salón principal, escogiendo invitaciones. Pensaba que sería buena idea celebrarlo en verano.

—Evangeline se muere, madre. Que sea lo antes posible: si es hoy, mejor que mañana.

—¿Qué estás diciendo? ¿Cómo va a morir? Tiene diecinueve años. No puede ser.

—Pues no sé qué decirte, madre. Ve a una iglesia y pregúntale al Altísimo por qué se la lleva. A lo mejor tienes suerte y te responde.

Mi madre no se merecía aquellas palabras, pero no me salieron de otra forma.

Thomas estaba en su escritorio revisando el último de mis relatos para la revista que se lanzaría en cinco días.

—Cristo, ¿qué pasa?

—Quiero pedirte unos días libres.

—¿Ocurre algo?

—Evangeline se muere —dije con un hilo de voz—. Quiero estar con ella.

—¿Qué?

Me marché sin responderle. No sé qué me pasó camino a casa de Lorik. Al pasar por la catedral de Notre-Dame, entré y comencé a patear todo cuanto se cruzó en mi camino. Candelabros de pie, bancos de madera, estatuas, ropas de santos... Entre tres clérigos me cogieron e intentaron calmarme. Sujetándome, me sentaron en uno de los bancos. Cuando me calmé, sin saber por qué lo hice, les conté lo ocurrido y les pedí que me casaran allí, en Notre-Dame, bajo mil ojos por testigos. Inexplicablemente, accedieron. En dos días, Evangeline y yo nos casaríamos en Notre-Dame de París.

Apenas me entretuve en casa de Lorik. Le conté prácticamente a base de monosílabos lo que ocurría y que advirtiera a Adam y Kyliann de que la boda era en dos días, a las diez de la mañana.

Regresé junto a Evangeline. Poco después, la floristería por la que había pasado de nuevo antes de entrar en casa, llenó el piso con rosas blancas. Sus preferidas.

—Me encantan. Gracias, Cristo, me encantan, de verdad.

Aquellos dos días los pasamos en compañía de los vahos y de la tos que apenas la dejaba descansar. La abracé por detrás mientras dormía, intentando retener en la memoria la silueta de su cuerpo, que debía haber perdido al menos siete u ocho kilos desde la última vez que lo había tocado.

Y por fin llegó el día de nuestra boda.

27

Sophy entró en el cuarto y se sentó a mi lado.

—¿Qué escribes?

—Estoy escribiendo sobre mí y Evangeline.

—Humm. ¿Me dejarás leerlo cuando lo acabes?

—Sí. Pero ahora —dije sacando el último folio del tambor y poniendo otro limpio— escribe a tu padre y dile que no te marcharás de aquí porque me estás ayudando con la investigación, y quiero ver escrito al menos cien veces «perdóname». ¿Entendido?

—Sí.

Le di un beso en la cabeza y me metí en la ducha.

—No oigo las teclas.

—Ya va, estoy pensando qué pongo.

Alguien llamó a la puerta. Cerré el grifo, me sequé y salí de nuevo.

—Ya he escrito la carta. He puesto «perdón» cinco veces y no lo pienso poner más.

—¿Y el desayuno? Tengo hambre.

—No sé, no lo he pedido.

—¿Y quién ha llamado?

—Ah, no sé. Era una mujer mayor con un aspecto

extraño. Ha preguntado por ti y me ha dado una llave. Está ahí encima.

Cogí la llave que había dejado Sophy sobre la mesita. Tenía una inscripción en el metal. La dirección de la casa de Donato Dicastillo.

La metí en el bolsillo del albornoz, procurando que ella no notase que me resultaba extraño lo de la llave. ¿Quién la había traído? ¿Cómo sabía que estaba en el hotel? Tal vez la doncella de Dicastillo, pero ¿para qué traérmela? Me asomé al pasillo y miré por la escalera. Nadie. Regresé al dormitorio.

—Vístete, vamos a desayunar.

Compartimos un desayuno tranquilo. Me preguntó de dónde era esa llave y le dije que no lo sabía.

—¿Cómo era la mujer que la ha traído?

—Ya te lo he dicho, mayor, con el pelo gris; parecía largo, lo llevaba recogido en un moño bajo en la nuca, y vestía de negro. Daba un poco de pena y miedo, todo a la vez, pero estaba sonriente. Era extraña.

—Bueno, de todas formas, da igual —mentí—. Tengo que hacer alguna visita. Quédate en el hotel, ¿de acuerdo?

—¿No puedo ir contigo?

—Lo mejor es que te quedes en casa.

—Hala, otra vez diciéndome lo que tengo que hacer, esto es un aburrimiento.

—Ve a la biblioteca.

Me miró pensativa.

—Buena idea. ¿Dónde está?

Se la señalé en el mapa y le di un beso antes de irme. Me puse en camino al único psiquiátrico de la ciudad, según me había dicho el recepcionista. El recinto parecía una fortaleza más que una institución mental. Solo ver las pocas y pequeñas ventanas que tenía me ahogaba. Subí los cinco escalones que me separaban de la puerta principal y abrí. Ante mí surgió un largo pasillo blanco, y me pareció ver un mostrador al fondo. Me dirigí a él y una mujer con unas enormes gafas me saludó.

—¿En qué puedo ayudarle?

—Estoy interesado en ver el expediente médico de una paciente ya fallecida. Es por un estudio de la Universidad de París.

—¿Su nombre?

—Isabel Andrés.

Anotó el nombre en un pequeño papel y me indicó que esperase mientras iba al archivo. El lugar me pareció una cárcel llena de mentes locas aguardando el final de sus días entre gritos, hambre y suciedad.

—Lo siento, señor, pero la señora Isabel Andrés no ha fallecido, y la política del hospital es, a no ser que se trate de un familiar, no mostrar los expedientes de los pacientes que continúan con vida.

—Perdone, pero creo que Isabel está muerta. Vi una esquela en el periódico.

—Será otra Isabel Andrés, porque está viva e internada aquí desde hace veinticinco años, aunque a usted no le convenga.

—¿Podría darme la dirección del médico que la atendió hasta que se retiró?

—Lo siento, no puedo hacer eso.

Se dispuso a cerrar la ventanilla, pero metí la mano en medio.

—Por favor, señora. Me ahorraría un viaje al Registro de la Propiedad Inmobiliaria para descubrir su dirección.

Resopló impaciente.

—¿Se irá si lo hago?

—Por supuesto que sí.

—Espere aquí.

La noticia de que Isabel estaba viva no coincidía con la información que tenía. Donato, al parecer, había visto a su fantasma y tenía la esquela del periódico. ¿Cómo era posible? ¿Un error del centro médico?

La mujer regresó.

—Tenga, y márchese.

—Muchísimas gracias.

—Ya lo creo.

Salí de allí y vi la dirección anotada en el pedazo de papel. Resultó ser la calle Alfonso. Cogí el tranvía que paraba cerca de la puerta del sanatorio y me dejó en mitad de la calle del Coso, justo a la entrada de la calle donde vivía Félix Carballal. Entre puestos de castañas, de guantes y niños correteando, busqué el número doce. El edificio estaba situado en la zona central de la calle. Tenía un local en el que se anunciaba turrón artesano y adoquines de caramelo con una estampita de regalo de la Virgen del Pilar. Entré. Un portero muy educado me preguntó adónde me dirigía y le dije que estaba buscando a Félix Carballal por un asunto privado que concernía a un viejo amigo suyo. Me acompañó hasta el cuarto y penúltimo piso y él mismo llamó al timbre. Una doncella de unos veinte años no tardó en abrir la puerta y saludó al portero de buena gana.

—Buenos días, Federico, ¿cómo está su mujer del reuma?

—Mucho mejor, gracias. Los masajes que me enseñó a darle el doctor con alcohol de romero le van de cine, dele las gracias otra vez.

—Lo haré, no se preocupe.

—Este caballero desea ver a don Félix.

—¿Cómo se llama? —me preguntó.

—Christophe Maestre. Se podría decir que vengo de parte de Donato Dicastillo.

Su rostro cambió a una expresión más seria y me pidió que esperase. Federico aguardó a mi lado hasta que la chica regresó y me dijo que podía pasar.

—Gracias.

—A ver si vienes cuando acabe tu turno, que un familiar del doctor le ha traído unas coles de Bruselas de no sé dónde y te daremos unas cuantas —dijo a Federico.

—Eso está hecho. Luego voy.

Entramos. Había ante mí un pasillo completamente iluminado y despejado. Parecía recién pintado de blanco. Se intuía un melancólico recuerdo del doctor de sus años en el hospital. Me condujo hasta una habitación cerrada donde se encontraba Carballal leyendo un libro sobre plantas medicinales y sus aplicaciones en medicina curativa natural. El médico era un hombre más bien bajo y con demasiado peso. Daba la sensación de que apenas podría desatascarse de la silla en la que estaba. Tenía la cara completamente redonda e iba mal afeitado. Sentí lástima por él.

—Siéntese, señor Maestre. Ahora mismo estoy con usted. Traiga café, Cristina.

—Sí, señor, ahora mismo.

La chica desapareció sin hacer el menor ruido y yo me senté.

Carballal cerró el libro, lo depositó sobre la mesita que tenía frente a él llena de pequeñas plantas y dejó las gafas al lado.

—Resulta increíble leer sobre las propiedades de las plantas y lo beneficioso de ellas sin efectos secundarios.

—No lo dudo —dije.

—Pero no ha venido aquí a hablar de plantas. Mi amigo Isaías se presentó en mi casa hace unos días y me dijo que usted había ido a ver a Donato y que este había advertido a Isaías de que le haría una visita, y seguramente a mí también.

—Así es, no es que me guste andar metiendo las narices en los asuntos de los demás, pero necesito verificar ciertos datos y debo preguntar a todo el mundo que me sea posible. No es nada personal, es un trabajo que me veo obligado a hacer.

—No tiene que disculparse. Lo único que me puede extrañar es que alguien tenga tanto interés en algo que ocurrió hace veinticinco años.

—El problema surgió al llegar a la editorial un manuscrito en el que se especificaba que lo relatado era real. A raíz de esa afirmación, antes de su publicación, debemos asegurarnos de que sea verdad.

—Sí, eso me dijo Isaías. ¿Puedo preguntarle cómo van sus investigaciones? ¿Es cierto lo que se relata en el manuscrito?

—Bueno, no al cien por cien. Es entendible que no acuse en el libro directamente a su mujer de lo que ocurrió: tiene que ser muy duro rememorar todo eso.

—No puede imaginárselo.

Cristina regresó con el café.

—Cristina, ¿por qué no vas al mercado a comprar lo que he dejado apuntado en un papel sobre la mesa de la cocina?

—Ahora mismo, doctor.

Salió de la habitación.

—Mejor contárselo a solas. Nunca se sabe.

—Estoy de acuerdo.

Cuando oímos la puerta cerrarse, comenzó su versión de la historia.

28

No pude creerme la noticia de que Donato iba a casarse con una enferma mental. Según él, cuando estaba a su lado, se encontraba lúcida y sin problema alguno, pero yo sabía que eso solo era cuestión de tiempo. Los locos son locos, incluso cuando no lo parecen. Cuando comencé la carrera de medicina me especialicé en la rama de las enfermedades mentales. Mi padre quería que me centrase en otras especialidades, pero dentro de que a mí la medicina nunca me había impresionado ni gustado, el estudio de la mente me parecía lo más apropiado. Un dolor de estómago es relativamente fácil de curar dependiendo de qué lo produzca, pero los misterios y problemas de la mente se me presentaron como un reto y por eso escogí esta especialidad.

No había demasiados aspirantes a médicos que sintiesen interés en los trastornos mentales, especialmente en un país en el que la gran mayoría de esos comportamientos extraños se adjudicaban al demonio o a la voluntad divina, alegando que si esa persona estuviera sana, sería de mala raza para el resto de la humanidad, para sus semejantes. Me especialicé en el conocimiento de las enfermedades mentales y en su tratamiento e investigación.

Por eso sabía que raramente una persona sanaba cuando era víctima de un problema en el interior de su cerebro, y le garantizo que he llegado a ver auténticos casos extraños, incluso locos que creían estar endemoniados y que pedían exorcismos, lo que hacía que su locura, al no estar poseídos, se hiciera más fuerte e irracional si cabía.

Muchos de estos acababan muriendo de inanición y agotamiento provocados por los espasmos musculares que tenían, creían tener o se provocaban ellos mismos sin ser conscientes. Resultaba aterrador, especialmente porque no se podía hacer nada por ellos.

Cuando Donato nos hizo saber que se casaba con una mujer enferma, no pude creerlo. Intenté persuadirlo por todos los medios a mi alcance para que cambiase de idea, incluso llegué a llevarlo conmigo a las visitas que hacía a diario en el psiquiátrico en el que trabajé durante años. Le dio igual. Iba a casarse con ella, y nadie ni nada le impedirían hacerlo.

Conocí a Isabel una cálida mañana en casa de Donato. Apenas faltaban unos días para la boda y me pidió que la viese. Era la mujer más hermosa que había conocido en mi vida. Estaba sentada en una de las butacas, y Donato, a su lado. Mantuvimos una agradable conversación. Parecía absolutamente normal.

No se marcharon a ningún sitio después de la boda, pues lo que Isabel necesitaba era tranquilidad, a pesar de parecer sana. Los meses pasaban y yo hacía continuas visitas a su casa para controlar su estado mental. Todo normal. Llegó el día en el que Isabel le pidió a Donato un hijo, así que me consultó. Le dije que era una absoluta temeridad intentar tener un niño con ella, pues era imposible estar seguros de que no heredase la locura de su madre. Donato no se atrevió a decirle que no era buena idea tener un hijo. Tenía miedo de que le diera alguno de los brotes de locura que le daban en la cabaña y al estar alejada de él.

El plan consistió en echarle unas gotas en la bebida, todas las noches, para evitar un embarazo, pero, con el tiempo, algo falló. Lo más plausible es que su cuerpo se acostumbrara a lo que tomaba y acabara por no hacerle efecto. Quedó embarazada. Su padre y yo estábamos aterrorizados al imaginar cómo podía nacer el bebé.

El embarazo transcurrió con normalidad. Yo mismo me encargué del parto. Justo después de dar a luz, comenzó el caos en la casa de Dicastillo. El bebé parecía sano, una niña llamada Abril. Pero solo el tiempo diría si estaba verdaderamente sana o no. Por otro lado, la madre nunca volvió a ser la misma. Rechazó a su hija desde el primer instante. No le dio de comer, y se negaba a cogerla en brazos, aunque tampoco lo hubiéramos consentido, ya que podía haber hecho cualquier atrocidad con un bebé tan pequeño.

Donato me pedía constantemente que fuese a la casa para que viese a Isabel e intentara hacerle un diagnóstico como fuese, pero no lo conseguí. Isabel no atendía a ninguna afección conocida. A veces, la encontraba hablando sola con un cuadro. Otras, permanecía horas sentada con las piernas cruzadas en el centro del gran salón, mirando al techo y sonriendo como si viese algo que le gustaba. A veces Donato la encerraba en su dormitorio mientras gritaba desesperada que querían matarla, y se autolesionaba.

Resulta horrible como a veces la naturaleza juega con las personas. Al no poder darle yo una respuesta, Donato se decantó por las explicaciones que Isaías le ofrecía, espirituales y demoníacas. Yo siempre rechacé esa teoría, aunque era Donato quien debía hacerlo. Pero no fue así. Llegó un momento que lo único que podía hacer para tranquilizarla era sedarla. Le daba relajantes musculares que la dejaban inmóvil durante horas. Era como tener a un animal salvaje atado al tronco de un árbol. Me dolía hacerlo, pero era lo único que estaba en mi mano cuando se arañaba las piernas y la cara e intentaba agredir a cuantos se acercaban a ella. Cuando me enteré de las sesiones de exorcismos que le hacía Isaías, puse el grito en el cielo. Intenté explicarle a Donato cómo influiría todo negativamente en ella, pero me dijo que lo que yo hacía no servía de nada y que no se perdía gran cosa por intentarlo.

Abril crecía. Yo le hacía continuos exámenes médicos para encontrar algún atisbo oculto de locura. Resultó ser una niña sana e inteligente. A menudo me preguntaba por su madre, así que le dije a Donato que no estaría mal poner a una mujer a su cuidado. Nunca sería su madre, pero se le parecería bastante. Fátima era una viuda con devoción por su propia hija. No vi persona mejor en el mundo para ocuparse de Abril. Lo que nunca pensé fue que su llegada a la casa tranquilizase a Isabel. Aunque no se curó, sí es cierto que los momentos en los que se dedicaba a gritar con todas sus fuerzas fueron disminuyendo. Cada vez eran más suaves y escasos.

Abril crecía como una niña normal, sin ninguna locura afincada en su cerebro. No hacía falta pasar mucho tiempo en la casa para ver que Fátima la cuidaba con devoción junto a su hija. Incluso llegaron a parecer hermanas. Fátima tenía una hija de la misma edad que Abril. Aprendieron juntas a leer y dieron los primeros pasos por la vida también juntas. Abril preguntaba constantemente por su madre, a lo que le respondían que estaba con Dios en el cielo. Nunca podré olvidarme del momento en el que preguntó por la mujer que estaba siempre encerrada en el cuarto del final del pasillo y qué era lo que le dolía tanto para que gritase de aquella forma. Donato le dijo que era una mujer que necesitaba mucha ayuda y que no debía preocuparse por ella. Y tampoco olvidaré la noche en la que una de las doncellas de Donato fue corriendo a mi casa diciéndome que era muy urgente que acudiese a casa de mi amigo. Pensé que Isabel había sufrido un fuerte brote de locura y que no podían calmarla, así que cogí mi maletín provisto de inyecciones tranquilizantes y salí corriendo a su casa.

Lo que me encontré nada más atravesar la puerta fue algo atroz. Tardé varios minutos en comprender que el cuerpo con la cara deformada a base de golpes era Abril y que sus órganos internos estaban esparcidos por la estancia. Isabel estaba encogida en el fondo de la habitación, balanceándose sobre sí misma y repitiéndose que todo estaba bien. Fátima temblaba a su lado sin poder decir palabra, e Isaías permanecía al lado de Donato, sosteniéndole las manos mientras rezaba.

Salí y me dirigí al cuartel de la Guardia Civil. Eso ya no podíamos callarlo. Ya no podíamos proteger a Isabel. Conté lo que había ocurrido y regresé con tres guardias civiles en el coche oficial. Al contemplar la escena comenzaron a vomitar. Ver el cadáver medio descuartizado y deformado de un niño es una de las peores cosas de las que una persona puede ser testigo. No hicieron falta muchas explicaciones para que se la llevasen arrestada. La gente había comenzado a arremolinarse por los alrededores de la casa preguntando qué había ocurrido, y un periodista carroñero no tardó en hacer acto de presencia. Se llamaba Ángel Tomás y era conocido por sus intentos fallidos de dar con una noticia importante y montar un circo para pedir un respeto como periodista que no se merecía y que nunca obtuvo. Era odiado por la mayor parte de sus compañeros de oficio, pero tenía a alguien infiltrado en los cuerpos de investigación que le daba la voz de alarma cada vez que una posible noticia hacía saltar a los inspectores de sus camas.

Llegó a tal punto su ansia de ser reconocido como un gran periodista que acabó por conseguir que nadie le prestase atención. Entró en la casa cuando el cuerpo de la pequeña Abril ya había sido llevado al hospital. Donato estaba en un punto demasiado débil y respondió a todas sus preguntas sin escatimar detalles. Lo único que le pidió fue que no fuese tan explícito a la hora de contarlo en algún artículo. Como se puede imaginar, no le hizo el menor caso. Era la oportunidad que había estado esperando. Lo que consiguió fue crear el caos en la calle y en las dependencias de la Benemérita.

Debido a la gente que se amontonaba a diario arrojando piedras contra el cuartel, clamando justicia para la pequeña Abril, decidieron que lo mejor era acabar con la vida de aquella impostura de madre. Cuando me enteré de la noticia, que, por supuesto, se publicó en primera plana del *Heraldo de Aragón*, corrí al cuartel para informarme de qué habían pensado hacer con Isabel.

—Usted, ¿qué cree que se merece ese monstruo? Garrote vil, por supuesto. En dos días.

Salí de allí a toda prisa y moví cuantos hilos me fue posible para evitar su muerte. Urgentemente, hablé con mis superiores, y ellos con los suyos. Apenas quedaba tiempo. Fui a hablar con Donato para obtener su ayuda y que no la matasen, pero dijo que, a pesar de que la había querido, ya no podía hacerlo y que lo que se merecía era la muerte.

Me permitieron verla tras los barrotes. Parecía una niña asustada, y estaba aterida. Tiritaba en el fondo de su celda sin decir nada. Solo me miraba fijamente, nada más. Salí de allí y me dirigí a hablar con el director del centro mental. Lo encontré bajando la escalera del sanatorio.

—Vamos, rápido, tengo una orden del Ministerio de Sanidad que obliga a que la suelten y la internen aquí.

Nos subimos en su coche y regresamos al cuartel. Les tendimos la notificación y todo se paralizó. Ninguno de los guardias civiles estaba de acuerdo con dejarla vivir, pero eran órdenes del Ministerio. La sacamos cubierta con una manta y la metimos en el coche del doctor. La gente escupía y nos tiraba verduras podridas. Salimos de allí lo más rápido que pudimos y la internamos.

La única condición que me impuso mi superior fue que yo la tratase, que estuviera a mi cargo. Por supuesto, así lo hice. Le realizaba exámenes con frecuencia sin ningún resultado positivo. La mayor parte del tiempo, para evitar que se agrediera, estuvo drogada. Con el tiempo fue innecesario. Ya no gritaba ni se lesionaba, simplemente estaba ausente, dentro de sí. No hablaba con nadie, no veía, no escuchaba. No atendía a lo que yo le decía, y cuando le sostenía el rostro para obligarla a mirarme, entornaba los ojos y miraba al suelo.

Pedí a Donato que dejase que Fátima la visitara, que me permitiese escribirle para contarle lo que sucedía, pero nunca me dijo adónde se había marchado tras lo ocurrido.

Así fueron pasando los años. Isabel cada vez estaba más ausente y debilitada. No dejaba que nadie se le acercase para asearla o cortarle el pelo, que con el paso del tiempo dejó de ser negro y brillante para ponerse canoso y áspero por la falta de higiene. Llegó a cubrirle el rostro por completo. No se lo retiraba de la cara. Cuando yo intentaba hacerlo, me sostenía la mano y me clavaba las uñas. Como nadie podía acercarse a ella, ni siquiera le dábamos medicinas, ya que no le hacían nada. Tampoco necesitaba los calmantes: se había apagado sola, poco a poco, con los años.

Hace algo más de un mes y medio llegó la fecha en la que debía retirarme. Me despedí de ella y recogí mis cosas. Pensaba seguir yendo a visitarla, pero no he tenido fuerzas. Soy viejo y estoy cansado. Me cuesta hasta salir de casa para comprar el pan.

Hacía tiempo que no visitaba a Donato e Isaías. Por lo que me contaba este último, que es el que nos visitaba a ambos, Donato se había ido debilitando, había enfermado del corazón y le quedaba poco de vida. Cuando me decidí a ir a visitarlo, era tarde. Había fallecido la noche anterior, mirando al techo y diciendo que su mujer había ido a llevárselo por haberla encerrado tantos años.

Entonces me enteré de que Isabel también había fallecido. Fui al hospital a ver si alguien podía darme algún detalle de su muerte, pero me dijeron que estaban demasiado ocupados para dar ese tipo de información. No me molesté en decir que había sido paciente mía; además, tampoco iba a sacar nada sabiendo qué le había ocurrido. Los pacientes que acaban estando ausentes, un día mueren, sin más. Lo había visto más de mil veces a lo largo de mis años como médico, y lo único que saqué en limpio de todas esas personas enfermas fue que la muerte era lo mejor que les podía pasar, la única salida a su enfermedad y la única forma que tenían de conseguir estar tranquilos.

Isaías vino una mañana, no recuerdo exactamente qué día, para advertirme de que «un escritor o algo así», según sus propias palabras, estaba haciendo averiguaciones sobre lo que ocurrió en casa de Dicastillo a raíz de un manuscrito que él había enviado a una editorial diciendo que la historia era real. Y que seguramente se pasaría por aquí para que le contase mi parte. Así que he esperado paciente su visita mientras hacía memoria de lo que ocurrió. Creo que le he contado una historia bastante certera, según mis recuerdos.

29

De nuevo me encontraba ante una versión de la historia que confirmaba lo que Donato Dicastillo me había relatado, pero estaba el detalle, que preferí guardarme, de que la paciente Isabel Andrés continuaba con vida y seguía internada.

—¿He dejado algún cabo suelto?

—Creo que no. Simplemente usted confirma la historia que tanto Donato como Isaías me han relatado. Creo que mi investigación está casi acabada.

—En ese caso, le deseo suerte. Me gustaría hacerle una pregunta.

—Adelante, es lo menos que puedo hacer por usted.

—¿Van a publicar el manuscrito?

—Eso no depende de mí, yo no soy más que un enviado para hacer el trabajo sucio.

—Comprendo. ¿Necesita alguna cosa más?

—No. Gracias por su tiempo de nuevo. Me marcho ya.

Salí de la casa del médico creyendo que el trabajo que estaba haciendo no servía para nada. Había dos versiones completamente diferentes en lo relativo a la vida de Isabel, además del hecho de que todos creyesen que estaba muerta, a pesar de que en el sanatorio me hubiesen dicho que no. Cabía la posibilidad de que se hubiesen despistado y no hubieran apuntado en su expediente que había fallecido... Y Félix o no sabía o no me había contado que Fátima y Pilar estaban en la cabaña de Donato. Estaba hecho un auténtico lío, así que decidí que al día siguiente acudiría al Registro de la Propiedad para ver si encontraba alguna a nombre de Fátima Abad, sin estar seguro de que sirviera de algo.

Llegué al hotel y el recepcionista me dijo que un taxista había entregado una nota para mí de parte de un pasajero que le esperaba en el coche. La cogí y subí. Sophy estaba despierta, sentada frente a la ventana, leyendo un libro antiguo.

—Hola —saludó.

—Hola.

—¿Dónde has ido?

—A hablar con el médico que trató a Isabel.

—¿Y qué te ha contado?

—Nada fuera de lo que cabía esperar. Esto no tiene ni pies ni cabeza. ¿De dónde has sacado ese libro?

—Ah, me lo han dado. He ido a la casa de la llave que te dieron.

—¿Qué?

—¿Qué pasa? Dejaron una nota con la llave. ¿No te la di? Decía que fueras a la casa hoy por la mañana. Como no estabas, he ido yo. Había una mujer. No tenía ni idea de quién era yo, ni tú, o de quién había dejado la llave en nuestro hotel; lo único que sabía es que su madre le había dicho que tenía que esperar allí hasta el mediodía, que entonces lo entendería todo, y que después podría irse.

—¡No tenías que haber ido! ¡Podía haber sido peligroso! —No quería gritarle de aquella forma, pero me había asustado.

—Lo siento, pero es más de mediodía y tú no habrías llegado a tiempo. Yo tampoco he sacado nada en claro.

Me he ido al poco de llegar; me sonaba raro todo lo que me estaba diciendo. En el rato que he estado esperando, he cogido un libro por curiosidad, y a la hora de marcharme me ha dicho que podía llevármelo, que para pudrirse allí, en una casa abandonada, mejor me lo quedara.

—¿Te ha dicho su nombre?

—Sí, y me resultaba familiar. No sé, a ver, que pienso.

Abrí el sobre que contenía la nota que acababa de darme el recepcionista del hotel. Al leerla me estremecí.

Una preciosidad de niña, Sophy. Cuídala. No querrás que le ocurra nada malo, ¿verdad?

Arrugué el papel para que Sophy no lo viese. En ese instante recordó el nombre.

—Pues claro, cómo no me he dado cuenta antes. Me ha dicho que se llamaba Pilar Abad, la de la historia que nos contó la madre de Juana. Vaya memoria tengo. Ya decía yo que me sonaba el nombre.

—No quiero que vuelvas a salir del hotel hasta que nos vayamos.

—Te prometo que no volveré a ir a ninguna casa. Lo siento, reconozco que ha sido una imprudencia.

—Ni a ninguna casa ni a ningún sitio. Te quedarás aquí, en la habitación. Y no le abrirás la puerta a nadie, ni siquiera al servicio de habitaciones. No quiero que entre nadie, ni para hacer la cama. ¿Entendido?

—¿Qué te pasa?

—¿Lo has comprendido?

No me di cuenta de lo fuerte que estaba sujetándola del brazo hasta que me pidió que la soltase.

—Sí, lo he entendido.

—Nos marcharemos enseguida. Voy a ir a un par de sitios más y nos iremos de aquí.

La importancia de la noticia sobre Pilar Abad había

encogido hasta quedarse en nada al lado de la nota sobre Sophy.

—Vale.

Antes de salir del hotel para ir a la casa de Dicastillo, quedé con Sophy en que solo abriría la puerta a una serie de toques que acordamos. Fui a la casa de Donato. Se habían dado prisa en tapiar todas las ventanas tras su muerte. Saqué la llave del bolsillo de mi abrigo y entré. Estaba todo a oscuras. Giré el interruptor de la luz, pero habían cortado la corriente.

—¿Pilar? —pregunté sin obtener respuesta.

Me adentré en el pasillo y llamé de nuevo.

—¿Fátima?

Nada. Entré en el salón. Lo primero que sentí era que hacía más calor que en el resto de la casa. En la chimenea quedaban los restos de un fuego casi extinguido. Miré a mi alrededor, intentando descubrir a alguien oculto. No encontré más que silencio y vacío. Ascendí por la escalera y recorrí todas las habitaciones llamando a Fátima y a Pilar. No encontré a nadie. Salí de la casa asegurándome de dejarla cerrada con la llave.

Me dirigí a casa de Tomás, haciendo memoria de la dirección anotada en el trozo de papel que me dio el periodista que encontré a mi llegada a la ciudad. Preguntando a la gente, llegué a un edificio ruinoso en el que no querrían vivir ni las ratas. Atravesé la puerta de madera, que no encajaba en el marco. Pensé que ningún periodista reconocido y con buen salario escogería vivir en un lugar así ni en los mejores años de aquel bloque. La escalera crujía a mi paso. Temí que el edificio no soportase mi cuerpo y que eso provocase una reacción en cadena que lo tirase abajo conmigo dentro. A pesar de que las ventanas estaban rotas, apenas se colaba luz de la calle. Ni la luz del sol se atrevía a entrar.

Llegué a la puerta tras la que se escondía el piso de

Ángel Tomás y la abrí de un empujón. La madera estaba podrida. Humedad, goteras, moho, cucarachas, ratones muertos, palomas y mugre fue cuanto encontré. Atravesé las pocas habitaciones esquivando un agujero por el que hubiesen cabido tres como yo a la vez y llegué al que debió ser su despacho. Al igual que en la sede del periódico, todo era caos, montañas de papeles por todas partes y cajones vacíos. Todos salvo uno que guardaba un puñado de fotografías. Tomé una con la que pude dar un paso atrás en el tiempo: Donato, Isaías, Félix. Ellos eran a cuantos podía reconocer. Había dos mujeres cogidas de la mano, y cada una tenía de la otra mano a una niña pequeña. Le di la vuelta a la fotografía y leí.

Pilar Abad, Fátima Abad, Isabel Andrés, Abril Dicastillo.
1925

En esa fotografía se mostraba a una Isabel completamente humana y normal, bien vestida y arreglada, con su hija cogida de la mano. Parecían estar en una celebración. Esa foto echaba por tierra cuantas versiones había escuchado de Donato y sus amigos, y le daba más credibilidad a la historia que la madre de Juana nos contó en la cabaña de las montañas. Busqué en el cajón más fotografías como esa, pero no encontré ninguna.

Salí de allí tan rápido como pude, dejando que el edificio siguiera pudriéndose por la humedad. Tomé el tranvía que me indicó una señora anciana que iba con su nieto al mercado, para llegar hasta el cementerio. Tres cuartos de hora más tarde, habiendo atravesado toda la ciudad, fui el único que bajó en la última parada, situada a unos cuantos metros de la entrada del cementerio. Parecía que estaba recién pintado. Un Cristo de piedra y hierro me recibió con la mirada triste y suplicante. Daba miedo. Me dirigí hacia una caseta que quedaba a la derecha de la entrada, pensando encontrar allí al responsable del lugar, pero no había nadie y las luces estaban apagadas. Comencé a caminar por el camposanto entre lápidas y olor a tierra húmeda y podrida. Me crucé con algunas personas que me dieron los buenos días. Buscaban las tumbas de sus amigos o familiares con flores o, a falta de estas, con las malas hierbas que crecían junto a la tapia del cementerio. Más adelante me pareció ver a un hombre cavando una fosa.

—Buenos días —saludé.

El hombre se incorporó, estiró la espalda, dejó la pala a un lado y me miró.

—¿Qué quiere? Tiene que hablar con el ayuntamiento para comprar un nicho.

—Estoy interesado en saber dónde está enterrada una mujer llamada Isabel Andrés.

—Ah, bien. Perdone. Venga conmigo.

Me condujo hasta la cabaña de la entrada y me preguntó la fecha del fallecimiento. No lo recordaba con exactitud, pero sí tenía una idea aproximada. Sacó una especie de fichero y me dijo que lo buscase. Él no me quitaba ojo. Repasé los partes de entierros desde la fecha a tres semanas atrás. No encontré nada sobre Isabel. Le di las gracias y me marché.

Cogí el tranvía que me había dejado en la plaza de España y me encaminé de nuevo al Registro de la Propiedad. Abrí el pesado portón y pedí ver las propiedades a nombre de Fátima y Pilar Abad. No encontré nada.

Anduve deprisa por las calles para llegar lo antes posible al hotel. Llamé a la puerta de la habitación de Sophy con la contraseña acordada. No respondió.

Tercera parte
1950-1951

1

Fui a mi habitación y la encontré desmantelada y con todas las luces encendidas. La lamparita de mesa estaba caída en el suelo. Habían desnudado la cama y esparcido la ropa que habían encontrado en el armario. Tirado y hecho pedazos estaba el relato en que contaba lo ocurrido entre Evangeline y yo. El manuscrito de Donato había desaparecido, y la máquina de escribir estaba destrozada: las teclas habían saltado al estamparla contra el suelo. Y Sophy no estaba por ninguna parte.

Regresé a la puerta de su habitación y la llamé con más fuerza. Nada. Bajé a recepción y le pedí al encargado que subiera conmigo. Abrió la puerta. Todo en orden, pero Sophy no estaba. Se la habían llevado. ¿Quién? Recordé la nota que había arrugado y la saqué del bolsillo.

—¿Esa es la nota que le entregué esta mañana?

—Sí. ¿Dónde está el cuartel más cercano?

Pidió un taxi y me acompañó a poner la denuncia de la desaparición. Sentí que el corazón me iba a explotar. Nos metieron en una especie de cuartucho en el que nos hicieron esperar más de media hora. La impaciencia y el nerviosismo se habían apoderado de mi cuerpo y de mi mente y me impedían pensar. Un uniformado hizo acto de presencia y me dijo que me tranquilizase.

—¡Que se tranquilice tu madre! —respondí.

—No le haga caso, por favor. Está muy nervioso y es francés, no sabe cómo funcionan aquí las cosas, pero créame cuando le digo que sabe respetar a la autoridad. Es solo que está muy pero que muy nervioso. Por favor se lo pido, compréndalo usted —intervino el recepcionista.

Resopló.

—Por esta vez haré la vista gorda, pero que no se repitan esos aires o lo encierro una semana a paliza por noche.

—No se preocupe, no se repetirá, se lo aseguro.

—Y usted, ¿quién es? ¿Su abogado?

—Dejémoslo en que soy su asesor.

—No me gustan los asesores.

Silencio. Yo apretaba los puños sin darme cuenta. El agente se sentó y me pidió que le relatase lo sucedido. Se lo conté con pelos y señales y me dijo que iban a proceder a su búsqueda, pero que lo más seguro era que apareciera en un día o dos, preñada. Salimos de allí a sabiendas de que nadie iba a mover un dedo. El hombre de recepción, que resultó llamarse Rodolfo, me intentó calmar.

—Vamos, hombre, tranquilícese, que con nervios no va a conseguir nada.

—¿Y qué voy a conseguir estando tranquilo? Se la han llevado.

—Todavía no hay nada perdido. Tranquilícese, regresemos al hotel. Ordenaré que limpien su habitación y podrá volver a ella. El hotel le regala una semana de estancia.

Volvimos e intenté calmarme. Como me resultó imposible, me encaminé a la casa de Dicastillo con la esperanza de encontrarla allí. Deduje que la mujer que había dejado la llave en casa era la culpable de su desaparición, pero no tenía un porqué.

Abrí la puerta. Quité las maderas clavadas a las ventanas para dejar entrar la poca luz que quedaba del día mientras llamaba a Sophy a gritos y recorría las infinitas habitaciones. Nada, no había nadie. Caí rendido, agotado, en el suelo de uno de los sótanos de la casa. Apoyé la espalda en un armario. Intenté recuperar el aliento. Hacía frío y me ceñí el abrigo.

Me pregunté dónde estaría Sophy y si tendría frío o hambre. Lo que estaba claro era que alguien que quería ocultar la historia de Donato, fuese cual fuese la verdad, intentaba hacernos callar.

Lleno de rabia porque Sophy no tenía nada que ver en el asunto y la habían implicado, di un fuerte golpe con los codos en el armario y una de las pequeñas puertas se abrió. Dentro había botellas de licor y varios vasos donde las arañas habían encontrado un lugar acogedor para hacer sus nidos. Abrí las puertas y los cajones del armario y encontré folios sueltos, poemas firmados por Donato en los que se podía leer una mente retorcida y llena de odio.

Me puse a ordenar los papeles que se habían caído al suelo. Encontré anotaciones en latín que no podía comprender y una fotografía. En ella se podía ver a Donato e Isaías, jóvenes, en la puerta de algún sitio. Había un cartel sobre sus cabezas, pero las letras estaban cortadas. Di la vuelta a la fotografía.

C/ Principado, 87
Verano 1930

La guardé en el bolsillo y me quedé allí el resto de la noche, derrotado, pensando en Sophy y en qué podía decirle a Thomas, cómo explicarle lo ocurrido.

A la mañana siguiente, sin ánimo, con un agujero en el estómago y sin haber dormido, me encaminé al hotel. Un nuevo recepcionista me dijo que mi habitación estaba lista y que habían dejado una máquina de escribir nueva, regalo del director, por los problemas causados, a pesar de ser ajenos al hotel. Entré en mi cuarto y me dispuse a escribirle una carta a Thomas contándole los hechos del día anterior. Al teclear la primera T, me di cuenta de lo ridículo que era enviarle una carta explicándole lo que estaba pasando. Una hilera de lágrimas salió de mis ojos; me tumbé en la cama y me tapé con la manta.

No podía soportar la incertidumbre y la impotencia que me embargaban. Me dirigí a las dependencias de la Guardia Civil. Me hicieron un registro a la entrada y me obligaron a vaciar los bolsillos. Me preguntaron el motivo de mi visita y les dije que había ido por el caso de la chica desaparecida.

—Ah, sí, Sara. Gimeno, vienen preguntando por Sara —gritó.

—Sophy, la chica se llama Sophy.

Apareció otro hombre.

—¿Sara? —dijo.

—Sophy —repetí al que debía ser Gimeno.

—Sí, Sophy, no Sara —dijo mirando al que me había cacheado, que se marchó.

—Lo siento, no tenemos nada nuevo. Preguntamos al personal del hotel y ninguno vio a nadie extraño merodeando por allí. Incluso registramos las habitaciones, cocinas, almacenes, etc. No encontramos nada.

—¿Y qué van a hacer ahora?

Se tomó su tiempo para responderme.

—Lo más probable es que se pongan en contacto con usted para pedir un rescate.

No pude evitar reírme mientras me tapaba la cara con las manos. Gimeno me puso una mano sobre el hombro y me dijo que no perdiera los nervios, que todavía quedaban esperanzas.

Mordiéndome los labios, me levanté y me marché sin darle las gracias. Regresé al hotel, subí a la habitación de Sophy y entré. En el fondo, esperaba encontrarla allí. Abrí el armario y recogí sus vestidos nuevos y los zapatos. Los llevé a mi cuarto y regresé en busca de su maleta, que llené con las ropas de los cajones. Entré en el baño y me llevé sus frascos de perfume y las cajitas de maquillaje.

Aunque no quería, la fatiga me venció, y sintiéndome un cobarde, me quedé dormido.

Pasaron dos días sin que llegase noticia de ningún sitio. En el periódico no salió ni una sola palabra, y la Benemérita no hacía nada. A todo el mundo le daba igual. Escribí la carta para Thomas una soleada mañana. Al guardarla en la chaqueta para echarla a Correos, encontré la nota en el bolsillo.

Pregunté por la calle Principado. Estaba tan alejada que había que caminar más de un kilómetro desde la última parada del tranvía. Llegué y a lo lejos divisé una especie de estructura a medio derruir. Era un edificio abandonado. Sobre la puerta había un letrero:

Orfanato de Nuestro Señor Jesucristo
y de la Santa Resurrección

Sentí un escalofrío al leer el nombre. Empujé la puerta y cedió sin esfuerzo. El suelo estaba encharcado. Como todo edificio en ruinas, se había convertido en el hogar de cientos de ratas. Las paredes estaban tiradas en su mayor parte, y todavía quedaban pupitres descolocados, algunos incluso con cuadernos abiertos sobre ellos.

—¿Quién está ahí? —resonó con eco.

Alcé la vista y vislumbré en lo alto de una escalera, farolillo en mano, a un hombre barbudo y sin dientes.

—Me llamo Christophe.

—¿Y a mí qué me importa como se llame usted? ¿Qué hace aquí?

Me aproximé lentamente para que no se asustara y sacase alguna escopeta con la que jugar al tiro al blanco.

—Esto era un orfanato, ¿verdad?

—Sí. Ya lo habrá visto en la puerta.

—¿Quién lo gobernaba?

—¿No lo ha leído? Un cura. Quién lo iba a dirigir si no.

—¿Recuerda su nombre?

—Claro. Cómo no acordarme de ese rufián. Más de una vez tuve ganas de darle una tunda. Pobres niños los que venían a parar aquí. El padre Isaías Griján. Un déspota, un malnacido. Le cerraron el centro.

Yo estaba al pie de la escalera, y el hombre mantenía una mirada dura que indudablemente me echaba de allí.

—Así que le cerraron el centro —dije—. ¿Y qué más puede contarme?

—Eso depende. ¿Quién es usted y qué quiere?

—Soy escritor. Estoy realizando unas averiguaciones en torno a una serie de personas, y el nombre del padre Isaías es uno de los que está en la lista.

Su rostro se relajó.

—Suba. Tengo varias cosas que contarle de ese maldito granuja. Confiaba en que estuviese ya criando malvas. Dios, cómo le odio. —Su voz era áspera y fuerte.

Me condujo al piso superior y entramos en una cálida habitación. Un fuerte fuego iluminaba la estancia. Me ofreció un vino, que rechacé, y se sentó frente a mí en otra butaca.

—¿Por dónde quiere que empiece?

2

—El orfanato abrió sus puertas en 1890. Por entonces, yo era un chaval de diez años sin nada que hacer y nulo en la escuela. Lo poco que aprendí fue a leer a duras penas, y hoy dudo que sea capaz de escribir ni el nombre de mi difunta señora, que en paz descanse. Mi padre se enteró de que buscaban a un conserje para la nueva institución y me presentó al puesto. Me cogieron a mí porque, al tener solo diez años, me callaría de cuanto me ordenasen hacer y me pagarían menos que a cualquiera de los otros aspirantes. Me dijeron que comenzaría en mi puesto en una semana. Dejé que transcurrieran los siete días haciendo el holgazán en casa, mientras mi padre marchaba a segar cañas para los huertos que tenía en Utebo, Casetas y Pinseque.

»El día en que comencé el trabajo, mi padre me ordenó que me personase una hora antes para quedar bien, aunque con el padre Casado no hacía falta. Era bueno por naturaleza y quería a los niños como si fuesen sus hijos, y también a mí. Muchas veces me parecía más padre que el mío. Durante los años en los que el padre Casado estuvo al mando, el orfanato se llamó Corazón de Jesús. Acogía a todos los niños que le era posible, les daba cama, comida y enseñanza. Alguno de ellos incluso llegó a conseguir estudios superiores, con gran esfuerzo por parte del padre, y otros entraban en las escuelas de carpintería, de minería o zapatería...

»Casado no parecía un cura. Nunca lo pareció. Era él quien se ocupaba de dar las clases al principio, pero al cabo del tiempo había tantos niños que poco a poco incluyó en la plantilla a otros dos curas y tres monjas. Por supuesto, ninguno de esos cinco era como él, y eso que les hacía cumplir sus normas, que podían resumirse en que no se debía enseñar con sangre ni a palos, lo que a la sazón se veía como revolucionario y fuera de los cánones establecidos.

»El padre Casado estuvo al mando veinte años más. Yo lo encontré muerto en su despacho, con los ojos abiertos y con la mano en el corazón, como si le hubiese dado un infarto. Tal vez fue así, pero tenía la boca negra, como si hubiese tomado veneno. El padre Casado nunca hubiese hecho algo así. Lo conocía bien, era mi amigo. Avisé a la policía y lo enterraron horas después. Al sepelio solo asistí yo. Cuando los niños preguntaban por el padre Casado, yo les decía que se había marchado de vacaciones o que había tenido que irse a cuidar de su madre enferma, hasta que dejaron de preguntar.

»Me dirigí a las dependencias de la Guardia Civil, dispuesto a hacerme escuchar. Les conté que Casado nunca hubiese bebido veneno. Me respondieron que lo anotarían e investigarían. Como era de esperar, de ahí no pasó.

»Aunque tenía mis claras sospechas de quién había sido el culpable, nunca lo habría podido demostrar y no habría servido de nada. ¿Quién se creería las absurdas ideas de un empleado frente a las palabras de un hombre de Dios? Hombre de Dios, ya, ¡y un cuerno! A Isaías Griján los niños le tenían miedo, pero no lo decían por temor a sus represalias. Él ambicionó el puesto de director desde el día en el que entró a dar clases. Yo lo presencié en varias ocasiones. Entraba en su despacho y le decía que un hombre de su edad estaría mejor dando misa y descansando que aguantando a una panda de niños que no sabían más que gritar. Casado siempre hizo oídos sordos.

»Llegamos a tener un huerto los veranos. Plantamos, entre el padre, los pupilos y yo, un naranjo, un manzano y un limonero, además de tomates, habas, lechugas, pepinos, borrajas, patatas... Un sinfín de alimentos que recogíamos y comíamos. Incluso el padre llegó a plantearse la idea de alquilar los campos abandonados detrás del orfanato, cultivar a gran escala y vender los productos en el mercado. Así habría más dinero para enviar a los alumnos a escuelas superiores y asegurar que todos pudiesen aprender un oficio digno y no acabar mendigando en la puerta del Pilar.

»Casado, que fue perdiendo paulatinamente la fe en Dios y en eso que llaman humanidad, no tuvo la oportunidad de ver realizado su plan, ya que murió la noche anterior a su cita con el teniente de alcalde para negociar el precio de los campos.

»En una ocasión, Griján llegó a ir al arzobispado dando a entender que el padre ya no estaba en condiciones de seguir al frente de un orfanato repleto de niños que precisaban de disciplina férrea en vez de los caramelos que Casado solía darles los domingos y festivos. Por suerte, se topó con uno de los amigos de Casado, que continuó en su cargo unos meses más, hasta que ese maldito de Isaías lo envenenó.

»A partir de ese momento comenzó su reinado de terror. Como no podía ser de otra forma, las clases se centraron en el estudio de la religión a base de palos. Los más pequeños se asustaban, y los mayores se rebelaban y acababan encerrados en cuartos oscuros durante días enteros. Isaías les decía que, si tenían suerte, el demonio solo les haría una visita en lugar de llevárselos al infierno. Al segundo o tercer día los dejaba salir; yo los recogía muertos de miedo. Sufrían alucinaciones debido a la falta de comida y agua, y si a eso se le añadía el frío del invierno y el asfixiante calor del verano, te podías hacer una idea de lo que los niños tenían que soportar hora tras hora y día tras día...

»Después de denunciarlo en el arzobispado, algún hijo de puta tan grande como él le advirtió de que venía una inspección y de que yo había sido el chivato. Por supuesto, la imagen que dio del centro, a sabiendas de que venían, fue absolutamente perfecta. Y cuando se marcharon todos los curas como hormigas de ala, Isaías me dijo que acudiese a su despacho. Lo primero que hizo fue darme un puñetazo en medio de la cara; después comenzó a golpearme con una regla de madera. Pero yo no era un niño indefenso. Tenía más de treinta años y le odiaba. Me puse en pie, le propiné la patada más grande que fui capaz de darle en los testículos y lo estrangulé contra la pared mientras se le saltaban las lágrimas. Cómo disfruté ese momento, uno de los más gloriosos de mi vida.

»"Como vuelvas a pegar a uno solo de los niños, si te atreves a ponerles un dedo encima, si los encuentro sangrando o con moratones, ten por seguro que te mataré, te descuartizaré y te echaré a los perros para que te devoren, maldito demonio. Acuérdate de mis palabras y tenlas presentes cada minuto de tu miserable vida. No pienses que dudaré en cumplir mi palabra: no tengo nada que perder."

»Cuando los labios se le pusieron azules, lo dejé caer al suelo y se arrastró hasta la mesa entre sollozos ahogados para coger la jarra de agua. Le di un manotazo y se hizo pedazos al estrellarse en su nuca. Con tan mala suerte que no se hizo ningún corte.

»Al día siguiente dio una nueva orden a los maestros. Lo único que se podía hacer con los niños maleducados era golpearles en las manos con las reglas de madera y ponerlos contra la pared tantas clases como se considerasen convenientes. Hubo un periodo de paz. Después comenzaron a desaparecer niños. Cuando el primero faltó a clase y le pregunté por él, me dijo que le había encontrado unos padres. Eso era lo que decía de todos. Una noche me metí en su despacho y rebuscando encontré un libro hueco en el que guardaba un montón de dinero. No los adoptaban, sino que los vendía, y, por la suma que conté, no era nada barato comprarle un niño al padre Isaías. Pensé que, de una forma u otra, cualquier padre sería mejor que él.

»Nunca olvidaré la mañana en que la hermana Teresita (así se hacía llamar, aunque yo siempre la llamé hermana Satanita) trajo a un niño que no tendría más de dos años. Era sordo y mudo de nacimiento. A ese niño no le resultó tan fácil quitárselo de encima, pero cuando cumplió unos años más también desapareció de la noche a la mañana. Lo que el cura nunca se pudo imaginar fue la sublevación de los niños que había vendido a lo largo de los años. Resultó que los vendía como mano de obra barata a las nuevas fábricas, que se afincaban, crecían y enriquecían a costa de los pobres. La mayoría fueron a parar al mismo lugar: una fábrica de textiles de un comerciante alemán que tenía el alma más negra que el carbón y al que no le importaban los niños ni nadie que no fuese él mismo.

»Volvieron una noche, alumbrándose con antorchas y armados con hoces y rastrillos. Venían a por él. No puedo decir que no me alegrara al ver un montón de hombretones jóvenes sedientos de sangre y venganza. Quería unirme a ellos, pero si la cosa salía mal, yo sería el primero en caer. Como el cobarde que era, el sacerdote se encerró en su dormitorio y comenzó a pedir auxilio. La hermana Satanita no dudó en subirse al burro que teníamos en el pequeño establo tras el orfanato y marchar a la ciudad en busca de ayuda. Cuando vi llegar a las autoridades, dije a los chavales que se marchasen de allí.

»Por desgracia, Isaías salió airoso en cuanto a heridas corporales se refiere. Todavía no me explico ese golpe de suerte.

»A la mañana siguiente se presentó la Guardia Civil y clausuraron el orfanato. Los alumnos fueron alojados en otras instituciones, y yo me quedé encargado de custodiar el centro. Aunque no es que haya mucho que custodiar aquí.

»Y dígame, si es escritor, ¿sobre qué está escribiendo?

—No tiene mucho que ver con lo que me ha contado ahora. En realidad, he pasado por aquí de rebote: encontré un papel en una casa con esta dirección.

—¿En casa de quién?

—De un amigo de Isaías, Donato Dicastillo.

—Bah, otro que tal baila —dijo mientras se servía otro vino y atizaba el fuego—. Venía por aquí bastante. Bueno, un tiempo; después no tan a menudo. Supongo que se hizo viejo.

—Está muerto.

—¿Sí? —bufó—. Tampoco es que se haya perdido gran cosa.

—Ya, eso estoy empezando a creer. ¿Qué pasó con Isaías cuando cerraron el orfanato?

—Se dedicó a dar misas. Vamos, que mientras estuvo en el orfanato también las daba, pero después se dedicó exclusivamente a eso. Estos nunca se escapan de un plato cómodo y seguro.

—Por casualidad, ¿no conocería usted a la esposa del señor Dicastillo?

—¿Ese estaba casado?

—Sí, y tenía una hija. ¿Por qué lo pregunta?

—Porque menudas juergas se montaban aquí por las

noches los dos, con mozas de carnes prietas, a cambio de dinero. ¿Se sorprende?

Negué.

—Cada vez me sorprendo menos de cuanto veo y oigo.

—Pues de aquí a un tiempo no se sorprenderá de nada.

—Le agradezco su amabilidad. Debo irme ya.

—¿Qué? ¿Le espera alguna moza en casa?

Dije que sí sin convicción.

Me acompañó a la calle y se despidió de mí agradeciéndome la visita. Regresé andando al hotel por un camino oscuro hasta adentrarme en la ciudad. Me sentía apagado y perdido sin Sophy. Era incapaz de centrarme realmente en nada. No sabía cómo había dejado que Sophy pagara por aquello.

No había nadie en la recepción cuando subí la escalera. Al dejar el abrigo sobre mi cama, vi que no había echado la carta al correo y volví a salir. Desde el pasillo oí a alguien gritar en la calle, y después un gran revuelo. Me apresuré a bajar la escalera. Uno de los camareros sostenía a alguien envuelto en una manta vieja y sucia. Al ver los brazos ensangrentados me di cuenta de que era Sophy. La cogí y la apoyé en el suelo para examinarla. Aunque débilmente, respiraba. La habían desnudado, apaleado y envuelto en una manta para acabar dejándola tirada en la entrada del hotel.

—¿Qué ha pasado? —preguntó un hombre.

—Señor gerente, ha aparecido la joven que desapareció de aquí hace un par de días. No sé qué ha ocurrido, he visto un coche negro. Alguien con la cabeza completamente tapada ha bajado del coche, la ha sacado del asiento trasero y la ha dejado en los escalones para huir como un rayo.

—Sophy. ¡Llamen a un médico! Tranquila, estás en casa, no te va a pasar nada, estás en casa.

La cogí y la subí a mi dormitorio bajo la mirada del

personal y de los huéspedes del hotel que se encontraban comiendo en el restaurante y habían oído el alboroto. La dejé tendida sobre la cama. Tenía la piel helada y llena de heridas. Estaba semiinconsciente.

Abrí el grifo del agua caliente y dejé que la bañera se llenase. Le quité la manta sucia y comprobé que tenía todo el cuerpo lleno de cortes y moratones, además de unos pequeños círculos en las palmas de las manos. Le di la vuelta con cuidado para ver su espalda y vi que no habían dejado libre de heridas y de quemaduras de cigarrillo ni un centímetro de su piel. Cuando se llenó la bañera, la cogí y la metí con cuidado. El calor hizo que le volviera una leve conciencia y abrió los ojos.

—Tranquila.

—¿Cristo?

—Sí. Ahora no te preocupes de nada, estás a salvo, no va a pasarte nada, te lo prometo —dije acariciándole el pelo.

Estaba mal, pero al menos estaba conmigo. Limpié sus heridas con el jabón y la esponja, la ayudé a ponerse un albornoz y se tumbó en la cama. En ese instante llamaron al timbre. El gerente había avisado al médico y dado parte a la Guardia Civil de que ya había aparecido.

La examinó a fondo y la regó con alcohol para alcanzar todas las heridas. Me dio una especie de pomada para las quemaduras y me dijo que debía ponérsela durante un mes.

—¿Tiene idea de quién le ha hecho esto? —Negué con la cabeza—. Señorita, ¿conocía a la persona que se la llevó de aquí?

—No —dijo con un hilo imperceptible de voz.

—¿Cómo era?

—No lo sé, completamente normal. Pelo corto, algo canoso, con ningún rasgo llamativo. De estatura media. Llamó a la puerta diciendo que había un incendio en el hotel y que estaban evacuando a todos. Me sacó por la puerta de atrás y me dio un golpe en la cabeza. Después me llevó a una especie de cuarto. Estaba oscuro. Comenzó a arañarme con algo de metal, frío, y después veía una especie de luz y me quemaba con ella.

—Descanse, señorita. Ahora descanse.

Le puso una inyección para que pudiera dormir toda la noche. Yo monté guardia. Algunos empleados del hotel llamaron a la puerta para preguntar por ella. Temí que la despertasen, pero no ocurrió. No pude dejar de observarla y pensar en todo lo que había aguantado por una historia estúpida que ni me iba ni me venía, y menos a ella. Al día siguiente nos marcharíamos.

Se despertó dolorida y se movía con dificultad. La ayudé a incorporarse y pedí que subiesen el desayuno. Comió con buena gana y me relató más tranquilamente lo que había ocurrido. Apenas había visto a su captor mientras salían del hotel. Luego todo estaba bastante borroso, salvo el dolor de los arañazos, los golpes y las quemaduras.

—¿No te hizo nada más? —pregunté.

Negó.

—No, nada más. Por suerte.

—Nos marchamos en tres horas. Rodolfo ha hecho el favor de ir a por los billetes.

—¿Qué le diremos a mi padre?

—Me parece que no queda otro remedio más que contarle la verdad. Entonces, ¿estás segura de que fue un hombre quien te hizo esto?

—Sí, ¿por qué? ¿En quién estás pensando?

—En la mujer que dejó aquí la llave de la casa de Dicastillo.

—No, en absoluto.

—Está bien.

Salimos del hotel después de que nos regalasen un jamón ibérico y chorizo de Navarra por los problemas acaecidos y el director se disculpara personalmente por todo. Nos llevaron en un coche de gama alta alquilado por el hotel a la estación de tren y no tardamos en subir y comenzar el viaje de vuelta a París. Queríamos dejar atrás aquel asunto. Sin éxito, los recuerdos se vinieron con nosotros. A mitad de trayecto, una especie de pregonero anunció vagón por vagón que el tren se desviaba del camino y que pararíamos en la Estación de Francia en Barcelona. Cuando llegamos, dejé a Sophy esperando en uno de los bancos y saqué dos billetes con destino a París. El tren salía en cinco horas.

Dejamos las maletas en la consigna y dimos un paseo por los alrededores de la estación sin alejarnos demasiado. Comimos en un restaurante, sin mucho apetito, y regresamos a la estación con dos horas de antelación, tiempo que matamos mirando el techo sin mediar palabra.

Nos subimos al tren y comenzamos el camino a París. Llegamos al anochecer del día siguiente, sin haber avisado a nadie. El taxi que cogimos recorrió buena parte de la ciudad, que me pareció más luminosa que nunca.

Fuimos a mi casa. Era mejor esperar al día siguiente para contarle a su padre lo sucedido. Estaba tal como la había dejado, aunque más limpia y ventilada. Intuí la intervención de la mano de mi madre. Encendí la chimenea para calentar la casa en la medida de lo posible y nos echamos a dormir. Mañana sería otro día. En la oscuridad y tranquilidad del dormitorio, París se me antojó mi casa y mi libertad.

3

Cuando abrí los ojos, Sophy llevaba horas levantada. La encontré en el salón leyendo las páginas de un relato que no había llegado a darle a Thomas al estar enfadado por enviarme a Zaragoza. Preparé café y me senté a su lado.

—¿Quién se lo dice a mi padre?

—Mejor yo.

—¿Y cómo se lo vas a decir?

—Sobre la marcha, no estoy muy seguro, pero va a poner el grito en el cielo, y sabes que te va a dejar encerrada en casa un mes entero por haberte marchado, ¿verdad?

—Sí, claro que lo sé.

—Se llevó un susto de muerte. Puedo imaginármelo disparado en busca de la gendarmería para contarles que habías desaparecido.

—Me da miedo enfrentarme a él.

—No exageres, mujer. No es malo, solo se preocupa.

Suspiró.

—Lo sé.

Salimos de casa y, en lugar de dirigirnos a la de Thomas, fuimos a la editorial. A esas horas estaría allí.

—¿Cristo? ¿Ya has vuelto? —preguntó Marie.

—Sí, ya he vuelto.

—Sophy, no puedes imaginarte la que armó tu padre. ¿Cómo se te ocurre desaparecer de esa manera?

No respondimos ninguno de los dos, simplemente nos fuimos al piso de arriba. Thomas, sin perder sus costumbres, se encontraba discutiendo, de nuevo, con el dibujante que tenía la habilidad de llevarle siempre la contraria, según decía el mismo Thomas.

—¡Sophy! —gritó al verla.

Corrió hacia ella y le dio una bofetada demasiado fuerte.

—No creo que haga falta eso, Thomas.

—Tú cállate, que no eres su padre.

—No, no soy su padre, pero creo que ha pagado con creces el haberse marchado sin avisar.

Frunció el ceño.

—¿De qué hablas?

—Siéntate.

Procedí a relatarle lo sucedido sin dar los detalles que consideraba innecesarios.

—¡Dios mío, mi niña! ¿Quién fue el desalmado que te hizo eso? —dijo mientras se deshacía en abrazos con ella.

—No lo sé. No lo conocía.

—Por eso hemos regresado pronto. La historia que escribió Donato Dicastillo, que, por cierto, está muerto desde el día después en que hablé con él, poco tenía que ver con la historia real. Además, hay dos versiones completamente diferentes.

—Bah, deja eso aparcado, ya sabes por qué te mandé allí, para que te desligaras de todo, en especial de Evangeline. ¿Ha salido bien? Bueno, dentro de lo que cabe.

—Sí, Thomas, pero no por enviarme a Zaragoza, sino gracias a Sophy.

—¿Eh? ¿Gracias a Sophy?

—Sí, y creo, y no es que pretenda decirte cómo tienes

que hacer las cosas con tu hija, que debes darle un poco de manga ancha, así evitarás que haga según qué cosas.

—Estoy aquí, por si se os había olvidado —intervino Sophy.

—Sí, hija sí, ya sabemos que estás aquí.

—Vale, pues me marcho a casa y os dejo solos.

—No, te acompaño —dije.

—No va a pasarme nada, Cristo.

—Me da igual, voy contigo.

Salimos de la editorial y fuimos a casa de Sophy en metro. Me pidió que la dejase sola para contarle a su madre lo sucedido y me marché a casa de la mía para decirle que ya había regresado. Sylvette, como era de esperar, me saludó efusivamente y me anunció a los cuatro vientos. Cuando abrí la puerta del salón, mi madre ya iba hacia la puerta. Su nuevo marido fumaba una pipa mientras leía el periódico con absoluta indiferencia hacia mi llegada.

—Cristo, ¿ya has regresado? ¿Qué tal ha ido todo? —dijo.

Me abrazó y besó en la cara como cuando tenía cuatro años.

—Ha ido bien —comenté sin más.

—Ven, siéntate y cuéntame.

El nuevo marido de mi madre lanzó un gruñido. Le dije a ella que mejor nos íbamos a tomar algo fuera. Salimos a la calle y me cogió del brazo sonriente, dispuesta a que le contase con todo tipo de detalles mi estancia en Zaragoza. No tenía idea de que Sophy había estado conmigo, y cuando salió su nombre a relucir, preferí no contarle nada. Entramos en un elegante café que habían inaugurado hacía unos días, según me explicó, y pedimos el desayuno.

—Bueno, ¿cómo han ido las investigaciones sobre ese manuscrito?

—Son sorprendentes. Dos versiones completamente diferentes, y no sé con cuál quedarme.

—A ver, relátamelas.

Procedí a narrarle todos los pasos que di en el mismo orden en el que habían sucedido y le conté las dos historias.

—Me da a mí que son más de fiar los aldeanos que los ricos y los curas. Es mi opinión, pero bueno, ahí la dejo.

—Yo también me inclino por esa versión, aunque ahora ya da igual. Estamos aquí y no voy a regresar.

—¿No fuiste al psiquiátrico a ver si podías hablar con esa tal Isabel?

—No, no hubiera servido de nada seguramente. Se supone que está loca.

—Sí, pero hemos quedado en que esa versión de la historia no es la que nos gusta, ¿verdad? Deberías haber ido. ¿No se supone que sigue viva?

—Sí, pero quería regresar. Se me hacía pesado estar allí.

El resto de la conversación versó sobre temas sin importancia, lo que me hizo sentir unas ganas tremendas de ir a casa. La acompañé hasta la puerta de su casa y me dijo que no estaría mal que fuese a visitar a Ivette. No me acordaba de ella. Suspiré.

—Ya me pasaré otro día.

Fui a ver a Lorik para decirle que ya había regresado. Su madre me dijo que estaba fuera, en el despacho de abogados en el que trabajaba, así que me encaminé hacia allí. Estaba situado frente a la Torre Eiffel, en lo alto del edificio, con unas vistas espectaculares. Subí por la señorial escalera y pregunté por él en la oficina. Me condujeron al fondo del pasillo y entré sin llamar.

—¡Cristo! ¿Ya estás aquí? ¿Qué alegría? Tienes mejor aspecto, ¿sabes?

Nos dimos un abrazo y me di cuenta de que lo había

echado de menos. Nos fuimos de nuevo a un café a tomar algo y le relaté lo sucedido con Sophy.

—No me extraña que regresaseis deprisa y corriendo. ¿Cómo está ella?

—Más o menos bien.

—Pobrecilla, tuvo que ser horrible. ¿No te sorprende que haya dos historias tan diferentes sobre las mismas personas?

—Sí, pero después de lo que sucedió no iba a quedarme para averiguar cuál era la real. Me he enamorado de ella —solté.

Se quedó atónito.

—¿De Sophy? ¿En serio? Pero si te daba miedo.

—En serio.

—Bueno, ahora entiendo que tengas mejor aspecto.

—Eso es cosa de los cocidos que me he comido en Zaragoza.

—Sí, será eso.

Salí de allí y en lugar de ir a casa fui a la redacción. Thomas no estaba en su sitio, por lo que imaginé que se había ido para estar con su mujer y con Sophy. Me senté a mi mesa y me puse a escribir de nuevo sobre mí y Evangeline.

4

Evangeline se había marchado temprano a su casa para probarse el vestido de novia con el que se había casado una prima suya hacía no mucho tiempo. Yo fui a casa de mi madre a que me ayudase a meterme en un traje que no sabía ni cómo colgar en la percha.

Esa mañana vi a Evangeline más blanca que nunca. Nos dirigimos a Notre-Dame en el coche de Lorik que le había regalado su tío hacía unos meses. Los pocos invitados estaban esperando dentro de la catedral, adornada con rosas blancas. Sin levantar la vista del suelo, me dirigí hacia el altar y aguardamos. Evangeline apareció vestida de blanco. Con la ayuda de su madre llegó al altar y se agarró a mí.

—Estás preciosa —susurré.

—No seas mentiroso, parezco un fantasma.

El cura comenzó la misa y nos cogimos de las manos. Sentí su cuerpo temblar y apenas con vida. Comenzó a toser fuertemente. Tras unos minutos se le pasó y el padre continuó. Respondí «sí, quiero» mirándole a los ojos y vi que se iba. El padre se dirigió a ella, pero para cuando terminó de hablar y esperaba la respuesta, Evangeline cayó al suelo. La sostuve entre mis brazos y le dije que no tuviese miedo, que todo iba a acabar pronto, que no se preocupase por nada.

—No tengo miedo, Cristo. Y sí, quiero.

La sangre brotó de su boca, escurriéndose por su mejilla, y con los ojos ya ciegos y vidriosos me sonrió por última vez.

—¡Evangeline!

Sentí que unas manos me tocaban la espalda.

—Vamos, Cristo —dijo Lorik.

—Déjame.

La apreté con más fuerza contra mi cuerpo. La sangre manchó mis manos y mi traje. Su madre apareció envuelta en llanto, y su padre, sin derramar una lágrima, tras ella. Intentaron que la soltara, pero no lo hice. Me quedé con ella mientras los invitados se marchaban. Al final solo estábamos el cura, sus padres, sus hermanas, entre ellas Alessia, y mis amigos. Habían formado un círculo a nuestro alrededor. Algunos dijeron que debíamos irnos. Estuve más de una hora con ella, mientras su cuerpo se volvía rígido. Por fin un médico me clavó una jeringuilla en el cuello sin que me diese cuenta. Poco a poco, me quedé dormido.

Desperté en mi cama, la que tenía en casa de mi madre. Todo estaba en silencio y a oscuras. Cuando abrí los ojos y repasé lo sucedido, me tapé con la manta, incapaz de hacer algo que no fuese llorar.

Tuvieron que pasar varias semanas, no sé exactamente cuántas, hasta que salí de ese cuarto y bajé al salón, donde estaba mi madre. Apoyé la cabeza en sus rodillas y dejé que me acariciase el pelo como hacía cuando era pequeño antes de irme a dormir.

A partir de la muerte de Evangeline me convertí en el fantasma de mí mismo hasta que Sophy, en su inocencia, usó las palabras que necesitaba escuchar. Tras las semanas y los meses que siguieron a su muerte recibí ayuda de todos, sin querer aceptarla, incluida la de Sophy. Solía ir a mi casa con comida que me preparaba su madre y que se comía más a gusto el gato que yo. Cómo odiaba a ese gato que tanto me la recordaba. Pensé en regalárselo a alguien, pero algo me lo impedía. Sophy comenzó a pasar horas muertas en mi casa. Iba a la biblioteca y me traía libros que yo no quería leer. Ella se encargaba de hacerlo en voz alta. En un mes leí muchas novedades literarias de ficción del último año.

—Sophy, márchate a casa, lo que quiero es estar solo.

—No te conviene, hazme caso.

Grité, como nunca había gritado a nadie, a una niña de quince años que solo quería ayudarme. No regresó. Después de aquello, comencé a vender mi vida a cambio de palabras y licores en todos los cafés que cerraban tarde. La resaca se convirtió en una compañera inseparable. No se me llegaba a pasar, ya que cuando sus efectos se paliaban, comenzaba la noche de nuevo. Me encerré en mí mismo y no hacía nada que no fuese escribir y escribir en la redacción, y beber por las noches. Conseguí preocupar a todo el mundo. Después empezó mi aventura en Zaragoza.

5

Con el propósito de reescribir más tarde la historia de Evangeline que habían hecho pedazos en el hotel de Zaragoza, comencé a relatar la de Isabel. Escribí las dos versiones que conocía, y cuando las acabé, me marché a casa de Thomas para ver a Sophy. Estaba dormida cuando llegué, por lo que me dispuse a irme, pero Thomas me dijo que me tomase un whisky con él. Su mujer nos dejó a solas y nos quedamos frente al fuego de la chimenea.

—¿Qué hay entre mi hija y tú?

Lo miré y pensé que Sophy se lo había dicho, aunque no lo creí posible.

—No me mires así, que he visto cómo os mirabais en la redacción.

Pensé mi respuesta antes de contestarle.

—Es buena chica, y creo que ya ha aprendido que no debe marcharse sin avisar.

—Eso ya lo sé, Cristo, pero no es lo que te he preguntado.

—No me he dado cuenta de que la quería hasta hace poco. Y creo que no hace falta decir que ella siente lo mismo por mí desde hace bastante más tiempo que yo —dije despacio, rehuyendo su mirada.

—Sí, lo sé. No sabes cómo hablaba de ti en casa desde

que te conoció, siempre estaba preguntándome por ti y diciéndole a su madre lo buen escritor que eres.

No pude evitar sonreír.

—¿Y qué hay de Evangeline?

Guardé un largo silencio. Luego le dije que nunca me olvidaría de ella. Después de permanecer otro largo rato en silencio, me ofreció la posibilidad de rescindir mi contrato con la revista y dedicarme un tiempo a escribir una novela en lugar de relatos.

—Nunca lo he hecho, y no sé si tengo la capacidad.

—La tienes, lo sé. Solo tienes que ponerte a ello.

Me planteé lo que me dijo. Tardé una semana en decidirme a aceptar su ofrecimiento. Sophy mejoró rápidamente y le dijo a su padre que quería encontrar un trabajo, que estaba cansada de ir a la escuela para aprender cosas que le daban igual y que olvidaba con demasiada facilidad para el tiempo que malgastaba memorizándolas. Por supuesto, Thomas se opuso rotundamente, pero ella comenzó su búsqueda de trabajo y lo encontró en la librería del padre de Evangeline. No me tomé muy bien la noticia. Me resultaba extraño. Ella ya estaba decidida, y Nicomède también. Alessia y ella se hicieron amigas, a mi pesar, y el padre de Evangeline le preguntaba por mí constantemente, aunque ella le daba pocas explicaciones de qué hacía o cómo me encontraba.

Nunca me olvidaré de la mañana en que Ivette apareció en mi casa por sorpresa y borracha, pegando gritos y exigiéndome explicaciones. La mandé a la porra y le dije que me dejase en paz. Unas horas más tarde, mi madre me dijo que había fallecido al caer a las vías del metro. No sentí nada, ni lástima ni miedo. Fui al entierro. Parte de su fortuna fue a parar a mis manos y, por supuesto, yo se la di a mi madre, ya que por eso me había casado.

Un día comencé mi primera novela seria. Empecé hablando de dos niños que se habían conocido por casualidad.

6

Era el segundo mes de mi primer año en la escuela. Los profesores nos llevaron de excursión a un museo cercano donde se exponían cuadros y animales disecados, según nos habían explicado en clase. Kyliann, Adam y yo fuimos cogidos de la mano, como siempre. A la entrada del museo nos dieron unos folletos que ninguno nos molestamos en leer. Pasábamos de sala en sala sin prestar demasiada atención a las explicaciones de la profesora, hasta que llegamos a un salón lleno de fotografías antiguas, fotografías de difuntos. Me separé del grupo. Quería ver todas y cada una de ellas. Entonces vi a unos niños uniformados con la misma chaqueta en la que se leía «Français Petit Orphelinat». Bajo esa frase, el nombre del niño que llevaba la chaqueta.

Vi a uno de los niños del grupo, más grande de lo normal y con el pelo completamente negro, al contrario que sus compañeros, y él me vio a mí, justo antes de que uno de sus compañeros lo empujara e hiciese que se diera contra el suelo y su nariz comenzase a sangrar. La profesora que iba con ellos no se percató de nada. En su lugar, yo hubiese empezado a llorar y hubiese captado la atención de alguno de los profesores; en vez de eso, se tapó la nariz con los dedos y se colocó de nuevo en su sitio. Salieron del salón y yo fui tras ellos. Llegamos a otra de las salas con animales pintados y se dio cuenta de que lo había seguido. Se retiró del grupo fingiendo prestar atención a un cuadro, y yo me puse a su lado, fingiendo lo mismo. El grupo de su clase se marchó.

—Hola —dijo.

—Hola —respondí—. Me llamo Christophe. ¿Y tú?

—Lorik.

—Me gustan las chaquetas que lleváis. Nosotros no tenemos uniforme.

—A mí no me gusta llevarlo: cuando vamos por la calle, todo el mundo se queda mirándonos.

—¿Por qué hacen eso?

Encogió los hombros.

—Supongo que les damos pena.

—¿Pena?

—Sí, no es un colegio normal, es un orfanato, una institución del gobierno para cuidar a los niños que no tienen padres.

Me estremecí.

—¿No tienes padres?

Negó con la cabeza.

—¿Y cómo es que no tienes padres?

—No lo sé, nunca he tenido.

—Eso no puede ser.

Encogió los hombros de nuevo.

—Yo sí tengo padres.

—¿Y cómo es tener padres?

—Pues no sé, normal, supongo. Siempre los he tenido.

Nos sentamos bajo el cuadro.

—Mi madre es muy buena. Me lee cuentos antes de ir a dormir, y me baña, me pone el pijama, me lleva a la escuela todas las mañanas. Mi padre es muy raro. Creo que no me quiere. Siempre me está riñendo, y a mi madre también. Le dice que no me lea cuentos, que son tonterías, que no aprenderé nada con ellos y que me creeré que la vida es fácil, como un cuento de hadas. Yo no sé qué quiere decir con eso, pero no me gusta que grite, mi madre nunca grita.

—Ahhhhhhhh.

—¿Cuántos años tienes?

—Seis.

—Yo, cinco. Oye, ¿te gustaría conocer a mis padres? Así sabrías cómo son.

—Vale, pero no nos dejan salir nunca del orfanato.

—Podemos ir ahora si quieres.

Nunca me olvidaré de cómo sonrió.

—¡Claro! Pero tengo que estar aquí a las cinco.

—No te preocupes.

Nos escapamos. Yo me sentía como si estuviera viviendo una de las aventuras que mi madre solía relatarme por las noches: dos niños, dos amigos que se escapan. Llamé a la puerta, pero no había nadie en casa.

—A lo mejor se han ido a algún sitio —dije.

Dimos la vuelta a la casa y abrí la ventana de la cocina que Sylvette nunca recordaba cerrar y que tantos quebraderos de cabeza le daba a mi padre. Entramos.

—Menudo pastel. ¿Es el cumpleaños de alguien?

—No.

—¿Y por qué tienes pastel en casa?

—Los hace la cocinera. Es muy buena, te gustaría. ¿Quieres un trozo? —le ofrecí.

Guardó silencio mientras lo miraba relamiéndose los labios.

—¿Quieres un trozo? —repetí.

—¿No se enfadará nadie si como un trocito?

—Pues claro que no, está para comerlo.

—Vale.

Cogí una de las sillas que había al lado de la mesa de

la cocina y la aproximé a la encimera. Saqué dos platos, un cuchillo y dos tenedores. Corté dos pedazos y le di el más grande a él.

—¡Gracias!

Nos sentamos en el salón y encendí la radio.

—¿No hay pastel en tu orfanato?

Negó con la cabeza y con la boca llena.

—Allí solo dan pastel en Navidad.

—Ah.

—¿Qué coméis aquí en Navidad?

—Pues no sé, lo mismo que cualquier día normal, pero con el plato más lleno.

Se terminó el pastel en cuestión de un par de minutos.

—¿Quieres el mío?

Me miró extrañado.

—¿No piensas comértelo?

—No me apetece mucho ahora.

Me cogió el plato de las manos y se lo zampó igual de rápido que su trozo. Observé cómo lamía el plato. Le ofrecí otro pedazo, que rechazó.

—¿Un vaso de leche? —pregunté.

—¿De verdad?

—Pues claro. Ahora te lo traigo.

Fui a la cocina y llené el vaso más grande que encontré, que resultó ser una jarra pequeña.

—Si quieres más, dímelo.

Se la bebió de un trago. Pensé que tal vez en su orfanato no le daban de comer tanto como necesitaba.

—¿Dónde vives?

—Cerca de aquí, a tres calles. El edificio es tan viejo y está tan sucia la piedra de la fachada que parece negro.

—¡Ah! ¿Ahí? Puedo ir a verte.

—A mí me gustaría, pero no van a dejarte entrar.

—¿Por qué?

—No lo sé, no dejan entrar a más niños. Eso es lo que

dice siempre la cuidadora. Es una vieja muy rara y encorvada. Me recuerda más a una bruja que a una cuidadora. Hasta tiene dos verrugas en la nariz.

Me reí de su comentario. Había comenzado a hacer frío, así que cogí la manta del armario y la eché por encima de los dos. Sin saber cómo, nos quedamos dormidos.

No sé cuánto tiempo pasó. Lo que sí que recuerdo perfectamente fueron los gritos de mi padre al vernos.

—¿En qué estabas pensando? —gritó—. Todo el mundo te está buscando.

—Lo siento, he venido a casa con mi amigo y nos hemos dormido.

Lanzó a mi amigo una mirada de soslayo.

—Hola, me llamo Lorik. Encantado de conocerlo, señor —dijo tendiéndole la mano.

—¿Dónde vives? ¿Saben tus padres que estás aquí?

—No tengo padres, señor, vivo aquí cerca, en el orfanato.

Mi padre frunció el ceño sin comprender nada. Por suerte vi aparecer a mi madre tras él.

—¿Qué haces jugando con un huérfano? ¿Estás loco? Portan enfermedades, no tienen la higiene necesaria.

—No estoy enfermo, señor.

—¡Cállate!

Lorik se encogió al oír sus gritos. Me pareció verlo llorar.

—Cálmate —dijo mi madre tras mi padre.

—¿Que me calme? ¡Se ha escapado del colegio y ha traído a casa a un...!

—Niño —intervino mi madre rápidamente—, ha traído a casa a un amigo suyo.

»Vamos, te llevaremos a tu casa —le dijo a Lorik suavemente, tendiéndole la mano.

Lorik dio un brinco y se fue a su lado.

—¿Vienes con nosotros, Cristo?

—Sí, madre.

—De eso nada, te quedas aquí para cumplir tu castigo después de darte un baño.

—Se viene con nosotros. Después ya se bañará.

Salimos de allí y por primera vez en su vida Lorik se dio cuenta de lo que significaba tener madre. Llamamos a la puerta del orfanato y abrió la bruja de la que me había hablado. Le tiró de la mano, le ordenó entrar sin ninguna delicadeza mientras le gritaba que le iba a dar una buena tunda por haberse escapado y cerró la puerta de golpe.

—De nada —dijo mi madre.

Me dio la mano y deshicimos nuestros pasos.

—No deberías haberte separado de tu grupo: la profesora estaba muy asustada.

—No me di cuenta, madre. Me puse a hablar con Lorik y lo invité a casa a que conociera a unos padres.

Mi madre se detuvo, me sonrió y se agachó a abrazarme.

—¿Sabes qué? Puedes invitarlo a casa siempre que quieras.

—Me ha dicho que no puede salir.

—Vaya. Bueno, ya se nos ocurrirá algo.

Al llegar a casa, mi padre había llenado la bañera y echado un jabón desinfectante que olía fatal.

—Adentro, venga.

Al día siguiente, al salir del colegio, pedí a mi madre pasarnos por el orfanato a ver si nos dejaban llevarnos un rato a Lorik a casa. La respuesta fue un no rotundo. Al menos pude ver que me saludaba desde el ventanal de su cuarto.

—Lo siento, hijo; parecía muy buen amigo.

—Y lo era —añadí.

Pasé la tarde en casa haciendo los deberes para el día siguiente y pensando en qué estaría haciendo Lorik. Se me ocurrió un gran plan. Me escaparía por las noches.

Puse el despertador a las once en punto, pero cuando sonó, lo apagué y me di media vuelta. Ya iría mañana. Y así pasó la semana hasta que fueron las once de la noche del domingo. Los domingos me despertaba tarde. Como no tenía demasiado sueño, me levanté y salí de casa con la bata puesta, sin hacer ruido. Llegué al orfanato y al verlo de noche me dio más miedo que nunca. Cogí unas piedrecitas y las lancé contra la ventana. Un niño pequeño abrió.

—¿Qué haces?

—Despierta a Lorik, dile que se asome.

Los dos se asomaron a la ventana.

—Has venido —dijo.

—Pues claro que he venido. Anda, baja por el árbol.

El pequeño tiró de la manga de su pijama y le preguntó algo al oído.

—¿Puede venir con nosotros? —me preguntó Lorik.

—Pues claro. Venga.

Primero bajó Lorik agarrado a las ramas; tras él, el otro niño.

—Se llama Albert.

—Encantado, Albert —saludé.

—Igualmente.

—Ahora ¿adónde vamos?

—A mi casa, a mi cuarto.

—No sé si es buena idea, ya sabes lo que pasó con tu padre.

—Está dormido, no se enterará de nada.

Dudó.

—De acuerdo. Pero si pasa algo, ha sido idea tuya.

—Vale, no te preocupes.

Ya en casa, fuimos a mi cuarto. Les dije que no hiciesen ruido y bajé a la cocina. Cogí una tortilla española que mi madre le había enseñado a hacer a Sylvette y subí con tres tenedores. Se habían sentado en el suelo y se pasaban una de mis pelotas.

—¡Hala! ¿Qué es eso? ¡Qué bien huele! —preguntó Albert.

—Una tortilla. ¿Os apetece?

Media hora después, no quedaba nada. Con la barriga llena, comenzamos a jugar a las cartas. Cuando Albert estaba medio dormido, los acompañé de regreso al orfanato.

—¿Vendrás mañana? —preguntó Lorik.

—Mañana no puedo, vendré el domingo que viene.

—Vale.

—Entonces yo ya no estaré —dijo Albert—. Me adoptan unos padres en tres días.

—Ah, es cierto —recordó Lorik.

—Espero que te vaya bien —dije.

—Seguro que sí.

Esperé hasta que se colaron de nuevo por la ventana que habían dejado entornada y nos despedimos con la mano.

Estuve impaciente toda la semana para que llegase el domingo. Salí de casa a la misma hora de la noche. Cuando llegué al orfanato, Lorik estaba esperándome en la ventana. Bajó por el árbol y marchamos a mi casa. Cogí un buen trozo de pavo que había preparado Sylvette y lo subí junto con un vaso de leche para Lorik. Lo devoró como si nunca en su vida hubiese comido algo tan bueno. Yo no lo podía entender, pues no era una de las comidas que más me gustaba. Nos pusimos a jugar con unos coches de madera que mi madre me había comprado hacía dos días, y cuando comenzamos a tener sueño, lo acompañé al orfanato.

Así pasaron unos meses hasta que una noche vi luz en el pasillo mientras Lorik estaba en mi cuarto y la puerta se abrió. Mi padre se había desvelado. Al ver a ese niño sucio, al que ni sus padres querían, comenzó a gritar. Nos levantó a los dos del suelo tirándonos de los brazos y nos dio cuatro o cinco meneos, justo los que pudo darnos antes de que apareciera mi madre.

—¿Qué pasa aquí?

—Pregúntaselo a tu hijo.

Arrastró a Lorik escaleras abajo y salió a la calle mientras yo me quedaba en casa con mi madre.

—¿Puedes explicarme qué ha pasado?

Le conté que llevaba muchos días viendo a Lorik por la noche y trayéndolo a casa. Que era mi amigo y que no sabía por qué no me dejaban jugar con él.

—Yo tampoco sé por qué no te dejan jugar con él, Cristo, pero no puedes hacer estas cosas.

—¿Por qué?

—Porque no, hijo.

Mi padre llegó hecho una furia y me dijo que al día siguiente compraría un cerrojo para mi puerta.

—Si la única forma de que aprendas es encerrándote como a un perro, así habrá de ser.

Al día siguiente, cuando regresé del colegio, pude comprobar que hablaba en serio: desde ese día, todas las noches me dejaba encerrado.

Lo que nunca hubiese imaginado fue que al mes siguiente vi a Lorik en el patio del colegio, buscándome con la mirada. Nos sonreímos con sorpresa y nos acercamos el uno al otro.

—¿Qué haces aquí?

—Me han encontrado unos padres y me han matriculado aquí.

—¿De verdad? —No podía creerlo.

—Bueno, en realidad son mis tíos. Por parte de madre, según me han contado ellos mismos. Han tardado mucho en encontrarlos.

—Entonces ya no estás en ese orfanato, ¿verdad?

—No.

—Pues ahora ya podremos ser amigos.

—Espero que sí, porque nadie me habla en mi clase. Creo que saben que no tengo padres y no les gusta.

—Pues vaya tontería.

Nos sentamos en el suelo, igual que cuando estábamos en mi casa.

—¿Y cómo son tus tíos? —pregunté.

—Son buenos. Me dan de comer siempre que tengo hambre, y me dejan repetir lo que quiero. ¿Sabes qué es lo mejor? Que me hablan de mi madre. Mi tía dice que era rubia, pero que salí a mi padre, con el pelo negro. Y que era bailarina de *ballet*. Tienen una tienda de regalos no muy lejos de aquí. Si quieres, podemos ir después del colegio.

—Claro.

Las horas que faltaban de clases transcurrieron más despacio de lo normal, como siempre ocurría cuando me esperaba algo emocionante. Nos reunimos a la salida y le dije a mi madre que tenía un amigo y que me iba un rato a su casa. Por supuesto, se empeñó en acompañarnos. Al saber quién era, me dijo que se alegraba mucho de que hubiesen encontrado a sus padres, y que podía jugar con él e invitarlo a casa siempre que quisiera. Vino con nosotros hasta la tienda de regalos de los tíos de Lorik, se presentó y les preguntó si no les importaba que me quedase allí con él un rato.

Me llevó a la trastienda y merendamos pan con chocolate. Me contó cómo lo trataban los otros niños en el orfanato y me dieron escalofríos. Los codazos y empujones era lo más suave a lo que estaba acostumbrado. De ahí pasaban a las patadas en el estómago y seguían con cubos de agua fría que le lanzaban en la ducha. Había estado enfermo en más de cinco ocasiones por culpa de un chico llamado Gérard. A punto de morir por los constipados que soportaba, y encerrado día y noche en una habitación aparte para que no se contagiara el resto de los niños. Los profesores no se portaban mal. Después de pasar la tarde en la tienda, mi madre me fue a buscar y nos dijo que al día siguiente podíamos ir a mi casa.

Cuando mi padre lo vio, se enfadó. Mi madre le explicó cuál era su nueva situación y se calmó un poco, al menos aparentemente, ya que siempre que venía a mi casa lo miraba con desprecio. Nunca pude entenderlo. Cuando cumplimos diez años comenzamos a dejar de quedar en casa para ir directamente al parque o a la biblioteca. Siempre recordaré la tarde en la que, a la salida del colegio, me dijo que quería enseñarme una cosa. Mientras caminábamos para llegar al lugar, me relató lo que había sucedido el día anterior en la tienda de sus tíos. Un hombre anciano, pero muy derecho, había aparecido en su tienda. Después de haber estado observando todo cuidadosamente se llevó una serie de espejos pequeños. Casi todos los que tenían en la tienda. Lorik no le había quitado ojo desde que entró por la puerta, y él lo percibió. Cuando ya hubo pagado, le guiñó un ojo y le preguntó si creía en la magia.

—No. Eso son tonterías que se les cuenta a los niños pequeños —respondió rotundo.

—¿Eso crees?

—Sí, señor, eso creo.

—Espero que algún día cambies de idea y descubras la magia de los libros.

Después se marchó. Mi amigo, sin haber entendido lo que había querido decir, salió a la calle y lo siguió. Cuando llevaba más de cuarenta y cinco minutos caminando tras él y estaba pensando en regresar a su casa, llegó a la del hombre. Resultó que vivía en una casa enorme y con un gran jardín, protegido todo por una verja negra.

Y estábamos ante ella.

—¿Qué hacemos aquí?

—Entrar.

—¿Qué?

—No está en casa. Lo sé.

—No quiero hacerlo.

—Vamos.

La verja estaba abierta. Lorik la empujó y me arrastró con él al interior.

—Quiero irme.

Ignorándome por completo, se dirigió a la puerta principal y la abrió sin problemas. Entramos. Verdaderamente no había nadie.

—¿Cómo sabías que la puerta estaba abierta?

—Porque he venido esta mañana y también estaba abierta y sin nadie.

—¿Y cómo sabías que ahora no iba a haber nadie? Quiero irme.

—Porque había una nota encima de la mesa del salón. Estaba escrita la fecha de hoy, y debajo una hora: las seis de la mañana. Seguro que se ha ido de viaje.

—Quiero irme.

—Pues vete, yo me quedo.

—Ven conmigo.

El rostro de Lorik cambió de repente. Sentí unas manos apoyadas en mi espalda y me quedé petrificado.

—No sabía que iba a tener invitados. ¿Qué? ¿Ya crees en la magia, Lorik?

Él no respondió, y yo no podía moverme.

—¿No sabéis que es de mala educación entrar en las casas sin llamar?

—Lo siento, señor, nos marchamos ya.

—Vamos, vamos —dijo soltándome y sentándose en el sofá—, no habéis venido aquí para iros tan pronto. Venga, acomodaos.

Mientras nos sentábamos en dos butacas contiguas, el anciano se marchó y regresó con una bandeja con galletas y se sentó.

—Que no os dé apuro, coged las que queráis.

Cada uno cogimos una y le dimos las gracias.

—¿Quién es ese? —preguntó Lorik señalando un cuadro colgado sobre la chimenea apagada.

—Un familiar lejano mío. A lo mejor os suena. Se llamaba Victor Hugo.

—No lo conozco —dijo Lorik.

—Yo sí. Mi madre tiene sus libros. Dice que es el mejor escritor del mundo entero.

—Estoy de acuerdo con tu madre. ¿Cómo te llamas?

—Christophe.

—Encantado. Y ahora, ¿os gustaría escuchar un cuento sobre un ser maligno?

Ambos nos miramos con ganas de escuchar la historia, y el familiar de Hugo comenzó.

—Todo ocurrió en un lugar no muy lejano de aquí, al otro lado del bosque encantado. Aunque solo está encantado las noches de luna llena. Es entonces cuando las hadas, los duendes, los elfos y las ninfas salen a cantar y a hacer que las plantas crezcan fuertes y que nunca mueran. Pero no todos los seres que habitan el bosque son buenos, también hay gnomos. Y los gnomos no son buena compañía.

»Había un grupo de niños en un pueblo vecino que se retaban las noches de luna llena para adentrarse en el bosque y poder ver a alguno de estos seres, pues se decía que en una ocasión un niño entró en el bosque, capturó a un unicornio y le arrancó el cuerno de la frente. El unicornio se transformó en caballo mortal, y el poder de la inmortalidad que concedía su cuerno pasó a manos del niño. Tenía más de trescientos años y no aparentaba más de sesenta. Así que echaron a suertes a quién le tocaba entrar esa noche de luna llena en el bosque, y uno de ellos lo hizo.

»Aunque esperaron durante horas, no regresó. Días después se les aparecía en sueños al grupo de amigos pidiéndoles auxilio. Les decía que entrasen en el bosque y que lo ayudasen a salir de allí. Los sueños se repetían de manera constante, así que finalmente una noche entraron en el bosque todos juntos. Anduvieron un largo rato hasta que vieron una especie de luz al final de un sendero y se dirigieron a él. La luz venía del fondo de una cueva. Se adentraron. Descubrieron que había unos escalones que descendían. Allí en el interior de la cueva era de donde procedía la luz. Era una especie de burbuja iluminada, de al menos dos metros de alto, y dentro, como si estuvieran nadando, las almas de un montón de niños atrapados en esa burbuja. De pronto, vieron el rostro asustado de su amigo. Todos se lanzaron a por él, cayendo en la trampa del gnomo, que los esperaba en el centro de la burbuja de almas, asegurándose cinco años más de vida por cada nueva alma que cayera en sus redes. Los buscaron durante semanas sin encontrarlos. Ni a ellos, ni la gruta, pues solo era visible a los ojos de los niños.

—Vaya —dije.

—Así que, chicos, si no queréis acabar como los niños de la historia, no entréis donde no debéis.

Habríamos de regresar a esa casa durante años para que nos contase una y otra vez las mismas historias y otras, que creo se inventaba sobre la marcha, hasta que, cuando yo cumplí quince años y Lorik dieciséis, lo encontramos muerto, con los ojos abiertos de par en par, y nunca regresamos.

Adam y Kyliann nunca quisieron ir con nosotros a la casa del anciano, pero siempre estábamos juntos cuando íbamos al parque, los días en que lucía el sol, a pasar la tarde. Yo me encargaba de inventarme las historias que ese familiar de Victor Hugo, que nunca nos dijo su nombre, ya no podía contar.

Poco después de que muriese, Lorik me dijo que había encontrado trabajo en una granja a las afueras de la ciudad: ordeñaba las vacas y cepillaba los caballos; así ayudaba a sus «padres» —siempre se refirió a sus tíos como padres— a mantener la tienda, ya que cada vez vendían menos. De paso, podría ir a la universidad y convertirse en abogado.

A mí comenzó a rondarme por la cabeza la idea de buscarme un trabajo, por las tardes, sin que mis padres se enterasen. Me inscribí en una lista en el ayuntamiento. Las clases y los días pasaban. Escribía mis historias, dejando que la imaginación con la que había nacido fluyese como quisiera. Al fin recibí una carta del ayuntamiento, sellada hacía tres días. Se me convocaba en una biblioteca de París, en una semana, para un puesto de conserje. Puse la carta a buen recaudo y esperé a que los días pasaran.

Me vestí como mejor me pareció y salí de casa dispuesto a ganarme esa plaza. Pregunté en el punto de información y me dijeron que fuera al piso superior y que entrara en el pasillo de la derecha. Al menos diez personas más estaban llamadas al mismo puesto que yo. Me senté y esperé. Me hicieron un montón de preguntas que consideré inútiles y me dijeron que enviarían una carta a casa con la respuesta en menos de una semana. Cumplieron con su palabra. Por desgracia, mi padre cogió la carta y la abrió. Cuando llegué a casa me estaba esperando con ella en la mano. Tras preguntar a base de rugidos qué era eso, no atendió a explicaciones y lo que hizo fue darme tres bofetones. Gritaba que yo no iba a trabajar de conserje, sino en un centro hospitalario, como él, y que además comenzaría a sus órdenes. Por supuesto, yo no iba a consentirlo, pues tenía claro que el oficio de médico me repugnaba y que lo que me gustaba eran las letras, y no la sangre ni el pus amarillo.

Dejé los folios sobre la mesa y me fui a la cocina a preparar algo de comer para cuando regresara Sophy. Abel reclamó su comida y se la puse en un plato nuevo que Sophy había encontrado en una tienda para mascotas con el nombre del gato grabado. Parecía gustarle. Puse agua a hervir y eché las verduras que encontré en la cesta que guardaba bajo un armario en un hueco cubierto por un paño. Después de comer, Abel desapareció, como era su costumbre. Por mucho que lo llamé, no acudió.

Llamaron a la puerta. Creyendo que era Sophy, abrí sin echar un vistazo por la mirilla. Me encontré al nuevo conserje del edificio, un hombre mayor y olvidadizo.

—Buenas noches, señor. Disculpe que le moleste a estas horas, pero esta mañana ha venido el cartero para entregarle una carta en mano. Usted no estaba y yo me he hecho cargo de ella para no hacerle volver. Siento no haberlo recordado hasta ahora.

—No importa, no se preocupe.

—Buenas noches, señor Maestre.

—Igualmente.

Cerré la puerta y me senté a la mesa del salón. La carta llevaba el remitente a medio borrar y tenía pegados un montón de sellos, por lo que deduje que venía de bastante lejos. La abrí. Saqué una nota doblada. La caligrafía hacía pensar que la había escrito un niño que estaba aprendiendo a escribir, pero era clara y concisa:

Josua no murió aquel día, sigue vivo.

Gerardo
Aldea de los Cuatro Valles, enero 1951

Releí aquella nota al menos diez veces antes de que Sophy llegase a casa. Cuando se la tendí se emocionó.

—Entonces, ¿está vivo de verdad? ¿Por qué todos creen que está muerto? ¿Por qué él mismo nos dijo que su hijo había muerto sin que fuera cierto? ¿Lo hizo para mantener a Pilar alejada de él? ¿Por qué no fue él a buscarla?

—No lo sé, Sophy, pero tampoco importa. Estamos en París y no pienso regresar nunca, lo que es y se dice nunca, a Zaragoza.

Suspiró dejándose caer en el sofá.

—Sí, supongo que es una tontería pensar en ellos.

8

Había retrasado la celebración de mi regreso y mi vuelta a
la vida durante varios meses, pero Adam, Kyliann y Lorik
ya no me daban más tregua. Para mí, no había nada que
celebrar, y en todo caso lo haría con Sophy, pero ellos
siempre se habían preocupado por mí. Se lo debía. Le
pedí a Sophy que fuese conmigo, pero Kyliann no le caía
bien, en absoluto.

—¿Con ese estúpido? No, gracias. No lo aguanto, es
un creído que va por ahí de comemujeres, y además es feo.
No sé qué le ven. Bueno, sí, la cartera, porque si no, ya me
dirás tú qué atractivo tiene. Yo no se lo he visto nunca.
Y si no se lo he visto es porque no lo tiene. Además, me
mira raro.

Me gustaba tener a Sophy en casa, aunque eran pocos
los días que se quedaba a dormir. Me gustaba ver las cosas
que traía y los adornos que ponía, un florero aquí, una
cajita de música en el dormitorio, una manta... Me gustaba tenerla en casa y estar con ella, lo hacía todo fácil. Y, al
contrario de lo que había pensado, Thomas me trataba
igual. No es lo mismo tener una buena amistad con un
chico que tener una buena amistad con un chico que se
está beneficiando a tu hija.

Lorik fue a buscarme un poco antes de la hora acordada. Después de saludar a Sophy, que estaba sentada en el sofá escuchando la radio e intentando convencerme de que comprase un televisor, nos marchamos. Salimos a la calle y disfrutamos de un apacible paseo desde casa hasta el restaurante donde habían reservado mesa para comer. Le conté lo de la nota que había llegado desde la pequeña aldea de los Pirineos.

—La verdad es que es extraño. ¿Cómo ha conseguido tu dirección?

—No lo sé, y tampoco me importa demasiado, aunque tengo que reconocer que me quedé con las ganas de saber cuál de las dos historias era real.

No tenía la más mínima idea de cómo dar con Pilar y Fátima para escuchar su versión de la historia.

—De todas formas, ahora eso ya da igual. Estáis aquí, estáis bien, y tú, bueno, vuelves a ser tú.

—Eso sí es verdad.

Decidí guardarme que lo que más me interesaba de la historia, incluso antes de saber que Josua, si es que era cierto, seguía vivo, era la historia entre Pilar y él, pues al pensar en ellos pensaba en Evangeline. El calor del local nos recibió. Adam y Kyliann nos saludaron desde la mesa. Uno de los camareros se acercó a nosotros con una falsa sonrisa, nos acompañó hasta la mesa y nos sirvió un vino.

—Hola, Cristo —saludó Kyliann para seguir conversando con Adam.

—Cristo —añadió Adam.

A veces me costaba acordarme de cómo nos habíamos hecho amigos. Cuando nos trajeron el primer plato y terminaron de hablar sobre la camarera que estaba al fondo sirviendo una mesa, comenzaron a prestarnos atención.

—A ver, Cristo —comenzó Kyliann—, deléitanos con tu viaje a Sarragosa.

—Zaragoza —corregí.

—Eso.

Sorbí un poco de vino de la copa.

—No hay mucho que contar. —No tenía ganas de repetirles la historia, y menos, a sabiendas de que no iban a prestar atención—. Del hotel me marchaba a hablar con las personas con las que tenía que comprobar la historia, y cuando acabé, regresé.

Adam se echó hacia atrás en la silla.

—Venga, hombre, que te dejas la mejor parte.

—¿Qué mejor parte?

—Pues la de Sophy, ¿cuál va a ser? —rio—. Me gustaría ver la cara que se te quedó cuando la viste aparecer en tu hotel. Se marchó sin que lo supieran sus padres, ¿verdad?

Asentí sin mirarlos a la cara.

—Menuda broma se le ocurrió. Todo el mundo buscándola. Hasta salió en los periódicos. Pobre Thomas. Lorik te lo contará mejor: estuvo a su lado cuando desapareció.

—¿Es cierto? —pregunté a Lorik.

Asintió y me dio una patada bajo la mesa para darme a entender que ya me lo contaría cuando estuviéramos a solas.

—Bueno, ¿qué? ¿Lo cuentas o no?

—No hay nada que contar.

—¡Vamos! —bramó Adam.

—Ya basta —dije—. No voy a hablar de Sophy con vosotros.

Entornaron los ojos.

—Vale, como quieras —dijo en tono resentido.

El resto de la cena transcurrió tranquila al mantener dos conversaciones separadas. Una, entre Lorik y yo, y otra, entre los cada vez más indeseables y egocéntricos de Kyliann y Adam. Lorik y yo apenas probamos más de una copa de vino, pero los otros dos habían agotado dos botellas. Comenzaron a reírse estrepitosamente y cuando eso les pareció poco, se pusieron a cantar cogidos del brazo. Hasta que los echaron y salimos los cuatro.

—Muy bonito —dijo Lorik ayudando a Adam a no caer, y, de paso, obligándome a mí a cargar con Kyliann.

—¡Bonito! ¡Ah! Para bonita, Sophy —gritó Adam.

Kyliann asintió.

Ya estaba otra vez. No quería que hablaran de ella, nunca hablaban bien de ninguna mujer.

—Hay que ver los pechos que tiene, y su cintura. La agarraría de buena gana y...

—Basta —amenacé a Kyliann.

—Basta, basta, basta —continuó—. Seguro que tú no la tratas tan bien como la trataría yo, y seguro que no le haces las cosas que le haría yo.

—¡Cállate ya! —ordenó Lorik al ver mi cara.

—Cállate tú, que no le has puesto una mano a una mujer encima desde..., ¡bah! Ya ni me acuerdo. De lo que sí me acuerdo es de la cara que se te quedó cuando descubriste que Evangeline estaba con Cristo.

Tardé unos segundos en ser capaz de entender las palabras que acababan de salir de su garganta borracha. Lorik le dijo que dejase de lanzar tonterías al aire y esquivó mi mirada.

—¿Qué está diciendo, Lorik?

—Nada, no son más que tonterías de un borracho.

—Borracho, sí, pero tonterías, ninguna —dijo Kyliann mientras se iba de un lado a otro.

—Lo corroboro —dijo Adam mientras caía al suelo de golpe y comenzaba a reírse.

Miré a Lorik intentando que me explicara de qué estaban hablando. Kyliann se tiró al suelo a su lado y comenzó a reírse también.

—¿Lorik?

—Déjalo, Cristo.

—Cuéntamelo. No voy a enfadarme.

Dejamos a los dos tirados en el suelo mojado y nos sentamos en un banco de madera próximo. Esperé paciente a que comenzara. Él se retorcía las manos y cambiaba de postura continuamente.

—La conocí antes que tú. Un año antes que tú. Ya sé que eso no me da ningún derecho a nada, pero me empeñé en pensar que sí. Conocí a Evangeline una tarde en la que entró en la tienda de mi padre a comprar un regalo para su madre con el dinero que su padre le había dado. La ayudé a escoger un joyero para anillos y pendientes y se lo envolví. Cuando me pagó, se marchó, y yo la seguí. La vi entrar en una librería y pensé que lo había hecho para comprar algún regalo, pero después de media hora no había salido. Así que me aproximé al escaparate y la vi tras el mostrador. Resultó que era la hija del librero Nicomède, uno de los más aduladores con los clientes de pago, y el más perro con cualquier otra persona. No me atreví a entrar. Lo único que podía hacer para verla era quedarme plantado ante la puerta de la librería, una hora detrás de otra, al terminar la escuela. Alrededor de tres meses después de espiarla, me decidí a entrar y hablar con ella, así que esperé a que llegase el martes a las seis de la tarde, la hora en la que su padre se marchaba y no volvía hasta el día siguiente. Respiré hondo y entré. Era preciosa, y estábamos solos. Temblando, me acerqué a ella.

»"Hola, ¿quieres algo?", preguntó.

»Tardé en responder que sí.

»"¿Y qué quieres? ¿Algún libro nuevo?", dijo dando la vuelta al mostrador y acercándose a mí. Casi podía sentir su respiración.

»"Me gustaría saber", comencé, "si... si..., bueno..."

»"¿Te encuentras bien?

»"Sí, perfectamente.

»"Vale, pues dime qué quieres.

»Todavía no sé cómo fui capaz de decírselo sin trabarme.

»"Me gustaría saber si te gustaría que te invitase a tomar algo algún día.

»Como era de esperar, se quedó perpleja y me dijo que no.

»"¿Cómo te llamas?", pregunté.

»"No quiero que lo sepas. Llevas meses espiando desde la otra acera. Menos mal que mi padre no se ha dado cuenta, si no, ya te habría dado una paliza, así que vete.

»Regresé todas las tardes igualmente y nunca le dijo nada a su padre. Después le escribí cartas de las que nunca obtuve respuesta, y más adelante me la presentaste como tu novia. Se llamaba Evangeline. Ella no dijo nada al verme, y yo tampoco. No creo que sea para tanto.

Escuché su relato paciente.

—Tienes razón, no es para tanto.

—Debí habértelo contado antes. Aunque ahora ya da igual, pero quiero que sepas que sufrí tanto como tú cuando murió.

—No podías contármelo, y tenías que aguantarme a mí lamentándome.

—No era aguantarte.

No hicieron falta más palabras aquella noche. Nos abrazamos como dos niños que guardan un secreto y se dicen que serán siempre amigos, aun sabiendo en el fondo que tal vez solo sea por ese curso en el colegio, y nos despedimos hasta la próxima.

Cuando llegué a casa, encontré a Sophy dormida en el sofá con Abel encima. La desperté y nos metimos en la cama tapándonos con todas las mantas que tenía en casa. Hacía mucho frío esa noche.

9

Salí de casa a primera hora de la mañana, dispuesto a comprar el televisor que Sophy quería. A mí no me hacía especial ilusión tener uno de esos aparatos ultramodernos, pero Lorik también me había comentado en más de una ocasión que era entretenido y divertido cuando no tenías nada que hacer.

—Si no tienes nada mejor que hacer y estás aburrido, ponte a leer un libro —decía yo.

—Los libros morirán pronto con las modernidades, es más cómodo ver algo que tener que leerlo. No lo digo yo, lo dice todo el mundo.

—Me trae sin cuidado lo que diga la gente. Se equivocan: los libros no morirán nunca.

Cuando llegué a la tienda de aparatos de radio y televisores estaba cerrada, así que entré a desayunar en un café que quedaba enfrente. Comí con ganas las tostadas que servían con el café. Un rato después vi abrir la tienda. Reconocí al instante al hombre que la abrió. Se llamaba Laurent Domine y era escritor. O, al menos, lo había sido en la redacción de Éditions Pupets hacía algún tiempo.

Conocí a Laurent después de llevar unas semanas escribiendo relatos para la editorial. Tan solo habían publi-

318

cado dos de mis historias cuando lo conocí. Era una mañana lluviosa y oscura, sobre las doce de la mañana. Estábamos los justos, al menos en mi planta. Thomas, leyendo y corrigiendo; uno de los dos dibujantes y yo haciendo ruido con la máquina. Las gotas resbalaban por los ventanales. Oí unos pesados pasos subiendo por la escalera. A pesar de que no era normal, ya que, una vez estábamos todos reunidos en esa planta, nunca subía nadie, no le di importancia y seguí a lo mío.

—Hola, Laurent. ¿Qué te trae por aquí? ¿Has acabado tu relato semanal? —dijo Thomas.

—No, en realidad, he venido a ver a otra persona.

—Ah, bien. ¿A quién?

No dijo nada, así que debió de señalarme con la cabeza.

—¿Cómo está Sophy?

—Bufff, igual de impertinente que siempre. Acabará conmigo y con su madre.

—Es normal a su edad.

—Lo de Sophy no es normal a ninguna edad.

—Deja que venga un mes a mi casa, ya verás cómo la enderezo.

El ambiente se tornó más serio y pude imaginar a Thomas quitándose las gafas y mirándolo seriamente.

—Primero, tú a Sophy no la tocas; y segundo, es ella la que te enderezaría a ti. Tenlo por seguro.

«Típico de un padre», pensé. Puede criticar a su hija cuanto le plazca, pero que no se la toque nadie.

—Vale, hasta luego.

Se acercó a mí y se detuvo a un par de metros para después arrastrar una silla y ponerse a mi lado. Dejé de hacer a mis dedos bailar sobre las letras y lo observé.

—Hola —dijo.

Alcé las cejas dejando claro que no tenía ganas de hablar con él y que se diera prisa.

—Eres Cristo Maestre, ¿no?

Asentí. Estuve un rato mirándolo, dándole pie a que comenzase a hablar, pero no dijo nada.

—¿Qué quieres?

—Bueno... Soy compañero tuyo de oficio: tengo una publicación en la revista semanal...

—Hasta ahí llego.

—Vale —dijo nervioso—. Solo quería decirte que me gustan mucho las dos historias que te han publicado y que me encantaría ver cómo va la siguiente, siempre que no te importe.

Dudé.

—Solo quedan dos semanas para que la saquen a la venta, no puede ser tan buena como para que no puedas esperar catorce días.

—Ya, ya —continuó—, pero me gustaría mucho que me dejases leerla.

Me extrañó que tuviera tanto interés en leerla. Finalmente le tendí los folios que iban a aparecer en el próximo número.

—Gracias, te los traeré en cuanto los termine.

Dicho esto, se puso en pie camino de la puerta. Thomas había estado escuchando la conversación.

—¡Eh! —grité—. ¿Te crees que soy idiota? Puedes leerlos aquí, frente a mí.

Rio.

—No creerás que voy a robarte, ¿no?

—Prefiero no pensar eso. Mejor quédate aquí, delante de mí, y si no, adiós.

—Vale, aunque tengo que insistir en que no quería que te hicieras una mala opinión sobre mí.

Cogió la silla, la arrastró hasta dejarla frente a mí y se puso a leer. Me volví para mirar a Thomas, que negó con la cabeza para decirme que no debería dejar que lo leyese. Tenía razón. Supongo que me comporté como un tonto en ese instante. He tenido poco ego en mi vida, pero ese fue uno de los pocos momentos en que me pudo el halago.

Continué escribiendo hasta el punto de olvidarme de que un escritor estaba leyendo el relato, dispuesto a juzgarlo. Cuando acabó, me dijo que era grandioso. Me dio las gracias por habérselo dejado leer. Guardé las hojas en el cajón bajo llave. Se despidió de Thomas al salir.

—No deberías haber dejado que lo leyese.

—Me has asustado, Thomas, pareces un fantasma cuando andas.

Tomó asiento frente a mí.

—No me cae bien. Es un escritor mediocre y envidioso. Pero es el hijo de un amigo del jefe, de Joseph, que es muy buen hombre. Él mismo me dijo que no valía para escribir, pero que así le hacía un favor a un amigo, y tampoco molestaba tanto en una revista de periodicidad semanal, especialmente por lo corto de sus relatos, y así no gastábamos mucho papel inútilmente y todos contentos. Yo no le hubiera dado el trabajo. Lo que relata llega al punto de nauseabundo muchas veces, y Joseph, de tan bueno, parece tonto, y por eso le deja publicar. Anda que si por mí fuera... Bueno, que me estoy liando. Vengo a decirte que te andes con ojo con este personaje, que es un bicho malo. Si ha venido aquí para leer tu relato, es porque te envidia, y me da a mí que no va a salir nada bueno de esta visita.

—¿Y qué podría hacer? Si manda el relato a otra revista, no le servirá de nada: ya está el original en la imprenta.

—Sí, lo sé, pero vete tú a saber lo que trama. No importa, ya está hecho. Ahora, cuando regrese, si es que regresa, ignóralo por completo, y sobre todo no le des tus escritos a leer.

—Te agradezco el consejo, Thomas. Así lo haré si se da el caso.

—Bien.

Los días pasaban y nada ocurría fuera de lo normal. Laurent no volvió a aparecer por allí. Todo estaba por llegar en una semana. Un día, a las puertas de la editorial, encontré unos panfletos tirados por el suelo.

Christophe Maestre es un gran timador
y un ladrón de ideas.

Me dio un vuelco el corazón. Había asimismo un escrito con un resumen de la historia que Laurent había leído, con los nombres de los personajes cambiados. Subí a ver a Thomas y lo encontré pegando gritos con unos folios iguales a los míos en la mano.

—¡Esto es intolerable, Joseph! Lo siento, pero me niego a seguir manteniendo relación profesional con un embustero de tres al cuarto!

Esa fue la única vez que vi al dueño de la editorial, Joseph.

—No tienes que preocuparte, Thomas, sabes que esto se arreglará.

En ese momento dejó de golpe un periódico abierto sobre la mesa. Me acerqué.

—Cristo, menos mal que has venido. ¿Sabes lo que ha ocurrido? —dijo al verme.

—Me temo que sí.

Cogí el periódico. En las páginas centrales había una noticia con un retrato mío y un gran titular.

—¡Esto es increíble! —grité.

CRISTO MAESTRE, TIMADOR

En la redacción de este periódico se presentó ayer por la noche un joven escritor y prodigio de la literatura.

Según afirmó, lleva semanas escribiendo los relatos que se publican bajo el nombre de Christophe Maestre, el Príncipe de la Muerte, como se le apoda por el tono de sus historias.

En nuestras oficinas se presentó también el desconocido para el público Laurent Domine. Traía una serie de relatos escritos que se asemejan mucho a los publicados por Éditions Pupets bajo la firma del ya nombrado Maestre. Laurent declaró a la editorial que estaba cansado de que la fama y el dinero que le corresponden a él se los llevase otro, y por eso decidió acudir a nuestro periódico para narrar su increíble situación, que saca a la luz los oscuros intereses de una editorial dirigida por un extranjero español afincado en París.

—Desde luego que es increíble, Cristo, pero no te preocupes: con esto Laurent lo único que hace es demostrar su calaña. Al final le salpicará de golpe en la cara, ya lo verás —dijo Joseph.

Dicho esto, se marchó. Thomas y yo nos quedamos sentados el uno frente al otro.

—El redactor jefe de ese periodicucho se la tiene jurada a Joseph desde que abrió la escuela de escritores y después la convirtió en una editorial. Fue alumno suyo. Le dijo que se buscase otra cosa, que no se le daban bien las letras. Yo mismo he leído algunos relatos que Joseph guarda aquí y dejan mucho que desear. La mayoría no hay por dónde cogerlos. En fin, que todo el mundo sabe que los cuentos son tuyos. Laurent debe ser más tonto de lo que parece, y eso que suelo compararlo con una piedra, pero esta vez se ha pasado de listo. No temas, tienes mi respaldo, el de Joseph y el de la editorial. No hay más que ver sus escritos y los tuyos para demostrar que él no sabe escribir y tú sí.

Me dirigí a la librería y le conté a Evangeline lo que había ocurrido. Ella ya había visto el periódico.

—¿Has leído alguno de sus relatos?

—No, ni siquiera lo conocía.

—Son horribles, no sé por qué se los publican, por muy amigo que su padre sea de Joseph... Ahora ya no le publicarán nada más.

Tras recorrer las casas de mi madre y de Lorik para ver si se habían enterado de la noticia, fui a casa y me encontré con una notificación de los juzgados. Me citaban en cinco días. Acusado de suplantación de identidad. Dejé caer la nota al suelo. Era una locura. Cuando me calmé, fui a casa de Thomas con la citación en la mano y me enseñó la suya. Él iría como testigo. Finalmente, no llegó a celebrarse ninguna vista ni cualquier otra diligencia. Una mañana aparecieron dos inspectores en la redacción.

—¿Señor Christophe Maestre?

—Sí, soy yo.

—¿Y usted es Thomas Fiers?

—Así es.

—¿Hay algún lugar donde podamos charlar a solas?

—Por supuesto.

Thomas nos condujo a una salita tras una puerta en la que se almacenaban sillas y polvo.

—Me temo que este es el único lugar en todo el edificio en el que podemos estar a solas.

—No importa —dijo uno de ellos—. Hemos venido a informarle de que la denuncia presentada contra Christophe Maestre ha sido retirada por la misma persona que la presentó en nuestras dependencias policiales y nos ha dicho que todo era mentira, y que lo había hecho por alcanzar una fama que ansiaba, que estaba muy arrepentido y que no pensó en ningún momento que el asunto pudiera llegar a tal extremo.

—Entonces, ¿todo aclarado? —intervino Thomas.

—No lo dude, está más que aclarado. Y aunque no debería decírselo, tanto el señor Laurent como el redactor del periódico en el que se publicó la noticia pasarán un par de meses en la cárcel por difamación, pues el redactor nos ha dicho que también sabía que era falso cuanto le contó el joven Laurent.

—Pues que se jodan los dos —dijo enérgico Thomas.

Yo estaba fuera de mí. Me sentía liberado mientras iba asumiendo la noticia, y los músculos se me relajaron hasta el punto de tener que sentarme en una silla para no caerme de culo al suelo.

—Nos marchamos ya. Y una cosa más, a título personal, señor Maestre, espero que estos últimos días no le afecten. No deje de escribir sus historias: todos en casa somos seguidores de sus relatos, sobre todo mi hija de trece años.

—Se lo agradezco mucho —respondí en un susurro.

—Ande, y dele un café a ver si se entona —dijo a Thomas.

—Mejor un jerez.

Se marcharon. Nosotros regresamos a la mesa de Thomas.

—Entonces, ¿todo ha pasado?

—Sí, Cristo, ya puedes estar tranquilo, y ahora vete a casa y descansa. No hace falta que regreses mañana, tómate unos días de descanso, que vas a batir mi récord de horas en la redacción.

—Bien.

—¿No quieres saber por qué ha dicho la verdad?

—¿Qué quieres decir? —pregunté extrañado.

—Los puños pueden ser muy persuasivos.

—Explícate —pedí, observándolo fijamente, intuyendo lo que había podido ocurrir.

—De verdad, Cristo, a veces parece que estás hibernando, hijo mío. Pues que Joseph y yo les hicimos una visita a esos dos rufianes, y les dijimos que como no contasen la verdad se iban a encontrar con la redacción en llamas y con una buena paliza. No hizo falta más. Al día siguiente cantaron como loritos, o gallinas, a tu gusto...

Estuve tres días sin aparecer por la redacción. Luego todo volvió a la normalidad. No había vuelto a pensar en Laurent hasta que lo vi abriendo la puerta de la tienda de televisores. Sus aspiraciones de literato, que quedaron barridas al día siguiente de la publicación de mi supuesto timo en el periódico, habían desaparecido. Entré. Me reconoció nada más verme.

—¿Puedo ayudarle en algo, caballero?

—Vaya, Laurent. ¿Ahora vendes televisores? ¿Y las letras? ¿Has perdido las ganas de escribir?

—Disculpe, ¿le conozco de algo?

—No me vengas con tonterías —dije serio.

Suspiró.

—Sí, vendo televisores.

—Supongo que no se te habrá ocurrido la brillante idea de decir que los inventaste tú, ¿verdad?

—No, ¿puede olvidarlo ya, señor?

—¿Sabes?, no quiero olvidarme y no voy a hacerlo. A ver, enséñame qué tienes por aquí, y no intentes colarme un televisor estropeado.

—En absoluto, señor. Sígame.

Me condujo hasta el final de la tienda y me enseñó los aparatos más modernos.

—Llegaron a la tienda ayer mismo.

—¿Cuál es el mejor? —pregunté.

—El mejor también es el más caro —apuntó.

Lo observé con desdén.

—Mi sueldo de escritor no es como el que tenías tú, Laurent.

—No quería ofenderle, señor. Es este de aquí.

Apenas observé el aparato para no apartar la vista de él.

—Me llevo dos.

—¿Dos? ¿Está seguro el señor?

—Te repito, Laurent, que mi sueldo me lo permite, así que deja de ser desagradable y haz que los envíen a las direcciones que voy a darte. De lo contrario, redactaré una queja contra ti tan sumamente bien escrita que el dueño de la tienda creerá que soy juez y te echará a patadas por incompetente e inútil.

—Por supuesto, señor.

Le di mi dirección y la de la casa de mi madre.

—Espero que le guste lo que acaba de adquirir, señor Maestre.

—¿Podría dar la vuelta al mostrador? —dije.

Se quedó extrañado, pero obedeció. Cuando lo tuve frente a mí, le di un puñetazo en el estómago.

—Esta te la debía.

Cuando me disponía a salir, me dirigió unas palabras que nunca creí que pudiera decirme.

—Puedes pegarme todos los puñetazos que quieras, y puedes convertirte en el mejor escritor del mundo, pero, hagas lo que hagas, no volverás a tener a Evangeline.

Un escalofrío recorrió todo mi cuerpo. Había estado pendiente de mis pasos.

—Resulta extraño verla en todos y cada uno de tus relatos. No soy tan tonto para no darme cuenta de que ella es siempre la protagonista.

Regresé y le estampé la cabeza contra el mostrador.

Dos días después recibimos el televisor y lo instalamos. Sophy estaba contentísima. Pasó la tarde cambiando los tres canales que emitían.

No mucho más tarde, Thomas publicó mi primera novela. Los primeros días los pasé con incertidumbre, ya que no tenía nada que ver con lo que había escrito hasta el momento y tenía miedo de que a los lectores fieles no les gustara y se sintieran traicionados. No ocurrió así. Al contrario: el libro se agotaba por momentos y las librerías pedían más ejemplares a la editorial. Era un éxito, y mi cuenta bancaria aumentaba considerablemente cada semana. Sophy intentaba convencerme de que hiciese una firma de ejemplares en la librería de Nicomède, ya que la gente preguntaba cuándo iba a volver a firmar autógrafos.

—No sabía que habías firmado autógrafos allí, Cristo —dijo Sophy.

—Fue improvisado. Nada más.

—¿Por qué no lo haces? Es una de las librerías más grandes y respetadas de todo París, casi me atrevería a decir que de Francia.

—No tengo ganas de volver a entrar en ese lugar.

—Bah, eso son tonterías. Venga, anímate. Además, mi padre también cree que es una gran idea, pero no se atreve a pedírtelo por lo de Evangeline.

Insistió de tal manera que acabé accediendo para que no lo repitiese más. Sophy tenía la habilidad de parecer adulta cuando quería y una niña cuando le interesaba.

Entré en la librería de Nicomède exactamente un año, siete meses, dos semanas y tres días después de que muriese Evangeline. Todo estaba igual, a excepción de la mesa que habían preparado para la firma. No pude evitar mirar los sillones que había en el fondo, donde mantuve la primera conversación con ella, ni mirar al mostrador, donde solía encontrarla. Alessia, cuando ya me había sentado a la mesa y estaba examinando las puntas de las plumas que habían dispuesto para que escogiese la que me apeteciese usar, se acercó a mí y comenzó a hablar.

—Muy mona esta Sophy. Y muy impertinente.

—En tu caso debe de ser como tener un espejo delante, menos por lo de mona.

Bufó.

—¿Eso es lo mejor que se te ocurre?

—En realidad, no, pero creo que está penado por ley decirlo en voz alta. Déjame tranquilo.

—Pensaba que nunca te ibas a olvidar de mi hermana.

—Déjame en paz, ya te lo he dicho. Y trae la tinta para poder firmar.

—Qué rápido te has olvidado de ella, ¿no? Seguro que te cansarás de Sophy enseguida y encontrarás a otra que sea más normal.

En ese momento, Thomas y Nicomède salían de la trastienda con una especie de estantería móvil de grandes dimensiones repleta de ejemplares de mi novela. La pusieron al lado de la puerta y regresaron al almacén.

—Voy a por la tinta —anunció Alessia justo cuando Thomas se acercaba a mí.

—Bueno —dijo Thomas—, creo que estás aquí en buenas manos, Cristo, así que me marcho a la editorial. Si surge cualquier cosa...

—Tranquilo, tranquilo —cortó Nicomède.

Me quedé a solas con el padre de Evangeline. Por suerte, tenía tan pocas ganas de estar conmigo como yo con él. Se fue al almacén en el instante en que Alessia regresó.

—Aquí tienes la tinta.

—Gracias.

La gente comenzó a arremolinarse en la puerta y delante del escaparate, por lo que decidieron abrir un rato antes. Comenzaron a hacer cola frente a la mesa. En su mayoría eran mujeres que llevaban la novela en la mano.

Me dieron la enhorabuena por haber escrito algo tan bueno, según ellas. Los hombres traían las revistas en las que hacía ya algún tiempo no se publicaban mis historias.

—¿Cuándo vas a escribir algo como lo de antes? Tu novela está bien, pero no estaría mal que siguieras con tus historias para la revista en la misma línea.

—Yo también he pensado en ello y creo que voy a volver a escribirlas. Si mi jefe me deja, claro.

—¡Cómo no te va a dejar!

Así pasó la mañana. Nicomède cerró la librería a las tres de la tarde, dos horas más tarde de lo normal.

—¿Quieres que vayamos a comer a alguna parte, Cristo?

Me sorprendió su invitación, pero no tenía ninguna gana de compartir nada con él, y menos una comida que podía celebrar con Sophy.

—No, gracias.

No le di opción a que me insistiera; me marché a casa tan rápido como pude. Sophy había llegado. La comida se enfriaba en la mesa.

—Imagino que ha ido bien —dijo.

—Sí, pero no me gusta estar firmando libros y aguantando comentarios aduladores que no sé si son ciertos. Aunque lo sean, tampoco me gusta oírlos.

—Es raro oír a un escritor decir eso. La mayoría de los que son medio conocidos se las dan de todopoderosos. Los odio.

—Sophy... —dije cambiando de tema.

—¿Qué?

—No sé cómo decirte esto. Me preguntaba —continué dudando— si crees que te trato bien.

Frunció el ceño.

—No sé qué dices.

—Que si crees que podría portarme mejor contigo...

—Has hablado con Alessia, ¿verdad? No le hagas caso, es idiota.

—¿Cómo sabes que he hablado con ella?

—Porque lleva una semana diciendo que tenía ganas de verte para preguntarte sobre mí. Es mala de narices, no hace más que meter cizaña. No le hagas ni caso. ¿Me oyes?

—Pero ¿tú qué crees?

Dejó la cuchara en el plato haciendo ruido y respiró hondo.

—Creo que no soy tan inocente como tú, mi padre y el resto del mundo se creen, y sé y estoy segura de que me quieres.

Sonreí.

—Te quiero, Sophy —dije.

—Ya lo sé, tonto, y come, que se va a helar la comida.

A la mañana siguiente, Sophy se marchó temprano a trabajar. Yo le había dicho que podía venirse a vivir conmigo y ya no tendría que aguantar a Alessia, pero siempre me decía que le gustaba contestarle y dejarla a la altura del barro. Creo que en realidad le gustaba estar en la librería.

Lorik fue a mi casa y me invitó a desayunar en un café al lado de la editorial. Cuando le pregunté el motivo, me dijo que no tenía ninguno, que había estado haciendo memoria de cuando éramos niños, y que yo, en realidad, era el único que lo había aceptado desde un principio tal y como era, sabiendo que no tenía padres, y que era el que mejor se había portado con él siempre.

Recordé cuando lo vi el primer día de colegio y me separé de Adam y Kyliann para acercarme a él.

Cuando me dijo que habían encontrado a unos tíos suyos que cuidarían de él, me alegré muchísimo por él y por mí, porque lo iba a ver en el colegio. En ese momento, los profesores tocaron palmas para anunciarnos que debíamos regresar a las clases y todos corrimos. Lorik estaba en mi clase, sentado solo en un pupitre que habían llevado para él. Todos lo miraban de reojo. Kyliann, con quien yo compartía mesa, me preguntó quién era y de qué lo conocía.

—Vivía en el orfanato que hay cerca de mi casa. Es amigo mío, ya verás como te cae muy bien.

—¿En el orfanato que hay detrás de tu casa? ¿Estás loco? Mi madre dice que ahí solo van los niños que se han quedado sin madres porque eran prostitutas, y que pegan enfermedades extrañas. No sé ni si lo sabrá el director del colegio. No quiero que haya un niño así en mi clase, aprendiendo conmigo. Es antinatural, no tiene nuestra clase.

—Deja de decir tonterías: es completamente normal y no tiene ninguna enfermedad.

—¿Cómo estás tan seguro?

—Porque ha estado en mi casa muchas veces y no me ha pegado nada.

—¿Qué? ¿Cómo han dejado tus padres que entre en tu casa? Tu padre es médico, lo sabrá mejor que nadie.

—¿Sabes qué te digo, Kyliann? Que te den. Que es mi amigo y nunca ha despreciado a nadie, así que puedes irte a la porra.

—¿Qué pasa ahí detrás? —preguntó la maestra.

—Nada que le importe —respondí sin darme cuenta. Estaba enfadado con Kyliann.

Como no podía ser de otra manera, me castigaron las tres siguientes clases a estar de pie, contra la pared. Al acabar las clases, la maestra se me acercó y me preguntó si le iba a pedir perdón por mi comportamiento. Le dije que sí mintiendo, pues yo pensaba que no tenía nada por lo que disculparme, y me dejó salir de clase. Para mi sorpresa, Lorik estaba esperándome a la salida.

—Hola —dije.

—He oído lo que estabais hablando antes en clase. Quería darte las gracias.

—Bah, no tienes que darme nada. Kyliann a veces parece tonto. No es malo, solo tonto.

—Mis tíos tienen una tienda de regalos; es muy divertida, tienen un montón de cosas curiosas. ¿Quieres venir a merendar y a pasar la tarde?

—¿De verdad?

—Claro, tú me has invitado muchas veces a tu casa, y me has defendido delante de un amigo tuyo de siempre.

—Vale, pero tengo que decírselo a mi madre.

Los días que sucedieron a ese, Kyliann no me hablaba. Adam me decía que dejase de juntarme con Lorik, que volviese con ellos, y yo le respondía que no hicieran más el tonto y que regresaría con ellos cuando hablaran con Lorik.

Lorik y yo nos sentábamos en un rincón en el patio del colegio. Me contaba cómo era la vida en el orfanato. Kyliann y Adam se quedaban plantados ante nosotros a varios metros, nos miraban y se reían de nosotros. No sé de qué podían reírse.

Unas semanas después de que yo diese por perdida, y bien perdida, la amistad con Adam y Kyliann, este se levantó de su sitio en el patio del colegio y se aproximó a nosotros. Lorik había traído un cuento de la tienda de su tío y lo estaba leyendo en voz alta mientras mirábamos los dibujos. Su sombra sobre las páginas nos hizo levantar la vista.

—¿Qué quieres, Kyliann? —pregunté mientras él miraba a Lorik.

—¿Es verdad que vives con tus tíos?

—Sí.

—¿Es cierto que vivías en el orfanato?

—Sí.

—¿Qué quieres, Kyliann? —insistí.

Encogió los hombros.

—Nada, solo quería saber si es verdad eso que dicen en el colegio de que eres retrasado mental.

—Bueno, ya está bien, Kyliann, lárgate de aquí.

—No, no soy retrasado mental, a diferencia de ti.

Pagaría para poder volver a ver la cara que puso Kyliann.

—Mi madre tiene una de las panaderías más grandes y deliciosas de todo París, y mi padre es arquitecto, así que es imposible que el hijo de una prostituta sea más listo que alguien con padres normales.

Lorik se levantó de golpe, le dio un puñetazo en medio de la cara y se lanzó a su cuello. Cayeron los dos al suelo. Los profesores no tardaron en aparecer y nos castigaron a los tres, de cara a la pared, el resto del día y una semana más. Además, debíamos dar una nota a nuestros padres para que fuesen lo antes posible a hablar con la maestra. Le di la mía a mi madre a la salida del colegio, y de camino a casa le conté lo ocurrido.

—Bueno, no te preocupes, no ha sido culpa tuya, ha sido cosa de Kyliann.

—Es idiota.

—Es un cerrado, como el botarate de su padre. Su madre es de otra pasta, buena mujer. Pero bueno, ya se le pasará. Sois muy pequeños aún.

—Puedo seguir jugando con Lorik, ¿verdad, madre?

—Claro que sí.

Llegamos a casa y oímos a mi padre hablar por teléfono. Nos dirigimos a la cocina. Sylvette me sirvió la merienda justo antes de que mi padre irrumpiera a gritos.

—¿Qué haces jugando con ese niño?

El director había llamado para asegurarse de que les había entregado la nota.

—¡Basta ya! —gritó mi madre.

—¡Cállate!

Sylvette aprovechó para marcharse.

—¡No volverás a ver a ese niño! Jugarás con tus amigos Kyliann y Adam. No sé cómo has tenido la poca cabeza de dejarlos por ese niño de orfanato.

—Es mucho mejor que ellos —respondí.

—¡Cállate!

—¡No, es verdad, es mucho mejor que ellos!

Sabía lo que me esperaba al hablar así a mi padre, pero no pude aguantarme. Me llevó escaleras arriba arrastrándome por el brazo, mientras mi madre le decía que me dejase en paz, que solo era un niño.

—Precisamente por eso, porque es un niño, es ahora cuando hay que enderezarlo. Si no le llenases la cabeza con ideas estúpidas que sacas de las novelas que no dicen nada con sentido, no sería tan tonto. La culpa es tuya, mujer.

Me llevó a mi cuarto y cerró con el pestillo por dentro. Se quitó el cinturón. Yo me quedé encogido en un rincón, sabedor de la que se me venía encima. Me golpeó con el cinturón tantas veces como quiso. Yo gritaba, y mi madre tras la puerta decía que me dejase en paz. Cuando se cansó, se puso el cinturón en el pantalón y se marchó. Mi madre entró con lágrimas en los ojos y me dijo que mi padre ardería en el infierno en cuanto muriese. Me llevó al baño y me quitó la ropa destrozada para curarme. Nunca olvidaré cómo escocían las heridas. Mi madre cantó algo para que mi mente se marchase de la habitación.

Al día siguiente, mi madre tuvo que vendarme la espalda y los brazos para que la ropa no me rozara las heridas. Estuvo más de medio año sin dirigirle la palabra a mi padre. Una vez llegué al colegio, el director me llamó a su despacho. Lorik, Kyliann y Adam estaban ya esperando dentro. El director, un hombre con barba blanca, gafas oscuras y trajeado, se sentó y nos observó uno por uno.

—¿Qué puedo hacer con vosotros para que no se repita lo de ayer? —Silencio—. ¿Por qué os peleasteis?

—Lo que tenía que hacer —comenzó Kyliann— es no dejar que cualquiera entre en el colegio, ¿o es que no sabe que Lorik es hijo de una puta?

—¡Silencio! Nunca en mi vida había oído hablar así a un niño de tu edad. Se acabó. Todos castigados: fregaréis el suelo de tres aulas cada día, hasta que aprendáis a llevaros bien.

Esa misma tarde comenzamos a limpiar arrodillados el suelo de las aulas al acabar las clases. Además, debíamos hacer tareas extra al llegar a casa. Así pasó un mes tras otro sin que Lorik ni yo hablásemos con ninguno de los otros dos. Como no nos reconciliábamos, cada vez teníamos que limpiar más aulas, hacer más tareas en casa y más trabajos para cada una de las clases. Finalmente, una tarde, Kyliann se puso en pie y se acercó a nosotros dos.

—Podíamos fingir, y repito, solo fingir que somos amigos, para dejar de tener que cumplir este castigo idiota.

—Eso díselo a Lorik. A mí déjame en paz.

Tardó unos segundos en responder.

—Me parece bien, pero solo porque estoy cansado de tener que fregar el suelo, nada más.

—Entonces, así quedamos.

Fuimos los cuatro al despacho del director y le dijimos que ya habíamos hecho las paces.

—Eso lo diré yo según os vea jugando o no en el recreo. Marchaos a casa.

Salimos del colegio. Cuando íbamos a separarnos para ir cada uno a su casa, Kyliann le tendió la mano a Lorik.

—Siento haber dicho eso. Tú no tienes la culpa de haber vivido en un orfanato.

Lorik se la estrechó sin muchas ganas y nos marchamos los dos.

—Yo no le hubiera estrechado la mano.

—No tenía ganas de hacerlo, pero mejor así.

Al día siguiente, los cuatro estuvimos juntos en el recreo como si los últimos meses no hubiesen existido.

10

Subí la escalera y saludé a Thomas.

—¿Sophy ha vuelto a pasar la noche en tu casa?

Asentí.

—Deberá avisarme cuando lo haga. No es fácil dormir sin estar seguro de cómo está o si no anda por ahí perdida.

—Se lo diré.

—Gracias, Cristo.

Me senté a la mesa y comencé otra de las historias con las que había empezado mi trabajo de escritor, pues no tenía ganas de volver a meterme en una novela. Eso no era lo mío.

—Sophy, ¿qué haces aquí? —dijo Thomas.

Me volví y vi a Sophy con cara triste. Me acerqué a ella deprisa. Estaba tensa.

—¿Qué pasa? —pregunté poniéndome en pie.

—Tu madre está en el hospital; se ha caído al suelo de golpe.

Me estremecí.

—¿Está bien?

—Sé que está viva. Nada más.

—Vamos, marchaos. Coged un taxi —dijo Thomas.

Bajamos la escalera y subimos al primer taxi que vimos.

Sophy intentó tranquilizarme sosteniéndome la mano con fuerza y diciéndome que todo iría bien. Salimos del taxi cuando comenzaba a llover. Entramos y preguntamos en el mostrador por la habitación de mi madre. Estaba en la cuarta planta. Subimos por la escalera y entramos en la habitación. El médico estaba con ella, tomándole las pulsaciones.

—Cristo.

—Hola, madre.

Me senté a su lado. Estaba pálida, con los ojos hundidos en las cuencas y fría.

—No te preocupes, todo saldrá bien. En unos días estarás en casa.

—¿Podemos salir un momento de la habitación? —preguntó el médico.

—Puede decirlo aquí, no voy a asustarme.

El médico dudó y finalmente asintió.

—Ha sufrido un paro cardíaco bastante grave, y ahora mismo no estamos seguros de que su corazón funcione al cien por cien. Tenemos que esperar a ver cómo va evolucionando.

—Bien.

El médico se marchó. Sophy se había quedado fuera. Salí a buscarla.

—Pasa, no te quedes ahí —dije.

Entró.

—La Sophy que ha hecho que desaparezcan los fantasmas de la cabeza de Cristo —dijo mi madre.

—Me alegro de conocerla —contestó ella sonriendo levemente.

No me había dado cuenta de que nunca había llevado a Sophy a casa de mi madre para que se conocieran, y apenas se habían visto en mi falsa boda.

—Y yo me alegro de que Cristo te haya encontrado.

—Bueno, en realidad, yo me dejé encontrar.

Mi madre rio. Comenzó a ahogarse. Le acerqué un vaso de agua y le sostuve la cabeza para que pudiese beber.

—Marchaos a casa, aquí no podéis hacer nada.

—No digas tonterías, madre, aquí es donde tengo y quiero estar.

—No sirve de nada, hijo. Cuando tenga que irme, me iré y ya está.

No respondimos. Le llevaron algo de comer. Con ayuda pudo tomar la mitad de la sopa aguada.

—¿Estabas leyendo alguna novela, madre?

—¿Qué? Sí, ¿por qué?

—Bueno, siempre estás leyendo. He pensado que podías tener alguna a medias. Puedo ir a buscarla y leértela.

—¿De verdad lo harías? —dijo.

—Pues claro. ¿Dónde la tienes?

—En la mesita de noche, en mi lado de la cama.

—Yo iré a buscarla —dijo Sophy—. Ahora vuelvo.

No dio tiempo a que le respondiéramos y salió corriendo. Nos quedamos a solas.

—Bueno, hijo mío. Llegados a este punto de mi vida, me gustaría saber si has sido feliz.

—Madre, ¿por qué preguntas esas cosas? Sabes que sí, que me has apoyado en todo, mejor que muchas madres.

—Siento no haberte defendido más de tu padre, de sus absurdas ideas, pero creo que tampoco pasó nada demasiado grave con él. Por otro lado, me gustaría contarte que cuando me casé no era de esa manera. O al menos no lo parecía. Fue tras la boda cuando empezó a tener ese comportamiento extraño y bruto. Creí que se le pasaría, pero no fue así.

Tosió.

—Madre, no tienes que disculparte, y menos por él.

—Buenos días.

Lorik asomó por la puerta.

—Lorik, pasa —dijo mi madre.

—Acabo de enterarme. Thomas me lo ha dicho. ¿Cómo se encuentra, señora?

—Vamos, vamos, no me hables así. Nunca lo has hecho, y me hace sentir vieja. Para haber tenido un infarto, no estoy nada mal.

—No tiene mal aspecto.

Estuvimos un rato los tres. Luego, Lorik dijo que se tenía que ir. Lo acompañé hasta la escalera.

—Tu madre es una de las mejores personas que conozco, Cristo. Cuida de ella. Está bastante enferma, no sé si volverá a salir de aquí.

—¿Cómo sabes eso? ¿Ahora eres médico?

—Lo único que te digo es que no te hagas demasiadas ilusiones pensando que pronto saldrá de aquí.

—¿Sabes? Para dar esos ánimos, mejor márchate y no vuelvas.

Regresé al cuarto. Estaba enfadado, no con Lorik, sino porque tuviese razón. Poco después, Sophy entró con los hombros del abrigo y el pelo mojados.

—Está lloviendo muy fuerte.

—No tenías que haberte molestado en regresar con este tiempo.

—No es ninguna molestia.

—Puedo leer yo un rato, si queréis.

—Estupendo —dijo mi madre—, comienza cuando quieras.

Estaba leyendo mi novela. Cerró los ojos tumbada sobre esa fría cama de hospital. Las palabras brotaron de la boca de Sophy. Parecían una canción de cuna. La vi sonreír y entristecerse a medida que las páginas avanzaban.

—Tienes un don, hijo mío, no dejes de usarlo nunca. Tu forma de escribir llena el alma. Puedes parar ya, Sophy. Voy a dormir, estoy cansada.

—Claro.

—Marchaos a casa.

—Prefiero quedarme a pasar la noche.

—No voy a morirme hoy, Cristo. Márchate.

No quería irme, pero tampoco quería disgustar a mi madre.

Le di un beso y nos fuimos.

Sophy entró directamente en la cocina a preparar algo de cena. Abel reclamó las caricias a las que estaba acostumbrado y se sentó sobre mis piernas. Yo me levantaba a ir cambiando la televisión de canal. Escogí uno y cenamos en silencio. Recogí la mesa y me quedé en el fregadero, con los platos llenos de jabón.

—Me voy a casa, Cristo.

—¿Por qué? ¿No quieres quedarte?

—Creo que te gustará estar solo.

—Sophy —dije. Al dejar los platos en el fregadero, rompí un vaso—. No quiero que te vayas. No quiero estar solo, no quiero volver a quedarme solo; no me gusta cuando te marchas a casa de tu padre. A veces, cuando lo haces, me da la sensación de que no estás a gusto aquí.

—No digas tonterías, eso no es cierto, y lo sabes.

—No, no sé si es cierto. No sé si estás bien. No me gusta quedarme sin ti. —La quería más de lo que pensaba—. No quiero que te vayas ni hoy ni nunca, quiero que estés siempre aquí, y no quiero que mi madre se muera.

Caí al sofá, no tenía fuerzas para mantenerme en pie. Sophy se puso a mi lado e intentó sostenerme la cabeza para que la mirase.

—No voy a marcharme. Ni ahora ni nunca.

Mi madre estuvo en el hospital una semana. Gwendal no se molestó en ir a verla ni una sola vez.

—Mejor —decía mi madre—, sería capaz de venir a preguntarme cuándo van a traer su traje nuevo del sastre, así que mejor si no aparece.

Entre Sophy y yo le leímos la novela. Mi madre dijo que era lo mejor que había leído en su vida.

—No le haga la pelota, que luego se lo cree. Tendría que verlo en casa: se pone una capa de vampiro, un bastón negro y una pipa en la boca y empieza a recitar versos.

—¡Qué dices! No digas tonterías, no le hagas caso, madre, es mentira.

—Pues será mentira, pero esa imagen se me acaba de quedar grabada.

Thomas solía visitarla con frecuencia, y eso la animaba.

Mi madre falleció una mañana lluviosa, mientras contemplaba las gotas de agua resbalar por el cristal.

—Cómo me gusta la lluvia.

Después de decir aquella última frase, murió con Sophy y conmigo en la habitación. Sentí como si algo se apagase en mi interior y ese algo cayese al vacío. Sentí miedo y tristeza. Cerré los ojos de mi madre. Sophy avisó a un médico que certificó su muerte. Ella se encargó de llamar a todo el mundo para el entierro, que tendría lugar aquella tarde, a las cinco. En el mismo cementerio en el que habían enterrado a mi padre y a Evangeline.

Estaban todos: Lorik, Kyliann, Adam, Sylvette, que lloraba desconsolada, Thomas y Gwendal. Incluso acudió la familia de Evangeline al completo. Enterramos a mi madre al lado de mi abuela, a la que no conocí, y lejos de mi padre.

Sophy y yo nos fuimos a casa. Pasamos una semana extraña guardando silencio y sin hacer nada más. Regresé a la editorial dispuesto a continuar con la historia que había dejado a medias. Estuve todo el día sentado en mi silla, frente a la máquina, aporreando las teclas. No me di cuenta de la hora hasta que Thomas me sostuvo la cabeza y me obligó a mirar a la ventana. Estaba a oscuras y no quedaba nadie en la redacción, aparte de mí.

—Vale, me voy.

—Te ofrezco otro plan.

Me dijo que me sentase y regresó con una botella de whisky y dos vasos.

—Nos conocemos desde hace mucho, Cristo. Hemos pasado cosas juntos, y ahora mi hija está viviendo en tu casa. No creo que esté fuera de lugar que compartamos algunos tragos.

—Me parece perfecto.

Abrió la botella y sirvió sendos vasos.

—Salud —dijo.

—A la tuya.

—¿Sabes?, me alegra mucho la buena noticia. Un nacimiento es siempre una gran noticia.

Serví dos copas más y le tendí la suya.

—¿Quién ha nacido? —Bebí de un trago, dejando que el líquido me calentase el cuerpo.

—Anda, anda, no te hagas el inocente. Oí a Sophy contárselo a su madre. No sé por qué no me lo ha dicho a mí también. Ni que fuese un ogro. Tal vez tenga miedo del «qué dirán». Ya sabes cómo es la gente y lo que le gusta cotillear.

—¿De qué hablas, Thomas?

—Oye, Cristo, que a mí no tienes por qué ocultarme nada. Si Sophy va a ser madre, pues va a ser madre, y listo.

Me quedé de piedra. Cuanto pude hacer fue servirme otra copa y bebérmela de un trago.

—Tengo que ir a casa y preguntarle.

—¿A preguntarle qué?

—Pues si está embarazada...

—¿Cómo? ¿No lo sabías?

Negué.

—Supongo que le habrá dado miedo contármelo.

—Bah. Esta Sophy, con la mala leche que tiene para unas cosas, luego no se atreve con las importantes. Quédate un rato. Luego nos vamos los dos.

Una botella de whisky compartida después, nos quedamos dormidos en la editorial. La mujer de Thomas nos despertó sobre las seis de la mañana. El sol todavía no se veía. Sophy había estado toda la noche sola en casa.

—¡Madre mía! ¡Me marcho!

—Cristo —dijo Hélène—. Ven, vamos a tomar un café.

En el otro lado de la sala preparamos un café. Lo compartimos con las luces del alba extendiéndose sobre París. Le daban unos tonos de lienzo al óleo.

—Sophy está muy contenta de poder estar contigo.

—Lo sé.

—¿La quieres de verdad, Cristo?

—Claro que la quiero.

—Bien, porque es joven y no quiero que lo pase mal dentro de unos meses.

—Hélène —corté—, si no la quisiera, no estaría con ella. Nunca le haría eso a nadie, y menos a Sophy.

Sonrió.

—Me alegra oírlo. Es todavía joven e inocente.

No pude evitar reír disimuladamente.

—No es tan inocente como aparenta —dije.

Dejé a Hélène despertando a Thomas, que había pasado la noche en una extraña postura, y salí de allí. Recordando la conversación de la noche anterior, comencé a hacerme a la idea de tener un hijo con Sophy. Entré en la floristería y compré un ramo de claveles, sus flores favoritas. En la panadería de la madre de Kyliann compré un pastel y le anuncié la noticia. Salió tras el mostrador y me dio un montón de besos y felicitaciones.

Cuando llegué, Sophy estaba en el salón.

—¿Dónde estabas? Me he despertado a las cuatro para ir al baño y no estabas en casa.

—Tu padre me emborrachó anoche.

—¿Qué?

—Y en medio me dijo que estás embarazada.

El enfado desapareció y se tornó en una expresión entre duda y temor.

—¿Es cierto?

Asintió. Cuando me acerqué a ella para abrazarla, se marchó y se encerró en una habitación del fondo del pasillo que nunca usaba. Llamé a la puerta e intenté abrirla. La había cerrado por dentro.

—Oye, que debería ser yo el enfadado, y no tú.

Estaba llorando.

—Sophy, abre la puerta.

—Déjame.

Preferí no insistir. Me metí en la cocina y me dispuse a preparar algo con lo que encontré. Tenía todos los ingredientes para hacer uno de esos cocidos madrileños que había comido en el Gran Hotel, excepto los garbanzos. Salí a por ellos.

Me dirigí a una tienda cercana de productos extranjeros. En el escaparate había carteles anunciando los países de los que traían sus productos; entre ellos estaba España. Entré. Un hombre que me recordó a un pirata por las ropas que llevaba se me acercó y amablemente me preguntó qué quería.

—¿Tiene esa legumbre con la que se hace el cocido madrileño en España?

—¿Cocido madrileño? Bueno, es igual, en esa estantería tengo lo procedente de España.

—Bien.

Tras echar un vistazo, le señalé la legumbre más redonda que vi y le pedí un paquete de kilo. Le pagué una suma desorbitada y me marché. En casa, Sophy estaba sentada en el sofá viendo un programa de televisión que a mí no me gustaba en absoluto. Al menos, no salió corriendo.

—¿Adónde has ido?

—A por garbanzos.

—¿Qué es eso?

—Comida española. Para el guiso que quiero hacer. ¿Puedo sentarme?

—Claro, es tu casa.

Ignoré su comentario y me senté a su lado. Estaba nerviosa.

—¿Por qué no me lo habías dicho?

—Pensaba que te enfadarías.

—¿Por qué?

—No lo sé.

Le cogí la mano.

—Bueno, pues no estoy enfadado. El problema es que no te fías de mí.

—¿Qué?

—Lo sabes. Te cuesta estar a gusto aquí. Estamos en casa y vamos a tener un hijo. ¿Por qué no dejas de tener miedo?

—No tengo miedo, es que ha sido un cambio muy grande, de un día para otro.

—¿Sabes?, a mí me encanta este cambio.

Sonrió y nos abrazamos. Luego compartimos una buena comida y pasamos el resto del día juntos.

A la mañana siguiente, me desperté cuando Sophy estaba rebuscando entre los cajones del dormitorio. Estaba todo esparcido por encima de los muebles y por el suelo.

—¿Qué haces?

—Buscar una cosa.

—¿Qué cosa?

—Una pulsera que me regaló mi madre hace años. No sé dónde está.

—¿Por qué no vienes a la cama y sigues luego, eh?

—Caaaaaallaaaaa.

Cuando acabó con la cómoda, fue al armario de la pared y rebuscó en primer lugar en los cajones. Cuando terminó con ellos, maldiciendo, abrió las puertas del armario.

—Ahí no está tu pulsera.

—Ya, pero tampoco está dónde debería, así que prefiero mirar todo.

—Vale.

Me di la vuelta y me quedé boca abajo. Tiré el almohadón a un lado. De repente, el ruido cesó.

—¿Qué? ¿La has encontrado ya? ¿Dónde estaba?

—¿Qué haces con esta foto?

—¿Qué foto? —pregunté levantando la cabeza.

—Una del que me secuestró en el hotel en Zaragoza.

—¿Qué?

Me incorporé. La sangre se me heló. Me levanté y miré la foto que sostenía en las manos. La misma que había encontrado en casa de Ángel Thomas y que no recordaba.

—¿Quién es?

Solo podía ser uno, el otro estaba muerto.

—Este, pero sin la sotana.

El padre Isaías Griján aparecía al fondo de la fotografía en la que estaban Abril, su madre, Fátima y Pilar. Era él quien se había llevado a Sophy, el que había dejado la nota en el hotel. Cuanto había contado era mentira.

—¿Estás segura de que fue ese hijo de puta?

—Sí, claro que estoy segura —dijo enfadada por mi duda.

—Me marcho.

—¿Qué? ¿Adónde? —gritó.

—A Zaragoza. Tengo que acabar un asunto.

—¡No, no quiero que vayas, olvídate de esto!

—No puedo olvidarme, tengo que ir. No te preocupes, regresaré en unos días.

—Si vuelves...

—¿Por qué dices eso? —Saqué la maleta pequeña y comencé a llenarla de ropa.

—Si a mí me raptaron y me hicieron lo que me hicieron, ¿qué te harán a ti si te cogen? Eres el que lo está revolviendo todo.

—Nada, no me pasará nada.

Negó con la cabeza y salió del cuarto enfadada. La seguí y la sostuve del brazo antes de que abriera la puerta de la escalera.

—¿Adónde vas?

—A casa de mis padres. Déjame en paz.

—Sophy...

—¡Déjame en paz!

Se marchó dando un portazo.

Decidí no ir a por ella: sabía que no serviría de nada. Continué haciendo la maleta. La dejé preparada en el salón y salí a la estación a comprar un billete de tren para el día siguiente. Con el billete en el bolsillo, fui a despedirme de Lorik. Cogí el metro desde la estación de tren y caminé una manzana hasta su casa. Llamé a la puerta. Me abrió una mujer que no había visto nunca y me indicó que Lorik estaba arriba, en su dormitorio.

La casa de Lorik era más grande de lo que parecía desde fuera. De niños jugábamos con su tío a escondernos por las habitaciones y la recorríamos de arriba abajo. En más de una ocasión me habría gustado que mi padre también hubiera jugado con nosotros. La escalera en espiral ascendía a las plantas superiores. Una lámpara de cristal caía desde el techo como si fuera la dueña de la casa. Hubo un tiempo que hasta me daba miedo pasar por debajo de ella. Subí la escalera adornada con fotografías de la familia y llamé a su dormitorio.

—Pase.

—Hola, Lorik.

—¿Cristo? Hola, ¿qué haces aquí? Fíjate, estoy viendo los planos de la casa que me voy a comprar.

—Vaya, eso sí que es una buena noticia.

—Fíjate, fíjate. Dime si te gusta.

Observé los planos. Había uno frontal de la casa tal como debía quedar.

—Es muy bonita —dije.

—Sí, pero bueno, no has venido aquí a hablar de la casa. ¿Quieres algo?

—No —dije sentándome a los pies de su cama—. He venido a decirte que me marcho a Zaragoza. —Me observó en silencio, dejando los planos sobre el escritorio, bajo la ventana—. He descubierto quién atacó a Sophy y voy a por él, y de paso terminaré de aclarar la historia de los Dicastillo. Así mataré dos pájaros de un tiro. Tengo la sensación de que nada de lo que me contaron los amigos de Donato es cierto, y eso me hace pensar que ocultaban algo gordo.

—No sé qué decirte.

—He venido a contártelo, no a pedirte opinión.

—¿Estás seguro de irte?

—¿Qué? ¿Si estoy seguro? ¿Sabes cómo volvió Sophy? ¿Sabes lo que le hizo ese cabrón?

—Sí. Me lo contaste. Y te entiendo perfectamente, yo haría lo mismo.

—Eso era lo que venía a decirte, nada más.

Se quedó pensativo, sentado en la silla del escritorio, con el brazo apoyado sobre los planos de su casa.

—¿En qué piensas?

—En que me apetece ir contigo.

—¿Qué? ¿Por qué?

Encogió los hombros.

—¿Por qué no? La verdad, me gustaría. Sería como ir de vacaciones.

—Otro con las vacaciones...

—¿Qué? ¿Por qué no voy a poder ir contigo?

—¿Y tu trabajo?

—Puedo tomarme unos días libres.

Sacudí la cabeza de lado a lado y alcé los brazos.

—Como quieras.

Sonrió.

—¿Ya has sacado el billete?

—Sí, hace un rato.

—Pues voy a por uno. ¿Nos vemos luego?

—Nos vemos mañana, por la mañana, en el tren de las ocho.

—Perfecto.

Salimos de casa. Él puso rumbo a la estación de tren, y yo a la editorial para hablar con Thomas. Fui caminando en lugar de coger el metro.

Thomas estaba sirviéndose una taza de café cuando me acerqué a él.

—Ah, Cristo, hola. ¿Listo para otro día? ¿Ya te ha dado Sophy la noticia?

—Sí, y yo otra a ella. Me da que va a volver durante un tiempo a vuestra casa.

—¿Por qué? ¿Ha pasado algo?

Respiré hondo.

—Ha pasado que ya sé quién se llevó a Sophy y voy a ir a por él.

Frunció el ceño. Vi que apretaba el puño sobre los folios que corregía.

—¿Cómo es eso?

—Sophy estaba buscando una pulsera y encontró una fotografía que traje de casa de un periodista en Zaragoza. Y resulta que al fondo de la imagen está el padre Isaías Griján. Sophy lo reconoció al instante.

Los músculos de Thomas se tensaron bajo su cuello. Apretó la taza de café.

—No te preocupes, pagará por lo que le hizo.

—¿Cómo? ¿Qué has pensado?

—De momento, nada. Ya veré cuando esté allí.

—¿Estás seguro?

—Sí, además, Lorik viene conmigo. Dile a Sophy que no se preocupe, que volveré pronto.

—Eso, sobre todo. Si las cosas se ponen mal, vuelve sin pensártelo dos veces ni hacerte el héroe. ¿Me oyes?

—No voy para hacerme el héroe.

—Bien. Ten cuidado.

—Lo tendré.

Me despedí de él. Fui a casa de Thomas para ver a Sophy antes de irme. Me abrió su madre, y me dijo que no quería verme, que si quería irme a Zaragoza otra vez, que me marchase, pero que no esperase su aprobación.

—No te preocupes, Cristo, se le pasará.

—Lo sé.

Antes de regresar a casa, saqué una buena cantidad de dinero del banco y esperé a que pasasen las horas.

Cuarta parte

1951-1918

1

Me encontré con Lorik en la estación de tren, sentado en los bancos del andén correspondiente al que salía en una hora. No hablamos mucho durante la espera, aparte de dónde nos alojaríamos.

—Mi madre tenía un piso en Zaragoza cuando se marcharon de allí para escapar de la guerra. Tengo la llave de ese piso y la dirección, aunque no sé si seguirá en pie. Tal vez podamos quedarnos allí, según como esté.

—Claro, buena idea.

El viaje transcurrió tranquilo. Procedí a resumirle a Lorik, paso a paso y palabra a palabra, cuanto había hecho y escuchado en mi visita anterior.

—Sabiendo que el cura fue quien se llevó a Sophy y el que le pegó, parece que esa historia es falsa; por otro lado, los tres te contaron la misma versión. Luego está lo de la anciana de la aldea. ¿Para qué iban a mentir? ¿Y lo de Josua? Fue su mismo padre quien te dijo que no estaba muerto, ¿no?

—Sí, creo que empezaré por ahí. No he venido solo a por ese cura, también quiero descubrir qué ocurrió en la casa de los Dicastillo y qué tuvieron que ver ese cura y ese médico. Si cuentan la misma versión es porque quieren ocultar algo. Y Donato, aunque esté muerto, también.

—Sí. La verdad es que sabiendo que fue el cura el que se la llevó, todo apunta a que es falso cuanto te han contado. No te preocupes, resolveremos el misterio, como Holmes.

Después de hacer tres comidas en el vagón restaurante y dormir unas siete horas en posturas imposibles, llegamos a Zaragoza haciendo transbordo. El buen tiempo había llegado y hacía demasiado calor. Bajamos del tren al grito de uno de los trabajadores y salimos a la calle con las maletas.

—¿Dónde dices que está la casa de tu madre?

—En la calle Juan de Aragón —dije leyendo la dirección de un papel arrugado que saqué del bolsillo.

—¿Sabes cómo se va?

—Más o menos. Lo marqué en el mapa que me traje.

—Bien, tú dirás.

—Digo que mejor vamos en taxi y así no nos perdemos.

Atravesando callejas a cuál más pequeña, el taxista, que se llamaba Josefino, según nos dijo, nos llevó a la dirección indicada mientras nos comentaba anécdotas de su vida.

—Menuda gracia me hace que venga la suegra a casa para el verano. A ver por qué tiene que venir a tocar las narices en vez de quedarse en su casa del pueblo. Dios, qué manía le tengo, siempre criticando y criticando. Nunca hago nada bien para ella; ahora, que si le doy un trancazo en la cabeza con un madero y la dejo seca, seguro que lo hago estupendamente. A ver si me deja tranquilo este verano, porque no respondo de mis actos. Fíjense, fíjense en esa calle: ahí dijo una anciana que se le apareció el mismísimo Lucifer, y tras él, la Virgen del Pilar. La verdad es que yo no creo en esas cosas, pero ¿quién sabe? Tal vez no fuera más que el miedo a la muerte... Son muchos los que afirman que también han visto lo mismo. En fin, a mí tanto me da, pero preferiría que no se me apareciera ninguno de los dos, pues me cagaría la pata abajo y me marcharía directo a la puerta del psiquiátrico para que me encerrasen. Ya hemos llegado.

—Muchas gracias —corté rápidamente. Le di una propina generosa, esperando que se marchase lo antes posible a celebrarlo.

—Gracias a usted. Con esta propina puedo pagar a alguien para que mate a mi suegra en vez de tener que hacerlo yo.

El edificio en cuestión estaba nuevo. Al vernos, el portero se nos acercó y nos preguntó si íbamos a visitar a alguien.

—En realidad, venía al piso izquierdo de la primera planta. Es de mi madre.

—¿Quién es su madre? —preguntó en tono desafiante.

—Mi madre vivía aquí. Se marcharon al empezar la guerra.

—Ah, entonces puede irse por donde ha venido. El edificio fue derribado y hace un año hicieron esta nueva edificación. Ahora su madre ya no tiene aquí el piso.

Suspiré.

—Gracias.

—Adiós.

Se metió en la portería, cerrando la puerta de golpe tras de sí.

—Anda, vamos —dije encaminándome calle abajo.

—¿Adónde?

—Al hotel, ¿adónde va a ser?

—¿Cuándo vamos a ir al pueblo del valle?

—¿A la aldea? Cuando descansemos del viaje.

Nos dirigimos al hotel guiados por el mapa. Llegamos a la puerta. El recepcionista, cuya cara había olvidado casi por completo, me reconoció al instante.

—¡Señor Maestre! Usted por aquí, ¡qué alegría nos da!

—¿Por qué? —pregunté.

—Bueno, con lo que ocurrió..., pensábamos que habíamos perdido a un cliente.

—Sí, eso creía yo también, que no iba a volver a aparecer por aquí, y fíjate, he regresado con un amigo.

—Ya lo veo. Me complace decirle que le vamos a dejar las dos *suites* del piso superior a precio de habitación normal. ¿Qué le parece?

—Hombre, me parece estupendo, pero me gustaría saber por qué.

—Señor, no es difícil de imaginar. Debido al percance que sufrió la señorita Sophy, discúlpeme, pero no recuerdo su apellido, el gerente nos dio orden de que si usted decidía volver, lo hiciésemos así.

—Dele al gerente las gracias de mi parte.

—Así lo haré.

Regresó a su puesto detrás del mostrador y nos dio la llave de las dos habitaciones.

—Ahora mismo les subirán el equipaje.

—No hace falta, nos encargamos nosotros.

—Como deseen los señores.

Subimos la escalera y entramos en las habitaciones. La mía era la misma que la de mi visita anterior, y la de Lorik, la que estaba a continuación.

—Vaya habitaciones..., parecen de un palacio, Cristo.

—La verdad es que sí.

Lorik se empeñó en hacer algo de turismo aprovechando que estábamos en otro país y se marchó a ver la basílica del Pilar. Yo preferí mantenerme alejado para que Isaías no me viese hasta que pensara qué hacer con él. Luego fue a buscarme e hicimos una visita guiada al Palacio de la Aljafería. Cuando acabamos, preguntamos por algún sitio típico para comer en Zaragoza y una mujer nos indicó cómo llegar al restaurante Casa Emilio, situado en la avenida de Madrid, y nos contó la historia del lugar.

El bar se llamaba Emilio en honor al primer dueño que tuvo, un hombre fallecido ya, hacía diez años, tras la muerte de su señora, Susana. Habían levantado el bar de la nada y lo habían conservado hasta después de la guerra sin que sufriera percance alguno, cosa casi imposible. Emilio y Susana habían sido dos personas con enorme corazón y queridos por todos los clientes del bar, hasta el punto de ser amigos y no clientes. Vivieron en el piso situado encima del bar, y allí murieron los dos, en el hogar sin hijos propios que habían creado. Consiguieron hacer de su restaurante la segunda casa de muchas personas. Ahora, el bar pertenecía a un hombre llamado Teodoro, que había conservado el nombre inicial y no había hecho reforma alguna en el local.

Le dimos las gracias y seguimos los pasos indicados por la mujer. Era el bar que estaba en la fotografía del café donde había quedado con Evangeline por primera vez y cuya historia me había explicado el dueño.

Ciertamente, el restaurante era muy acogedor. Cuando entramos, todos se quedaron observándonos como si fuésemos a robar o algo parecido. El dueño del bar, el tal Teodoro, nos acomodó en una mesa y comimos el menú de la casa, consistente en migas y ternasco asado con patatas. Acabamos a las cuatro de la tarde y decidimos ir al hotel a dormir un rato. Al día siguiente nos marcharíamos a Aldea de los Cuatro Valles.

2

La aldea seguía igual que la última vez. Estaba nevada, pero con un sol brillante en el cielo que llegaba a cegar. Dejamos atrás la estación de tren y caminamos tomando la misma dirección que cuando estuve con Sophy. No pude evitar preguntarme cómo estaría en ese momento.

—Esto es el fin del mundo. ¿Cómo puede alguien vivir aquí?

—No creo que esté tan mal.

—¿Qué dices? Seguro que no hay ni electricidad.

—Ahora que lo comentas, creo que no vi ni un interruptor ni una bombilla.

—Qué bien.

—No es para tanto. Además, intentaremos volver hoy a Zaragoza. Hay otro tren dentro de unas horas.

—Más nos vale.

Llegamos a la aldea tras una caminata que a Lorik se le hizo eterna. Todo, absolutamente todo, seguía igual. La fuente de agua en el centro, congelada. Las casas con las chimeneas echando humo y la especie de taberna repleta con todos los aldeanos. Entramos. Como era de esperar, nos observaron al entrar. Podría afirmar que alguno me reconoció, pero no dijo nada.

—Buenos días. Estoy buscando a Gerardo —dije para todos.

Se quedaron en absoluto silencio, escudriñándonos con la mirada. Le prestaban más atención a Lorik que a mí.

—¿No bastaba un abogado que han mandado a dos? —preguntó alguien en el fondo.

—¿Gerardo?

—Gerardo no está aquí —dijo un hombre de una mesa mientras sostenía una carta en la mano.

—¿Está en casa?

—Se ha mudado desde la última vez que viniste por aquí, abogado.

—Tiene su casa saliendo de aquí, cogiendo el camino que lleva hacia el bosque, el sendero de la izquierda, y no el de la derecha.

—Gracias, señor.

Nos cruzamos con un puñado de vacas lecheras que nos miraron como si supieran que éramos extraños.

—Esta gente es muy rara.

—No lo creo. Viven aquí desde hace generaciones. Es normal que no les gusten los visitantes. A mí tampoco me gustaría, la verdad. Las visitas no suelen traer nada bueno.

—Pues quédate a vivir aquí.

—No me des ideas...

Tomamos el sendero y nos adentramos en el bosque. No vimos ninguna casa, pero llegamos al cementerio. Encontramos la tumba de Gerardo, muerto en el mes de febrero de ese año.

—Perfecto —dije.

—Menudo humor. Para que los consideres normales, amigo.

Suspiré.

—En fin. Vámonos.

—Sí, venga, que tengo ganas de darme un baño caliente.

—Tu baño tendrá que esperar —dije mientras me sujetaba a una rama para no resbalar.

—¿Qué? ¿Adónde quieres ir ahora?

—A la cabaña de Donato, a saludar a dos conocidas. Está lejos, prepárate para caminar.

—Qué bien.

Comenzamos a andar. El cielo se mantuvo claro durante los altibajos del camino. Me alegré al ver de lejos la casa. De la chimenea salía un humo gris y espeso. Olía a leña quemada y a sopa de pollo.

—Vamos, date prisa.

—Se está haciendo de noche —dijo quedándose rezagado—. Deberíamos regresar.

—Oye: Sophy, con todo lo que se quejaba, ponía menos inconvenientes que tú.

—Vale —dijo entre dientes.

No tardamos demasiado en estar subiendo los escalones de la cabaña, que seguía igual, y llamar a la puerta. Juana abrió.

—A ti te conozco, y no sé de qué.

—¿Cómo no vas a acordarte? —dijo la anciana desde el sofá—. Pasa, hijo, pasa. Es el escritor que vino preguntando hace un tiempo. ¿No te acuerdas?

—Ah, es cierto. ¿Dónde está Sophy? Ella era más guapa que tu nuevo acompañante.

Lorik hizo como que no lo oía, disimulando.

—Le gustará oír eso. Se lo diré.

—Vamos, sentaos.

La cabaña seguía igual. Lorik se sentó frente a mí en una silla, y yo al lado de la anciana.

—Me alegro de que hayas vuelto. Tengo algo que contarte. Gerardo vino poco antes de morir y me dijo que su hijo no estaba muerto. ¿No es increíble?

—Sí, increíble del todo. Me hizo llegar una carta con esa información. Aún no sé cómo dio con mi dirección.

—Siento no poder ayudarte con eso, hijo mío. Gerardo también me dijo que ahora su hijo era feliz, que estaba con ella, con Pilar, y que por fin entendía todo.

—¿Qué quiere decir que entendía todo? ¿Y con Pilar?

—No lo sé, pero con saber que sigue vivo, después de tantos años pensando que estaba muerto, y que están juntos, me conformo. No puedo imaginarme la cara de mi niña al verlo con vida. Pobrecita, qué mal lo pasó. Pero si ahora están juntos, tienen que ser muy felices. No sabes cómo me alegro por ella. Y eso me lleva a algo que no recordé enseñarte la primera vez que estuviste aquí. Ven, ayúdame a levantarme.

Le cogí las manos y la ayudé a llegar a un armario frente a nosotros. Apoyando una mano en una pequeña repisa de madera, alcanzó con la otra un libro que estaba medio escondido en un hueco horizontal que quedaba entre una fila de tres cajones y la parte superior del armario, desencajada. El libro era negro y parecía forrado en piel. Era grande y más bien plano. La ayudé a volver al sofá.

—Ven, hijo, siéntate a mi lado. Fíjate. Este libro es un álbum de fotografías. A mí me gusta verlo de atrás hacia delante; es como retroceder en el tiempo.

Abrió el libro por la última página. Juana se sentó frente a Lorik, observándolo.

—Mira, esta es Pilar, cosa de seis meses antes de marcharse de aquí, y la de su lado es su madre, Fátima.

Las observé atentamente a las dos, quedándome con sus rasgos. Pasó de página.

—Viene un fotógrafo todos los años cuando empieza a hacer mejor tiempo, y hace un retrato de los aldeanos que quieren. Lo cobra a precio de oro, pero Fátima siempre quería una foto con su hija. En una ocasión, nos hizo una a mi hija Juana y a mí. Fíjate, es este retrato.

En la fotografía se veía a las dos mujeres unos años

más jóvenes, con las facciones menos marcadas. Pasó la siguiente página, y la siguiente, y la siguiente.

—Esta fue la primera fotografía que se hicieron al llegar aquí. Las dos, Fátima y su hija. Mírala, era una preciosidad de niña. En el porche.

Contemplé la fotografía. Las dos mujeres me resultaron más familiares en esa foto, pues yo tenía una de apenas algunos meses antes: la que había encontrado en el piso de Ángel Tomás. La saqué del bolsillo y las comparé.

—Oh, fíjate —dijo la anciana al ver mi fotografía—. Debe de ser casi de la misma época, apenas están cambiadas. ¿Quién es la mujer que coge de la mano a Pilar? Y ¿quién es la niña que coge la mano de Fátima?

En ese mismo instante me di cuenta de quién era cada una de ellas. Sentí una patada en el estómago, y el pulso comenzó a temblarme.

—Están cambiadas.

—¿Qué dices? ¿A qué te refieres? ¿De quién hablas? —preguntó la anciana.

—¿Cristo? —preguntó Lorik acercándose a ver las dos fotos.

—Las cambiaron. No se llama Pilar. Esta chica es Abril Dicastillo, está viva y asumió la identidad de Pilar Abad. No está muerta, su madre no la mató.

Me sentía perturbado, pero las imágenes no engañaban.

—¿No es posible que pusiesen mal el nombre en tu fotografía, Cristo?

—No lo creo. El nombre de Fátima y el de la madre de Abril están perfectamente puestos.

—Pero eso no puede ser, Cristo, hijo. La niña que vino aquí era la hija de Fátima, Pilar. Estoy segura.

—No dudo de que esté segura, señora. Nos han engañado a todos. Al mundo entero, y por esa mentira, una mujer se encuentra encerrada en un psiquiátrico por el asesinato de una hija que sigue viva.

—Cristo, esto es una locura. Lo normal es que esté mal puesto el nombre de las dos niñas.

—¡No! —grité. Me negaba a creerlo—. Está viva, y estoy seguro de que su madre no está loca en absoluto. Piénselo: su médico era amigo de Dicastillo. Además, es mucha coincidencia que se marchasen de aquí al poco de que él muriese. Y esa historia de que acogiera a Fátima por pena... era imposible.

—No puede ser, Cristo...

—Sí puede ser. Claro que es. Tengo que ir al sanatorio y ver a esa mujer, a su madre. Tengo que decirle que sé que su hija está viva, tengo que ayudarla a salir de allí, encontrar a Fátima y descubrir qué mentiras dijo. Tengo que encontrar a Abril y decirle quién es en realidad. Quiero saber qué ocurrió.

En ese momento enloquecí. Mi mente se debatía entre varios sentimientos. Miedo, estupefacción, temor, incomprensión, ganas de descubrir la verdad, deseos de contarle a Isabel que sabía que su hija no estaba muerta. Me sentía atrapado dentro de mi propio cuerpo, necesitaba volar a Zaragoza lo más rápidamente posible. Tenía mucho que hacer. ¿Y qué pasaba con la verdadera Pilar? ¿Dónde estaba?

—Tenemos que marcharnos de aquí. Venga.

—No podéis iros —dijo Juana—, está ya oscuro, no se ve el camino, y tal vez se levante viento. Deberíais pasar aquí la noche.

—Tiene razón —dijo Lorik.

Quería marcharme, pero sabía que era inútil, ya que tendríamos que dormir en la estación. Se había hecho demasiado tarde para llegar al tren.

—Vale, pero mañana a primera hora nos vamos.

—Como quieras.

—¿Tenéis hambre? —preguntó Juana.

Compartimos la cena con las dos mujeres. Recordamos la visita anterior con Sophy, y su escapada al bosque en busca de la cabaña. Luego se fueron al piso superior. Lorik y yo nos quedamos recostados en el sofá de abajo, frente al fuego.

—¿Estás seguro de que Pilar es Abril? —preguntó bajo la tenue luz de las llamas.

—Por supuesto.

—¿Y crees que alguien va a creerte? Las autoridades, quiero decir, para sacar a esa mujer de allí.

—No lo sé. Pero tengo que intentarlo. Esa mujer lleva décadas encerrada por algo que no ha hecho, y dudo mucho que esté loca, y también dudo que Fátima sea la mujer del hermano de Donato.

—Ni los libros de ciencia ficción necesitan tanta imaginación como esta historia para poder entenderla.

—No hace falta imaginación, hace falta ver las dos fotografías. Hay pruebas de ello.

—Bueno, mañana será otro día. Estoy cansado. Anda, vamos a dormir. Buenas noches, Cristo.

—Buenas noches, Lorik. Me alegro de que estés aquí.

Nos recostamos cada uno hacia un lado y nos tapamos con las mantas que nos habían dejado.

3

A las seis de la mañana, cuando el sol ya comenzaba a verse, Juana nos despertó.

—Después de desayunar podéis marcharos. Llevaos el carro con el burro si queréis, dejadlo en casa de la tía Marujita. Iré por él cuando baje.

—Te lo agradecemos —dije—, pero iremos caminando.

—Como queráis. ¿Traes la leche? —dijo con el cubo en la mano y alzándolo para que lo cogiese yo.

—Claro.

Desayunamos torrijas y nos fuimos a la aldea. Pasamos por la única calle que había. Las casas se extendían a los lados, y las pocas almas que vimos se quedaban en silencio a nuestro paso y no respondían a nuestros «buenos días». Subimos la colina hasta llegar a la estación y allí esperamos al tren. Tardó en aparecer dos horas más de lo previsto, e iba sin calefacción alguna. El viaje lo pasamos helados, con el vaho saliendo de nuestros cuerpos.

—Te juro que voy a pasarme una semana entera metido en la bañera del hotel.

—Vale, yo me pasaré otra.

—Y ¿cuál es tu plan ahora? ¿Qué vas a hacer?

—No tengo muchas opciones. Solo me queda ir a hablar con Isabel, a ver qué cuenta. Espero que no esté loca después de tantos años encerrada allí. Ya no sé qué pensar.

—¿Y si estaba loca? ¿Y si intentó matarla, pero Donato la mandó lejos para que no le hiciese nada y la acusó de haberlo hecho para que la encerrasen y así proteger a la hija?

—¿Y quién está enterrado en su tumba, en la tumba de Abril?

—Cualquiera. Me atrevería a decir que está vacía.

—Sinceramente, creo que alguien tuvo que morir. La misma Guardia Civil fue al lugar del crimen. Necesito que hagas algo.

—Tú dirás.

—Necesito que sigas los pasos de Isaías, a ver qué hace durante el día. Adónde va. Con quién se relaciona.

—Dalo por hecho. ¿Y qué vas a hacer con él?

—No lo sé, ya lo pensaré. Se me está ocurriendo el escenario perfecto. De novela dramática.

—¿Cuál?

—Ya lo verás.

Una vez en el hotel, nos recibieron con las mismas delicadezas empalagosas del primer día. Nos metimos en las habitaciones y pedimos que subieran la comida. Después de engullir el pollo, la ensalada de patata y el pan recién hecho, me fui a la ducha. Luego pasé a la habitación de Lorik, que se había quedado dormido y me abrió enroscado en una manta y con los ojos a medio abrir.

—¿Qué?

—Quería decirte que voy al psiquiátrico. Supongo que no te apetecerá venir.

—Más bien no.

—De acuerdo, me marcho.

—Avísame cuando regreses.

—Sí, tranquilo, lo haré.

Bajé la escalera. De nuevo, en recepción, muy amablemente me preguntaron que adónde iba y si quería que llamasen a un taxi, que el mismo establecimiento abonaría.

—No, gracias.

Salí de allí tan rápido como me fue posible, evitando otra pregunta o más amabilidades que me empalagaban. No hacía falta tanto escaparate, iría mejor un guardia de seguridad en la puerta.

El edificio de la institución mental estaba como lo recordaba: pintado de blanco y manchado por el paso del tiempo y la lluvia. Intenté abrir, pero no pude. Vi a mi izquierda el timbre y llamé. Oí unos tacones ligeros acercarse. Una mujer llegó a la puerta. Abrió con tres giros de la cerraja.

—¿Qué desea?

—Vengo a ver a una paciente.

—Pase y sígame.

Cerró la puerta de nuevo con llave. Comenzó a caminar al trote, haciendo el mayor ruido posible con los tacones. Me condujo a un mostrador alto, se colocó tras él y me preguntó el nombre del paciente.

—Isabel Andrés.

—Un momento.

Se marchó y regresó unos quince minutos después con el expediente en la mano.

—¿Qué parentesco tiene con la señora Andrés?

—¿Eh?

—Que cuál es su parentesco.

—Soy su sobrino.

—Aquí no pone nada de que tenga hermanos.

—Mi madre fue adoptada por la madre de Isabel. Por eso será.

Me observó. Dudaba.

—De todas formas, tanto me da. El horario de visitas

es por la mañana. Son dos horas, de ocho a diez. Puede venir mañana en ese horario.

—Gracias.

—Está en el pabellón diez, en el segundo sótano. Lo acompañarán cuando regrese.

—Gracias de nuevo.

Recorrimos el pasillo de vuelta a la calle y volvió a cerrar con tres vueltas tras de mí. Volví a casa tranquilo, dando un paseo, disfrutando del día sin excesivo calor, con el sol escondiéndose ya tras los tejados. Pensé que podía ir a visitar la casa de Dicastillo antes de regresar al hotel.

La mansión de Dicastillo parecía más desgastada y abandonada que nunca. Algunos maderos de las ventanas se habían caído, y se veían las sombras de los muebles en su interior. Me pareció ver una silueta atravesar la ventana. No podía estar seguro, y no tenía aspecto de que nadie viviese allí. Subí los escalones que llegaban a la entrada de la casa y me volví para observar el jardín de plantas crecidas y árboles a medio pudrir. Giré el pomo de la puerta. Para mi sorpresa, cedió. Estaba abierta. Hilos de luz y polvo me enseñaron una vez más el interior de aquella soberbia mansión, decadente por completo. Había más polvo que en mi última visita. La escalera continuaba imperativa al fondo a la derecha, indicando el piso superior.

En primer lugar me dirigí al salón que quedaba a mano derecha. La luz entraba tenue por la ventana, dibujando la silueta del sofá y los muebles. Luego fui al piso de arriba y recorrí las habitaciones hasta llegar a aquella en la que había estado con Donato, en la que me contó su historia. Busqué la que debió de ser la habitación en la que Isabel permaneció encerrada. Estaba tras una puerta medio escondida en un pequeño salón. Allí se hizo la sesión de espiritismo con la bruja. Se me antojó pequeña, oscura y diabólica. Estaba repleta de crucifijos y rosarios. La cama estaba desnuda y presentaba cuatro pedazos de tela atados en cada uno de los extremos. Las ataduras de Isabel. Era una prueba que hacía pensar que a Isabel le ocurría algo. Eso, o se habían tomado muchas molestias en preparar la escena. Las cortinas estaban hechas jirones. El armario permanecía con las puertas abiertas.

Cerré aquella habitación de los horrores y me apoyé contra la puerta, a la espera de que desapareciese de mi cabeza. Sentí una corriente de aire y abrí los ojos. Ante mí apareció una mujer. Me asusté y di un paso a la derecha para alejarme. En un primer momento no la vi bien, pero cuando dio un paso atrás y la luz le golpeó de lleno en la cara, vi que era la doncella de Donato, la que me había recibido en mi visita anterior.

—Me acuerdo de usted. Y recuerdo que entró un día dando gritos preguntando por Sophy. ¿Qué hace aquí?

—Lo siento, pensé que la casa estaba abandonada. ¿Estaba usted aquí ese día?

—Así es.

—¿Y por qué no vino a ayudarme? —pregunté sin entender.

—Porque yo no conozco a nadie que se llame así y no podía ayudarle. Además estaba cansada y pensé que pronto se iría. ¿Cree que porque una casa esté abandonada tiene derecho a entrar? Márchese.

Parecía tranquila para haber descubierto a un intruso por segunda vez.

—¿Puedo preguntarle qué hace aquí? Esta casa no es suya —intervine.

—No, no puede preguntármelo.

Para relajar la situación, comencé a contarle mi versión.

—Abril no murió. La señora no asesinó a su hija. Está viva. Lo sé, tengo fotografías que lo demuestran.

Rio y se dejó caer sobre el sillón.

—Llega un poco tarde para darme esa noticia, escritor. Márchese de aquí.

—¿Qué quiere decir con eso? ¿Sabía que Abril está viva y no lo contó a nadie? ¿Por qué? ¿Por qué no dijo que Fátima se llevó a Abril como si fuese Pilar? ¿Dónde está Pilar?

—Yo no soy quién para responderle a eso. Márchese.

—No, espere, por favor. ¿Por qué no se lo dijo a nadie? ¿Por qué dejó que encerrasen a Isabel?

—Porque ese era el plan.

Me quedé en silencio. Estaba desconcertado. No entendía nada.

—¿Cómo que ese era el plan? ¿Qué plan? ¿De quién? ¿Está usted también confabulada con Donato, sus amigos y Fátima?

Negó lentamente con la cabeza.

—No mezcle las cosas, escritor. Fátima, Isabel y yo no tenemos nada que ver con los planes de Donato. Como ya le he dicho, yo no soy quién para contarle nada.

—¿Dónde puedo encontrar a Pilar y a Fátima?

Sonrió con tristeza.

—La pregunta correcta sería dónde están Isabel y Abril, escritor.

—¿Qué está diciendo? —dije nervioso—. Isabel está encerrada, y en parte es culpa suya por haber guardado silencio. Explíquese —exigí, dando un paso hacia ella.

No se inmutó.

—A mí ya no me asusta nada, escritor. Ni los golpes, ni las amenazas. Le garantizo que de mi boca no saldrá palabra alguna, pues así se me indicó. ¿No dice que es escritor y vino aquí a investigar? Pues investigue. Seguro que acaba descubriendo la verdad de primera mano. Y ahora márchese.

—Regresaré con la Guardia Civil. Se lo garantizo. Usted es tan culpable de que esté encerrada como su marido.

Rio de nuevo.

—¿De verdad cree que las autoridades van a hacerle caso? Adelante, vaya.

Estaba enfadado. Salí de la casa dando puñetazos a las paredes. Solamente me había sentido tan histérico y tan impotente cuando desapareció Sophy. Tenía más ganas que nunca de darle lo que se merecía a Isaías. Por Sophy y por Isabel.

Ignoré la amable mirada del recepcionista y subí la escalera directo a contarle a Lorik lo que acababa de ocurrir. A ver si él encontraba algún sentido o era que simplemente todos estaban locos.

—¿Lorik? —llamé con fuerza a la puerta de su cuarto—. ¿Lorik? Vamos, abre, tengo que contarte algo muy extraño.

Abrió.

—Pasa, pasa. Me he desvelado cuando te has marchado y he ido al periódico ese que me dijiste, el *Heraldo de Aragón*. Un hombre muy amable me ha llevado al sótano y me ha dejado ver los periódicos de la época en la que encerraron a Isabel Andrés por la muerte de su hija. Fíjate, hasta me ha dejado llevarme los duplicados. Me ha dicho que ya a nadie le interesaban y que podía llevarme esas copias.

Había colocado sobre su cama cuantas noticias había encontrado de «El caso Abril», tal como lo llamaron los periódicos.

—Y esto es solo del *Heraldo*, imagínate lo que se escribió en todos los periódicos. Aquí he apartado los artículos escritos por el periodista con aires de grandeza que me dijiste, Ángel Tomás.

—Es un trabajo magnífico, Lorik. Gracias, de verdad.

—No pasa nada, no me las des. Mañana iré a la iglesia a seguir al padre Isaías.

—Basílica.

—Bah, todo es para el mismo fin, qué más dará el nombre. Voy a ir al restaurante, tengo un hambre de lobo. ¿Vienes?

—No, no tengo hambre, bajaré luego. Me quedo a leer esto.

—Bien. Hasta luego —dijo saliendo por la puerta sin esperar mi respuesta.

En primer lugar cogí los artículos escritos por Tomás. En ellos se relataban los hechos desde la noche de autos hasta el encierro de Isabel unas semanas después. En sus líneas desgranaba su personalidad y la llamaba de todo menos mujer. Después de leer sus noticias sin encontrar nada nuevo relevante, continué con las otras. Venían a contar lo mismo con más o menos adjetivos e improperios contra Isabel, con apodos tales como Madre Carnicera, Mujer del Diablo o, directamente, Asesina. Me dolía leer esas palabras sabiendo que nada de lo escrito era cierto. Por otro lado, podía imaginarme a la gente leyendo las noticias llenas de cizaña día tras día y pidiendo su cuello. Tapada por otro recorte, encontré una noticia en la que se daba un detalle que pensé podía ser de utilidad.

ISABEL ANDRÉS

El inspector encargado del caso, Santiago Morato Blanca, da por cerrado el caso sin ofrecer las explicaciones que tanto reclama la gente sobre qué le hizo la loca a su pequeña.

Destacaba la primera línea. Me lo metí en el bolsillo dispuesto a dar con su paradero y bajé a compartir la cena con Lorik.

4

Nos despertamos temprano y nos vestimos como mejor nos pareció para conseguir el favor de la Benemérita y que nos indicasen la residencia del inspector Morato. A pesar de que seguimos las indicaciones del recepcionista, nos perdimos y tuvimos que preguntar. Una hora más tarde de lo que habíamos pensado, llegamos a la comisaría central. A la entrada, un guardia civil nos cacheó de arriba abajo y nos indicó que podíamos pasar. Fuimos a un mostrador, y otro uniformado nos preguntó qué queríamos.

—Verá, estamos haciendo un reportaje sobre la encomiable labor de la Guardia Civil en España. Queremos citar algún ejemplo de ciertas tragedias que conmueven al pueblo entero, y ahora mismo estamos interesados en el caso de «La madre asesina» o «El caso Abril». Aunque ocurrió hace años, por un golpe de suerte del destino encontramos una noticia extraída del *Heraldo de Aragón* en la que se citaba el nombre del inspector que llevó el caso: Santiago Morato Blanca. Por ello hemos venido aquí, para ver si nos pueden dar su dirección.

Se quedó mirándonos como si supiera que le estábamos tomando el pelo.

—¿De dónde es usted? Tiene acento extranjero.

—De París, señor. Me envía la editorial.

—Habla bien en español. ¿Cómo es eso?

—Mi madre era de aquí, de Zaragoza, por eso la editorial me ha enviado a mí.

—¿Española?

—Así es —dije dudando.

—¿Cuándo se marchó de aquí?

Comenzaban a sudarme las manos y el cuello.

—No lo sé exactamente, no hablaba mucho del tema.

—¿Se marchó de aquí dando la espalda a su país cuando más se necesitaba la lucha y resistencia de los españoles para salvar el país?

Sentí que se me paralizaba la sangre. Las historias que se contaban de la Guardia Civil respecto a ese tema no eran muy alentadoras.

—Bueno, ella no hablaba mucho del tema, así que no sabría decirle.

El guardia negó con la cabeza.

—Mujer tenía que ser. Quieren que les demos de comer, pero luego son unas traidoras. Bah, una menos a quien mantener en este país. A ver, ¿cómo me ha dicho que se llamaba?

Volví a respirar.

—Santiago Morato Blanca.

—Esperen aquí.

—Tranquilízate —dijo Lorik.

—Sí, ya se me ha pasado.

—Parece que hayas visto a un muerto.

Respiré profundamente. Guardamos silencio hasta que regresó con un trozo de papel mal arrancado de un pedazo mayor con algo escrito.

—Hala, ahí tienen.

—Gracias.

—Pero déjennos en buen lugar, ¿eh?

—Por supuesto que sí, señor —dije.

Salimos a paso ligero sin entender por qué un uniformado podía dar tanto miedo.

—A ver, ¿dónde está la casa de ese tipo?

—Pues... en el paseo Ruiseñores 14, décimo derecha.

—¿Y eso dónde está?

—Espera, voy a mirar el mapa.

Saqué el plano del bolsillo y buscamos. Lorik dio con la calle.

—Mejor vamos en el tranvía.

—De acuerdo.

El tranvía nos llevó hasta la casa de Santiago. La calle era peatonal y estaba plagada de jardines con flores por todas partes.

—Vamos a entrar en el portal antes de que me dé un ataque de alergia —dijo Lorik.

Llamamos a la puerta. Un hombre mayor, con el pelo completamente blanco, nos abrió.

—Buenos días —saludamos.

—Buenos días —respondió serio—. ¿Qué desean los caballeros?

—Queremos hablar con el inspector Santiago Morato Blanca.

—¿Espera el señor su visita?

—No sabría decirle. Le enviamos desde París una carta anunciando nuestra venida, pero no estamos seguros de que le haya llegado.

Dudó un instante.

—Está bien, síganme.

Subimos tras él hasta el último piso. Llamó al timbre de una puerta de madera oscura y esperó con las manos cruzadas. Abrió una mujer joven, de unos veinte años.

—Señorita Leonor —dijo—, estos señores vienen a visitar a su padre. Dicen que le enviaron una carta anunciando su llegada, pero no están seguros de...

La joven nos echó un rápido vistazo para comprobar

que no nos conocía y nos pidió que esperásemos un momento mientras avisaba a su padre. Vi que le faltaban dos dedos, el anular y el meñique.

El portero no hizo un solo movimiento, y menos para regresar a su puesto dejándonos solos. Oímos en el interior unos pasos pesados y vimos la sombra de alguien acercarse por el pasillo. Tenía el pelo grisáceo y la coronilla calva, y le acompañaba una mirada asustada e inocente. Se apoyaba en un bastón y vestía con una bata negra con bordes blancos anudada a su ancha cintura.

—Mi hija me dice que enviaron una carta anunciando su visita. Lo siento, pero no llegó. ¿Podrían decirme a qué debo su presencia?

—Nos envían de una editorial francesa.

Frunció el ceño.

—¿Y qué tiene que ver una editorial francesa conmigo?

—Si me lo permite, me gustaría contárselo en privado.

Dudó y nos observó largamente.

—No sé qué decirles.

—Vamos, padre, solo querrán charlar un rato con usted.

—Chiss, tú calla y regresa a tu cuarto. Échate el cerrojo.

—Sí, padre —dijo sumisa.

Al oír lo del cerrojo, Lorik y yo intercambiamos una mirada.

—Pueden entrar, caballeros. Gracias por todo, Roberto.

—No hay de qué, señor. Si tiene algún problema, no dude en avisarme.

—Así lo haré.

Dijo eso último mientras nos miraba. Le seguimos por un largo pasillo con fotografías familiares hasta una cómoda sala de estar. Se apresuró a cerrar la ventana. El salón era elegante y estaba amueblado con muebles de cristal y metal dorado que le daban un aire fresco. Una gran mesa que parecía de jardín estaba en el centro de la estancia. Allí nos sentamos Lorik y yo en sendas sillas de madera pintadas de blanco y acolchadas.

—En primer lugar —dijo sentándose en su butaca—, díganme quiénes son, de dónde vienen y qué quieren exactamente.

Tomé aire.

—Soy escritor, y él mi ayudante. Venimos desde París porque a la redacción de la editorial llegó un manuscrito relatando una historia, cuando menos espeluznante, sobre una mujer llamada Isabel Andrés. Ese manuscrito estaba firmado por el marido de esta. —Mientras hablaba, su rostro se fue transformando de la incertidumbre al miedo y apretó con fuerza su bastón—. Mi superior me ha enviado aquí, a Zaragoza, para comprobar que lo que se relata en esas páginas es cierto.

Estaba tenso cuando terminé de hablar. Nos observaba como si fuese una presa y nosotros los cazadores.

—¿Se encuentra bien, señor? —chapurreó Lorik.

—No sé si puedo fiarme de ustedes.

En ese mismo instante, su hija hizo acto de presencia portando una bandeja con café, leche, azúcar y pastas.

—¿Qué haces aquí? ¡Te he dicho que te encerrases en tu cuarto!

—Lo sé, padre, pero al ver que no sucedía nada he pensado que podía preparar café.

—Déjalo ahí y márchate a tu cuarto como te he dicho. Vienen preguntando por Isabel Andrés.

En ese momento, la joven dejó la bandeja de golpe y se marchó corriendo. Oímos cómo echaba el cerrojo en la habitación contigua.

—No sé si debería llamar a la Guardia Civil para que los eche a patadas o si debería matarlos aquí a palos.

No entendíamos nada.

—Perdone, señor. No sé quién cree que somos, pero lo que le he dicho es cierto, absolutamente.

—Sí, claro, por supuesto que es cierto. Díganle a ese hijo de puta de Griján que voy a estar callado. Que deje de venir a asustarnos a mi hija y a mí.

—¿A usted también? —improvisó Lorik sin que yo supiera por qué dijo aquellas palabras.

El anciano se puso de pie y se quedó observándolo, temeroso.

—Aclárenme esto —pidió.

—Bueno —dijo Lorik tembloroso—. Su novia, la de él, desapareció, y luego apareció herida. Al ver una fotografía de Isaías, dijo que había sido él quien se la había llevado. Por lo que ha dicho, creo que tengo motivos para pensar que a su hija le hizo algo también. ¿Necesita alguna prueba? Se la traeremos; salió en los periódicos.

Tras las palabras de Lorik, el anciano no sabía si hacernos salir a la fuerza de su casa o contarnos lo que sabía del caso y lo que Isaías le había hecho a su hija. Finalmente, se sentó de nuevo y comenzó a llorar.

—Vamos, hombre, intente calmarse. Podemos regresar en otro momento si así lo prefiere.

Negó con la cabeza.

—No, no —dijo más calmado—. No será necesario... Nunca podré olvidar aquel aviso de mi superior cuando mi turno acababa de comenzar. Debía ir a la casa de un tal Dicastillo. Alguien había dicho que se había cometido un crimen en la casa. Lo primero que pensé cuando me dieron la noticia era que el marido había matado a la mujer por un ataque de celos o algo parecido, pero allí nos encontramos algo mucho más aterrador. Al entrar, nos topamos con el señor Dicastillo sentado en el sofá, llorando a lágrima viva. Uno de mis hombres se quedó con él tomándole declaración, y una sirvienta nos condujo abajo, al sótano. Parecía que no había nada raro, pero al abrir la caldera principal que calentaba la casa vimos unos pequeños huesos.

»"¿Qué es esto?", pregunté a la doncella.

»La chica no podía más que temblar. Me acerqué a ella y la sostuve por los brazos.

»"Vamos, mujer, dime, ¿qué es esto?"

»"Los huesos de Abril Dicastillo, señor. La señora ha calcinado su cuerpo. Pensamos que la metió ahí en vida." Le temblaban los labios.

»"¿Qué estás diciendo? Eso es una atrocidad. Ninguna madre en el mundo sería capaz de hacer eso."

»"Pues ella lo ha hecho, señor. Ha sido perfectamente capaz de hacerlo. Hace tres días que la pequeña Abril desapareció."

»"¿Y no habían dado parte a las autoridades?"

»"No, señor, creímos que acabaría apareciendo. Fue un error."

»"Verdasco", ordené, "quédese aquí con ella. Subo a interrogar personalmente al señor Dicastillo."

»Muchas dudas asaltaron mi mente en aquel momento. Subí y le pedí al señor Dicastillo que me contase la historia. Me interrumpieron.

»"Estese tranquilo, por favor. El señor Dicastillo está muy nervioso todavía."

»Una voz a mi espalda había pronunciado las palabras. Cuando me volví vi que era un cura. Me estrechó la mano y se presentó como el padre Isaías Griján. Apareció otro hombre por detrás con una jeringuilla en la mano y se la inyectó al señor Dicastillo. Le pregunté qué estaba haciendo y me dijo que no era más que un tranquilizante, para que se calmase y pudiera dormir unas horas.

»"¿Sabe alguno de ustedes quién dio el aviso?"

»"Yo mismo", dijo el médico, que ayudó a Dicastillo a que se recostase en el sofá y lo tapó con una manta. Enseguida se quedó adormilado. "Ha sido una tremenda atrocidad. Ninguno nos lo explicamos. De acuerdo que la pobre Isabel no está del todo bien, pero una cosa es eso y otra lo que le ha hecho a su niña."

»"Los caminos del Señor son inescrutables", añadió Isaías. "Nadie puede interponerse en la voluntad de Dios, y no sabemos por qué ha provocado la muerte de la pequeña Abril de esa forma."

»"Usted", dije. "Para decir tonterías cállese. En esto Dios no tiene nada que ver. Esa mujer está perturbada hasta el punto de matar a su hija. Eso es repulsivo, incomprensible, pero no es obra de Dios, es obra de ella misma."

»"No digo, señor inspector, que los actos de Isabel sean obra de Dios, sino del demonio, pues estoy convencido de que estaba poseída. Pero, a la vez, la muerte de Abril sí es obra de Dios."

»"Le prohíbo que diga una sola palabra más. O me cuenta lo que sabe o se calla."

»"Como quiera", dijo con un suspiro. "La pequeña Abril llevaba un par de horas desaparecida. No avisamos a las autoridades porque no queríamos provocar una falsa alarma. Pensamos que estaba jugando al escondite, como ya había hecho otras veces, pues la casa es muy grande. Ha sido el mismo Donato el que ha encontrado los huesos en la caldera. Con los gritos despertó a los sirvientes, y envió a dos doncellas a avisarnos. Félix avisó a la Guardia Civil y acto seguido vinimos aquí. Nos aseguramos de que Isabel estaba encerrada en su dormitorio y esperamos a que acudiesen ustedes."

»"¿Por qué el señor Dicastillo no avisó en primer lugar a la autoridad pertinente?"

»Se encogió de hombros.

»"Supongo que quería tener a sus amigos cerca cuando se dio cuenta de lo ocurrido."

»Tomé buena nota de cuanto me dijeron y pedí ver a Isabel.

»"Como quiera —dijo Félix—. Pero le advierto que no va a ser nada agradable verla."

»"Tanto importa que no sea agradable verla..., tengo que llevármela detenida."

»"¿A mi esposa? No, por favor, no haga eso, señor. Yo cuidaré de ella, se lo prometo, no se la lleve usted", balbuceó Donato.

»No pude comprender lo que me decía: era su mujer, pero había matado a su hija.

»"Lo siento, pero debo llevármela."

»Fue Isaías el que me condujo hasta la habitación en la que mantenían a Isabel encerrada y atada a la cama. Tenía todo el cuerpo amoratado y ensangrentado.

»"Félix le ha administrado un sedante más fuerte que el de Donato. Parecía que estaba en éxtasis cuando vinimos."

»Isabel apenas giró la cabeza cuando me oyó hablar. Llamé a mis hombres y les pedí que subieran para sacarla de allí. Isaías me dejó a solas en la habitación con ella y me aproximé a la cama. Creí oír un susurro proveniente de su garganta y me acerqué. Aun estando bajo los efectos del sedante, intentaba decirme algo, pero no podía.

»Mis hombres entraron, la bajaron y la metieron en el coche patrulla. Cuando me disponía a marcharme, vi a un hombre al que no había visto anteriormente. Resultó ser un periodista que estaba escuchando cuanto Donato, medio dormido, y el médico le decían. No le di importancia, pero una cosa así no se podía ocultar a la gente. Nos marchamos de allí y la encerramos en un oscuro calabozo. Fui a mi despacho a redactar el informe, y cuando lo estaba acabando, uno de los guardias me dijo que alguien había venido a ver a Isabel. Resultó ser una de las doncellas, Fátima, la que había encontrado los huesos.

»"¿Para qué quiere hablar con ella?"

»"Si no le importa, preferiría no hacerlo."

»"Está bien, puede entrar."

»No sé de qué hablarían, pero después de la visita parecía estar más tranquila. Cuando la noticia saltó a los periódicos y la gente descubrió qué había ocurrido con Abril, llegaron en bandadas pidiendo la cabeza de Isabel. Fue al día siguiente de su encierro. Leí el diario y vi un artículo escrito por el periodista que había visto el día anterior en casa de Dicastillo. Relataba algo aterrador. Nada que ver con lo que encontramos allí. En la noticia se contaba con pelos y señales un descuartizamiento y se decía que habían encontrado los órganos de la niña esparcidos por la habitación de la madre, y el cuerpo desmembrado. Aquello era falso. Cuando vi a mi superior, me dijo que daba igual la noticia, que la niña estaba muerta y que, de un modo u otro, aquella mujer debía pagar por la muerte de la pequeña e indefensa Abril. Decidí ir a la casa del señor Dicastillo. Me abrió la puerta la misma doncella que me había mostrado los huesos de Isabel y me acompañó hasta la habitación en la que Dicastillo descansaba. Cuando le pregunté si había visto la noticia, me dijo que sí, que él mismo había relatado la historia tal cual la había escrito el periodista. Al preguntarle por qué, me dijo que prefería que la gente pensara eso, en lugar de que creyesen que había quemado a su hija, tal vez incluso viva. Yo no lo tenía nada claro, y así se lo hice saber.

»"Me resulta verdaderamente extraño, señor Dicastillo, que haya dado esa versión, y tenga por seguro que no lo dejaré correr. Además, no sé cuál de las dos muertes, si la real o la ficticia, es mejor."

»Dicho esto, me marché dispuesto a elaborar un plan para ayudar a Isabel, estuviese loca o no, pues algo me decía que tal vez ella no tuviera nada que ver con aquello, especialmente al recordar lo poco que pude llegar a entender de sus palabras: «Todo es mentira». Visité a Isabel en su celda y le pedí que me contara lo sucedido.

»"¿Para qué? ¿No se lo ha contado ya mi marido?"

»No parecía loca en absoluto.

»"Quiero escuchar su versión. Algo no me gusta en todo este asunto."

»"Oiga", intervino, "déjelo correr. Es mejor, no va a conseguir nada; lo sabe, es mejor dejarlo pasar. Antes o después, todo se terminará. Con un final feliz, se lo aseguro."

»"¿Por qué dice eso?"

»"Chiss, guarde silencio y deje que todo pase."

»"Pero van a matarla, la van a juzgar por asesinato."

»Negó con la cabeza.

»"Eso no ocurrirá."

»"¿Qué dice? ¡No es consciente de los cargos que hay contra usted!"

»No me respondió ni me escuchó. Simplemente, no me hizo caso alguno. No entendía nada, pero tuve claro lo que debía hacer cuando llegué a casa y descubrí que mi hija, de apenas dos años, había desaparecido. Habían dejado una nota:

Nada de autoridades, o tu hija morirá.

»Así lo hice. Estuve a punto de volverme loco durante los tres días que desapareció de mi vida. La tercera noche, llamaron al timbre de madrugada. Vi a mi Leonor con la mano vendada, cogida de la mano del padre Isaías. Se lanzó hacia mí, pero él la detuvo.

»"Si sigue metiendo las narices donde nadie le llama, la próxima vez que me la lleve no perderá solo dos dedos."

»Dicho esto, se fue. Cogí a mi hija y la metí en casa. Al quitarle el vendaje vi que le habían cortado dos dedos. Tenía fiebre y estaba muy débil. Bebió más de un litro de agua prácticamente seguido mientras estaba en la cama, a la espera del médico. Este le dio unas medicinas. Los días pasaron y se puso mejor. Me dijo que se la habían llevado de casa de la vecina que la cuidaba cuando yo no estaba en casa (mi esposa murió poco después de que Leonor naciera). Le dijeron que yo lo había mandado a recoger a mi niña, por lo que la dejó ir. La habían encerrado en un cuarto oscuro y le habían pegado y negado comida y agua hasta que un hombre le cortó los dedos con un hacha pequeña.

»No quise imaginar lo que tuvo que aguantar, que sufrir. Por supuesto, dejé todo aparcado y continué con mi trabajo en la comisaría. Cuando la vecina me preguntó por el cura, le dije que era un conocido mío. No mucho después, tras un intento fallido de linchamiento de Isabel, llegó una carta del Ministerio de Sanidad de Madrid diciendo que la paciente sería ingresada de inmediato en el psiquiátrico de la ciudad y que no se celebraría juicio alguno. Entonces pensé que Isabel sabía que aquella carta iba a llegar, que no iba a sucederle nada y que no iban a matarla. Pero yo no dije nada ni hablé con ella. Las cosas se calmaron, pero Isaías se encargaba de mandar a maleantes, de vez en cuando, a mi casa para asegurarse de que me acordaba de sus advertencias. Por eso he pensado al verles que eran otros de sus mensajeros.

Cuanta más información tenía de lo ocurrido, más negro y enmarañado veía todo.

—No sabe cómo le agradezco lo que me ha contado.

—¿Puedo preguntarle una cosa?

—Por supuesto.

—¿Qué piensa hacer? Con respecto a este caso.

—Pues verá —carraspeé—, no lo tengo claro, pero le garantizo que Isaías y los que tengan que pagar, pagarán por esto.

—Bien. Más vale que se ocupen, porque si ellos aparecen por aquí, seré yo quien se encargue de ustedes dos por removerlo todo otra vez.

Nos acompañó a la puerta y salimos del edificio sin molestarnos en despedirnos de Roberto. Cuando miré el reloj, era demasiado tarde para ir a ver a Isabel. Pasaría al día siguiente.

—Escucha —dijo Lorik—, tú márchate al hotel y descansa. Yo voy a seguirle los pasos a ese cabrón de Isaías, ¿de acuerdo?

—Te lo agradezco, me iría bastante bien descansar un rato.

—No te preocupes, vete tranquilo.

Lorik se marchó en dirección al Pilar, y yo al hotel. Me sentía cansado a pesar de no haber hecho gran cosa ese día, así que decidí relajarme. Subí a mi habitación, llené la bañera de agua caliente y eché todos los botecitos de jabón que encontré con el sello del hotel. Después de bañarme durante casi una hora, me puse ropa limpia y bajé al restaurante a degustar el menú del día. Tras una ensalada de judías y lubina al horno con verduras, comencé a tener sueño y subí a dormir un rato.

5

La mañana siguiente amaneció tormentosa y gris oscura. Los relámpagos se veían acercarse desde lejos, y los truenos, poco a poco, se oían más cerca. Eran las seis y media cuando bajé a desayunar bollitos de canela y azúcar y café. Después de llenarme el estómago, me dediqué a leer cuantos periódicos encontré en la recepción para matar el tiempo hasta las siete y media, cuando salí a coger el tranvía en dirección al sanatorio. Le dejé una nota a Lorik anunciándole que iba a visitar a Isabel.

Subí a un vagón vacío y me senté al lado de la ventana derecha. El viaje apenas duró quince minutos. Bajé, fui a la puerta de entrada y llamé al timbre. De nuevo, la misma enfermera me abrió la puerta.

—Ah, es usted. Pase.

Entré y cerró con llave.

—Sígame.

—Eso mismo estaba pensando hacer.

—No me venga de gracioso.

—Disculpe, no pretendía serlo.

Supongo que el extraño ambiente de un psiquiátrico acaba metiéndose dentro de las personas que allí trabajan.

Llegamos al mostrador y me indicó que tomase asiento. Las sillas que había enfrente estaban pegadas a la pared, bajo un crucifijo.

—Perfecto.

Oí que rompía papeles y rellenaba otros con una estilográfica que, por los golpes contra la mesa, no debía tener tinta. En la pared que quedaba frente a mí, el reloj no tardó en señalar las ocho. Poco después, la enfermera lo miró de reojo. Se puso en pie y cogió un manojo de llaves. Con los tacones marcando el paso me guio al fondo del pasillo y bajamos por una oscura y cochambrosa escalera.

—Está interna en el área de máxima seguridad. En la actualidad no se le está dando tratamiento alguno, ya que los medicamentos nunca le hicieron efecto —dijo.

Atravesamos un largo pasillo y llegamos a una puerta de hierro. La abrió y volvió a cerrar. Al dar la luz vi que estábamos en un habitáculo de reducidísimas dimensiones que daba a otra puerta, tras la que se encontraba el área de máxima seguridad. Dio tres golpes y abrió con otra llave. Una intensa luz casi me cegó. No provenía de las ventanas, sino de las luces del techo. La enfermera le explicó a un guarda de seguridad que yo iba a hacer una visita a la paciente 223. El hombre abrió la verja de metal que separaba su mesa y su silla de los internos y me indicó que pasase. Luego cerró la puerta y me dijo que, cuando quisiera salir, le avisase.

6

Los locos estaban esparcidos por todos los rincones de la gran área diez. Unos, pegados a la pared, se tiraban del pelo o estaban como petrificados. Otros giraban sobre sí mismos en círculos; algunos los miraban y aplaudían. Uno de ellos se tiraba al suelo y volvía a levantarse para volver a tirarse. Todos, con su número identificativo cosido en sus pijamas blancos.

Girando a la derecha, llegabas a una serie de mesas que quedaban fuera del alcance del vigilante de seguridad. Allí había una mujer que dibujaba con el dedo lo que me parecieron números sobre la mesa. Otros estaban echando una partida imaginaria a las cartas. Había dos escondidos bajo la mesa, encogidos. En una mesa situada al fondo, de espaldas, vi a una mujer de pelo canoso abultado y sucio. Me aproximé a ella y al volverse vi que llevaba cosido el número 223. El pelo encrespado le cubría el rostro. Me senté cuidadosamente frente a ella. Tarareaba una serie de notas que conocía muy bien: era la parte llamada «Baile del hada del azúcar» de *El cascanueces*.

—Hola, Isabel.

No me respondió. Siguió tarareando sin inmutarse.

—Me llamo Christophe Maestre y sé que no mataste a tu hija.

Dejó de tararear y alzó la cabeza. Me observó a través de su pelo, con el rostro oculto. Luego se lo retiró y me mostró su cara sonriente. No podía creer lo que veía.

—Así que usted es Cristo —dijo con voz clara—. Me alegro de verle.

No había pasado mucho tiempo desde la última fotografía que se había hecho en la cabaña de Aldea de los Cuatro Valles. La reconocí al instante. No era Isabel la que estaba encerrada en el sanatorio, era Fátima.

Tardé unos segundos en responder. Estaba desconcertado.

—¿Cómo sabe mi nombre? —Rio—. ¿Puede explicármelo? —insistí.

—Es demasiado complicado de explicar en una sola frase. Y teniendo en cuenta el esfuerzo que ha realizado para descubrir la verdad, creo que se merece la explicación de lo que ocurrió.

—¿Va a contármela?

Sonrió y asintió casi con complicidad.

—Sí, Cristo, se lo ha ganado.

Quinta parte

1902-1951

1

Isabel Andrés nació en el seno de una de las familias más poderosas de toda la ciudad. Su padre era dueño de la mayor parte de los campos de cultivo de la región y poseía una fábrica de algún tipo de material en las afueras. Era más rico de lo que nadie podía imaginarse. Ignatious Andrés se casó con la madre de Isabel apenas un año antes de que ella naciese. Como era de esperar, quería que fuese varón, pero el embarazo, y sobre todo el parto, estuvieron a punto de llevarse a Margot, la madre de Isabel. Por ello, y a pesar de haber nacido niña, Ignatious no deseó tener más hijos a costa de la salud o incluso de la vida de su esposa. Isabel creció entre lujos, regalos y mansiones de veraneo, tanto en la costa como en la montaña. Al contrario que su madre, era una mujer fuerte y con buena salud. Nunca tuvo ningún problema, y menos mental. Su desgracia llegó cuando cumplió dieciséis años y su padre le dijo que ya tenía edad de casarse. Ignatious siempre había sido bueno con ella; aun así, no desaprovechó la oportunidad de hacer negocio casando a su hija.

—Padre, no puede pedirme eso. No puede, no quiero casarme con nadie a quien no quiera.

—Hija, siempre te he querido y te he cuidado. Ahora

solo te pido eso. Debes comprender que es por tu bien. Tu madre y yo no estaremos siempre contigo, y necesitas que alguien te cuide, un hombre.

Organizaron una cena para que los futuros esposos se conociesen sin perder tiempo, tan solo tres días después de que a ella le comunicaran la decisión paterna. Margot encargó a los criados que hiciesen una cena especial para los invitados. A las nueve en punto de la noche llamaron al timbre. Margot había vestido a su hija con la mejor ropa y había hecho llamar a su peluquero para que le recogiese el pelo y se lo adornara con una cinta azul claro entrelazada en el recogido. También le puso el collar de brillantes que Ignatious le regaló al poco de casarse. Fue el mismo Ignatious el que abrió la puerta. Les dio la bienvenida con demasiados elogios. Isabel y Donato se miraron. Ella no sabía que él le llevaba al menos diez años hasta que lo vio en el umbral de la puerta.

Quiso llorar de miedo y pena, pero su madre le había enseñado a esconder los sentimientos bajo una falsa capa de amabilidad que llamaba educación. Se acercó a ellos y les saludó de manera cortés, fingiendo una sonrisa al mirar directamente a Donato. Él le correspondió de la misma forma y pasaron al comedor. Los padres se regodeaban por dentro, pensando que su plan era infalible.

Los sentaron el uno frente al otro. Las criadas fueron sirviendo los platos mientras los padres charlaban animadamente sobre política y dinero e intentaban introducir a sus hijos en la conversación, pero ellos, con observarse en silencio, entre las flores y las velas, tenían suficiente.

A medida que la cena pasaba, Isabel fue encontrando a Donato más atractivo. Ya no le daba tanto miedo. Los padres pasaron a la salita de juegos de al lado y los dejaron a solas, al fuego de la chimenea. Se sentaron el uno al lado del otro. Al ver que Isabel se encogía, Donato corrió a ponerle una manta por encima. Tras mantener una ligera conversación sobre tonterías que no iban a ningún lado, Isabel creyó que tal vez no estuviera tan mal pasar el resto de su vida con él; al fin y al cabo, su padre lo quería así, y si lo había escogido a él era porque sería bueno para ella. Cada minuto sentía más interés por Donato. Los padres de ambos no tardaron mucho en salir del cuarto de juegos. Dieron tiempo a los dos hijos a que se despidieran mientras los observaban de reojo desde la entrada de la casa. Donato se inclinó sobre Isabel y le dio un beso en la mejilla, consiguiendo que se pusiera roja.

—Hasta la próxima, Isabel. Espero verte pronto.

Isabel asintió.

—Sí, yo también espero verte pronto, Donato.

Isabel observó su marcha desde la ventana del salón hasta que desapareció en el interior del coche y el conductor arrancó.

—¿Qué te ha parecido el joven Dicastillo, Isabel? —preguntó su padre.

Isabel sonrió y lo abrazó.

—Es perfecto, padre. Muchas gracias por haber elegido a un muchacho como él.

—No te preocupes, hija, no tienes que darme las gracias. No tiene fama de don Juan precisamente, y es una de las cosas que he tenido en cuenta. Sus padres estaban desesperados ya. No sabían con quién unirlo, y parece ser que tú también le has gustado. Anda, vete a dormir y descansa. Mañana será otro día, hija mía. —Le acarició el pelo suavemente.

—Buenas noches, padre.

Cuando ya se había peinado y puesto el camisón, su madre acudió y se sentó a su lado en la cama.

—Me ha dicho tu padre que estás contenta con Dicastillo.

—Así es, madre. Es encantador. Ha sido muy amable conmigo durante la cena.

—Me alegro mucho, hija mía —dijo sonriendo y arropándola—, pero recuerda que no se conoce a un hombre del todo hasta que llega la noche de bodas.

—¿Qué quieres decir con eso, madre?

—No te preocupes, hija, ya lo entenderás; tarde o temprano te sucederá. Pero recuerda que no debes tener miedo, que todas las mujeres pasamos y seguiremos pasando por ello.

—Gracias por el consejo, madre —dijo sin haber entendido sus palabras.

Emocionada por su futuro, apenas pudo dormir aquella noche.

Las intenciones de la familia Dicastillo eran distintas. El imperio que llevaba por nombre su mismo apellido, que había surgido de la nada más de cuarenta años antes, se deshacía como azúcar en agua, herido de muerte desde meses atrás. Fue ese el único motivo por el que Donato Dicastillo accedió a la proposición de su padre una semana antes de conocer a Isabel. La fortuna de Alejandro Dicastillo había nacido de la más absoluta miseria, y las ansias de tener más lo habían llevado a hacer negocios cada vez más turbios que finalmente acabaron explotándole en la cara. Estaba arruinado, y los bancos y abogados querían la parte que les correspondía. Al no poder pagar, iban a por sus bienes.

Después de ver durante meses y meses como su casa se quedaba cada vez más desnuda y vacía de muebles, cuadros, cortinas, criados y comida, y ver como lo subastaban todo en Madrid, Alejandro pensó que la única solución era casar a su hijo con alguna de las familias pudientes de la ciudad, y quién mejor que la hija de su amigo Ignatious Andrés. Dieciséis años, ningún pretendiente, y con un vientre fértil para tener un hijo con Donato y vincularlo de por vida a la fortuna de los Andrés. Era simplemente perfecto. Por supuesto, sus problemas económicos eran ignorados por todos sus allegados y conocidos, y por Ignatious también. Con ese enlace matrimonial se firmaría uno de los más antiguos y rigurosos contratos: consolidar dos fortunas. Con lo que no contaban era que Isabel se enamorase verdaderamente de Donato.

Después de haber visto que aquel primer encuentro de los dos pretendientes había sido un éxito rotundo, Alejandro decidió que el segundo sería una comida para ellos dos solos en uno de los hoteles más elegantes de la ciudad. Donato fue a buscar a Isabel en su coche a las doce del mediodía. Ella se ruborizó al estar sentada al lado del joven Dicastillo y decirle él lo hermosa que era. Le cedió el paso para entrar en el restaurante del hotel y la acomodó en la silla. Durante la comida, la engatusó con historias de una cabaña de madera que su padre había hecho construir en una remota aldea de Huesca. Allí había pasado años de infancia y muchas aventuras.

—En ese valle hay hadas. Yo las he visto de verdad, y me concedieron un deseo: conocer a la mujer más hermosa de la tierra.

Poco a poco Isabel acabó deseando casarse con él. La boda no tardó en celebrarse, especialmente por insistencia de Alejandro, que adujo que era entonces, cuando más felices estaban los dos, el momento propicio. El motivo de la prisa era en realidad que se quedaban sin casa. Antes de casarse, Donato le presentó a sus dos mejores amigos. Uno, Isaías Griján, cura por devoción, y el otro, Félix Carballal, médico a la fuerza. Desde el primer instante, Isabel se percató de que ambos se habían fijado en ella y que la miraban con otros ojos, no como si fueran los de la futura esposa de un amigo suyo. La miraban con deseo. Ella lo ignoró y no dijo nada a Donato, pues eran sus amigos y tal vez estuviese equivocada.

El día de la boda los casó Isaías en una gran ceremonia en el Pilar. La comida tuvo lugar en uno de los restaurantes más prestigiosos de la ciudad. Después del baile, los recién casados se retiraron a vivir en la casa que el padre de Isabel les había regalado. No se fueron de luna de miel. Donato así lo quiso, o, mejor, se vio obligado, ya que hasta después de la boda no tendría el dinero de los Andrés.

La vida matrimonial de la que disfrutaba Isabel no se parecía en nada a la que su madre le había descrito. Ella estaba ciertamente enamorada de Donato y él sabía disimular perfectamente, pues se jugaba su futuro, el dinero de Isabel, en su papel de marido cariñoso y atento.

Ignatious no era precisamente un estúpido y había descubierto, por medio de un amigo, las subastas de los objetos de la casa de los Dicastillo. Independientemente de que su hija quisiera a Donato, él se había casado con ella por interés. No tardó en ver que apenas les quedaba dinero. Pero el matrimonio ya se había celebrado y lo único que podía hacer era controlar el dinero que le pasaba a su hija mensualmente para sus gastos. La advirtió de que cuando ellos ya no estuvieran, tuviese mucho cuidado con el dinero y que no lo dejase todo en manos de Donato.

Donato nunca olvidaría la tarde en la que mantuvo una conversación con Ignatious. Isabel descansaba.

—No creas que desconozco el motivo por el que te has casado con mi hija. ¿De verdad tu padre creía que iba a salir todo bien? ¿De verdad pensó que yo nunca me enteraría de que estaba arruinado? Lo he descubierto, y te garantizo que, aunque la boda ya está hecha, a tus manos no llegará ni un céntimo de lo que le corresponde a mi hija. Tenlo más que claro.

Así fue como Donato se enteró de que la fortuna de Isabel nunca sería suya y no la podría disfrutar. Sin ella no tenía nada, así que debía aguantar.

Pasaron los meses hasta que Isabel anunció que estaba

embarazada, lo que era perfecto para Donato, pues se aseguraba que la fortuna de los Andrés se quedaría entre las cuatro paredes de su mansión, aunque él no la disfrutara personalmente.

No tardó en salir todas las noches con sus amigos, el médico y el cura, cuando se dio cuenta de que sus manos estaban atadas y que, aunque tenía una cama caliente y comida asegurada de por vida, nunca podría disfrutar de ese dinero. Necesitaba salir de la cárcel en la que vivía.

—Tranquilo, Donato, tranquilo —le dijo Isaías—. La vida es larga y da muchas vueltas. Ya veremos qué ocurre.

Félix era el médico de Isabel, el que controlaba su estado durante el embarazo. Con lo que Donato no contaba era con que Félix estaba enamorándose de Isabel.

Cuando Isabel se encontraba embarazada de cinco meses, Donato buscó a una mujer que le hiciese compañía y la ayudara.

2

Yo no era más que una chica muerta de hambre cuando llegué de Teruel con una niña recién nacida entre mis brazos. Huía de un marido maltratador y egocéntrico que no hacía más que gastarse el dinero en cerveza mientras cada vez entraba menos comida en casa. Yo solía trabajar en un bar de la capital, limpiando y sirviendo platos a cambio de una auténtica miseria que también se gastaba él en lo que se le antojaba.

Teníamos una vecina costurera que hacía ropitas a mi hija, antes de que naciera, a cambio de nada. Yo solía pasarle sopa y la poca comida o fruta que podía comprar con el dinero que no se bebía mi marido. Ella nunca la quería aceptar, pero yo se la dejaba en la cocina. Siempre me acordaré, aunque mis días estén contados, de una de las noches en que mi esposo llegó más borracho que nunca. Yo ya tenía todo preparado desde hacía tiempo, solamente me faltaba encontrar el valor necesario para llevarlo a cabo, y lo encontré esa noche, al verlo en esas condiciones. Escondí a mi pequeña Pilar dentro de una caja de madera con mantas en la segunda planta para que no la encontrase. Lo oí llegando a casa calle arriba cantando una jota. Esa fue la única vez que me enfrenté a él y le dije que era un chandro, un borracho y un vago. Sabía cuál iba a ser su reacción, así que escondí una piedra en mi mano, a la espalda, y esperé su respuesta.

—No creas que esto se va a quedar así, zorra desagradecida.

Se abalanzó sobre mí. De la primera pedrada, le abrí una brecha en una ceja y cayó al suelo.

—¡Vamos, cobarde! ¡Levántate del suelo, rata asquerosa!

Se puso en pie tambaleándose, y cuando fue a por mí, le volví a dar con todas mis fuerzas en la cabeza y cayó de nuevo.

—Puedes levantarte cuantas veces quieras, aquí estaré esperándote. Te garantizo que te mataré a pedradas si hace falta, pero no vas a volver a ponerme la mano encima, rastrero miserable.

Aquello duró unos minutos más, hasta que por las pedradas y los efectos del alcohol acabó tirado, dormido o inconsciente, tanto me dio.

Cogí a Pilar, que apenas contaba ocho días, la bolsa que había preparado con sus ropitas y el poco dinero que había conseguido ahorrar. Salimos aquella misma noche. No hacía especialmente frío. Arropadas por la oscuridad de la noche llegamos hasta la diminuta estación de tren y tomé el primero que salió sin importarme adónde. Iba a Zaragoza.

Imaginé un terreno de montes y bosques, y me vi en mi propia casa con mi hija creciendo feliz, una casita pequeña y cálida, con una cocina de leña en la que cocinar caldos y mantenernos calientes durante el invierno, una amplia alfombra en el suelo del comedor para que Pilar pudiese jugar sin resfriarse y una habitación que compartiríamos.

Llegamos a la ciudad por la mañana, a las seis en punto, después de estar unas horas en medio de la vía por un árbol caído. Tenía poco dinero, el suficiente para alquilar una habitación en alguna pensión durante algún tiempo, mientras encontraba trabajo. Preguntándole a la gente, di con una pensión en la calle San Vicente de Paúl. La dueña del edificio era una anciana con más años que el mismo tiempo, pero con una vista y una agilidad para las cuentas pasmosa. Me condujo escaleras arriba por un cochambroso edificio de paredes de cal y ventanas rotas. La puerta era más pequeña de lo normal y había que entrar agachado. El cuarto consistía en una cama cubierta con una manta y una mesa coja con una lamparita sobre ella. Me lo quedé.

—¿Sabría de algún sitio en el que me diesen trabajo?

—No sabría decirte. Le preguntaré a mi hija, a ver qué me dice.

—Se lo agradezco mucho.

En mi primera noche en esa habitación vi brillar en la oscuridad, al menos, los ojos de tres ratas. A la mañana siguiente bajé con Pilar en mis brazos y le pregunté si había hablado ya con su hija.

—Ha venido por aquí esta mañana. Me ha dicho que están buscando doncellas en un par de palacetes. Toma, estas son las direcciones.

—Muchísimas gracias, de verdad.

—Mientras me pagues el alquiler a tiempo, no tengo problemas con lo que hagas.

Salí de allí y me encaminé con las indicaciones que me había dado al primer lugar donde estaban seleccionando doncellas. La casa se me antojó gigante, de cuento de hadas. Me daba miedo hasta llamar a la puerta para no dejar mis huellas marcadas. No tardó mucho rato en abrir otra de las doncellas de la casa. Me enteré de que su nombre era Fidedigna. Cuando entré, tomé asiento en una de las pocas sillas que quedaban libres. Había muchas mujeres esperando para entrar y hablar con los señores, pero no tuvimos oportunidad. Unos veinte minutos más tarde, alguien nos anunció que el personal estaba seleccionado y que debíamos marcharnos. Emprendí rumbo a la segunda dirección, no demasiado lejos de allí.

Había muchas mujeres delante de mí, para el mismo puesto, y otras que vinieron después. Esperé más de una hora. Al fin entré en la habitación a la que se estaba haciendo pasar a todas. Me encontré con una mujer embarazada, con la piel cristalina y el pelo rubio oscuro. Me pareció un ángel. Sonrió nada más ver que llevaba una niña conmigo.

—¿Puedo preguntar cómo se llama el bebé?

—Pilar, señora. Se llama Pilar.

Se puso en pie y me pidió cogerla. La sostuvo con un tremendo cariño.

—Qué cosita tan pequeña.

—Vamos, Isabel, siéntate. No es bueno para ti estar de pie, ya te lo dijo Félix.

Su marido, el señor Donato Dicastillo, era mucho menos agradable que ella. Me devolvió a Pilar y se sentó al lado de su esposo.

—¿Qué experiencia tiene usted en el trabajo doméstico?

—Toda mi vida.

—Donato, creo que sería buena niñera —le dijo en voz baja.

—¿Tú crees? —preguntó seriamente.

—Sí. Estoy convencida. Y podría hacerme compañía. ¿Cómo se llama?

—Fátima.

—Bien, Fátima. ¿Te gustaría ser mi dama de compañía y ayudarme con el cuidado de mi hijo cuando nazca?

—Por supuesto que sí, señora, me encantaría.

Donato se negó. Isabel me pidió que esperase fuera. Unos minutos después salió y dijo que el puesto era mío.

Me instalé aquel mismo día en una de las habitaciones de los sirvientes, en el ático. No regresé a la pensión ni para recuperar el dinero de los tres días que le había pagado por adelantado. Allí estaba caliente, con sábanas y mantas limpias, y no había ratas. Incluso tenía un fregadero y una cocinilla de carbón a un lado de la habitación para hacer mi propia comida. Era como tener mi propia casa, prácticamente como la había imaginado. Empezaría al día siguiente. Contrataron a tres personas más para el servicio.

Isabel subió a mi dormitorio y llamó a la puerta.

—¿Puedo pasar?

—Está en su casa, señora. Claro que puede pasar.

Entró y cerró la puerta tras de sí. Sonreía.

—¿Puedo coger a la pequeña?

La saqué de la cama y se la tendí.

—Voy a hacer que os suban una cuna.

—No, por favor, señora, no quiero causarles molestias.

—No es ninguna molestia. Haré que la suban ahora mismo. Y otra cosa más, por favor, Fátima. Delante del señor, no, pues es demasiado estricto en algunas cosas, pero cuando estemos a solas, te rogaría que me llamases por mi nombre en lugar de «señora».

—Como quiera.

—Voy a por la cuna; será perfecta para ella.

A la señora le encantaban los niños, y era buena por naturaleza. Apenas unos minutos después subieron tres criados con la cuna y la colocaron junto a la cama.

—Muchas gracias, de verdad.

—No me las des. Creo que vamos a llevarnos bien.

Se quedó un rato charlando conmigo sobre las ganas que tenía de ser madre, y me dijo que disfrutara de mi último día libre, que aproveché para dar un paseo por mi nueva ciudad. Llegué a la casa al anochecer y entré por la puerta de servicio que daba a la cocina. Puse a Pilar en la cunita y me metí en la cama. Me sentía feliz.

3

A la mañana siguiente, ya desayunada, me personé en el dormitorio de la señora con Pilar, tal como se me había dicho.

—Vamos, pasa —dijo.

Estaba tumbada en la cama, con la cabeza apoyada en un montón de almohadas.

—¿Se encuentra bien?

—Sí, no te preocupes. Mi marido y mi médico, amigo de Donato, son demasiado precavidos. Ven, siéntate en la cama.

Me senté a su lado. Al ver su mirada, dejé que cogiese a Pilar.

—Qué preciosidad de niña, y no pesa nada. Qué pequeñitos son, ¿verdad?

—Sí, es cierto.

—Cuéntame. ¿Dónde vivías antes de venir aquí?

Me tomé mi tiempo para contarle con todos los detalles que recordaba cuantas cosas había tenido que soportarle a mi marido.

—Creo que has hecho lo mejor.

Alguien llamó a la puerta.

—Soy yo, Iris.

—Ah, pasa, Iris.

Era la mujer que me había abierto la puerta a mi llegada. Se sentó a mi lado y se presentó.

—No debes preocuparte por nada, Fátima. Aquí se está a gusto. El señor no se mete prácticamente en nada, y ya irás conociendo a Isabel. Créeme, he trabajado en un montón de casas y siempre me han tratado como puta por rastrojo, excepto aquí.

—Bueno, creo que eso lo comprobará ella misma —dijo Isabel—. Y ya que estamos aquí las tres, aprovecho para deciros que Donato se va de caza con sus amigos dentro de una semana. A la cacería también van a ir las mujeres de sus amigos, y me gustaría que me acompañarais. Me aburren soberanamente esas mujeres. Con vosotras lo pasaré mejor, y no es que os lleve solo porque con ellas me aburra...

—Ya lo sé, Isabel, no te preocupes.

—Bien, Fátima. ¿Qué me dices? ¿Vendrás con nosotras?

—Claro, señora, si es lo que quiere.

—No, Fátima, no, no es lo que quiero. Te estoy invitando, no hace falta que vengas si vas a sentirte incómoda.

Me tomé unos segundos para pensarlo y accedí. No me hacía especial ilusión tener que pasar el día rodeada de un montón de señoras y señoritas remilgadas, pero no estaba en posición de negarme a ir con ella, y, por otro lado, me apetecía conocerlas mejor a las dos, tanto a Isabel como a Iris.

Iris volvió a sus labores y yo me quedé haciendo compañía a Isabel.

Llegó el médico, Félix.

—No, Félix, me reconociste hace una semana.

—Lo sé, pero tu estado de salud es delicado y prefiero hacerte revisiones constantes.

—Entre Donato y tú no me dejáis ni respirar.

—Avíseme cuando acabe y regresaré, señora —dije.

—No, no. Quédate.

—Como quiera, señora.

Después de usar un montón de herramientas médicas que no tenía la menor idea de para qué servían y cómo se debían utilizar, Félix le dijo que estaba igual que la semana pasada. A nadie engañaban las miradas de soslayo que lanzaba Félix a Isabel. La quería en silencio, la quería para él, pero estaba casada con su amigo y él hacía el seguimiento del bebé que iban a tener los dos. Hubo un instante en que me dio pena.

—Guarda reposo como hasta ahora y vendré a verte la semana próxima.

—De acuerdo, como digas.

Se marchó y nos quedamos a solas.

—¿Quiere que haga alguna cosa por usted, necesita algo?

—Solo necesito compañía. ¿Ves los libros de esa estantería?

Giré la vista y observé un mueble repleto de ellos.

—Sí, los veo.

—Pues quiero que escojas uno y que lo leas en voz alta para las dos.

No tardó en darse cuenta de la expresión de mi rostro.

—¿No sabes leer?

—No, señora, no demasiado bien.

—No te preocupes, yo te enseñaré.

—No. Por favor, señora, no tiene que hacerlo.

—Yo creo que sí. Todo el mundo debería saber leer. Vamos a ver.

Alargó el brazo y del cajón de la mesita sacó unas hojas y un carboncillo. Escribió algo y me dijo que me acercase más a ella. Se echó a un lado en la cama y me senté. Había escrito las vocales y me enseñó cuales eran cada una de ellas. Me cedió el carboncillo para que las escribiera debajo. Nunca nadie me había tratado tan bien. Mi infancia había transcurrido entre trabajos en casas ajenas a la mía, ayudando a mi madre, y cuando me casé esperando algo mejor de la vida, lo único que había recibido habían sido golpes.

—Gracias, señora. De verdad, gracias.

—No me las des, Fátima, y llámame Isabel.

Le hice compañía todo el día. Pude comprobar que Iris y ella eran amigas. Iris había comenzado a trabajar en la casa en el momento en que los señores se mudaron a ella, y desde el principio se había llevado bien con Isabel. Compartimos la merienda y ayudé a Isabel a meterse en la bañera, le puse el pijama y la acosté.

—Mañana seguiremos con la lección. Ya verás: en pocos días podrás leer párrafos sencillos.

Así fue. En tres días había aprendido todo el alfabeto y comenzaba a leer palabras sueltas. El día que nos íbamos con el señor Dicastillo de cacería amaneció despejado y con sol. Isabel subió a mi dormitorio poco antes de que se hiciese la hora de marcharnos y le regaló a Pilar unas ropitas. Le di las gracias y se las puse. El tacto de la ropa era muy suave. Me dijo que estaba hecha especialmente para la piel de los bebés.

Cuando salimos a la calle con Pilar en mis brazos, además de Iris y yo, iba una de las cocineras de la casa, llamada Estefanía. No abrió la boca en todo el viaje. Cargaba con dos cestas de comida. Nosotros fuimos en dos coches. En el primero iban Isabel y Donato, y en el segundo, Iris, Estefanía y yo. En un tercer coche viajaban Isaías y Félix. Donato los había invitado a pasar el día en el campo. No me costó imaginar que el médico asistía para disfrutar de la compañía de Isabel más que de la de Donato.

Después de hora y media de viaje, el conductor nos anunció que habíamos llegado. Al bajar del coche, pude ver que ya había gente allí reunida: ricos amigos de Donato y sirvientes. Habían instalado carpas cerradas, y alrededor de ellas, entrando y saliendo, estaban las señoras de los amigos de Dicastillo, dejándose ver y notar.

Isabel se acercó a nosotras.

—Respirad hondo, chicas. Al ataque.

Nos cogió del brazo y nos aproximamos a una de las carpas. Entramos.

—¡Eres una auténtica estúpida! Y una asquerosa. No vales nada, no vales la comida que cuestas. Date por despedida en cuanto regresemos.

Una de las señoras gritaba y ridiculizaba a una de las doncellas que había llevado a la cacería. La mujer salió corriendo de la carpa tragándose las lágrimas.

—¿Qué ha ocurrido esta vez, Antonieta? —preguntó Isabel.

—Esa estúpida ha traído un pastel de moras y le dije que lo trajese de frambuesas, y me viene con la excusa de que no encontró frambuesas en el mercado. Maldita embustera.

—Sí, es una tragedia: pastel de moras en vez de frambuesas. En fin. ¿Cómo te va la vida?

Isabel nos acercó dos sillas y nos sentamos a su lado. Ella intentaba mantener una conversación que no quería con Antonieta. El resto de las señoras nos observaban y hablaban al oído. Yo acunaba a Pilar.

—No te preocupes, ya te acostumbrarás. Ninguna de esas arpías comprende por qué Isabel entabla amistad con la servidumbre.

Cuando Antonieta se cansó de criticar a las incompetentes de sus doncellas, se marchó al lado de su madre. Isabel se volvió hacia nosotras.

—Cada vez es más insufrible. No la soporto. ¿Queréis marcharos a dar una vuelta? Déjame a Pilar. Id a dar un paseo.

Salimos de la carpa. A lo lejos se oían los disparos de los señores. Caminamos hasta la orilla de un arroyo.

—Isabel es muy buena, ya lo irás viendo. También lo intentó con Estefanía, pero no hubo forma: es más cerrada que un candado.

—Sí, es verdad que es buena persona.

—No se puede decir lo mismo de su marido, el señor Donato Dicastillo —dijo redundante.

—¿Por qué? —pregunté.

—Cuando se junta en casa con esos dos amigos suyos, el cura y el médico... Una vez me quedé para servirles las bebidas después de la cena y no me gustó lo que hablaron. Estaban reunidos jugando a las cartas, envueltos en ese asqueroso aroma de puro. Dicastillo estaba quejándose de no poder acceder a la fortuna de su señora.

»"Todo lo controla ella, y yo tengo que poner buena cara", dijo Dicastillo.

»"No te preocupes, algo se nos ocurrirá para que eso cambie", respondió Isaías mordiendo el puro.

»Por eso digo que no me gusta el señor Dicastillo, y tampoco sus amigos. ¿Te has fijado cómo mira el médico a Isabel? Es repugnante.

—Sí, lo sé, me he fijado.

Nos sentamos en la orilla.

—¿Qué crees que quería decir Isaías con eso?

—Nada bueno, Fátima. Nada bueno. No le dije nada a Isabel, no quiero preocuparla, pero desde ese día estoy atenta cuando vienen a casa. Los escucho. Ya ha pasado tiempo de eso, pero pueden saltar cualquier día con alguna cosa parecida, y cuando ocurra, quiero estar pendiente.

—Yo también lo estaré. No me gustaría que le ocurriese nada malo a Isabel, no se lo merece.

Comenzamos a oír gritos provenientes de una de las carpas. Volvimos la vista y vimos a Isabel con Pilar en los brazos gritando, pidiendo ayuda. Félix no tardó en salir de la carpa contigua, donde se habían reunido los hombres que no habían ido a cazar. Corrí tan rápido como me fue posible hasta llegar con Pilar, que ya estaba en los brazos de Félix. Tenía los labios morados.

—¿Qué le pasa? —pregunté.

—Isabel, llévatela de aquí —dijo el médico.

Isabel me cogió del brazo e intentó sacarme de la carpa, pero yo permanecí allí. Tuvo que reanimarla. Después de unos minutos, no sé cuántos, consiguió que volviese a llorar. La cogí en brazos y di las gracias porque estuviese bien.

—¿Qué le ha pasado, señor Carballal? —pregunté.

—No estoy seguro. Cuando lleguemos a la ciudad, le haré un reconocimiento. Aquí no puedo, no tengo los instrumentos necesarios.

—Nos marchamos ahora mismo —dijo Isabel.

Pidió a Estefanía que informase al señor Dicastillo de lo ocurrido y de que nos marchábamos a casa. Subimos al coche Iris, el médico, Isabel y yo con Pilar en mis brazos. Estaba tranquila y respiraba bien.

Al llegar a la mansión de los Dicastillo, Félix puso sobre la cama a Pilar y comenzó a sacar artilugios de su maletín. Le sacó una muestra de sangre y dijo que iba inmediatamente a llevarla a los laboratorios para que la analizaran. Seguramente, en unas horas, sabríamos si estaba todo correcto.

Las horas que transcurrieron hasta que regresó con los resultados se hicieron insoportables. Pilar parecía encontrarse bien, pero tosía fuertemente y sudaba sin parar. Cuando Félix apareció con los resultados, su mirada no auguraba nada bueno.

—Acompañadme, por favor.

Subimos a su coche y nos dirigimos a la consulta de un conocido suyo. Carballal se metió con la niña en una de las salas. Isabel y yo esperamos fuera. Yo cada vez me encontraba más nerviosa y no pude evitar morderme las uñas.

—No te preocupes, tu hija está en buenas manos —intentó calmarme Isabel.

Estuvimos esperando al menos dos horas. Félix salió de ese cuarto con Pilar en los brazos. La niña le mordisqueaba los dedos y sonreía. Me la tendió.

—¿Qué ocurre?

—Vamos a pasar a un despacho, estaremos más tranquilos.

Nos condujo a una habitación al fondo del pasillo y nos sentamos.

—Tiene una enfermedad en los pulmones. Es lenta, pero no tiene cura —dijo despacio.

Vi a mi pequeña de apenas unos meses sobre mis piernas, señalando con sus deditos las costuras de mi vestido, y sentí que me caía una losa encima.

—Hay medicinas para paliar los efectos, pero son caras...

—Yo me ocupo de eso —sentenció Isabel—. Yo me hago cargo de todos los gastos.

No dije nada. No se lo agradecí. Ni a ella ni al médico por las pruebas que le habían hecho. No tenía ganas de nada más que meterme bajo una manta en la cama con mi hija y dejar que el tiempo pasase.

—¿Cuánto tiempo crees que puede vivir? —preguntó Isabel.

El médico negó con la cabeza lentamente.

—No lo sé, apenas se ha investigado sobre esta enfermedad.

—Bueno, ya veremos cómo marcha la cosa. De momento nos vamos a casa.

Fue Isabel la que me guio hasta la salida. Yo no podía hacer ni pensar en nada. Me sentía impotente. Mi hija se moría.

Al llegar a casa, Isabel me dijo que subiese a descansar a mi habitación. Me metí en la cama con Pilar entre mis brazos, abrazándola fuerte para que durmiera tranquila. Mientras observaba su carita, lloré en silencio para no despertarla. Pasé la noche sin poder dormir. Isabel subió a la habitación por la mañana, llevando una bandeja con el desayuno. Pilar seguía durmiendo.

—Buenos días —saludó suavemente cerrando la puerta tras de sí con una pequeña patada.

—Buenos días, señora. No hacía falta que subiera el desayuno.

—Sí que hacía falta. Anda, come algo.

A un lado de la bandeja vi un pequeño bote con un cuentagotas.

—Es la medicina de la pequeña. Tres gotas, tres veces al día.

—No sé cómo darte las gracias, Isabel.

Esa fue la primera vez que me atreví a llamarla por su nombre.

—No me las des. Pero mejor no le cuentes nada a mi marido. ¿De acuerdo?

—Claro, lo que tú digas.

Sonrió y me dejó a solas.

4

Pasado un mes desde que comencé a darle las gotas, Pilar no había vuelto a quedarse sin respiración. Félix la había reconocido en varias ocasiones y me dijo que parecía estar bien, que la enfermedad avanzaba más lentamente de lo previsto. Me dio una falsa esperanza.

En los meses que precedieron al alumbramiento de Abril, Iris, Isabel y yo nos hicimos amigas. Isabel era buena y cariñosa, al contrario que Donato. De entrada, por su aspecto, parecía bonachón. Aunque a Isabel la trataba bien, nosotras dos éramos simplemente dos criadas más. Dos más a las que dar de comer de su bolsillo, seguramente, un precio demasiado alto por nuestros servicios. En más de una ocasión le había visto gritar, especialmente a Iris. No le gustaba que su mujer tuviese amistad con las doncellas.

—No sé qué haces hablando con ellas, como si no pudieras unirte a reuniones de café con las mujeres de mis amigos y conocidos.

—¿Con quién? —respondía siempre Isabel—. ¿Con ese atajo de paletas que solo saben hablar de dinero, zapatos y pelucas? No, lo siento, pero sus conversaciones son insulsas y completamente estúpidas. No las aguanto, y cuando no hay más remedio, comparto conversación con ellas, por ti, no por mí. Yo las mandaría a todas a la porra.

—No hay quien te entienda, Isabel.

Recuerdo como si estuviese pasando ahora mismo la mañana en la que Isabel estaba descansando, leyendo una novela en el gran salón principal, y entré para llevarle una jarra de té helado con limón. Félix se había lanzado sobre Isabel, que intentaba zafarse. Al oír la puerta, se apresuró a apartarse de ella y a arreglarse la ropa.

—Salga de aquí ahora mismo —dije.

Con la cabeza agachada, pasó a mi lado y se marchó. Dejé la bandeja sobre la mesa y me aproximé a Isabel para ver cómo estaba.

—¿Qué ha pasado?

—Pues lo que llevaba sin suceder demasiado tiempo. No han sido pocas las ocasiones en las que me ha ofrecido marcharme con él, diciéndome que Donato no es buen marido. —Rio—. Donato no será el mejor esposo del mundo, pero no es malo. Mal está lo que ha hecho él. Pero no quiero que le digas nada a Donato. Félix se ha portado muy bien siempre con nosotros, y contigo también.

—Isabel, esto no ha sido ninguna tontería, podía haber pasado algo muy grave.

—No lo creo, Fátima, no lo creo.

Estuve a punto de decirle lo que Iris me había contado sobre la conversación que había oído tiempo atrás, pero pensé que si ella no se lo había dicho, no debía hacerlo yo.

Desde ese día me anduve con ojo con Carballal, y cuando estaba en casa seguía todos y cada uno de sus movimientos. Había cambiado de pasar ratos charlando con Isabel a prácticamente ignorarla. Le hablaba lo justo y en presencia de su marido. Se mostraba educado, sin más. Por otro lado, yo no podía tener queja de él, pues seguía visitando a Pilar una vez a la semana y proporcionándome la medicina que necesitaba.

Isabel se puso de parto una madrugada. Iris me pidió que bajase con ella a ayudar a la señora. Su marido ya había avisado a Félix, que llevaba unos días durmiendo en la casa de Dicastillo para estar presente cuando Isabel se pusiera de parto. Entramos en su dormitorio. Tenía las piernas llenas de sangre. El bebé venía en mala posición y le iba a resultar muy doloroso. Iris la cogió de una mano, y yo de la otra. Isabel dio a luz a una niña entre sangre, sudor y lágrimas.

Donato esperaba un niño, pero tampoco importaba demasiado, pues el padre de Isabel, antes de su muerte, había dejado todo perfectamente atado para que únicamente su hija y sus descendientes pudiesen disfrutar de la fortuna perteneciente a los Andrés. Abril fue a parar a los brazos de su madre. Félix pidió a Iris que trajese otra palangana con agua caliente para lavar a la niña. Después de asearla y comprobar el estado de Isabel, Donato cogió por primera vez a su hija en brazos. No se me escapó el modo en que Félix miró a los tres con envidia y enfado, deseando que esa niña fuese suya y de Isabel, no de Donato. El médico limpió con una tela mojada la entrepierna de Isabel mientras ella disfrutaba de su hija. Isabel se mareó levemente y Félix le controló el pulso.

—Debes descansar. Voy a ponerte una inyección para que duermas mejor.

—Está bien —respondió ella.

Félix se agachó para extraer del maletín una jeringuilla y un bote diminuto de cristal transparente. Lo vi dudar unos instantes. Dejó el bote en el interior del maletín, cogió otro y se puso en pie.

—Esto te ayudará a descansar.

Le inyectó el contenido del frasquito y nos dijo que debíamos dejarla sola para que pudiese dormir y recuperar fuerzas. Salimos de la habitación. Donato llevaba a Abril en sus brazos y la observaba con una ternura que no volví a verle nunca.

—Mi pequeña. Eres mi pequeña —repetía.

No tardamos mucho en comenzar a oír gritos. Venían de la habitación de Isabel. Fuimos todos corriendo a ver qué ocurría, temiendo que se estuviese desangrando por el parto. No fue así. Al abrir la puerta de golpe, vimos que se estaba arañando la piel, gritando que le escocía el cuerpo por dentro y que le ardía la sangre. Se retorcía en la cama por el dolor. Félix corrió hacia ella y nos gritó que la sujetásemos para que dejara de hacerse heridas. La sujetamos como pudimos. Isabel le gritaba a Félix que le diese algo para calmarle el dolor.

—¡Te he puesto un relajante, no puedo ponerte nada más!

Estuvimos sosteniéndola por los brazos y las piernas más de una hora. Finalmente, se calmó, y poco después, por el cansancio, se quedó dormida. La tapamos con la sábana y salimos de la habitación.

—¿Qué ha pasado ahí dentro? —preguntó Donato al médico.

—No tengo ni idea. Le he puesto un relajante para que pudiese dormir mejor. Ha tenido la reacción contraria.

—¿No te has confundido de medicamento? ¿No estaría en mal estado?

—No, Donato, en absoluto. Lo he comprobado.

—Claro, claro. Perdona, no quería decir eso.

—No pasa nada, amigo. No pasa nada. Mañana estará mejor.

Ciertamente, al día siguiente se encontraba mejor. Cuando le pregunté qué le había ocurrido, me dijo que había sentido arder la sangre en sus venas y que después la piel comenzó a picarle como si estuviese en un campo lleno de ortigas. Por otro lado, Abril estaba bien y en brazos de su madre. Luego apareció Isaías para bendecir el nacimiento de la hija de Dicastillo.

—Es una niña preciosa. Enhorabuena.

Isabel permaneció varias semanas en cama bajo los cuidados de Iris y de mí. Félix la visitaba con frecuencia. Todo siguió su curso por un tiempo. Cuando Abril contaba seis meses, Isabel sufrió otro de sus ataques. Comenzó a gritar y cayó al suelo. Se arañaba la piel y gritaba que le quemaba todo. Abril y Pilar estaban sentadas en la gran alfombra central, jugando con unos pedazos de madera tallados, bajo mi supervisión. Al ver a Isabel, me lancé a ella, le inmovilicé los brazos para que dejase de arañarse y llamé a Donato tan fuerte como pude. Estaba reunido con sus dos amigos. Aparecieron los tres. La sujetamos y entre todos la llevamos a la cama.

No llegué a entender por qué Félix llegó a la determinación de atar a Isabel a la cama con unos trozos de tela. Lo único que hacía para calmarle el dolor era mojarla con agua. La dejaron allí encerrada. Donato le pidió a Félix que le dijese qué le pasaba. Él solo podía o quería decir que no lo sabía.

Desde ese día, los episodios se sucedieron con más frecuencia. Isabel padecía al menos cuatro ataques por semana. Félix le hizo pruebas y llevó muestras de su sangre a analizar. Todos los resultados indicaban que no le ocurría nada, así que, según él, solo quedaba una opción.

—Se está volviendo loca. Créeme, Donato, se está volviendo completamente loca. A su cuerpo no le ocurre nada, el problema está en su mente.

—¿Estás seguro, Félix? —preguntó Donato.

—Del todo. Ojalá tuviese mejores noticias, pero no es así, amigo mío. Lo siento, de verdad. Creo que lo mejor sería que la llevásemos al psiquiátrico. Sabes que yo trabajo allí y que cuidaría bien de ella.

—No, no podrá mejorar estando entre locos, y tiene periodos en los que está perfectamente.

—Como quieras —dijo negando con la cabeza.

Tras oír la conversación entre los dos amigos, me dirigí a la habitación de Isabel. Iris cuidaba de las dos niñas. Llamé a la puerta y entré. Isabel yacía en la cama con apenas un mínimo de fuerzas y los ojos entreabiertos.

—Pasa, Fátima.

Cerré la puerta y me tumbé a su lado. Le retiré el pelo de la cara.

—¿Cómo te encuentras?

—Como si me hubiesen dado una paliza —dijo con un hilo de voz—. Necesito tu ayuda y la de Iris. Donato no se lo creerá.

—¿Qué ocurre? —pregunté.

—Lo que ocurre es que no me pasa nada. Son las inyecciones de Félix lo que me pone así. Yo lo sospechaba, pero él mismo me lo ha dicho hace un rato. Me quiere para él, a cualquier precio. Me ha dicho que si dejaba a Donato y me marchaba con él me cuidaría bien, que seríamos felices. Cuando le he respondido que estaba loco y que me dejase en paz, me ha dicho que no lo iba a hacer y que, si no me iba con él por las buenas, seguiría drogándome con medicamentos para aparentar una locura mental y encerrarme en el sanatorio donde trabaja.

Lo que acababa de contarme cuadraba con las miradas que le lanzaba a Isabel cuando creía que nadie lo veía y con la historia de aquel frasco que había cambiado en el maletín.

—Hay que decírselo a Dicastillo. Él lo entenderá y hará que pague.

—Nunca se creerá mi versión. Siempre creerá a su amigo, y a mí me tomará por embustera, además de loca. No puedes decírselo a nadie. Tenemos que pensar en algo, no sé qué, para que no vuelva a aparecer por aquí.

—Se lo contaré a Iris. Entre las tres alguna idea se nos ocurrirá.

—Sí. Díselo a Iris.

Dicho esto, se quedó dormida. No podía creer que Félix, que le había dado asistencia médica a Pilar cuando más la necesitaba de forma gratuita, estuviese haciendo aquello a Isabel. Entré en el dormitorio de Abril y encontré a Iris jugando con las dos niñas.

—¿Pasa algo?

—Tengo que contarte una cosa.

Nos sentamos sobre la cama mientras las dos pequeñas seguían jugando y se lo conté.

—Es increíble. No sé qué podemos hacer. Como ha dicho Isabel, Donato nunca lo creería, y sería inútil acudir a la Guardia Civil. Pensaré en algo.

Por otro lado, Donato, devoto, e Isaías, cura, tenían otra idea diferente de qué podía ocurrirle a Isabel. Algo demoníaco. Isaías no tardó mucho en convencer a Donato de ello.

Una noche, no conseguía conciliar el sueño. Donato había decidido no compartir la cama con Isabel debido a sus ataques. Ella dormía sola. Cuando bajé por la escalera para comprobar cómo se encontraba, oí voces. Venían de una pequeña sala. Isaías y Donato estaban reunidos en el salón de las habitaciones para invitados, un lugar pequeño y en el que nunca había nadie. Me acerqué y los escuché.

—Sería perfecto —dijo Isaías—. Isabel está loca. Si hiciese algo malo, algo que perjudicase a tu hija, no habría más remedio. Con Abril muerta e Isabel en la cárcel o un psiquiátrico, toda su fortuna pasaría a tus manos. Ese Ignatious era perro viejo y lo dejó todo bien atado para que en el caso de que Isabel muriese o no tuvieseis hijos nada pasase a tus manos, pero no dijo nada sobre una hija encerrada en el manicomio. Si Isabel está en el sanatorio, no podrá controlar el dinero, y al seguir casado con ella, todo será tuyo.

—No voy a permitir que a Abril le pase nada. Es mi hija, por Dios santo. ¿Estás loco?

—Tal vez me haya precipitado o no me haya explicado bien —corrigió Isaías rápidamente—. Tienes razón.

—Ese plan es absurdo. Es una locura. Quiero que te olvides de él, quiero que te olvides de esta conversación y de esta reunión que nunca debimos tener.

—Así lo haré, Donato, pero que sepas que todo lo he pensado por ti, por tu bien.

—Sí, lo sé, pero no quiero volver a comentar el tema. Si vuelvo a oírte hablar así de mi hija, te mataré yo mismo.

—Vamos, vamos, no me he explicado con claridad, no te molestes tanto, ni siquiera hablaba en serio, ¿cómo podría?

Oí cómo se ponían en pie y subí de puntillas a mi dormitorio. Me temblaba el cuerpo entero. No podía creer lo que acababa de escuchar. Isaías estaba dispuesto a acabar con la pequeña Abril. Gracias a Dios, Donato no iba a consentirlo. Esperé unos minutos hasta que oí la puerta principal cerrarse de golpe. Donato se metió en su dormitorio.

Bajé a ver a Isabel, dispuesta a contarle cuanto había oído, pero la encontré dormida, tranquila. No quería despertarla. Me senté en un rincón de la habitación, en una butaca. No pude dormir el resto de la noche. A la luz del alba, Isabel se movió. Cuando me vio me sonrió.

—¿Has estado ahí toda la noche?

Encogí los hombros.

—No podía dormir y he bajado a ver qué tal estabas.

Me sentía incapaz de contarle nada. Solo serviría para meterle el miedo en el cuerpo, y Donato nunca consentiría que le hicieran nada malo a su hija. Bajé a la cocina para subirle el desayuno. Cuando regresé, Félix, a quien

Donato le había dado la llave de la casa para que hiciese las visitas que considerase oportunas a Isabel, estaba en la habitación. Dejé la bandeja sobre la cómoda de golpe.

—Hola, Fátima. ¿Cómo te encuentras?

—Sé lo que estás haciendo.

Se quedó mirándome en silencio unos segundos.

—¿De qué hablas?

—Sé lo que le dijiste a Isabel, y no te vas a salir con la tuya.

Sonrió.

—No sé de qué estás hablando.

—Sí que lo sabes —intervino Isabel—. Una cosa es que intentes hacerme pasar por loca y otra que me puedas engañar, fingiendo que no dijiste lo que dijiste.

Félix se puso serio.

—Lo hago por su bien. Conmigo estaría mucho mejor, y Abril también —me dijo.

—No se lo consentiré —contesté.

—¿Y qué vas a hacer?

Me quedé en silencio. Era cierto que nadie creería a una criada ni a una loca. No podíamos hacer nada.

—Sal de la habitación o te sacaré a patadas.

—Hazlo, Fátima. Vamos.

Salí a regañadientes de la habitación.

Poco después, Isabel tuvo otra de sus crisis, mucho más fuerte que las anteriores. Me sentía impotente. Era horrible.

No sé qué cambiaría en la mente de Félix tras nuestra breve conversación o si Isabel le diría algo, pero de pronto las crisis cesaron. No le dije nada a Félix, ni él a mí. Isabel me comentó que desde aquel día no había vuelto a ponerle inyecciones.

Tras más de un año de crisis de locura, Isabel se encontraba sana, fuerte y completamente normal. Donato celebró una fiesta para los amigos.

Nos encargó a todos y cada uno de los sirvientes que limpiásemos la casa de arriba abajo, aunque eso ya se hacía pulcramente. Para la fiesta preparamos el salón comedor más grande de toda la casa y el banquete más suculento que he visto en mi vida.

Llegaron amigos de Donato y sus señoras, que se suponían eran amigas de Isabel. Cuando se sentaron, los camareros contratados expresamente para la ocasión sirvieron la comida como si de una boda se tratase. Aguantando miradas de desprecio por parte de las señoras, y comentarios llenos de impertinencias que echaban la culpa del problema por el que había pasado Isabel a su amistad con la servidumbre, Isabel se levantó, se acercó a nosotras dos, que permanecíamos de pie para cumplir los deseos de los invitados, y nos dijo que nos fuésemos a descansar.

A la mañana siguiente, fue como si la fiesta hubiese sido un sueño. No quedaba rastro de ella, todo estaba recogido. A esa celebración le sucedieron otras, cada año, en la fecha en que Isabel se había recuperado de su extraña afección mental.

No le dije nada a nadie, ni siquiera a Iris, sobre la conversación que habían mantenido Donato e Isaías, ya que el tiempo pasaba y a Abril no le sucedía nada malo.

Al mismo tiempo, mi pequeña estaba peor. Tosía constantemente y cada vez necesitaba más cantidad de medicamento para poder respirar con normalidad. Hasta que llegó el día en que un silbido apareció en su garganta y nunca se fue. Félix seguía controlando su estado constantemente.

Una noche tuvo un ataque de tos que no la dejó dormir. Félix vino a verla y me dijo que no le quedaba mucho. Las medicinas le habían permitido vivir cuatro años más desde que descubrimos la enfermedad, pero ahora su muerte estaba más cerca que nunca.

—¿Su padre padecía la enfermedad pulmonar que tiene ella? ¿Sufría los mismos síntomas?

—Él tenía resfriados constantemente, y tosía de forma habitual.

—Es una enfermedad hereditaria. Sería su padre quien se la pasó.

Cuando apenas le quedaban dos semanas para cumplir cinco años, mi niña respiró por última vez, entre sudor y fiebre, en su cama, mirándome con sus ojitos azules y sonriendo antes de marcharse para siempre. Me quedé tumbada a su lado, acariciando su pelo castaño.

Iris e Isabel no se separaron de mi lado. Isabel avisó a Félix, que vino poco después y certificó su fallecimiento.

—He hablado con un conocido mío —dijo el médico—. Tendrá el ataúd listo para esta tarde.

No respondí. Solo quería quedarme al lado de mi niña el resto de mi absurda vida sin ella.

Por la tarde, después de lavarla y vestirla con un traje que Isabel le había regalado y que no había llegado a estrenar, la enterramos tras una misa oficiada por Isaías a petición expresa de Donato, en el Pilar. Al entierro solo acudimos Iris, Isabel, Donato, Félix, Isaías y yo. Para mí sobraban la mitad de los presentes.

Iris, Isabel y yo volvimos dando un paseo. Isabel me dijo que me tomase unos días libres para descansar, pero eso era lo último que necesitaba. Fui directamente al dormitorio de Abril. Una de las doncellas que limpiaban la casa estaba a su cuidado. En cuanto me vio, salió de la habitación. No le gustaban nada los niños. Abril estaba sonriente con su pelo claro, y me mostró un cuadrado de madera pidiéndome que jugase con ella.

—¿Dónde está Pilar?

Me estremecí al ver que Abril preguntaba por ella.

—Ha tenido que marcharse de viaje.

—¿Se ha ido muy lejos? ¿Cuándo vuelve?

—No lo sé, mi niña, no lo sé.

—¿Me avisarás cuando venga? Quiero enseñarle un juego que me he inventado.

—Claro que sí, cuando regrese le diré que venga a jugar contigo.

Abril cumplió cinco años apenas tres meses después de que Pilar muriese. Tras haber estado un mes preguntando por ella, comenzó a olvidarla.

De pronto, Isabel volvió a sufrir ataques. Félix los achacaba a un nuevo brote de locura, pero nosotras tres sabíamos que eran las inyecciones que le ponía a la fuerza. Alternaba periodos de rabia y de tranquilidad extrema. Isabel podía estar cinco o seis días metida en cama sin apenas moverse.

Un día, entré en el despacho del señor Dicastillo.

—Su amigo, el médico, es quien inyecta a saber qué a Isabel. La quiere para él, la quiere hacer encerrar en el psiquiátrico para estar con ella y separarla de usted y de Abril.

Se puso en pie y me abofeteó.

—Estás tan loca como mi mujer. Si vuelves a abrir la boca, haré que te encierren de por vida.

Me dejó tirada en el suelo con la nariz sangrando. No volví a mencionar el asunto.

Iris y yo nos sentíamos incapaces de hacer nada. Algunas semanas después, Donato me hizo llamar y me dijo que fuese al Pilar, que encontrase a Isaías y que le hiciese venir a la casa de inmediato. Salí a la calle y tomé el tranvía para llegar lo antes posible. Dentro de la basílica pregunté a uno de los curas y me indicó donde encontrarlo. Antes de llamar a la puerta, oí voces en el interior y esperé a que la visita de Isaías saliese. Reconocí su voz. Félix estaba hablando con Isaías. Me pegué a la puerta tanto como me fue posible.

—No podemos hacer eso, es una locura —dijo Félix

con voz temblorosa—. No quiero seguir drogándola para que consigáis el dinero de Isabel. No quiero mi parte. Solo quiero olvidarme de esto. Y vosotros deberíais hacer lo mismo.

—Vamos, piénsalo, tienes mucho que perder si no nos ayudas en el plan. Al fin y al cabo, estuviste mucho tiempo administrando a Isabel drogas a espaldas de todo el mundo para conseguir hacer realidad una estúpida fantasía de estudiante. Si no nos ayudas, lo contaré todo. Llevaremos a cabo nuestro plan, y te culparemos a ti en lugar de a Isabel. Nos saldremos con la nuestra, y pasaremos por encima de ti si no haces lo que te digo. ¿No ves que tienes las de perder?

—¿No lo entiendes? ¡No puedo formar parte de esto! Es una locura.

Isaías suspiró.

—Tengo todos los documentos que saqué de tu despacho. Sé cuántos frascos encargabas al hospital de esa sustancia, sé que no lo puedes justificar y que se la inyectaste a Isabel. ¿Cómo pudiste ser tan estúpido? Siempre se ponía enferma después de una de tus visitas. Caía por su propio peso que tú tenías algo que ver. No me costó mucho entrar en tu despacho vestido con sotana. ¿Despediste a tu secretaría? No debería dejar entrar a nadie que no seas tú en tu despacho. Además, recibirás una buena cantidad de dinero, ya lo sabes, está todo hablado.

—Por favor, no me pidas que siga con esto. No puedo continuar drogándola, no quiero el dinero.

—Guardarás silencio, o te estallará. Por lo que a mí respecta, Donato es un marido entregado y preocupado, y yo soy su amigo, que bendice a Isabel cada vez que va a su casa cuando le da un brote psicótico, por si acaso es el demonio el que está en su cuerpo. Lo de la pitonisa fue una brillante idea por parte de Donato, lo hace todo más real. La tapadera es perfecta. Todos se creerán la historia del demonio y los exorcismos. Tú verás lo que haces. Te tengo cogido por las pelotas.

Oí a Félix llorar. Poco después volvió a hablar.

—Está bien.

—Esta noche saldremos Donato y yo camino del orfanato y nos ocuparemos de la parte más sucia del plan. Ahora márchate y ponte una de esas inyecciones calmantes que tanta falta te hacen y tanto te gustan.

Me retiré de la puerta varios metros y me puse de rodillas en una pequeña capilla dedicada a un santo que encontré cerca de la puerta, con la cabeza agachada para que no me viese Félix al pasar. Me aseguré de que se había marchado y llamé a la puerta.

—Adelante.

—Buenos días, padre.

—Ah, buenos días, Fátima.

—El señor Dicastillo me ha pedido que le diga que necesita que se reúna con él en su casa.

—Gracias por traer el mensaje, dile que iré lo antes posible.

—Sí, señor.

Salí de allí y rememoré cuanto había escuchado: «Esta noche saldremos Donato y yo camino del orfanato y nos ocuparemos de la parte más sucia del plan».

Estaba decidida, los seguiría. Quería saber qué tramaban y cuáles eran sus planes. Llegué a casa, le dije a Dicastillo lo que Isaías me había respondido y fui a ver a Iris. Le conté lo que había pasado y le pregunté si veía conveniente contárselo a Isabel.

—Es mejor que no. Las drogas la han dejado hecha polvo. Mejor no molestarla. Mientras tú los sigues, yo me quedaré con ella, controlando que Isabel y Abril están bien.

—Perfecto.

Fue uno de los días en que más lentas pasaron las horas. Tenía miedo de que llegase la noche. Por otro lado, quería ver cuál era ese trabajo sucio que iban a llevar a cabo. A las diez de la noche me encerré a oscuras en una de las habitaciones del piso de abajo en que no se entraba nunca y esperé. A las doce en punto, sin un alma rondando por la casa, llamaron a la puerta principal con el puño. Oí los pasos rápidos de Donato acercándose a la puerta.

—Vámonos, no hay que perder tiempo —dijo Isaías.

Se fueron y salí de mi escondite. Me asomé por una de las ventanas y vi que se dirigían calle abajo. Salí y les seguí. Fuimos por calles por las que no había pasado nunca. Tras una larga caminata, entre senderos y campos, llegamos a un inmueble con aspecto de ir a derrumbarse de un momento a otro. Un orfanato. Pude leer el nombre: «Orfanato de Nuestro Señor Jesucristo y de la Santa Resurrección». Isaías sacó una llave de su abrigo y abrió. Para mi suerte, no se aseguraron de dejar la puerta cerrada. Aguardé un minuto y entré.

Frente a mí había una escalera y un largo pasillo desprovisto de mueble alguno, pero con crucifijos y cuadros de la Virgen por doquier. La luz del piso superior estaba encendida. Subí la escalera despacio y observé. Otro largo pasillo se extendía a ambos lados de la escalera, al igual que el piso inferior. Las puertas estaban cerradas, a excepción de una, de la que salía luz. Descendí unos escalones, justo los necesarios para poder ver lo que ocurría dentro de la habitación sin ser vista. Vi sombras en el interior moverse rápidamente. Isaías llevaba a rastras por el pelo a un niño que intentaba defenderse; en lugar de gritar, guardaba silencio. Era sordomudo. Salieron del dormitorio común. Donato cerró la puerta tras Isaías.

—Al cobertizo de las herramientas, ahí no nos verá nadie.

Bajé la escalera lo más sigilosamente que pude y salí. Fui a la parte trasera y me oculté aprovechando la oscuridad de aquella noche cerrada. Llevaron al niño a rastras al cobertizo y cerraron la puerta. Encendieron una bombilla que parpadeó. Me asomé a una de las grandes ventanas sucias de tierra. Isaías sostenía al niño sujetándolo por el cuello. Lo estaba estrangulando. El cura tenía la cara llena de rabia. Me pareció verlo sonreír al usar toda su fuerza. Él tenía el demonio dentro. El pequeño se defendió clavándole las uñas y dándole patadas, pero no podía hacer nada: era demasiado pequeño, demasiado menudo y débil.

Pensé entrar para ayudarlo, pero lo único que conseguiría era que me estrangulasen a mí también. No me dejarían salir viva después de haber sido testigo de su crimen. El niño no tardó mucho tiempo en abandonar la lucha por su vida. Isaías lo dejó caer al suelo de golpe. Le dijo algo a Donato y este se dirigió a unas cajas de madera apiladas en torres al fondo del cobertizo. Cogió un gran saco de detrás de la pila de cajas y entre los dos metieron al niño dentro. Se dirigieron a la puerta. Corrí a esconderme de nuevo y los vi salir.

—Vamos, vamos, deprisa, nos estamos retrasando —dijo Isaías.

Dejé que se alejaran. Mi cuerpo temblaba y era incapaz de dar un solo paso. Me senté en el suelo y comencé a llorar, tapándome la boca para no hacer ruido. No recuerdo cuánto tiempo estuve allí hasta que conseguí calmarme y ponerme en pie. Llegué a la casa y entré por la puerta de servicio. Subí por la escalera que conducía de la cocina a las plantas tras una pared oculta. Entré en mi dormitorio, me quité el vestido lleno de barro y me puse uno limpio. Me lavé la cara con agua helada y fui a la habitación de Isabel. Estaba dormida. Iris no estaba allí. Me dirigí a su dormitorio y la encontré en un rincón, escondida detrás de la cama, en la misma posición en la que había estado yo las últimas horas.

—¿Qué ocurre? —le pregunté y me puse a su lado.

—Han llegado los dos hace varias horas. He oído la puerta y me he asomado a la planta de abajo desde la escalera. Han venido cargando con un saco y han ido hasta el sótano, al cuarto de las calderas. Han encendido una de ellas, y cuando estaba ardiendo, del saco han sacado a un niño muerto. Un niño pequeño, y lo han arrojado al fuego. Me he encerrado aquí. Siguen los dos en la casa. No he oído la puerta.

Le conté la parte de la historia de la que yo había sido testigo. Luego oímos unos pasos subiendo la escalera.

—Son ellos —dijo con terror.

—Métete en la cama. Yo voy a mi dormitorio y haré lo mismo —dije en un susurro.

Salí de su cuarto y me fui al mío. Cerré la puerta con el pestillo. Volví a oír los pasos de los dos hombres. Iban a la última planta, la de los criados, la nuestra. Apagué la luz y los oí pasar frente a mi puerta. Y la voz de Abril.

—Quiero volver a mi cama, padre.

Estaba medio dormida.

—Volverás enseguida a tu cama, pero antes vamos a jugar a una cosa, al escondite. Te voy a esconder aquí arriba y mi amigo Isaías es quien te tiene que encontrar. Y no puedes salir de aquí hasta entonces.

—Vale, padre, pero mientras me encuentra voy a dormir.

—Claro que sí, hija mía. Duerme cuanto quieras.

Encerró a Abril al fondo del pasillo y regresó abajo. Al menos sabía que estaba bien.

Pasaría media hora aproximadamente antes de oír los gritos de Donato pidiendo auxilio. Miré el reloj de cuerda que mi madre me había regalado de niña y creo recordar que señalaba las cuatro o las cinco de la mañana. Todos los criados se despertaron ante los gritos. Donato se arrastraba a gatas por el suelo de la entrada principal de la casa mientras chillaba que la loca de su mujer había quemado a su hija en la caldera y que de ella solo quedaban los huesos. Los criados estaban consternados por las palabras que no llegaban a entender de Donato. Iris y yo sabíamos que no se trataba de Abril.

—Tú y tú —dijo señalando a dos de las criadas—. Una, que avise a Félix, y la otra a Isaías. ¡Vamos, no perdáis el tiempo!

Las criadas salieron deprisa por la puerta. Los demás consolaron a Donato. Iris y yo nos escabullimos entre el bullicio a la habitación de Isabel. Cuando abrimos la puerta descubrimos a Isabel con las ropas rotas, llena de arañazos y atada a la cama. Isaías se había encargado antes de marcharse de que pareciera que Isabel, en su locura, se había autolesionado.

—¡¿Qué ocurre?! ¡¿Qué está diciendo Donato?! ¡¿Mi niña está muerta?!

—No, Isabel, tu niña no está muerta, pero van a acusarte de que la has matado.

—¿Qué estás diciendo? —dijo mientras las lágrimas se escapaban de sus ojos.

Mientras se estremecía, le hicimos un resumen de lo ocurrido aquella noche y de la conversación que yo había escuchado.

—¿Y qué pretenden hacer con eso?

—Acusarte de la muerte de Abril en uno de los brotes de locura que te dan y encerrarte de por vida. Así, Donato se asegura tu fortuna —dije.

—Me condenarán a muerte por algo así.

—¿Qué condiciones puso tu padre sobre el dinero que heredarías a su muerte? Donato no puede disfrutar de él, ¿cierto?

—Sí, es cierto. El dinero pasará a nuestros hijos según su testamento, y, a mi muerte, todo irá a parar a una asociación benéfica para los pobres.

—Si tú mueres —dije—, Donato no gana nada; si te

encierran, Donato no gana nada porque todo pasa a ser de Abril, pero si Abril desaparece y tú estás encerrada y sigues casada con él, todo el dinero es para uso y disfrute de Donato.

Mientras lo decía en voz alta, lo vi más claro que nunca.

—¿Y qué va a pasar ahora? Me matarán.

—Isabel, se supone que estás loca y que has matado a tu hija. Ellos son hombres, y nosotras mujeres. Nadie dudará de su palabra, y todos creerán que estamos locas si contamos la verdad. Pero contigo muerta, Donato no tiene nada: no van a matarte.

—Yo no estoy tan segura de eso, Dios mío. ¿Y qué va a ser de Abril?

—No lo sé, pero estará a salvo. Si no le han hecho nada hoy, no lo harán. Al fin y al cabo, es su hija, yo misma se lo oí decir.

Negó con la cabeza, sin saber qué pensar.

—Marchaos de aquí. Si os encuentra Donato, sospechará. Marchaos.

Cerramos la puerta y bajamos al salón principal, donde el revuelo continuaba. A partir de ese momento, mi recuerdo es borroso, como si una nube enturbiase todo. Donato lloraba. Los criados estaban exaltados. Félix e Isaías llegaron haciendo su papel en la película, y poco después apareció un inspector con sus hombres. Un hombre llamado Ángel Tomás llegó y le preguntó a Donato por lo ocurrido. Le dio una versión mucho más macabra de la supuesta muerte de Abril. En un primer momento, no entendí por qué, pero al ver la reacción del pueblo ante semejante noticia al día siguiente, la de una madre que destripa y descuartiza a su hija, lo comprendí. Cuanto más sádico y macabro pareciese lo ocurrido, antes se haría justicia y antes acabaría todo.

Abril permaneció oculta en la habitación dos días más. Donato le subía comida y agua y la dejaba encerrada de nuevo. Pensé en ir a buscarla y mostrarla para liberar a Isabel de su arresto, pero la acusarían del otro crimen. Por otro lado, tampoco sabía qué iba a pasar con Isabel exactamente. No la querían muerta, pero no estaba segura de qué iba a pasarle o si verdaderamente la iban a encerrar en el psiquiátrico.

Al tercer día, la gente, enfurecida, dejaba flores en la puerta de casa de Dicastillo en nombre de Abril, clamando justicia ante el cuartel de la Guardia Civil. Donato me llamó.

—Cierra la puerta y siéntate. —Me daba miedo estar a su lado y a solas. Creí que sabía que los había seguido—. Mañana te marcharás de aquí con Pilar a una casa que tengo en una aldea en el Pirineo.

Me quedé de piedra.

—¿Señor?

—Abril será Pilar, y será tu hija.

—Discúlpeme, señor, pero no tiene gracia.

—No pretendo que la tenga. Abril está viva y desde este instante se llama Pilar Abad. Es tu hija, y te envío con ella a que cuides mi casa de la aldea. Eres la mujer de mi difunto hermano, y ella mi sobrina.

—Pero señor...

—¡Silencio! Harás lo que yo te diga o te encerraré como a Isabel.

Bajé la mirada. Me relató la historia que debía contar si alguien me preguntaba. Una historia sobre un hermanastro que su padre había mantenido en secreto hasta que, arruinado, se había presentado ante Donato para pedirle que nos acogiera a mí y a mi hija bajo su asilo.

—Por supuesto, señor —dije con un tono suave cuando terminó de hablar—. ¿Puedo preguntarle qué le va a ocurrir a Isabel?

—No tienes que preocuparte por ella. Estará bien cuidada. Félix hará que la internen en el manicomio donde él trabaja. Se ocupará de ella.

—Bien, señor. Voy a hacer la maleta.

—Haz también la de Pilar. Toma, los billetes.

—Como diga, señor.

Cogí los billetes que me ofrecía, salí de la habitación y corrí a contárselo a Iris. La encontré sola en la cocina.

—Esto no puede quedar así, pagará por ello. Por todo: por encerrar a Isabel, por engañar a su hija y por matar a aquel pobre niño.

—¿Y cómo?

—Eso déjamelo a mí. El veneno es lento, pero no falla.

—¿Vas a envenenarlo?

—Sí, muy lentamente, para que sufra despacio sin que sepa qué le ocurre y qué va a ser de él. Para que pase las noches en vela pensando en cuánto tiempo le queda. Lo haré. Lo envenenaré despacio, para que su salud se debilite y acabe sufriendo terribles dolores.

—Voy a ir al cuartel, a contarle a Isabel la nueva situación y que no la agarrotarán.

No me resultó demasiado fácil entrar a verla. Isabel tiritaba de frío en su celda.

—¿Fátima? ¿Eres tú?

Se lanzó a mí y nos abrazamos a través de los barrotes.

—Traigo noticias. Donato me envía a vivir fuera, a una casa que dice tener en una aldea, con Abril. Pero se supondrá que Abril es mi hija, Pilar Abad. Por otra parte, no van a acabar con tu vida. Como te dije, te necesitan viva para hacerse con tu dinero y repartirlo entre los tres. Félix está haciendo algo para que te lleven al psiquiátrico.

—Entonces, ¿Abril está bien? ¿Y la criarás tú?

—Sí, puedes estar segura de que estará bien.

Sonrió y me dijo que si Abril estaba bien, todo estaba bien.

—Iris acabará con Donato. Tardará años, pero acabará con él. Vendrá a verte, y yo también lo haré cuando sea posible. Escribiré cartas desde la aldea, para Iris y para ti. Ella te las traerá.

—Todo está en orden. Cuídala bien.

—Lo haré.

5

Cuando salimos de la casa de Dicastillo para coger el tren, Abril estaba prácticamente dormida. La cubrí bien con una manta para que nadie la reconociese por la calle.

Abril y yo llegamos a la aldea una mañana soleada. Era un lugar pequeño y apartado, completamente distinto a lo que yo conocía. Pregunté a la gente del pueblo por la cabaña del señor Dicastillo y me indicaron cómo llegar. La fría mirada con que nos recibieron se tornaría más cálida con los años.

En la cabaña encontramos a una mujer algo mayor que se llamaba Adela. Tenía una hija y un marido que nunca se acercaban a la cabaña. Nos instaló en la casa y nos enseñó cómo se hacían allí las cosas.

—No te preocupes por la gente. Ya se acostumbrarán y acabaréis siendo unas aldeanas más.

Los primeros días fueron duros para Abril. Lloraba gritando que quería estar en su casa con su madre y su padre. Gracias a Dios, Adela no lo oyó. Cuando pasaron un par de meses, dejó de llorar y se acostumbró a su nueva casa, a su nueva madre y a su nuevo nombre, Pilar.

Comencé a toser fuertemente y me di cuenta de que era yo la que portaba la enfermedad que había acabado con mi niña. En mi caso, había permanecido latente hasta entonces, por lo que pensé que también tardaría mucho en desarrollarse y acabar conmigo.

Escribí a Iris y a Isabel para que supieran cuál era la situación. Por lo demás, todo iba bien en la aldea. Alrededor de un mes más tarde, recibí una respuesta de Iris.

Querida Fátima:

Siento la noticia que nos has hecho llegar sobre tu salud, de verdad que lo siento mucho.

Hablando de otras cosas, tengo que decirte que el veneno ya comienza a hacer mella en el «señor» Dicastillo y que lentamente su cuerpo se debilita, especialmente su corazón, pues ya lo tiene podrido y oscuro por su propia naturaleza. Voy a ver a Isabel con cierta frecuencia, y parece que está bien, dentro de su situación. Félix la visita constantemente y no la obliga a tomar los medicamentos que se le han prescrito, pues sabe la verdad, que no está loca. Está encerrada en una parte del psiquiátrico donde están, según me ha dicho, los locos de entre los locos. Los dejan ahí, aparcados, les dan de comer y les ponen agua. Nadie se preocupa por ellos, ni siquiera los propios médicos. No son más que un expediente, un número en la parte exterior de un archivo.

Donato, por su parte, ya solo quiere recibir visitas de Isaías. El médico no viene nunca a verlo, y tengo entendido que su relación con el cura también se ha resentido. El señor ha despedido a buena parte de los criados, y creo que todo esto le ha afectado más de lo que pensaba. Al fin y al cabo, su mundo se ha destruido, y lo ha hecho él mismo.

Supongo que llegará el día en el que también quiera despedirme a mí, pero no me marcharé y seguiré matándolo lentamente. Le diré que me quedo para cuidarlo y que no necesito que me pague ningún salario. De todas formas, no tengo nada fuera de esta casa.

Seguiré manteniéndote informada de cómo marchan las cosas, y espero continuar recibiendo noticias tuyas.

Con todo mi cariño,

Iris

Metí la carta en el bolsillo de mi bata. Por la noche, la guardé al lado de la mesita de mi cama. Fue cuando lo tuve claro. No sé si lo soñé o lo pensé mientras me dormía, pero al despertarme tuve la respuesta en mis manos. Cuando Donato muriese y Félix se retirase, regresaría con Pilar a Zaragoza, le contaríamos la verdad. Yo, con la muerte rondándome, me cambiaría por Isabel para convertirme en ella y que pudiese disfrutar de una hija que se me había cedido a la fuerza. Pensé en las consecuencias de hacerlo, en qué ocurriría si alguien nos descubría, pero la respuesta estaba en la carta de Iris. Isabel no era más que un archivo, un número. Nadie se daría cuenta una vez que Félix, retirado, ya no la visitase. Para ello, todavía quedaban unos años.

Esa misma mañana, después de vestir a Pilar y dejarla desayunada, le dije a Adela que debía marcharme a Zaragoza a hacer una visita y que regresaría en unos días. Pilar se despidió de mí agarrándose de mis faldas.

—Adiós, madre, no tardes mucho en volver.

Por un instante, creí ver que se trataba verdaderamente de mi Pilar. Pero no, no lo era. Se llamaba Abril y no era mi hija.

—No te preocupes, cariño, solo tardaré unos días.

Zaragoza se me antojó más grande, más gris, más escurridiza y más oscura que nunca. Cuando salí de la estación, estaba lloviendo a cántaros y llegué empapada al psiquiátrico. Cuando pregunté por Isabel Andrés, me condujeron por una escalera y me dio la sensación de que llegaban al mismo infierno. La encontré sentada a una mesa, al fondo, lejos de los ojos de un guarda gordinflón que leía unas tiras cómicas y se reía estrepitosamente. Estaba muy delgada, con los dientes amarillos y sucia de arriba abajo, especialmente el pelo. Cuando me vio, su rostro se iluminó y corrió a abrazarme.

—Fátima, mi Fátima —dijo—. Cuéntame cómo va todo —pidió sin soltarme las manos.

—Todo marcha perfectamente. Abril crece cada día y está sana y feliz.

—Cómo me alegro de que sea así. Iris me visita con frecuencia. Me dijo que Donato moría lentamente.

—Así es, a mí también me lo dijo. Pero no he venido aquí por eso. Tengo un plan para sacarte de aquí, aunque sea dentro de varios años.

—¿De qué estás hablando, Fátima?

—De mi enfermedad. Es incurable, ya lo sabes, la misma enfermedad de la que murió mi hija y que yo le transmití. Por suerte, tenemos tiempo. Cuando Félix ya no sea tu médico para que pueda reconocerte, y Donato haya muerto, regresaré a Zaragoza con Abril y le contaré la verdad. Yo me quedaré aquí dentro, y tú te marcharás con ella.

Negó con la cabeza, imitando alguno de los gestos que había visto poner a los que estaban realmente locos.

—No puedo consentir eso. Cuídala tú. No debes pagar por mis errores, no debes pagar porque yo viera en Donato al hombre que no es.

—No pienso discutirlo contigo, Isabel. Lo haremos así, ya puedes decir lo que quieras. Ahora salgo para ver a Iris y contárselo.

Me miró con nostalgia.

—¿De verdad serías capaz de hacer algo así por mí?

—Por ti, Isabel —dije volviéndome hacia ella, ya de pie para irme—, bajaría al infierno.

No tuve miedo a la hora de llamar a casa de Dicastillo. Por suerte, fue Iris quien me abrió. La casa estaba más sombría que nunca. Me abrazó y me indicó que fuésemos a la cocina.

—Donato está en una habitación. Se ha recluido ahí y no quiere ver a nadie. Solo a mí, cuando le llevo la comida con el ingrediente secreto.

—Prefiero no verlo.

Sirvió dos cafés y nos sentamos a la mesa. Le conté el plan y que ya había visitado a Isabel para contárselo.

—Creo que es una locura.

—Sea locura o no, es lo que haremos, estoy más que decidida.

Estuve un rato en la casa, conversando con Iris. Hacía tiempo que no manteníamos una charla tan larga. Le pedí que me escribiese contándome sobre el estado de salud de Donato, y cuando se enterara del retiro de Félix. Salí de la casa y me dirigí al cementerio para ponerle una rosa blanca a Pilar, a la verdadera, que yacía con kilos y kilos de tierra sobre ella. Besé su nombre en la piedra y tomé el tren de regreso a Aldea de los Cuatro Valles, a la espera de que el tiempo pasara deprisa para regresar a la ciudad siniestra que dejaba atrás.

6

Con lo que no contábamos era con que Pilar haría su propia vida en la aldea. Cuando llegó el invierno, fui a visitar al maestro para pedirle que la admitiera. La aceptó sin ningún problema. Comenzaría las clases junto con sus compañeros. El primer día que fue al colegio, Adela la despertó temprano, la vistió, la peinó y la acompañó con el libro bajo el brazo. A las puertas de la casa del maestro, los niños jugaban a las chivas en círculo mientras las niñas observaban los lanzamientos de las canicas. Cuando una de ellas se percató de la presencia de Pilar, corrió a decírselo al oído a la chica que tenía al lado, y así hasta que todos se enteraron y se quedaron observándola como si fuese un objeto extraño.

—No te preocupes, no están acostumbrados a tener alumnos nuevos en la escuela. Ya lo harán.

Un chico con el pelo claro, la piel pálida y llena de pecas, bajaba por la calle inclinada, también con el libro de la escuela bajo el brazo.

—Puaf, ya viene el hijo del picapedrero.

Todos se pusieron en pie y al mismo tiempo comenzaron a gritar.

—¡Pica, pica y pica! ¡Ya viene el picapedrero! ¡Pica,

pica y pica, que ya viene el picapedrero que pocas pecas tiene en la cara! ¡Pica, pica y pica hasta que revienta el hijo del picapedrero!

—¡Sileeeeencio!

El maestro estaba en el umbral de la puerta. Era un hombre alto, con gafas. El pelo le llegaba hasta los hombros. Al oír su orden, todos se pusieron rígidos frente a él.

—¿Qué os tengo dicho? Todos somos iguales, y por eso no tenemos que insultar ni molestar a nadie. Señorito Roldán, un paso al frente.

Uno de los chicos de pelo moreno y manos sucias obedeció.

—¿Qué le parece a usted si le digo que es un marrano? ¿Le gustaría? —Silencio—. ¡Vamos, hombre, respóndame! ¿O es que solo tiene lengua para las malas palabras?

—No, señor maestro, no me gustaría.

—Pues a ver si aprende de una vez que no tienes que insultar a nadie. Venga, todos adentro.

Corrieron a meterse en el aula, que era la sala de estar de la casa del maestro, pasando al lado de este, que se había retirado a un lado. El hijo del picapedrero avanzó hasta la puerta y se quedó observando a Pilar. El maestro se aproximó a Pilar y Adela.

—Bienvenida a la escuela, señorita Abad.

—Gracias, señor maestro.

—¿Qué tal su tobillo, don Eliseo?

—Bien, Adela, gracias por el interés. Las hojas que me diste curaron la herida enseguida.

El maestro cogió a Pilar de la mano y entró con ella en clase. La presentó y la sentó en un nuevo pupitre que había encargado al carpintero del pueblo para ella. Estaba detrás del hijo del picapedrero. Después de unas horas entre lecciones de geografía e historia, llegó la hora del descanso. Los niños corrieron hacia el tobogán que había detrás de la escuela. El hijo del picapedrero se quedó sentado en su pupitre, y Pilar hizo lo mismo. No tenía ganas de ir con los demás.

—Vamos, chicos. Josua, Pilar: tenéis que salir a divertiros un poco. Venga, id a que os dé el aire.

Josua fue el último en salir de la clase. Ella lo siguió. El chico se sentó en un banco de madera medio carcomido. Pilar hizo lo propio en el otro extremo.

—¿Por qué me sigues? —preguntó Josua.

Ella se encogió de hombros y bajó la vista.

—¿Vives en la cabaña que está alejada de la aldea? —preguntó. Pilar asintió con la cabeza—. Dicen que es de tu tío.

—Eso dice mi madre, yo no lo sé, no he visto nunca a mi tío. ¿Por qué te llaman el picapedrero?

—Por mi padre. Hace años era minero. Había una mina por aquí cerca, en la montaña, de la que sacaban no sé qué mineral. Por eso me llaman picapedrero, pero ahora mi padre tiene tocinos y ovejas en los corrales de casa. Si quieres, puedes venir a verlos un día.

—Vale, algún día puedo ir a tu casa, y tú puedes venir a la mía.

Esa fue la primera conversación que mantuvieron Josua y Pilar, que los uniría para siempre.

Fui a recogerla a la salida del colegio. Los dos chicos se despidieron hasta el día siguiente. Me contó cómo le había ido. Al día siguiente estaba emocionada por regresar a la escuela y salir a jugar al patio con su nuevo amigo.

Recuerdo como si estuviera ocurriendo ahora mismo cuando los dos se perdieron en el bosque. Eran las tres de la tarde de un domingo, y estaba todo nevado. Se marcharon de casa cogidos de la mano y se adentraron en el bosque a buscar moras, que hacía ya meses que no había. No vieron venir la tormenta que se les venía encima. Y yo tampoco. Si Adela hubiese estado en casa, me hubiese podido advertir. El padre de Josua fue a la cabaña para buscar a su hijo antes de que estallara la tormenta. Le dije que habían ido al bosque.

—¡Al bosque! ¿Está loca? Con la tormenta de nieve que se avecina, ¿cómo ha podido hacer una cosa así? ¿Cómo ha podido ser tan insensata?

Yo no conocía bien el clima de la montaña. Al ver el cielo despejado, con un sol radiante en lo alto, nunca hubiese pensado que podía haber tormenta. Salimos a buscarlos abrigados y los llamamos a gritos. Las nubes se formaron en cuestión de minutos, y el aire comenzó a soplar con fuerza mientras caían los primeros copos de nieve. Los llamábamos a voz en grito por el bosque sin dar con ellos, hasta que me pareció ver una diminuta cabaña a lo lejos y nos dirigimos a ella. Allí los encontramos, acurrucados sobre una cama, tapados con una manta. Los cogimos en brazos y caminamos a trompicones hasta llegar a la cabaña. Avivé el fuego y calenté agua para que metieran los pies, de tono rojo negro. Tenían un aspecto horrible; por suerte, con el agua caliente volvieron a su color normal lentamente.

Los subimos a la habitación de Pilar y durmieron tranquilos aquella noche. Gerardo también se quedó a dormir en el sofá: era peligroso salir con la ventisca. A la mañana siguiente desayunamos todos juntos. Gerardo se encargó de llevar a los dos a la escuela.

Los meses pasaron rápidamente. Con su nuevo amigo, Pilar se adaptó a la perfección a esa pequeña aldea en medio de los Pirineos y ya no se acordaba ni de su padre, ni de su madre, ni de la vida en Zaragoza. Ni siquiera recordaba que se llamaba Abril. Aun a sabiendas de que no recordaba ningún dato de su antigua vida, la visita por sorpresa de Donato me estremeció y entristeció, pues siempre cabía la posibilidad de que reconociese a su padre. Fue durante los primeros días de verano. Pilar ya había cumplido siete años. Llamaron a la puerta una mañana, mientras las tres estábamos desayunando. El corazón me dio un vuelco cuando lo vi delante de mí.

—Buenos días, Fátima —dijo serio, como si fuese algo normal que estuviera allí.

Estaba demacrado, tenía mal color de piel y había perdido mucho pelo. Entró y se quedó observando a su hija, que a su vez me observaba a mí, preguntándome con los ojos quién era ese hombre que acababa de entrar en casa.

—Pilar, ven aquí y dale un beso a tu tío.

Adela se puso en pie, saludó al señor Dicastillo y le preguntó si quería desayunar.

—No, gracias. Veo que has hecho un buen trabajo con mi casa. Continúa así. Te sigue llegando el dinero por cuidarla, ¿verdad?

—Sí, señor, muchas gracias.

La niña se acercó a él y le dio un beso en la cara.

—Buenos días, tío.

Donato sonrió y le acarició el pelo.

—¿Cómo te encuentras aquí, pequeña?

—Muy bien, tío. Me gusta mucho la casa que nos has dejado para vivir.

—Bien.

—¡Hola!

Josua había llegado y estaba en el porche. Al verlo, Pilar salió corriendo hacia él.

—¿Podemos ir a jugar? —me preguntó.

—Claro que sí —respondió Donato—. Marchaos y pasadlo bien.

Pilar observó en silencio a su tío y después me miró a mí.

—Madre, ¿podemos irnos a jugar?

—Sí, pero no os adentréis en el bosque.

—¡No! —gritaron los dos a la vez mientras se alejaban corriendo colina arriba.

447

Donato se arrastró y se sentó a la mesa. Corrí a servirle un café.

—Adela, ¿te importaría dejarnos a solas?

—Por supuesto que no, señor. Voy a aprovechar para subir al pueblo. Tengo que ir a por miel, pan y arroz.

Nos quedamos a solas en un angustioso silencio de miradas esquivas y sin palabras, hasta que finalmente Donato habló.

—Entonces, ¿es cierto que aquí estáis bien?

—Sí, señor Dicastillo, así es. Es feliz aquí.

—Me alegro por ella.

—¿Puedo preguntarle cómo se encuentra? —dije acercándome la taza de café del desayuno que había dejado a medias.

—Los médicos no se atreven a decírmelo a la cara, pero me estoy muriendo lentamente. Hay mañanas en las que las piernas no me responden hasta que pasan unas horas desde que me despierto. Sufro continuos dolores de cabeza, y a veces pierdo la vista durante unas horas. Siento que el corazón tiembla durante las noches y me despierto asustado, pensando que no voy a ver salir el sol. Los brazos me tiemblan continuamente. Es horrible.

No sentí la más mínima pena por él.

—Gracias a Dios que tengo a Iris, que me cuida.

Me tragué la sonrisa que quería asomar a mis labios.

—Lo siento mucho por usted, señor, no se lo merece.

—Pues yo creo que sí. Y tú lo sabes mejor que nadie. Pero no he venido aquí a lamentarme, sino a ver a mi hija, y me alegra ver que no me ha reconocido. Le he traído ropa nueva. Espero que le esté bien..., está muy grande para su edad. Y también le he traído cintas de colores para el pelo. Creo que a las chicas os gustan esas cosas.

—Se lo agradezco, pero no le falta de nada.

—Lo imaginaba.

Respiró profundamente sin apartar la vista de la mesa.

—Me marcho ya. Regresaré en alguna otra ocasión, si es que no muero antes.

—Como usted quiera, señor Dicastillo. Le acompaño a la puerta.

Bajó la escalera del porche con dificultad. Cuando ya estaba por el sendero, no pude aguantarme.

—¿Qué tal está disfrutando del dinero de Isabel? ¿Ha merecido la pena todo esto?

Se detuvo, manteniendo la compostura, pero no se atrevió a darse la vuelta y mirarme a la cara. Continuó su camino sin responder. Yo entré de nuevo en la cabaña para ponerme a lavar los platos del desayuno.

Adela regresó del pueblo al atardecer, acompañada por Pilar.

—Han pasado el día en casa de Josua. Parece mentira, con lo serio que es ese hombre, cómo puede tener un hijo tan bueno.

—Es verdad. Josua es muy bueno —corrió a decir Pilar mientras ponía la mesa para cenar—. El resto de los niños del pueblo son unos estúpidos por meterse con él.

Intuí que la relación de amistad entre Pilar y Josua podía, con el tiempo, llegar a convertirse en algo más.

Tras la cena, después de acostar a Pilar y de que Adela se metiese en la cama, tuve un fuerte ataque de tos con sangre. Sentía que me asfixiaba, que me moría. Caí de rodillas al suelo y seguí tosiendo, pero se me pasó y recuperé la calma.

A medida que los meses y los años pasaban, más tiempo compartían Pilar y Josua. Salían solos a las praderas que quedaban ocultas subiendo la colina, a la izquierda del bosque. Estaban allí hora tras hora. Cuando Josua cumplió catorce años, su padre lo sacó de la escuela ignorando las peticiones del maestro y lo puso a trabajar con él, en los campos durante el verano, y matando en invierno los cerdos que criaban para después vender los chorizos, las morcillas y los jamones en Jaca. Los días que tanto Josua como su padre estaban fuera de la aldea vendiendo sus embutidos y jamones, Pilar se quedaba melancólica, mirando por la ventana, a la espera del momento en que Josua aparecería. Cuando tenían quince años, los encontré besándose en el porche de la casa.

—Josua, será mejor que te marches de aquí.

—Sí, señora.

Cuando ya estaba lejos, Pilar se me encaró y me gritó que por qué lo había echado.

—Nos vamos a marchar de aquí tarde o temprano, lo sabes desde que llegamos.

—Yo no me voy —dijo furiosa.

—Tú vendrás conmigo adonde yo vaya.

—No lo haré. Puedes decir lo que quieras, pero yo me quedo aquí con Josua.

Enfadada, entró en casa. Unos días atrás, yo había recibido una carta de Iris:

Queridísima Fátima:

¿Cómo va todo por la aldea? Imagino que bien, pues de lo contrario habrías escrito. Me alegra poderte contar algo en lo que ha pensado Isabel. Después de tantos años de reclusión entre locos, Isabel ha generado un gran odio contra su marido. Será ella misma la que acabe con él. Dice que para un beato como él, que está enfermo del corazón, es el final perfecto, el final que se merece.

Me ha dicho que nos contará el plan que tiene en mente cuando el médico se haya retirado y tú hayas regresado con Abril. Ella me avisará cuando Félix se jubile. Entonces te escribiré yo para que regreséis a la ciudad.

Te deseo lo mejor,

IRIS

7

Sabía que Pilar me odiaba por no dejar que estuviera con Josua, pero no había otra forma de que se fuese despidiendo de la aldea. También sabía, aunque fingí lo contrario, que Josua le escribía cartas en secreto a Pilar y ella a él, y que era Adela la que se las entregaba a uno y a otro. Viendo que los meses pasaban y que cada vez lloraba más la ausencia de Josua, decidí bajar al pueblo y tener una conversación con su padre, Gerardo. Llamé a la puerta de su casa una mañana y fue Josua el que la abrió. No se alegró de verme, como era de esperar, pero me invitó a entrar.

—Me gustaría hablar con tu padre.

—Voy a buscarlo, está en los corrales, dando de comer a los animales.

Las paredes estaban encaladas. Hacía frío allí. Gerardo no tardó en aparecer.

—Sigue tú con los tocinos, Josua.

—Sí, padre —respondió y se fue.

—¿Qué quiere? —dijo sentándose frente a mí, al otro lado de la mesa.

—Tengo que contarle algo.

—Usted dirá.

—No sé si sabrá que su hijo y mi hija...

—Sí, lo sé de sobra. Josua está como tonto desde hace meses. No se entera de nada, y eso en un hombre solo es síntoma de andar tonteando con alguna mujer, y Josua solo conoce a una mujer, Pilar, así que ella tiene la culpa.

Me guardé lo que me hubiera gustado responderle.

—A mí no me importa que se quieran, pero Pilar y yo nos vamos a marchar, dentro de no sé cuánto tiempo, a Zaragoza. Por eso no quiero que se vean.

—A mí tanto me da el motivo, pero esa chica no me gusta para Josua, es demasiado fina. Estoy de acuerdo con usted en que no deben verse, aunque sea por motivos distintos.

—Bien. ¿Le explicará a Josua por qué no quiero que se vean?

—No hace falta, ya no se están viendo.

—Pero ¿se lo dirá de todos modos?

El hombre dudó.

—Sí, se lo diré. Ahora márchese, tengo trabajo.

Nunca hubiese podido imaginar los planes que tenía Josua de escapar con Pilar después de que tuvo claro que nos marcharíamos en poco tiempo. Lo que más me molestó fue enterarme por Donato.

La segunda y última visita que hizo Dicastillo a la aldea fue cuando Pilar contaba ya dieciséis años. Donato llamó a la puerta. Tenía un aspecto horrible, y su piel, un tono grisáceo. Le costaba respirar y venía apoyado en un bastón.

—Señor Dicastillo. ¿A qué se debe su visita? —pregunté.

—A que no creo que me quede mucho de vida y quería verla antes de morir. Solo quería venir a veros.

Lo llevé hasta una silla y le ayudé a que se sentara.

—La llamaré.

Bajó y pasó un rato charlando con su tío. Advertí que, desde hacía días, Pilar estaba feliz, como si supiera que algo maravilloso estaba a punto de ocurrir, pero no alcanzaba a entender de qué podía tratarse. Se hizo tarde y Dicastillo dijo que se marcharía al día siguiente, que esa noche prefería pasarla en la cabaña. Se acomodó en el sofá y nos fuimos a dormir.

Nunca hubiese podido sospechar lo que ocurriría al día siguiente. Nunca. Cuando bajamos las tres para preparar el desayuno, Donato estaba sentado en el sofá con un montón de papeles arrugados en la mano. Pilar vio al instante lo que eran: las cartas de Josua.

—¿Te vas a escapar con ese novio tuyo que te escribe esta basura?

—¿Qué está diciendo? —pregunté a Pilar.

—No lo sé, madre. No lo sé.

—¡Respóndeme! —grité.

—Tienes la respuesta aquí, en la última carta.

Me la tendió y la leí. En ella, Josua le decía que en dos semanas se marcharían a Francia por la frontera de los Pirineos, que no se preocupase por nada, que tenía todo atado para ese día. Me enfadé con ella.

—Eres una mentirosa. Me dijiste que estabas de acuerdo en no verle más.

—No discutáis, yo tengo la solución para este problema. Adela, ¿podrías hacer el favor de ir a la aldea y pedirle a Josua que suba?

—Claro, señor, ahora mismo —dijo asustada.

Adela salió y nos quedamos en la cabaña los tres.

—Sube a tu cuarto. Vamos.

Fue a su habitación dando fuertes pisadas. Nunca la había visto tan enfadada y triste.

—¿Cómo has consentido que mi hija se junte con una persona como Josua?

—¿Con una persona como Josua? ¿Envía a su hija a vivir al quinto pino y no quiere que se junte con las gentes de la aldea? ¿Es consciente de lo que está diciendo?

—Cuando os mandé aquí pensé que la educarías como lo que es, como una señorita, y no como una cabra, dejando que se arrime a cualquiera.

—No le consiento que hable así ni de ella ni de Josua.

—¿Por qué? Tú tampoco estás de acuerdo en que estén juntos.

Lo que Donato no sabía era que mi motivo era muy distinto al suyo.

—De todas formas, es igual. No he venido a veros únicamente. He venido a decirte, Fátima, que mi muerte cada día está más cerca. Y que, a mi muerte, el dinero de Isabel pasará a manos de Abril. Es rica. Cuando yo muera, quiero que regreséis a Zaragoza y que os pongáis en contacto con uno de mis abogados. He dejado su nombre y dirección anotados en una hoja dentro de ese cajón —dijo señalándolo—. No quiero que le cuentes la verdad. Quiero que siga pensando que es tu hija y mi sobrina.

—Así lo haré.

Josua no tardó mucho en llegar. Abrió la puerta sin llamar, preguntó qué pasaba y llamó a Pilar. Ella, al oír su voz, bajó la escalera lo más deprisa que pudo. Justo en el instante en el que sus manos se rozaron, Donato disparó con la escopeta que estaba guardada dentro de un armario que nunca habíamos usado. Al fin y al cabo, la casa era suya y sabía dónde estaba el arma escondida. Josua cayó al suelo de golpe con un tiro en alguna parte de su cuerpo. No soy capaz de recordar dónde le disparó. Pilar le sostenía la cabeza en alto y lloraba mientras Josua se desangraba. Dicastillo permanecía altivo, sosteniendo el arma entre sus manos, cuando Gerardo, que había visto marchar a Josua y lo había seguido a una buena distancia, irrumpió en la casa. Vio a su hijo en el suelo, y a Donato con el arma en la mano, y se abalanzó sobre él y le golpeó con algo en la cabeza.

—¡Hijo de puta asesino! —le gritó Gerardo.

Donato cayó al suelo, boca abajo, con una brecha sangrante en la nuca. No se movía. Josua cerró los ojos mirando a su padre. Pilar gritó de terror al verlo muerto. Gerardo cargó con él a los hombros y salió de la casa dejando el vestido de Pilar manchado de sangre. Puso el cuerpo de Josua en un remolque tirado por un burro y lo tapó con una manta.

Adela no se había atrevido a entrar en la casa y lo había observado todo a través de la ventana. Dejé a Donato en el suelo y subí a Pilar arriba para lavarle la sangre. Las lágrimas se escurrían en silencio por su rostro. Oí un grito de Adela en el piso inferior. Bajé. Vi que Dicastillo estaba de pie, limpiándose la sangre con un pañuelo. Lo habíamos dado por muerto, pero mal bicho nunca muere. Me observó y me recordó que fuese al abogado cuando Iris me escribiera anunciándome su muerte. Se marchó. Cuando calculé que ya estaría en la estación de tren, bajé al pueblo y llamé a la puerta de Gerardo. Lo hice varias veces, pero no abrió, así que entré. Lo encontré en la sala de estar, limpiando la herida de Josua, que todavía respiraba. Respiraba con dificultad, pero seguía vivo.

—No ha muerto —dijo mirándome con tristeza.

Le ayudé a limpiarle las heridas y a cerrarle con un hierro al rojo la herida de bala. Le dimos sorbos de agua y le pusimos paños fríos en la frente para que le bajase la fiebre. Deliraba. Entonces le conté a Gerardo quién era realmente Pilar, los planes que tenían juntos y por qué Dicastillo había disparado a Josua. Le conté todo.

—Es mejor que Pilar siga creyendo que está muerto.

—Lo sé.

—Y es mejor para él que crea que ella ha muerto, que Donato también disparó contra ella. Y que toda la aldea crea que Josua ha muerto.

—¿Por qué? —pregunté sin comprender.

—Porque es mejor que todos crean la misma historia.

—No podré ocultar algo así a Pilar mientras estemos en esta aldea. Llévalo lejos de aquí. ¿Conoces algún lugar al que puedas enviarlo?

—A casa de su tía, en La Rioja. Allí puedo mandarlo allí. Siempre he querido sacarlo de esta aldea, pero desde que conoció a esa chica nunca ha querido oír nada de irse.

—Bien, quedamos así. Cuando se encuentre mejor, le dirás que ha muerto y lo mandarás con su tía. A Adela también le diremos que está muerto.

Asintió de nuevo. Estuve yendo a casa de Gerardo para cuidar de Josua hasta que se curó. La fiebre le remitía muy lentamente y solo podía comer sopas y caldos. A Adela le decía que marchaba a casa de Gerardo para consolarlo y le conté que había enterrado a Josua en lo alto de la montaña.

Pasaron los años hasta que finalmente recibí una carta de Iris diciéndome que Félix se había retirado y que debíamos regresar a Zaragoza. Pilar tenía ya treinta años. Desde la muerte de Josua no me dirigía la palabra, pues en parte me culpaba a mí de lo ocurrido. Se había creado su propio mundo encerrada en su dormitorio. No me dejaba entrar en él. Solo Adela lo hacía, y a ella le contaba cuanto le sucedía en el pueblo cuando bajaba a trabajar al bar donde la habían empleado como ayudante de camarera.

Tras la muerte de Josua, algunas de las chicas del colegio se acercaron a ella, porque les daba pena, para intentar establecer una amistad, pero se negaba. No quería saber nada de nadie que no fuese Adela. En una ocasión, un visitante que llegó a la taberna para entrar en calor con un caldo se le insinuó. Ella le pegó un bofetón y le gritó que se marchase con sus insinuaciones a otra parte y que la dejase en paz o lo echaría a los perros hambrientos para que lo devorasen. El día que nos marchamos se despidió de Adela como si fuese su madre y dejamos atrás la aldea.

Llegamos a Zaragoza por la tarde. Salimos de la estación y caminamos hasta el centro de la ciudad cargando con las maletas. Encontré un hostal cerca de la Puerta del Carmen para quedarnos allí hasta que pudiese hablar con Iris e Isabel. Le dije a Pilar que no podía salir de la habitación en ninguna circunstancia.

Salí del hostal y me dirigí en primer lugar a casa de Dicastillo. La mayoría de las ventanas estaban tapiadas. Llamé. Iris abrió, sonrió y me hizo pasar.

—Vamos a las cocinas.

Allí nos abrazamos después de tanto tiempo y me contó que llevaba, siguiendo el plan de Isabel, que todavía no nos había contado, sin darle veneno al señor Dicastillo casi diez años.

—¿Por qué? Es necesario que muera.

—Lo sé, yo tampoco lo entiendo, pero mañana, cuando vayamos a visitar a Isabel y nos cuente qué es lo que trama, lo descubriremos.

—Sí, y será entonces cuando me cambie por ella.

—Tendremos que andarnos con cuidado. Ha venido un periodista preguntando por Abril e Isabel. Es francés. A Dicastillo no se le ocurrió otra cosa que llamar a uno de los periodistas que llevó el caso para relatarle lo ocurrido. Quería un libro o algo así. Me dijo que no era exactamente la verdad, pero que lo necesitaba. Necesitaba sacárselo de dentro. Claro que él no sabe que yo sé lo que ocurrió. Hasta mandó el libro a una editorial francesa para que lo publicasen. Por eso ha venido ese hombre del que te hablo. Aunque no creo que nos cause problemas, es mejor andarse con ojo.

—Bien.

—Está hospedado en el Gran Hotel.

—¿Cómo sabes eso?

—Él mismo me lo dijo cuando vino a visitar a Donato.

—¿De qué hablaron?

—Pues de Abril y de Isabel. Le contó la misma historia que a los periodistas. No creo que tenga importancia.

—No, no lo creo —afirmé—. Me marcho ya. ¿A qué hora iremos a ver a Isabel?

—A las ocho de la mañana, en la puerta del psiquiátrico. Estaré puntual.

—Perfecto.

Me acompañó a la puerta y regresé al hostal.

—Venga, vayamos a cenar algo —pedí a Pilar como si regresara de dar un paseo.

8

A las ocho de la mañana en punto de ese frío día de invierno, nos encontramos las dos frente a la puerta del psiquiátrico. Llamamos. Una mujer nos abrió con cara de no tener ganas de aguantar a nadie.

—Venimos a visitar a la paciente 223.

—Pasad.

La mujer comprobó el lugar en el que estaba ubicada la paciente con ese número y nos condujo a los sótanos. El guarda nos abrió la puerta. Iris sabía perfectamente en qué sitio encontrar a Isabel. Estaba sentada a la derecha, fuera de la vista del guardia, con el pelo cubriéndole el rostro. Me reconoció al instante y se lanzó para abrazarme.

—¿Fátima? ¡Cómo me alegro de verte, Fátima! ¿Cómo está mi niña? ¿Cómo está Abril?

Sentadas alrededor de la mesa, les conté todo lo sucedido. Los locos gritaban y cantaban a nuestro alrededor.

—Eso no era necesario. ¿Por qué decirle que estaba muerto?

—Para poder sacarla de la aldea y venir aquí, para que viva con su madre.

—Está bien, no importa. ¿Sabes dónde encontrar a Josua?

—Sí. Su padre me dijo dónde lo enviaría.

—Bien, quiero que le escribas una carta, pidiéndole que venga a Zaragoza por un asunto urgente. Finge que es un abogado el que la escribe.

Eso me recordó la visita que debía hacer cuando muriera Donato para que el dinero de Isabel pasase a manos de Pilar.

—Dile que tiene que personarse en la casa de Donato dentro de, digamos, cinco o seis días. Vamos a unir a la pareja de nuevo.

En ese instante me sentí una estúpida por haber estado engañando a Pilar, aunque en su momento pensé que era lo mejor.

—Y también necesito que pongáis una esquela con mi nombre en el periódico.

—¿Qué? —preguntamos las dos.

—Tú, Iris, se la enseñarás a Donato para que crea que estoy muerta.

—¿Para qué?

—Para poder acabar con él. Hace años te pedí que dejases de darle veneno. No fue para que no muriese, sino para darme tiempo a mí. Darme tiempo para salir de aquí una vez que Félix dejase de visitarme. Ahora está retirado y, a la vez, el organismo de Donato está débil, sobre todo su corazón. El veneno que le diste durante años ha hecho su trabajo. Ahora me toca a mí. Le haré una visita cuando haya visto mi esquela. Creerá que soy el fantasma de su mujer.

Había que admitir que la idea era brillante.

—¿Qué debemos hacer con Pilar? ¿Le contamos ya todo?

—No, no le digáis nada —dijo con una sonrisa—. Yo misma lo haré. Cuando muera Donato, le contaré la verdad y esperaremos a que venga Josua a casa de Donato. Mejor dicho, a mi casa. Y así todo tendrá un final feliz.

—Hay un periodista, o algo así, interesado en el caso —intervino Iris—. Vino a preguntar a Donato por la historia del periódico. Al parecer, recibió un manuscrito que el mismo Donato encargó escribir. Hablaba de una mujer loca, y lo estaba investigando.

—¿En serio? —dijo Isabel—. ¿Y sabes dónde vive ese periodista?

—Está hospedado en el Gran Hotel. Es extranjero. Se llama Christophe Maestre.

—Entonces dejaré que sea testigo de la verdadera historia de la vida de Abril.

—¿Qué quieres decir con eso?

—Ya lo verás.

Salimos de allí. Quedaban muchas cosas por hacer. Escribí a Josua una carta diciéndole que en cinco días debía presentarse en la dirección de la casa de Dicastillo y envié la carta de forma urgente. Salí del hostal con Pilar y fui con ella a la dirección del abogado. En su despacho, nos recibió casi con honores. Tenía los papeles preparados desde hacía años.

El abogado nos dejó a solas unos minutos después de hacernos un breve resumen de lo que había escrito en ellos en términos legales que éramos incapaces de comprender.

—Debes firmar los papeles.

—No lo haré.

Esas fueron las primeras palabras que me dirigía después de catorce años.

—Pilar, en unos días, te prometo que esto quedará aclarado. Hija. Te lo prometo. Firma los papeles, nos marcharemos de aquí y harás lo que quieras con tu dinero, como si lo regalas, pero firma los papeles y marchémonos de aquí.

Finalmente lo hizo todo enfadada y la dejé en el hostal. Me dirigí al *Heraldo de Aragón* y pedí que publicasen una esquela anunciando la muerte de Isabel.

A la mañana siguiente, yo misma comprobé que la habían puesto en el periódico. Iris se aseguró de que Donato la viese. Pedí a Iris que se quedase en el hostal junto a Pilar, hasta que Isabel y yo nos hubiésemos intercambiado. Me despedí de ella. La abracé y le dije que no se preocupara, que pronto comprendería todo. Que yo debía marcharme, pero que Iris, mi amiga, cuidaría de ella unos días hasta que yo regresase. La engañé una vez más diciendo que volvería; no podía hacer otra cosa.

Mi enfermedad seguía avanzando.

Llamé a la puerta del psiquiátrico y pedí ver a la paciente con el número 223. Me encerraron en el sótano con el resto de los locos y la busqué en la mesa. Estaba nerviosa.

—Ya ha llegado el momento, después de tantos años —dije.

En silencio nos desvestimos y nos cambiamos la ropa. Limpié la cara de Isabel con un paño mojado que había llevado oculto en una pequeña cesta. Yo me cardé el pelo con un peine y me cubrí la cara con él. Nos abrazamos en silencio.

—Gracias por hacer esto.

—No me merezco tus agradecimientos, Isabel, lo único que he hecho estos años ha sido engañar a tu hija.

—Ha sido por su bien, no debes sentirte culpable. Cuando todo haya acabado y vuelto a su sitio, vendré a verte.

Isabel se marchó. Yo me quedé allí, tosiendo, entre los locos.

Los días pasan despacio estando encerrada. Iris me visitó para contarme cómo habían sucedido las cosas desde que me convertí en Isabel. Esta había acudido tan rápido como le fue posible al hostal en el que la estaban esperando Iris y Pilar. Reconoció a su hija, a pesar de tanto tiempo, cuando vio su rostro ovalado.

—Yo la conozco a usted —dijo Pilar—. Al menos, eso creo.

—Sí, mi pequeña, claro que me conoces. Soy tu madre.

Al oír aquello, Pilar se estremeció y le dijo que no, que su madre se llamaba Fátima, que había salido a hacer algo y volvería pronto.

—No va a regresar, mi pequeña Abril.

—¿Abril? ¿Qué está diciendo?

Iris las dejó solas y esperó en el rellano. Escuchó la historia que le contó Isabel para explicarle quién era y que Donato no era su tío, sino su padre, un mal padre, pero que no debía preocuparse por él, porque ya estaba muerto. Al fin y al cabo, era casi verdad.

—¿Por eso me dejó el dinero?

—Sí, mi niña, pero ese dinero hubiera sido tuyo igualmente, aunque él no te lo hubiese dejado, pues llevamos tramando este plan desde que todo empezó. Fue idea de Fátima que nos cambiásemos: está muy enferma.

Abril lloró amargamente un largo rato, mientras escuchaba paciente la historia de su madre, y también lo hizo por mi pronta muerte, pues también había sido su madre.

—Pero tengo una buena noticia para ti. La conocerás dentro de unos días, no debes tener miedo. Tendrás que quedarte sola esta noche. Iris y yo debemos marcharnos, vendremos a buscarte por la mañana.

Al descubrir su nueva identidad y todos los sacrificios que habían hecho esas tres mujeres por ella, se sintió la persona más segura del mundo y durmió tranquila con el cerrojo echado.

A las ocho de la tarde, Isabel e Iris salieron del hostal camino a la casa de Dicastillo. Isabel no pudo evitar soltar unas lágrimas al ver el estado de la mansión después de veinticinco años.

—Mi casa —dijo— está en ruinas.

Las dos entraron por la puerta del servicio. Isabel se escondió en el mismo habitáculo en el que Donato había ocultado a Abril para fingir su muerte. Iris fue a servirle la última cena a su señor. La preparó con delicadeza y sin escatimar en salsa.

—Sí que te has molestado esta vez en la cena, Iris, no hacía falta.

—No se preocupe usted, estoy muy agradecida de trabajar a su servicio, señor Dicastillo.

Terminada la cena, Iris ayudó a Donato a llegar a su dormitorio y lo arropó.

—Que tenga buenas noches —dijo. Cerró la puerta y caminó sigilosa por el pasillo—. Que será la última que pase en este mundo —dijo para sí.

Cuando el reloj señaló las doce de la noche en punto, Iris dejó caer una pesada bola de metal del juego de la petanca escaleras abajo para que el señor se despertara. Isabel, vestida con su traje de novia, sucio y ajado por los años, y con el velo bajado, se metió en la habitación contigua de la del señor Dicastillo para aparecer tras él cuando saliera de su dormitorio por el ruido. No tardó en hacerlo.

—¡Iris! ¿Has oído eso? ¡Iris! —gritó avanzando por el pasillo.

Oyó una puerta chirriar a sus espaldas y se volvió pensando encontrar a Iris, pero lo que vio fue el fantasma de su mujer con el brazo derecho extendido y el índice señalándole directamente.

—¡Dios misericordioso! —gritó—. Ha venido a por mí. Por favor, perdóname.

Cayó al suelo.

—¿Qué ocurre aquí? —preguntó Iris, pasando al lado de Isabel como si no la viese.

—¡Está ahí! —gritó señalando a su esposa.

Iris se volvió a mirar.

—Ahí no hay nada, señor Dicastillo. ¿Se encuentra bien?

Dicastillo, consciente de que su mujer había ido a por él para que pagase por sus pecados, se llevó la mano al corazón, suspiró tres veces seguidas y, tras exhalar su último aliento, murió con los ojos abiertos en el pasillo de su mansión.

Isabel se retiró el velo de la cara y encendió un par de quinqués. Se acercó a él lentamente y lo miró.

—Siempre has sido mi mayor error. No sabes cómo te odio —dijo dándole una patada en el estómago.

Lo dejaron en el pasillo y se marcharon. Iris fue a avisar a la Guardia Civil. En su declaración dijo que había encontrado a Dicastillo arrastrándose por el pasillo diciendo que su mujer fallecida había ido a buscarle. Se llevaron el cuerpo y todo el mundo se marchó de la casa. Iris avisó a Isabel, que se había quedado oculta en su escondite, y se metieron en la cama a descansar.

Llevaron a Abril a la casa que la había visto nacer y le dijeron que debía esperar allí la gran noticia, que descubriría en tres días. Esperaron pacientes las tres. Isabel e Iris le relataban historias de su infancia. El día en que el encuentro iba a tener lugar, Isabel se marchó con una de las copias de la llave de la casa al Gran Hotel, y allí la dejó junto a una nota para que el periodista que estaba investigando el caso fuese a la casa, presenciase el encuentro y escuchase la verdadera historia, pero, en lugar de personarse usted, apareció una jovencita que decía ser su ayudante, una tal Sophy, que se marchó antes de ver nada tras una breve conversación con Abril. Ni Iris ni Isabel se encontraban en ese instante en la casa. Cuando le preguntó a Abril quién era ella y por qué la habían hecho ir allí, le dijo que se llamaba Pilar y que no sabía el motivo de la cita.

Tres horas más tarde, llamaron a la puerta. Isabel le dijo a Abril que esperase allí y fue a abrir. El joven de pelo rubio estaba a punto de ver a la mujer que creía llevaba muerta catorce años.

—Sígueme, por favor.

Lo condujo hasta el gran comedor. Al entrar, los dos se miraron y se quedaron de piedra. Querían hablar, pero no salía la voz de sus gargantas. Josua se acercó a ella y le tocó las manos. Las extendió para comprobar si era de carne o una visión de su mente.

—Estás vivo —susurró Abril con un hilo de voz.

—Tú sí que estás viva.

Cayeron abrazados al suelo. Los dejaron a solas.

Horas después, Abril pidió a Isabel que le explicase aquello.

—Os marcharéis de aquí con el dinero que queda de la fortuna de mi padre. A Francia. Os iréis hoy mismo.

Así lo hicieron. Iris e Isabel se quedarían viviendo en el caserón, y sería Iris la única en salir, pues era un riesgo que alguien, Isaías o Félix, se cruzaran con Isabel por la calle.

—No pensé en ello cuando fui al Gran Hotel, pero tienes razón, Iris: es mejor que yo no salga de casa, aunque no se me ocurre un lugar mejor en el que estar.

Poco después, Isabel se marchó a vivir a Francia para estar al lado de su hija. Iris se quedó en la casa.

La única dirección que Adela conocía de mi paradero en Zaragoza, y que yo le había dicho que no diese a nadie, era la de la casa de Dicastillo, y allí envió una carta para mí en la que decía que un periodista había ido a la cabaña y que ella le había contado lo ocurrido.

Iris me informó y pensé que ese periodista merecía saber la verdad. Por ello pedí a Iris que escribiese una carta a Abril de mi parte pidiéndole que diese con la dirección de Christophe Maestre en Francia. En su carta me dijo que no le costó encontrarla, pues no era periodista, sino un afamado escritor, y me la envió en su carta de respuesta. Iris escribió a Gerardo para que le escribiese de su puño y letra que Josua no estaba muerto. De ese modo, regresaría a Zaragoza a investigar sobre la nota. Especialmente si la firmaba el propio Gerardo. Quería ver qué podía averiguar por sus propios medios. Finalmente, esperaba que me visitase para descubrir quién está aquí dentro suplantando a Isabel.

9

No estaba seguro de si lo que aquella mujer decía era cierto o no. Me parecía una auténtica locura. Pero todo encajaba, cosa que hasta ese momento, con los datos que había descubierto, había sido imposible.

—No sé si puedo creerme la historia que acaba de contarme. ¿Cómo es que nadie se ha dado cuenta de que usted no es Isabel?

—Es más sencillo de lo que cree —dijo tosiendo—. Aquí no somos personas, no tenemos nombre ni rostro. A nadie le interesamos, a nadie le interesa tratar a los locos de entre los locos. No somos nadie, sino un número adjudicado a una carpeta, a un archivo. La única persona que visitó a Isabel durante años fue Félix. Con el paso del tiempo, las visitas a Isabel fueron menos frecuentes. Los tres últimos años que estuvo en activo no la visitó más que en dos ocasiones. Una vez retirado, ya no tuvo acceso a sus antiguos pacientes. ¿Por qué habría de visitarla si ya no ejercía? Lo único que lamento es que Félix y ese hijo de puta de Isaías no hayan pagado por ello como lo hizo Donato.

Suspiré y carraspeé. Me di cuenta de que no tenía motivos para dudar de su palabra.

—De esos dos me encargo yo. Gracias por contarme su historia. Gracias por mostrarme la verdad.

Era admirable lo que aquellas mujeres, sobre todo Fátima, habían hecho.

—No hay de qué, Christophe. Ahora solo me queda esperar la muerte para poder reunirme con mi auténtica hija, con mi auténtica Pilar.

—Una cosa más. ¿Sabe por qué Donato hizo que un periodista escribiese una historia sobre lo que ocurrió, aunque no se aproxime nada a la verdad? No lo entiendo, era mejor tener la boca cerrada.

—Sobre eso también me habló Iris. Ella misma fue a buscarlo al periódico en el que trabajaba para decirle que Dicastillo lo había hecho llamar. También ella misma oyó a Donato pedirle que escribiese un manuscrito. Poco después, se enteró de que había aparecido muerto. No resulta difícil imaginar que fue Isaías el que se encargó de ello para taparle la boca. Iris me dijo que no le gustaba ese hombre, que hacía muchas preguntas impertinentes. Por eso acabó con él. Iris oyó discutir a Isaías con Donato cuando se enteró de que había encargado un manuscrito. No respondió al cura cuando le preguntó por qué lo había hecho. Ella siempre dijo que fue para quitarse la culpa de encima. No sé si esto tiene sentido, pero supongo que fue la forma que tuvo de redimir su crimen y deshacer el nudo en su cabeza, aunque fuera a base de imaginar y mentirse a sí mismo.

Salí de allí perturbado, agradeciendo más que nunca el aire fresco. Respiré hondo y me dirigí al hotel. Cogí papel y pluma, y comencé a escribir a mano cuanto me había contado Fátima. Entonces me di cuenta de las palabras que me había dicho la bruja: «Solo una virgen le dirá la verdad». Lo que tenía en mis manos era la verdadera historia de lo que ocurrió.

Dejé la pluma cuando Lorik llamó a mi habitación. Alcé la vista y vi que era de noche.

—Hola, ¿qué tal ha ido la visita a Isabel?

—Ha ido de fábula. Solo que Isabel no era Isabel.

Se quedó en silencio, mirándome.

—¿Y si me lo explicas mejor? —dijo tumbándose sobre la cama.

—Puedes leerlo, está escrito. Voy a darme una ducha. Siento que me va a estallar la cabeza.

Oí el sonido de los folios cuando los cogió Lorik.

—¿Y cómo te ha ido a ti?

—Un aburrimiento. La rutina de Isaías consiste en estar todo el día en el Pilar.

—De todas formas, no importa. Lo haremos de otra manera.

—¿Cómo?

—No lo sé todavía, lo pensaré tranquilamente.

Los siguientes dos días, mientras Lorik se ocupaba de dar paseos y disfrutar del sol, yo intentaba tramar un plan que no tenía muy claro.

Estaba sentado sobre el escritorio, a las ocho de la tarde, esperando a que Lorik regresara para ir a cenar al restaurante, cuando oí dos sonidos sordos y gritos. Me asomé a la ventana y vi a la gente arremolinarse en la calle mirando al suelo. Salí de la habitación y bajé a ver qué ocurría. La vez anterior había sido Sophy, ahora era Lorik. Le habían pegado dos tiros en el estómago y estaba tumbado en el suelo. La sangre le brotaba oscura de los dos orificios. Él intentaba tapárselos con la mano. Corrí hacia él y le sostuve la cabeza. Respiraba con dificultad. Un hilo de sangre le salía de la boca, igual que a Evangeline. Quería cogerme la mano, pero no le quedaban fuerzas para levantarla. Me miraba con las pupilas dilatadas. La gente nos observaba atónitos, y los trabajadores del hotel corrían a traer toallas para las heridas y agua para que bebiese.

—¿Quién te ha hecho esto?

—¿Tú quién crees que ha sido? Debió de ver que lo vigilaba y nos ha encontrado. Se ha bajado de un coche y se ha acercado a mí velozmente, me ha metido algo en el bolsillo y ha disparado.

Introduje la mano en el bolsillo de su pantalón y saqué un papel arrugado.

Te crees muy listo, escritor. No me he olvidado de ti. Esta vez ha sido a tu amigo, la siguiente, y créeme que la habrá, serás tú.

—Lorik, aguanta, por favor, tienes que aguantar. ¡Ayuda!

No podía dejar que también Lorik muriese en mis manos. Uno de los empleados apareció con un coche para llevarlo al hospital. Cargué con él y lo metí como pude. Intenté taponar las heridas con las manos, pero sangraba sin parar y no tardó en perder el conocimiento. Al llegar al hospital, lo saqué en volandas y lo dejé sobre una camilla. Lo metieron directamente al quirófano.

Esperé más de cuatro horas en el pasillo, con las manos ensangrentadas. Me resultaba imposible dejar de pensar en los años de niñez que había pasado junto a Lorik. Me produjo escalofríos: ese tipo de cosas suelen recordarse cuando alguien ha muerto. Pero Lorik no estaba muerto ni iba a morir. No podía morir.

La sangre parecía estancarse en mis venas. Los dos tiros en el estómago de Lorik, las marcas de los cigarrillos que acompañarían siempre a Sophy, los años de Isabel recluida en una celda, Abril convertida en Pilar, un niño asesinado... Recordé el veneno en el cuerpo de Donato y pensé que tanto Félix como Isaías merecían el mismo castigo. Veneno.

Uno de los doctores salió del quirófano y mi corazón comenzó a palpitar todavía con más fuerza.

—¿Cómo está? —pregunté levantándome de pronto.

—De momento está estabilizado, pero hay que esperar.

—¿Puedo hacer algo por él?

—Hacerle compañía mientras se despierta de la anestesia. Vamos a subirlo a planta ahora mismo, a la habitación 321. Puedes ir subiendo si quieres.

—Bien, gracias por todo.

Fui por la escalera a la habitación que me había indicado el doctor y esperé a que lo subieran.

Cuando lo llevaron en la camilla, estaba todavía dormido por la anestesia y más blanco que la nieve. Parecía un cadáver. Lo dejaron con los goteros puestos. El efecto de la anestesia fue desapareciendo y lentamente se despertó. Abrió los ojos y giró la cabeza para verme. Me puse en pie.

—Siento haber aceptado que me acompañaras en este viaje.

—No sientas nada —dijo sin fuerzas—. Solo asegúrate de que pagan por todo.

—Eso dalo por hecho.

Cuando se despertó del todo, le sostuve la cabeza y le acerqué a los labios un vaso de metal con agua.

—Márchate al hotel, aquí no haces nada.

—No digas tonterías, aquí es donde debo estar ahora.

Pasó la noche y el día siguiente mareado, con fiebre, sudoroso y vomitando sangre. Después se calmó y durmió tranquilo. El médico dijo que mejoraba lentamente y que ahora lo único que quedaba era esperar a que se recuperase.

—Es un milagro que haya sobrevivido, teniendo en cuenta el lugar en el que le alcanzaron los disparos. Nunca había visto cosa igual. Yo no soy muy creyente, pero en su caso me atrevería a darle las gracias al Señor.

—Gracias por todo, doctor.

—No hay por qué darlas. Lo que debe hacer usted ahora es ir a casa a descansar. Da miedo el aspecto que tiene.
Él estará bien cuidado por las enfermeras. Hágame caso.

Entré en la habitación y vi que Lorik se acababa de
quedar dormido. Me marché y regresé al Gran Hotel para
recoger mis cosas e irme a otro lugar para evitar una visita
sorpresa de Isaías. Encontré un hotelito en la calle Conde
de Aranda y allí me quedé. Más pequeño y menos lujoso,
pero más a mi estilo. El pasillo que daba a las habitaciones
era estrecho. En la habitación hacía calor y olía a cerrado.
Me senté en el escritorio y escribí una nota para Isaías.

*No puedo seguir callándome lo que ocurrió, no quiero
morir como Donato. Voy a contarlo todo a las autoridades,
pero antes quiero hablar contigo. Nos reuniremos en la
mansión de nuestro viejo amigo. Esta noche, a las doce
menos cuarto. Te esperaré con la puerta abierta. Llevaré
una botella de whisky para que brindemos juntos.*

FÉLIX

Y otra para Félix.

*Necesito hablar contigo, amigo mío, quiero hablarte
de lo que ocurrió hace años. Ya sabes de qué hablo. Nos
veremos en la casa de Dicastillo. Esta noche, a las doce en
punto, te espero con la puerta abierta. Llevaré una botella de whisky para que brindemos juntos.*

ISAÍAS

Repasé ambas notas para asegurarme de que todo
quedaba claro. Citaba a uno minutos antes que el otro
para que no coincidieran a la hora de entrar en la casa de
Dicastillo y se extrañasen de encontrar la puerta abierta.

Yo mismo dejaría allí la botella cargada de veneno. Así, el que llegase antes creería que su amigo se había adelantado. Yo les espiaría.

En primer lugar, me dirigí a la casa de Dicastillo para hablar con Iris. Abrí la puerta y la llamé mientras subía la escalera hasta el primer piso. La encontré en el pasillo.

—¿Otra vez por aquí, escritor?

—Iris, tengo que pedirte un favor.

Nos sentamos en una salita de estar y le conté mi plan. Pude ver cómo se le iluminaba el rostro.

—Te daré dinero para que te alojes en un hotel durante unos días, hasta que las autoridades den el tema por cerrado.

—Preferiría quedarme a verlo.

—Es arriesgado, lo sabes. Esta casa no es tuya, y si te encuentran aquí la cosa se podría complicar.

Asintió y le di el dinero. Salí y me encaminé al Pilar. No me costó demasiado encontrar a varios niños pidiendo a las puertas. Llamé a uno que me miró con recelo. Luego se acercó al tiempo que las palomas alzaban el vuelo a su paso.

—Si le entregas esta nota a una persona de ahí dentro, te daré una moneda.

—Delo por hecho.

El niño descalzo cogió el sobre con la nota. Le expliqué dónde encontrar a Isaías.

—Si te pregunta quién te ha dado la nota, dile que ha sido un hombre algo mayor y con muchos kilos de más.

—Entendido.

El pequeño entró y salió unos minutos después con la mano delante esperando su recompensa.

—¿Se la has dado?

—Sí. ¿Y mi moneda? —dijo sin bajar la mano.

—¿Te ha preguntado quién te ha dado la nota?

—No, solo ha bufado al verme, pero ya estoy acostumbrado a eso. ¿Me da la moneda?

—Claro. —Se la di—. ¿Quieres ganarte otra?

—¿Qué tengo que hacer?

—Acompañarme al paseo de los Ruiseñores.

—Eso está muy lejos.

—Yo te pago el tranvía de ida y vuelta.

—Entonces vale.

Cogimos el tranvía que pasaba por la calle del Coso y nos sentamos el uno al lado del otro. En unos diez minutos llegamos al paseo.

—Ahí no me van a dejar entrar.

—Tú dile al portero que vienes de parte de un amigo del señor Carballal a entregarle una nota urgente, y si el señor Carballal te pregunta quién te ha dado esa nota, le dices que te ha enviado un hombre con sotana.

—Vale.

Entró. El portero le puso pegas. Ante la insistencia del chico, ambos entraron. Poco después, el muchacho salió disparado como un rayo del portal.

—Ya está. El portero quería subir él solo a dárselo, pero yo le he dicho que me habían ordenado entregarlo en mano. No me ha preguntado nada el finolis ese de Carbajo sobre quién me la ha dado.

—¿Carballal?

—Eso he dicho.

—Eso se merece dos monedas en vez de una. Anda, toma, y esto para que te pagues el billete de vuelta en el tranvía.

—¡Gracias! —dijo, y salió corriendo *ipso facto.*

Regresé al hotel tranquilo, dando un paseo. Me di una ducha y comí algo. Salí a la calle para comprar una botella del whisky más caro que me fue posible encontrar. Luego, me pasé por una droguería. Anduve por los pasillos inmensos, encontrando desde jaulas de pájaros hasta podadoras, pero sin dar con lo que buscaba.

—¿En qué puedo ayudarle, señor? —dijo un hombre trajeado a mi espalda.

—Verá, estoy buscando veneno para las ratas y algún herbicida para las malas hierbas del jardín.

—Sígame, por favor.

Me condujo a través de una maraña de pasillos hasta llegar al final de la tienda y me mostró un montón de botes de cristal con pastillas y líquidos.

—Lo prefiero líquido.

Tras relatarme las propiedades de unos venenos y otros, compré los dos de color más claro que encontré. Pagué una cifra ridícula por ellos y me marché dándole las gracias.

—Ya verá. Con eso no hay rata que viva, ni mala hierba.

—Eso espero. Gracias.

Regresé al hotel, vacié una pequeña parte de la botella de whisky en el lavabo del baño y lo rellené a partes iguales de los dos venenos. Cerré la botella y la agité.

A las nueve de la noche, cuando el sol ya estaba oculto, salí del hotel con la botella envuelta en periódicos, el manuscrito con la verdadera historia de lo ocurrido en la otra, y la llave de la casa de Dicastillo en el bolsillo. Atravesé el jardín, que comenzaba a parecer una jungla, y abrí la puerta principal asegurándome de dejarla cerrada. Bajé a la cocina, dejé la botella sobre la mesa y busqué dos vasos en los armarios. Encontré varios para whisky. Al soplarlos, las arañas que los habían convertido en sus casas salieron corriendo. Los lavé en la pila, los dejé relucientes sobre la mesa y me senté a esperar.

Al fondo de la cocina vi la puerta de la despensa. Fui y comprobé que estaba abierta. Pensé que podía ser un buen escondite para ser testigo de todo, pues podía observar la escena a través de la cerradura. A las once en punto subí. Dejé la puerta de la entrada entornada, extendí velas por la cocina y me escondí en la despensa.

El tiempo transcurrió despacio hasta que oí los primeros pasos de Isaías en la escalera. Al entrar en la cocina, llamó a Félix sin obtener respuesta. Metió la mano en el bolsillo interior del abrigo y sacó un revólver. Comprendí por qué llevaba abrigo en pleno verano. Se sentó a la mesa y esperó. Félix no tardó en aparecer.

—Isaías —saludó Félix.

—Hola, amigo mío.

Hubo un momento de tensión entre los dos hombres.

—Vamos —continuó Isaías—, siéntate y disfrutemos de este maravilloso elixir.

Félix sonrió y tomó asiento frente a Isaías. Sirvió los dos vasos.

—A tu salud, amigo Félix.

—A la tuya —respondió.

Ambos bebieron, pero ninguno habló.

—Ya no recordaba con claridad esta cocina —dijo Isaías finalmente, observando a su alrededor. Posó los ojos sobre la puerta de la despensa—. Me pregunto si quedará comida ahí dentro en tarros de conserva, tengo hambre.

Se puso en pie y fue hacia la puerta tras la que me encontraba escondido. Tragué saliva y sujeté el pomo con fuerza, echándome a un lado y aguantando la respiración. Sentí que tiraba del pomo con fuerza. Las manos se me resbalaban por el sudor.

—Está atascada —dijo tirando con más fuerza.

Temblaba y temía que mis fuerzas fallasen. Si me encontraba allí, era hombre muerto. En ese momento lamenté no haber llevado un cuchillo o una navaja. Dejó el pomo.

—En fin. No hemos venido aquí para comer, ¿verdad, amigo? —dijo.

Sin soltar el pomo y con la respiración temblorosa, volví a asomarme por el ojo de la cerradura. La sotana negra me tapaba el ángulo de visión. En ese momento dio unos pasos al frente y pude ver a la izquierda la silueta de Félix, que comenzaba a sudar.

—No, no hemos venido aquí a eso. Dime, ¿por qué de repente has cambiado de opinión? ¿Por qué quieres contarlo?

Félix se pasó la mano por la frente y frunció el ceño.

—¿De qué hablas, Isaías? Me encuentro mal, me duele muchísimo el estómago.

Se echó a un lado y vomitó algo de color negro. Isaías no mostraba síntoma alguno.

—Sabes muy bien de qué hablo. Como comprenderás, no puedo dejarte contarlo todo ahora.

—¿De qué hablas? —dijo, secándose las gotas de sudor que le resbalaban por la frente.

—De tu nota, ¿o es que ya no la recuerdas?

La sacó del bolsillo de su abrigo y se la lanzó mientras se sujetaba el estómago. Félix la leyó.

—Yo no he escrito tal cosa. ¿Qué llevaba el whisky? ¿Me has envenenado? ¡Maldito! ¡Te pudrirás en el infierno!

—¿Qué estás diciendo? Yo no he traído esa botella, la has traído tú.

Félix lo observó con angustia en el rostro.

—Yo no he traído nada, la has traído tú.

Félix cayó al suelo, blanco, sudoroso y con la respiración jadeante. Segundos después, se quedó completamente inmóvil. Evité a Isaías malgastar una bala de su revólver. Él gritó, sudoroso:

—¿Quién está ahí? ¿Quién ha hecho esto?

Vi el terror en su rostro. Comenzó a toser y a retorcerse. El estómago le ardía, y sus venas se tornaban negras. Vomitó igual que Félix y se arrastró escaleras arriba, pidiendo ayuda.

—¡Socorro!

Cuando calculé que el veneno lo habría debilitado lo

suficiente, salí de mi escondite. Observé a Félix, con una mano en el corazón y la otra sobre el estómago, con la boca negra y los labios azul oscuro. Subí. Seguí el rastro de vómito negro escaleras arriba y encontré a Isaías arrastrándose por el suelo con los brazos. Las piernas ya no le respondían. Al oír mis pasos, giró la cabeza lentamente y con espasmos. Al verme, quiso esbozar una sonrisa mientras intentaba dar con el arma. Me agaché a su lado, le di la vuelta, metí la mano en su bolsillo y saqué el revólver.

—¿Buscas esto? —pregunté.

—Púdrete —dijo con un hilo de saliva negra que se escapaba de su boca. Apenas podía respirar.

—No, el que se va a pudrir eres tú. En nombre de Isabel, de Fátima, de Iris, de Abril, de Sophy y de Lorik y de ese pobre niño al que asesinaste. Por cierto, Isabel está viva y vive con su hija. Espero que tengas ganas de ir al infierno, porque estoy convencido de que hay un montón de almas esperando para echarte el guante.

Esbozó de nuevo una débil sonrisa, y con los ojos abiertos de par en par y una extraña expresión en su rostro, dijo su última frase.

—Te arrastraré conmigo.

Reí. Murió con los ojos fijos en los míos.

Dejé el revólver en el bolsillo de su abrigo y salí a la calle. Pasé frente a la sede del *Heraldo de Aragón* y metí el manuscrito en el buzón. Por supuesto, no escribí la parte en la que Isabel y Fátima se intercambiaron y no di las señas reales de la aldea en la que estuvo viviendo Abril. El relato acababa diciendo que Abril nunca descubriría quién era su verdadera madre porque, por culpa de su padre y sus amigos estaba encerrada, tratada como una enferma mental. Dejé el manuscrito con una nota añadida:

Esta es la verdadera historia de lo que ocurrió en la mansión Dicastillo hace años. Isabel no mató a su hija

Abril. Asegúrese de que el manuscrito llega a las manos apropiadas para que vea la luz, se limpien los nombres manchados y se ensucien los de los culpables.

Desde el teléfono del hotel llamé al cuartel de la Guardia Civil diciendo que había oído un disparo procedente de la mansión abandonada. Subí a mi cuarto y, rendido, caí en la cama.

Tuve un sueño tranquilo y relajado. Soñé con algo blanco, sin saber qué era, pero era blanco, puro..., satisfacción porque al fin todo estaba en su sitio. Cuando me desperté hice una visita a Fátima para despedirme de ella y decirle que Isaías y Félix habían muerto la víspera. Estaba todavía más blanca que en mi visita anterior. Su aliento era pesado e intentaba mantener la compostura sentada en la silla.

—Me alegro. Ahora ya estoy lista para marcharme y reunirme al fin con mi Pilar.

Salí de allí y me dirigí a una cafetería con la intención de hacerme con un periódico. Pedí un café, pero todos los periódicos estaban ocupados. Los clientes bramaban.

—Me acuerdo de esa historia —dijo uno—. La mujer estaba loca y mató a su hija, y ahora resulta que dicen que no ocurrió así y que ella está viva. ¡Qué locura! A saber si es verdad.

—Lo que sí es cierto es que han aparecido dos cadáveres en la mansión de Dicastillo —dijo otro—. Un cura y un médico retirado que por lo visto tuvieron mucho que ver en lo que ocurrió entonces. Vete tú a saber lo que ha pasado en esa casa. Parece cosa del demonio.

Al oír aquello, me tomé el café de un trago y, feliz, me dirigí al hospital. Lorik se encontraba mejor. Lo descubrí tonteando con una enfermera que tenía un cierto parecido a Evangeline. Antes de marcharnos, fui al cementerio y busqué la tumba de la verdadera Pilar Abad entre lápidas de más de cien años, sucias y con los nombres perdidos en un relieve de piedra que había perdido la batalla al tiempo. La encontré en una zona retirada del cementerio, la única donde crecían campanillas. Dejé una rosa blanca sobre su tumba y me marché.

Epílogo

Lorik estuvo un mes convaleciente en el hospital. Cuando salió, me dijo que estaba enamorado de la enfermera y que ella se iba con nosotros a París. Compramos los billetes la misma tarde que salió del hospital y cogimos el tren al anochecer.

No me di cuenta de cuánto echaba de menos París, mi casa, a Sophy y a Thomas, hasta que estuve en la estación de tren de mi ciudad. Lorik se marchó con la enfermera en taxi a su casa para presentársela a sus tíos, y yo fui a casa de Thomas para ver a Sophy. Llamé a la puerta y esperé nervioso. Me abrió la puerta Thomas, lo que era presagio de que algo no marchaba bien, ya que a esas horas debía estar en la editorial. Estaba triste.

—¿Qué ocurre? —pregunté.

—Es Sophy. Está enferma, el embarazo no va bien.

Subí la escalera rápidamente y entré en su cuarto. Estaba tumbada en la cama. Su madre estaba junto a ella.

—¿Cristo? —preguntó.

Me senté a su lado.

—¿Cómo te encuentras?

—Cansada. Muy cansada.

—El médico dice que es mejor sacarle al niño, que está muy débil, pero ella no quiere —dijo su madre.

—Eso no voy a hacerlo —respondió.

—Sophy, es peligroso para ti.

—Me da igual —dijo enfadada—. No puedes irte sin más y después regresar aquí para decirme lo que tengo que hacer.

Respiré hondo.

—Os dejaré a solas —dijo su madre.

Se marchó y cerró la puerta. Me descalcé y me acurruqué a su lado.

—Te he echado de menos —dije.

—Pues yo a ti no —respondió de golpe, mirando a otro lado.

Seguía siendo la misma.

—¿Ni un poquito?

—Ni un poquito.

—A Lorik casi lo matan de dos tiros.

—¿Qué? —preguntó sin saber si era cierto lo que le decía.

—Podrás comprobarlo, tiene las cicatrices en el estómago.

—¿Qué ha pasado en Zaragoza?

—Que se ha hecho justicia.

—Cuéntamelo.

Le relaté lo que había sucedido, pero no le conté cómo acabé con Isaías y Félix. Le dije que se habían envenenado ellos mismos y que así los habían encontrado en la mansión de Dicastillo. Se alegró al ver que Pilar y Josua estaban vivos y que también residían en París.

—Tal vez los podamos ir a visitar algún día —dijo.

—Sí, tal vez —respondí.

Yo no tenía muchas ganas de conocerlos; prefería seguir dejándolos en un relativo anonimato. Cuando Sophy se quedó dormida bajé al salón, donde encontré a Thomas leyendo el último ejemplar de la revista semanal de la editorial.

—Cristo, siéntate —dijo dejando la revista sobre la mesa—. Cuéntame, ¿cómo ha ido?

—No vas a creértelo.

Le conté lo sucedido sin incluir tampoco el verdadero final. Se interesó por el estado actual de Lorik y le respondí que estaba como una rosa y que se había traído compañía. Luego insistió en que debía escribir el manuscrito de nuevo para publicarlo.

—No voy a hacerlo. No creo que esté bien.

—¿Por qué? Se vendería a miles.

—No es mi intención lucrarme a base de las desgracias ajenas. No voy a hacerlo.

Encogió los hombros.

—Bueno, de todas formas, fue tu investigación. Me parece bien que no lo publiques si es lo que quieres.

Escribí una carta a la dirección del *Heraldo de Aragón* en Zaragoza, solicitando que me enviasen todos los ejemplares en los que se hablase sobre el caso de Isabel y las dos muertes ocurridas en esa casa. Un mes después, recibí un aviso de Correos diciendo que tenía que ir a recoger un paquete. Habían incluido todos y cada uno de los periódicos, no solo del *Heraldo,* sino de los diarios de la zona en los que se hablaba de ello. En ellos se criticaba la mala actuación de las autoridades y lamentaban que Isabel hubiese muerto tan solo dos días después de que todo saliese a la luz por una extraña enfermedad pulmonar sin cura.

Fui al Registro Civil y solicité la dirección de Isabel Andrés. Me la dieron sin ningún problema. Llegué a su casa con los periódicos bajo el brazo. Llamé y me abrió una mujer ya mayor, con el pelo largo, canoso y suelto.

—¿Qué desea?

Era Isabel.

—Tenga, léase las noticias que he señalado. Le harán bien.

Me marché de allí dejándola con la palabra en la boca. No me detuve ni miré atrás.

Una semana después, Lorik anunció su boda para el verano siguiente. Sophy, cada vez más débil, se emocionó con la noticia. A los ocho meses de embarazo, Thomas, asustado, vino a mi casa por la noche para decirme que se había puesto de parto y que estaba sangrando mucho. Fuimos al hospital en el mismo taxi en el que había venido a avisarme y nos hicieron esperar en el pasillo. Diez horas después, su madre salió con un bebé en los brazos.

—Es niña. Sophy dice que se llamará Pilar —dijo Thomas.

Cogí a la pequeña y observé su pequeño cuerpo arrugado, sus minúsculos dedos y sus ojos cerrados.

Sophy estaba recostada en la cama, rodeada de goteros.

—Se llamará Pilar. ¿Te gusta?

—¿No preferirías Abril, Fátima o Isabel?

—Pensé que te gustaría que se llamase Pilar.

Acabamos llamándola Isabel. Sophy estuvo un mes al borde de la muerte en el hospital. Los médicos dijeron que estaba muy débil, que no le quedaban fuerzas y que eran inútiles los esfuerzos para mantenerla con vida, que los goteros eran un gasto inútil. Al oír estas palabras, Thomas comenzó a gritar y a amenazar al médico diciéndole que, como se atreviera a negarle un solo gotero a su hija o una sola comida, lo mataría sin importarle las consecuencias. El médico no retiró la medicación.

Al mes, Sophy salió del hospital, más delgada y más débil, pero perfectamente recuperada y con Isabel en sus brazos.

Nos casamos antes que Lorik y su novia, la enfermera,

de la que no logro recordar el nombre, en una iglesia pequeña de mi calle. No nos marchamos a ningún sitio: éramos felices con nuestra hija creciendo sana y fuerte.

La amistad entre Lorik y yo se hizo más fuerte con el tiempo, al contrario que la relación de ambos con Kyliann y Adam.

Nunca olvidaré la tarde lluviosa en la que regresé a casa con el ejemplar de mi nueva novela, *La casa de las miserias*, para enseñarle a Sophy cómo había quedado la cubierta. Me encontré a Kyliann sujetándola por las muñecas contra la pared mientras ella luchaba por quitárselo de encima. Estaba borracho. Tiré el libro al suelo y lo agarré con fuerza por detrás arrastrándolo fuera de casa. Lo empujé escaleras abajo, a patadas y puñetazos, y, una vez en la calle, comencé a propinarle un golpe tras otro hasta que me cansé.

—Si vuelves a acercarte a ella, si vuelves a acercarte a mi hija o a mi casa, te juro que no tendré ningún reparo en acabar contigo; ya lo he hecho antes.

Lo dejé en medio de la calle, sangrando. La gente se asomaba desde los escaparates y las ventanas. Subí a casa. Poco después, Lorik me dijo que Adam le había contado que Kyliann se marchaba a la costa a trabajar en la mar, que se había aburrido de la ciudad.

—Mejor —pensé.

Con el tiempo, tuve con Sophy dos hijos más; los dos, varones. Lorik tuvo dos niñas con su mujer. Thomas sufrió un accidente seis años después de nuestra boda y decidió retirarse.

Joseph Sotomayor, el dueño de la editorial, me puso a mí en su puesto. Nunca pensé que podía ser tan pesado discutir con los escritores sobre sus obras, y tampoco que pudieran sentarles tan mal los rechazos a quienes se empeñaban en dedicarse al arte de la escritura sin estar predestinados. No olvidaré la mañana en que abrí un paquete que alguien había dejado sobre mi escritorio con una rata muerta en el interior.

Sigo escribiendo relatos, la mayoría sobre vampiros y poseídos por el demonio. No he podido quitarme la historia de Isabel de la cabeza, y supongo que esa es la forma que tiene mi mente de liberarme un poco de lo que descubrí en la ciudad que vio nacer a mi madre hace ya tantos años.

Hoy, con mis hijos ya mayores, sigo llevando flores a Evangeline y a mi madre, pero a mi padre nunca he ido a verlo. No lo echo de menos, nunca me hizo ningún bien.

El padre de Evangeline murió de una apoplejía nada más cumplir los setenta años. Alessia tomó las riendas de la librería, pero poco después cerró, pues no tenía la más mínima idea de cómo gestionarla.

Últimamente pienso mucho en qué habría pasado si ese manuscrito que Donato hizo relatar al periodista no hubiese existido. Si no le hubiese pedido que lo escribiese, si no hubiera llegado a mis manos, si Evangeline no hubiese muerto y Thomas nunca me hubiese enviado a Zaragoza con la excusa de investigar sobre el libro. ¿Qué hubiese pasado con la verdadera historia de Isabel, Fátima y Abril? Nadie la hubiese conocido, y Fátima habría muerto con el nombre de Isabel. Y aquellos tres demonios habrían pasado por tres hombres de fe y de Dios, por tres santos que habían ayudado a una mujer endemoniada que acabó con la vida de su hija.

Creo que lo que descubrí, que sirvió a su vez para que la gente supiera que todo había sido un engaño de Donato, de Félix e Isaías, fue debido en gran parte a la ausencia de Evangeline.

www.booket.com

www.planetadelibros.com